Le plus grand
Wodehouse est un auteur de fantasy : est-ce l'effet du hasard ? Terry Pratchett est né en 1948 dans le Buckinghamshire ; nous n'en savons pas davantage sur ses origines, ses études ou sa vie amoureuse. Son hobby, prétend-il, c'est la culture des plantes carnivores. Que dire encore de son programme politique ? Il s'engage sur un point crucial : augmentons, dit-il, le nombre des orangs-outans à la surface du globe, et les grands équilibres seront restaurés. Voilà un écrivain qui donnera du fil à retordre à ses biographes !

Sa vocation fut précoce : il publia sa première nouvelle en 1963 et son premier roman en 1971. D'emblée, il s'affirma comme un grand parodiste : *La face obscure du soleil* (1976) tourne en dérision *L'univers connu* de Larry Niven ; *Strata* (1981) ridiculise une fois de plus la hard SF en partant de l'idée que la Terre est effectivement plate.

Mais le grand tournant est pris en 1983. Pratchett publia alors le premier roman de la série du *Disque-Monde*, brillant pastiche héroï-comique de Tolkien et de ses imitateurs. Traduites dans plus de 30 langues, *Les Annales du Disque-Monde* ont également donné lieu à nombre de produits dérivés ainsi qu'à des adaptations télévisées.

Retrouvez l'actualité de l'auteur sur
www.terrypratchett.co.uk

LE RÉGIMENT MONSTRUEUX

DU MÊME AUTEUR
CHEZ POCKET

La face obscure du soleil
Strate-à-gemmes
Le fabuleux Maurice et ses rongeurs savants
Les ch'tits hommes libres

Les Annales du Disque-Monde

1. La huitième couleur
2. Le huitième sortilège
3. La huitième fille
4. Mortimer
5. Sourcellerie
6. Trois sœurcières
7. Pyramides
8. Au guet !
9. Éric
10. Les zinzins d'olive oued
11. Le faucheur
12. Mécomptes de fées
13. Les petits dieux
14. Nobliaux et sorcières
15. Le guet des orfèvres
16. Accros du roc
17. Les tribulations d'un mage en Aurient
18. Masquarade
19. Pieds d'argile
20. Le père porcher
21. Va-t-en-guerre
22. Le dernier continent
23. Carpe jugulum
24. Le cinquième éléphant
25. La vérité
26. Procrastination
27. Ronde de nuit
28. Le régiment monstrueux

SCIENCE-FICTION
Collection dirigée par Bénédicte Lombardo

TERRY PRATCHETT

LES ANNALES DU DISQUE-MONDE

LE RÉGIMENT MONSTRUEUX

*Traduit de l'anglais
par Patrick Couton*

L'ATALANTE

Titre original :
MONSTROUS REGIMENT

Patrick Couton a obtenu le Grand Prix de L'Imaginaire 1998 pour l'ensemble de ses traductions des *Annales du Disque-Monde*.

Le papier de cet ouvrage est composé de fibres naturelles, renouvelables, recyclables et fabriquées à partir de bois provenant de forêts plantées et cultivées durablement pour la fabrication du papier.

Le Code de la propriété intellectuelle n'autorisant, aux termes de l'article L. 122-5, 2° et 3° a, d'une part, que les « copies ou reproductions strictement réservées à l'usage privé du copiste et non destinées à une utilisation collective » et, d'autre part, que les analyses et les courtes citations dans un but d'exemple et d'illustration, « toute représentation ou reproduction intégrale ou partielle faite sans le consentement de l'auteur ou de ses ayants droit ou ayants cause est illicite » (art. L. 122-4).
Cette représentation ou reproduction, par quelque procédé que ce soit, constituerait donc une contrefaçon, sanctionnée par les articles L. 335-2 et suivants du Code de la propriété intellectuelle.

© Terry & Lyn Pratchett, 2003
© Librairie L'Atalante, 2007, pour la traduction française
This edition is published by arrangement with Transworld Publishers,
a division of The Random House Group Ltd. All rights reserved.
ISBN : 978-2-266-22577-9

Margot se coupait les cheveux devant le miroir et se sentait un peu coupable de ne pas se sentir coupable. Ses cheveux, c'était censément sa couronne de lumière, tout le monde les trouvait magnifiques, mais elle les portait le plus souvent dans une résille quand elle travaillait. Elle se répétait sans cesse qu'elle ne les méritait pas. Mais elle veillait à ce que chacune des longues boucles d'or atterrisse sur la petite feuille qu'elle avait étalée à cet effet.

Elle voulait bien admettre qu'elle éprouvait en la circonstance une émotion intense : le déplaisir qu'une coupe de cheveux suffise pour qu'on la prenne pour un jeune homme. Elle n'avait même pas besoin de se bander la poitrine, ce qui se pratiquait habituellement, avait-elle entendu dire. La nature s'était arrangée pour qu'elle n'ait pas trop de soucis de ce côté-là.

Les coups de ciseaux produisaient un résultat… irrégulier, mais ce n'était pas pire que d'autres coiffures masculines locales. Ça irait comme ça. Elle sentait le froid sur sa nuque, mais ce n'était que partiellement dû à la perte de ses longs cheveux. C'était aussi dû au Regard.

La duchesse l'observait depuis son tableau au-dessus du lit.

C'était une médiocre gravure sur bois, peinte surtout dans les tons rouge et bleu. La gravure d'une femme quelconque d'âge moyen, dont le menton flasque et les yeux vaguement globuleux donnaient au spectateur cynique l'impression qu'on avait enfilé une robe sur un gros poisson, mais l'artiste avait réussi à traduire quelque chose de plus dans cette expression étrange et vide. Certains portraits ont des yeux qui vous suivent dans toute la salle ; celui-ci vous regardait carrément au travers. C'était un visage qu'on retrouvait dans tous les foyers. En Borogravie, on grandissait sous la surveillance de la duchesse.

Margot savait que ses parents avaient un des tableaux dans leur chambre et que, de son vivant, sa mère lui adressait une révérence tous les soirs. Elle leva le bras et retourna le portrait face au mur. Une pensée sous son crâne protesta : *Non*. Elle la rejeta. Sa décision était prise.

Puis elle enfila les vêtements de son frère, versa le contenu de la feuille de papier dans une petite bourse qui atterrit au fond de son sac avec son linge de rechange, déposa le mot sur le lit, empoigna le sac et sortit par la fenêtre. Du moins, ce fut Margot qui enjamba l'appui, mais les pieds d'Olivier qui atterrirent en souplesse par terre.

L'aube transformait le monde de la nuit en camaïeu quand elle traversa à pas furtifs la cour de l'auberge. La duchesse l'observait aussi depuis l'enseigne de l'établissement. Son père avait été un grand loyaliste, du moins jusqu'à la mort de sa mère. On n'avait pas repeint l'enseigne cette année, et une crotte d'oiseau fortuite avait affligé la duchesse d'un strabisme.

Margot s'assura que le chariot du sergent recruteur stationnait toujours devant le bistro, ses étendards éclatants désormais ternes et alourdis par la pluie de la nuit. Vu l'allure du sergent bedonnant, il ne reprendrait pas la route avant des heures. Elle avait du temps à revendre. On le devinait lent à prendre son petit-déjeuner.

Elle sortit par la porte dans le mur du fond et se dirigea vers le haut de la colline. Arrivée au sommet, elle se retourna et contempla le village qui émergeait du sommeil. De la fumée montait de quelques cheminées, mais comme Margot était toujours la première à se réveiller et qu'elle devait hurler pour tirer les servantes de leurs lits, l'auberge dormait encore. Elle savait que la veuve Grimpette était restée pour la nuit (« il pleuvait trop fort pour qu'elle rentre chez elle », selon le père de Margot) et, personnellement, elle espérait pour le bien de son père qu'elle reste toutes les nuits. Le village ne manquait pas de veuves, et Eva Grimpette était une femme chaleureuse qui cuisinait au four comme un chef. La longue maladie de son épouse et la longue absence de Paul avaient beaucoup coûté à son père. Margot était ravie qu'il puisse un peu se rembourser. Les vieilles chouettes au regard mauvais qui passaient la journée à leurs fenêtres pouvaient toujours espionner, fulminer et marmonner, elles le faisaient depuis trop longtemps. Plus personne ne les écoutait.

Elle leva les yeux. De la fumée et de la vapeur s'élevaient déjà de la blanchisserie à la maison de redressement pour filles. Le bâtiment pesait sur une extrémité du village comme une menace, immense et gris, percé de hautes fenêtres étroites. Il était toujours silencieux. Quand Margot était petite, on lui avait dit que c'était là qu'allaient les méchantes filles, sans expliquer la nature de cette « méchanceté ». À l'âge de cinq ans, Margot avait vaguement compris que ça consistait à ne pas filer au lit quand les parents l'ordonnaient. À huit ans, elle avait appris que c'était là où on s'estimait heureuse de ne pas finir quand on avait acheté une boîte de couleurs à son frère. Elle tourna le dos au village pour s'enfoncer parmi les arbres peuplés de chants d'oiseaux.

Oublie que tu étais Margot. Pense que tu es un jeune homme, voilà l'important. Pète bruyamment avec la satisfaction d'avoir fait du bon travail, déplace-toi comme une marionnette dont on aurait coupé deux fils au hasard, ne serre jamais personne dans tes bras et, si tu croises un copain, flanque-lui un coup de poing. Quelques années à servir au bar lui avaient donné matière à observer. Aucun souci pour se retenir de balancer les hanches, au moins. Là non plus, la nature n'avait pas été généreuse.

Et puis il fallait maîtriser la démarche du jeune mâle. Au moins, les filles ne balançaient que les hanches. Les gars, eux, balançaient tout ce qu'ils avaient en dessous des épaules. Tu dois t'arranger pour occuper beaucoup d'espace, se dit-elle. Ça te donne l'air plus imposant, comme un matou qui s'ébouriffe la queue. Elle avait beaucoup vu ça à l'auberge. Les gars voulaient passer pour des gros bras en réaction de défense contre tous les autres costauds. Je suis mauvais, je suis féroce, je n'ai pas froid aux yeux, je voudrais un grand panaché et ma mère m'a demandé de rentrer à neuf heures…

Bon, voyons voir… les bras écartés du corps comme si on tenait deux sacs de farine… d'accord. Les épaules qui roulent comme si on s'ouvrait un chemin à coups de coude dans la foule… d'accord. Les mains légèrement refermées et agitées de mouvements rythmiques circulaires comme si elles tournaient deux manivelles indépendantes fixées à la taille… d'accord. Les jambes qui avancent mollement comme chez les grands singes… d'accord.

Tout alla bien pendant quelques pas, puis elle se trompa dans une des manœuvres et la confusion musculaire qui s'ensuivit la fit culbuter dans un buisson de houx. Après quoi elle renonça.

L'orage revint alors qu'elle se hâtait sur la piste ; certains s'éternisaient parfois dans les montagnes pendant des jours. Mais, à cette altitude au moins, le sentier ne ressemblait pas à une rivière de boue et les arbres avaient assez de feuilles pour lui offrir un semblant d'abri. De toute façon, elle n'avait pas le loisir d'attendre que le temps s'améliore. Elle avait un long chemin à faire. Les recruteurs traverseraient au bac, mais tous les passeurs connaissaient Margot de vue et le garde lui demanderait son permis de circuler, permis que ne possédait sûrement pas Olivier Barette. Ce qui obligeait à un long détour jusqu'au pont à péage de Tübz que gardait un troll. Pour les trolls, tous les humains se ressemblaient, et n'importe quel bout de papier tiendrait lieu de permis car ils ne savaient pas lire. Elle pourrait ensuite redescendre vers Plün à travers les forêts de pins. Le chariot devrait s'y arrêter pour la nuit, mais la localité était un de ces villages perdus qui n'existaient que pour échapper à la honte de laisser de grands espaces vides sur la carte. Personne ne la connaissait à Plün. Personne n'y allait jamais. C'était un dépotoir.

C'était, à la vérité, exactement ce qu'il lui fallait. Les recruteurs y feraient halte, et elle pourrait s'engager. Elle était à peu près certaine que le gros sergent et son petit caporal cauteleux ne reconnaîtraient pas la fille qui les avait servis la veille au soir. Elle n'était pas d'une beauté classique, comme on dit. Le caporal avait bien essayé de lui pincer les fesses, mais sans doute par habitude, comme on écrase une mouche, et il n'y avait d'ailleurs pas gras à pincer.

Elle s'assit sur la colline au-dessus du bac et prit un petit-déjeuner tardif, composé d'une pomme de terre froide et d'une saucisse, tout en regardant le chariot traverser la rivière. Personne ne marchait derrière. Ils n'avaient recruté aucun gars à Munz, cette fois. Tout le monde s'était tenu à distance. Trop de jeunes gens étaient partis ces dernières années, et trop peu étaient revenus. Voire, chez ces derniers, trop peu de chaque individu. Le caporal pouvait cogner sur son gros tambour tant qu'il voulait. Munz perdait des fils presque aussi vite qu'il accumulait des veuves.

L'après-midi s'annonçait lourd et moite, et une paruline des pins jaune la suivit de buisson en buisson. La boue de la veille fumait quand Margot parvint au pont du troll qui franchissait la rivière dans une gorge étroite. C'était un ouvrage d'art tout de finesse et de grâce dans la construction duquel, à ce qu'on disait, n'entrait aucun mortier. On disait aussi que le poids du pont l'ancrait d'autant plus profondément dans le roc de chaque côté. On disait que c'était une merveille du monde, sauf qu'on s'émerveillait rarement dans le pays et qu'on avait à peine conscience du monde. Le franchir coûtait un sou, ou cent pièces d'or quand on avait un bouc[1]. Au milieu du pont, Margot jeta un coup d'œil par-dessus le parapet et aperçut le chariot loin, loin en contrebas, qui cheminait sur la route étroite au-dessus de l'eau blanche.

Le trajet de l'après-midi fut entièrement en descente à travers des pins sombres de ce côté-ci de la gorge. Margot ne se pressa pas et, vers le coucher du soleil, elle repéra l'auberge. Le chariot était déjà arrivé, mais, vu son allure, le sergent recruteur n'avait pas jugé bon de se fatiguer. Pas de roulements de tambours comme la veille, ni de cris de « Approchez, les jeunes ! La grande vie vous attend chez les Dedans-dehors ! ».

Il y avait toujours une guerre en cours. Le plus souvent, il s'agissait d'un incident de frontière, l'équivalent, au niveau national, d'une plainte auprès du voisin qui laisse pousser sa haie trop haut. Parfois, c'était plus important. La Borogravie était un pays pacifique au milieu d'ennemis perfides, sournois et belliqueux. Ils étaient forcément perfides, sournois et belliqueux, sinon on ne se battrait pas contre eux, hein ? Il y avait toujours une guerre en cours.

Le père de Margot avait servi dans l'armée avant de reprendre la Duchesse que tenait le grand-père. Il

---

1. Les trolls n'ont peut-être pas l'esprit vif mais ils n'oublient pas très vite non plus.

n'en parlait pas beaucoup. Il en avait rapporté son épée, mais au lieu de l'accrocher au-dessus de la cheminée, il s'en servait pour tisonner le feu. De vieux amis passaient de temps en temps et, une fois les barres posées pour la nuit, ils se regroupaient autour du feu pour boire et chanter.

La jeune Margot trouvait des excuses pour rester debout et écouter leurs chansons, mais ça n'avait pas duré après qu'elle s'était attiré des ennuis pour avoir répété certaines des paroles les plus intéressantes devant sa mère ; maintenant qu'elle était plus âgée et servait la bière, on présumait qu'elle les connaissait ou qu'elle ne tarderait pas à en découvrir le sens. Par ailleurs, sa mère s'en était allée là où les mots ne risquaient plus de la choquer et, en théorie, n'étaient jamais prononcés.

Les chansons avaient fait partie de sa jeunesse. Elle connaissait toutes les paroles des *Menteries*, de *Je maudis le sergent*, de *Silvestrik*, de *J'ai fait une maîtresse* et elle avait mémorisé, quand la bière avait coulé à flots, *Le colonel Crapski* et *Je regrette de l'avoir embrassée*.

Et puis, bien sûr, il y avait *La belle Margot Olivier*. Son père la chantait quand elle était petite, quand elle pleurnichait ou était triste, et elle riait en entendant la chanson pour la simple raison qu'elle mentionnait son prénom. Elle savait les paroles sur le bout des doigts avant même de comprendre le sens de la plupart d'entre elles. Et aujourd'hui...

... Margot poussa la porte. Le sergent recruteur et son caporal levèrent le nez de la table tachée où ils se tenaient assis, des chopes de bière à mi-chemin de leurs lèvres.

Elle prit une grande inspiration, s'approcha et tenta un salut.

« Qu'est-ce que tu veux, petit ? grogna le caporal.

— Veux m'engager, m'sieur ! »

Le sergent se tourna vers Margot et sourit, ce qui chamboula curieusement ses balafres et provoqua un tremblement jusqu'à ses mentons multiples. On ne pouvait pas franchement le qualifier de « gros », pas quand l'adjectif « grossier » s'avançait pesamment pour attirer l'attention. C'était un de ces individus dépourvus de taille. Il avait un équateur. Il avait une pesanteur. S'il tombait par terre, de n'importe quel côté, il se balancerait comme un cheval à bascule. Il devait son teint cramoisi au soleil et à la boisson. De petits yeux sombres pétillaient dans la masse rougeaude comme l'éclat sur le fil d'une lame de couteau. Près de lui, sur la table, étaient posés deux sabres d'abordage anciens, des armes qui tenaient davantage du couperet que de l'épée.

« Comme ça ? s'étonna-t-il.

— Ouim'sieur !

— Vraiment ?

— Ouim'sieur !

— Tu veux pas qu'on te soûle à mort d'abord ? C'est la tradition, tu sais.

— Nonm'sieur !

— Je t'ai pas parlé des occasions magnifiques de promotion et de bonnes fortunes, hein ?

— Nonm'sieur !

— Est-ce que je t'ai dit que, dans ton chouette uniforme rouge, faudra que tu tapes sur les filles à coups de bâton pour qu'elles te lâchent ?

— Crois pas, m'sieur !

— Et pour la boustifaille ? Tous les repas seront des festins si tu te joins à nous ! »

Le sergent s'envoya une claque sur le ventre, ce qui déclencha des soubresauts dans les régions périphériques. « J'en suis la preuve vivante !

— Oui, m'sieur. Non, m'sieur. Je veux seulement m'engager pour me battre pour mon pays et l'honneur de la duchesse, m'sieur !

— Ah bon ? » fit le caporal, incrédule, mais le sergent parut ne pas l'entendre. Il toisa Margot de haut en bas, et elle eut la nette impression que l'homme n'était pas aussi soûl ni aussi bête qu'il en avait l'air.

« Parole, caporal Croume, on dirait qu'on a là rien de moins qu'un bon patriote à l'ancienne, dit-il tandis que ses yeux détaillaient le visage de Margot. Ben, t'es tombé à la bonne adresse, mon gars ! » Il attira vers lui une liasse de papiers d'un air affairé. « Tu sais qui on est ?

— Le Dixième Fantassin, m'sieur. Infanterie légère. Connu sous le nom des "Dedans-dehors", m'sieur », répondit Margot qui bouillonnait de soulagement. Elle avait manifestement réussi une sorte d'épreuve.

« C'est ça, mon gars. Les joyeux Fromagers. Le meilleur régiment de la plus belle armée du monde. Grande envie de t'engager, alors, hein ?

— Une envie pressante, m'sieur ! répondit Margot en sentant sur elle le regard soupçonneux du caporal.

— Bravo ! »

Le sergent dévissa le bouchon d'une bouteille d'encre dans laquelle il plongea une plume. Sa main plana au-dessus de la paperasse. « Ton nom, mon gars ? demanda-t-il.

— Olivier, m'sieur. Olivier Barette, répondit Margot.

— Âge ?

— Dix-sept ans dimanche prochain, m'sieur.

— Ouais, c'est ça, fit le sergent. Si t'as dix-sept ans, moi j'suis la grande duchesse Annagovie. Qu'est-ce que tu fuis, hein ? T'as enceintré une jeune dame ?

— 'as pu 'aire ça tout 'eul, dit le caporal avec un grand sourire. Il couine comme un marmot. »

Margot s'aperçut qu'elle commençait à rougir. Mais le jeune Olivier rougirait tout pareil, non ? C'était très facile de faire rougir les garçons. Margot y arrivait rien qu'en les regardant longuement.

« Aucune importance, n'importe comment, dit le sergent. Tu fais une croix sur ce document, tu embrasses la duchesse et tu deviens mon p'tit à moi, tu comprends ? Je suis le sergent Jackrum. Je serai ton père et ta mère, et le caporal Croume ici présent sera tout comme ton grand frère. Ta vie, ça sera du bifteck et du lard tous les jours, et le premier qui voudra t'emmener de force devra m'emmener aussi parce que je te tiendrai par le colback. Et, tu peux me croire, personne est assez costaud pour ça, monsieur Barette. » Un pouce épais se planta sur le papier. « Là, d'accord ? »

Margot prit la plume et signa.

« C'est quoi, ça ? fit le caporal.

— Ma signature », répondit Margot.

Elle entendit la porte s'ouvrir dans son dos et elle pivota. Plusieurs jeunes hommes – elle rectifia, plusieurs autres jeunes hommes – venaient d'entrer bruyamment dans le bar et promenaient autour d'eux un regard prudent.

« Tu sais aussi lire et écrire ? s'étonna le sergent qui jeta un coup d'œil aux nouveaux arrivants avant de reporter son attention sur Margot. Ouais, je vois. Une belle écriture ronde, en plus. De l'étoffe d'officier, voilà ce que t'es. Donne-lui le denier, caporal. Et le portrait, évidemment.

— D'accord, sergent, dit le caporal Croume en tendant un cadre surmontant un manche, comme une loupe. Avance, deuxième classe Burette.

— C'est Barette, monsieur, rappela Margot.

— Ouais, d'accord. Maintenant t'embrasses la duchesse. »

Ce n'était pas une bonne copie du célèbre tableau. La peinture s'était défraîchie derrière le verre fendillé sur la face interne duquel se développait quelque chose, comme une espèce de mousse. Margot l'effleura du bout des lèvres en retenant son souffle.

« Huh, dit Croume en lui fourrant quelque chose dans la main.

— Qu'est-ce que c'est, ça ? demanda Margot en regardant le petit carré de papier.

— Une reconnaissance de dette. On est un peu à court de deniers en ce moment, expliqua le sergent tandis que le caporal souriait d'un air narquois. Mais l'aubergiste va t'offrir une pinte de bière, c'est madame la duchesse qui régale. »

Il se tourna vers les nouveaux venus. « Ben, un malheur arrive jamais seul. Vous voulez aussi vous engager, les gars ? Bon sang, et on a même pas eu besoin de battre le tambour. Ça doit être le charisme stupéfiant du caporal Croume. Avancez, soyez pas timides. Qui c'est, le prochain petit veinard ? »

Margot regarda le volontaire suivant avec une horreur qu'elle espéra ne pas laisser paraître. Elle ne l'avait pas vraiment remarqué dans la pénombre parce qu'il portait un costume noir, de ceux dont on revêt un mort avant de l'enterrer. Vu l'allure du costume, il avait été ce mort. Des toiles d'araignée le couvraient. Des points de suture barraient le front du jeune homme proprement dit.

« Ton nom, mon gars ? demanda Jackrum.

— Igor, monfieur. »

Jackrum compta les points de suture. « Tu sais, je le sentais, dit-il. Et je vois que t'as dix-huit ans. »

« *Réveillez-vous !*

— Oh, bons dieux… » Le commissaire divisionnaire Samuel Vimaire se mit les mains sur les yeux.

« Je vous demande pardon, monsieur le duc ? fit le consul d'Ankh-Morpork en Zlobénie. Vous n'allez pas bien, monsieur le duc ?

— Comment vous appelez-vous déjà, jeune homme ? demanda Vimaire. Excusez-moi, mais j'ai voyagé deux semaines sans beaucoup dormir et on m'a présenté toute la journée à des gens portant des noms compliqués. C'est mauvais pour le cerveau.

— Je m'appelle Clarence, monsieur le duc. Clarence Dumenton.

— Dumenton ? répéta Vimaire, et Clarence lut ses pensées sur sa figure comme dans un livre ouvert.

— Hélas, monsieur le commissaire.

— Vous vous battiez bien à l'école ? demanda Vimaire.

— Non, monsieur le duc, mais j'étais imbattable au cent mètres. »

Vimaire éclata de rire. « Eh bien, Clarence, tout hymne national qui commence par "Réveillez-vous !" ne peut qu'attirer des ennuis. On ne vous a pas appris ça dans le bureau du Patricien ?

— Euh... non, monsieur le duc, répondit Dumenton.

— Eh bien, vous le découvrirez. Continuez, alors.

— Oui, monsieur. » Clarence s'éclaircit la gorge. « L'hymne national borograve, annonça-t-il pour la deuxième fois.

Réveillez-vous *pardon, monsieur le duc*, fils de la patrie !
Ne buvez plus le vin des pommes acides !
Forestiers, empoignez vos fendoirs !
Fermiers, massacrez avec l'outil primitivement conçu pour arracher les betteraves l'ennemi !
Faites échec aux ruses infinies de nos adversaires.
Dans la nuit nous marchons en chantant
Contre le monde entier qui s'en vient les armes à la main
Mais voyez la lumière dorée au sommet des montagnes !
La journée qui s'annonce est un gros poisson !

— Euh... dit Vimaire. Le dernier vers... ?

— C'est une traduction littérale, monsieur le duc, expliqua nerveusement Clarence. Qui signifie quelque chose comme "une occasion en or", ou "un cadeau magnifique", monsieur le duc.

— Quand on est entre nous, Clarence, "monsieur" suffit. "Monsieur le duc", c'est uniquement pour impressionner les autochtones. » Vimaire s'affaissa une nouvelle fois dans son fauteuil inconfortable, le menton dans la main, puis grimaça.

« Trois mille cinq cents kilomètres, dit-il en changeant de position. Et on se les gèle sur un balai, même à faible altitude. Ensuite la péniche, puis la diligence… » Il grimaça encore. « J'ai lu votre compte rendu. Vous croyez possible que toute une nation soit folle ? »

Clarence déglutit. On lui avait dit qu'il parlait au deuxième homme le plus puissant d'Ankh-Morpork, même si la conduite de l'individu en question laissait croire qu'il n'en savait rien. Dans cette pièce glacée d'une tour, sa table était bancale ; jusqu'à la veille, elle appartenait au portier en chef de la garnison de la Kneck. De la paperasse encombrait le plateau balafré et s'entassait en piles derrière le fauteuil de Vimaire.

Quant à Vimaire lui-même, Clarence trouvait qu'il ne ressemblait pas à un duc. Il ressemblait à un agent du Guet, ce qu'il était effectivement, le consul l'avait compris. Il trouvait cela choquant. Les personnalités occupant le sommet devaient y paraître à leur place.

« C'est une… question très intéressante, monsieur, répondit-il. Vous voulez dire que le peuple…

— Pas le peuple, la nation, rectifia Vimaire. La Borogravie m'a l'air d'avoir perdu la tête, c'est ce qu'il me semble d'après ce que j'ai lu. J'imagine que le peuple se débrouille au mieux, que les citoyens élèvent leurs enfants, et je dois avouer que j'aimerais bien les imiter en ce moment. Écoutez, vous savez ce que je veux dire. Vous prenez une poignée de gens qui n'ont pas l'air différents de vous et moi, mais quand on les réunit tous, on obtient ce type de fous furieux affublés de frontières et d'un hymne national.

— C'est une idée intéressante, monsieur », admit Clarence avec diplomatie.

Vimaire parcourut le local du regard. Les murs étaient en pierre brute. Les fenêtres étroites. Il faisait un froid de canard, même par une journée ensoleillée. La cuisine déplorable, les cahots de la route, les nuits dans de mauvais lits... sans compter les trajets dans le noir en péniche de nain, le long de canaux secrets sous les montagnes – les dieux seuls savaient quels trésors de diplomatie tortueuse avait déployés le seigneur Vétérini pour un tel résultat, même si le Petit Roi devait quelques faveurs à Vimaire...

... et tout ça pour un château frisquet au-dessus d'une rivière glaciale séparant des pays imbéciles qui se livraient une guerre ridicule.

Il savait ce qu'il voulait faire. S'il s'était agi de gens se bagarrant dans le caniveau, il aurait su comment s'y prendre. Il leur aurait cogné la tête l'une contre l'autre et les aurait peut-être bouclés en cellule pour la nuit. On ne pouvait pas cogner des pays l'un contre l'autre.

Vimaire saisit de la paperasse, la tripota puis la rejeta. « Et merde, fit-il. Qu'est-ce qui se passe là-bas ?

— J'ai cru comprendre qu'il subsiste quelques poches de résistance dans certains des secteurs les plus inaccessibles de la forteresse, mais on s'en occupe. En pratique, la forteresse est entre nos mains. Votre ruse était habile, monsieur le d... monsieur. »

Vimaire soupira. « Non, Clarence, c'était une vieille ruse éculée. On ne devrait pas pouvoir faire entrer dans une forteresse des hommes déguisés en lavandières. Trois d'entre eux portaient des moustaches, grands dieux !

— Les Borograves sont assez… en retard dans ce domaine-là, monsieur. À propos, il semble que nous ayons des zombies dans les cryptes inférieures. Des horreurs. Un grand nombre de militaires de haut rang borograves y ont été enterrés au fil des siècles, visiblement.

— Ah bon ? Qu'est-ce qu'ils font pour l'instant ? »

Clarence haussa les sourcils. « Ils marchent en titubant, monsieur, je pense. Ils gémissent. Des manies de zombies. Quelque chose a dû les réveiller.

— Nous, sûrement », dit Vimaire. Il se leva, traversa le local à grandes enjambées et ouvrit l'immense et lourde porte. « Raymond ! » brailla-t-il.

Au bout d'un moment, un autre agent du Guet fit son apparition et salua. Il avait la figure grise, et Clarence ne put s'empêcher de noter, lorsque l'homme salua, que la main et les doigts tenaient avec des points de suture.

« Vous connaissez l'agent Soulier, Clarence ? demanda Vimaire d'un ton joyeux. Fait partie de mon équipe. Mort depuis plus de trente ans et il apprécie chaque minute qui passe, hein, Raymond ?

— Exact, monsieur Vimaire, confirma Raymond en se fendant d'un sourire qui dévoila une rangée de dents brunes.

— Des congénères à vous dans la cave, Raymond.

— Oh là là. Ils titubent, c'est ça ?

— En ai peur, Raymond.

— Je vais aller leur dire deux mots. » Raymond salua encore et sortit d'un pas à peine titubant.

« Il est... euh... d'ici ? demanda un Dumenton qui avait beaucoup pâli.

— Oh, non. Du pays qu'on découvrira tous un jour, répondit Vimaire. Il est mort. Malgré tout, rendons au Patricien ce qui est au Patricien, ça ne l'a pas arrêté. Vous ne saviez pas qu'on avait un zombie au Guet, Clarence ?

— Euh... non, monsieur. Je ne suis pas retourné à Ankh-Morpork depuis cinq ans. » Il déglutit. « J'imagine que beaucoup de choses ont changé. »

En pire, se disait Clarence Dumenton. Le poste de consul en Zlobénie avait été de tout repos, il lui laissait beaucoup de temps pour s'occuper de ses affaires. Puis les grandes tours sémaphoriques s'étaient installées tout au long de la vallée, et soudain Ankh-Morpork ne se trouvait plus distante que d'une heure. Avant les clic-clac, une lettre mettait deux semaines à lui parvenir, et personne ne s'inquiétait s'il attendait un jour ou deux avant de répondre. Les correspondants comptaient désormais sur une réponse le lendemain. Il avait éprouvé un certain plaisir quand la Borogravie avait détruit plusieurs de ces maudites tours. Ensuite l'enfer s'était déchaîné.

« On a toutes sortes de gens au Guet, dit Vimaire. Et on a foutrement besoin d'eux en ce moment, Clarence, avec les Zlobènes et les Borograves qui se bagarrent dans les rues pour une putain de dispute commencée il y a mille ans. C'est pire que les nains et les trolls ! Tout ça parce que l'arrière je ne sais combien de fois grand-mère d'un gus a giflé l'arrière idem grand-oncle d'un autre gus ! La Borogravie et la Zlobénie ne peuvent même pas convenir d'une frontière. Elles ont opté pour une rivière, mais les rivières changent de cours tous les printemps. Les tours clic-clac se retrouvent aujourd'hui d'un coup sur le sol borograve – ou dans sa gadoue, en tout cas –, alors les imbéciles les réduisent en cendres pour des raisons religieuses.

— Hé, c'est plus compliqué que ça, monsieur, protesta Dumenton.

— Oui, je sais. J'ai lu l'histoire. La bagarre annuelle avec la Zlobénie, c'est le derby entre équipes voisines. La Borogravie se bat contre tout le monde. Pourquoi ?

— Fierté nationale, monsieur.

— Ils sont fiers de quoi ? Il n'y a rien chez eux ! Quelques mines de suif, et ce ne sont pas de mauvais paysans, mais ils n'ont pas de belle architecture, pas de grandes bibliothèques, pas de compositeurs célèbres, pas de montagnes très hautes, pas de paysages magnifiques. Tout ce qu'on peut dire du pays, c'est qu'il n'est nulle part ailleurs. Qu'est-ce que la Borogravie a de spécial ?

— J'imagine qu'elle est spéciale parce que c'est leur pays. Et puis il y a évidemment Nuggan, monsieur. Leur dieu. Je vous ai apporté un exemplaire du *Livre de Nuggan*.

— J'en ai parcouru un chez nous, Dumenton. M'a paru complètement déb...

— Il ne devait pas s'agir d'une édition récente, monsieur. Et je pense qu'on ne doit pas trouver... euh... de versions actualisées si loin d'ici. Celui-ci est davantage à jour, dit Dumenton en posant sur le bureau un livre petit mais épais.

— À jour ? Comment ça, à jour ? s'étonna Vimaire, ébahi. Les saintes écritures sont… écrites. Fais ci, ne fais pas ça, ne convoite pas le bœuf de ton voisin…

— Hum… Nuggan ne s'en tient pas là, monsieur. Il… euh… procède à des mises à jour. Surtout pour les abominations, pour être franc. »

Vimaire prit le nouvel exemplaire. Il était nettement plus épais que celui qu'il avait apporté dans ses bagages.

« C'est ce qu'on appelle un testament vivant, expliqua Dumenton. Elles… eh bien, j'imagine qu'on pourrait dire qu'elles "meurent" quand on les sort de Borogravie. Elles… ne s'augmentent plus. Les abominations les plus récentes sont à la fin, monsieur, ajouta-t-il obligeamment.

— C'est un livre saint avec un appendice ?

— Exactement, monsieur.

— Dans un classeur anneaux ?

— Parfaitement, monsieur. Les fidèles ajoutent des pages vierges, et les abominations… apparaissent.

— Magiquement, vous voulez dire ?

— Je veux dire religieusement, j'imagine, monsieur. »

Vimaire ouvrit à une page au hasard. « Le chocolat ? fit-il. Il n'aime pas le chocolat ?

— Exact, monsieur. C'est une abomination.

— L'ail ? Ben, je n'aime pas trop non plus, alors d'accord… Les chats ?

— Oh oui. Il n'aime pas du tout les chats, monsieur.

— Les nains ? Je lis ici : "L'espèce naine, qui vénère l'or, est une abomination aux yeux de Nuggan" ! Il doit être fou. Qu'est-ce qui s'est passé, là ?

— Oh, les nains du pays ont scellé leurs mines et ont disparu, monsieur le duc.

— M'étonne pas. Ils savent reconnaître les ennuis au premier coup d'œil. » Vimaire laissa passer le « monsieur le duc », cette fois ; parler à un duc procurait manifestement une certaine satisfaction à Dumenton.

Il feuilleta l'ouvrage et s'arrêta. « La couleur bleue ?

— Exact, monsieur.

— Qu'est-ce que la couleur bleue a d'abominable ? Ce n'est qu'une couleur ! Le ciel est bleu !

— Oui, monsieur. Les nugganistes dévots s'efforcent de ne pas le regarder ces temps-ci. Hum... » Dumenton avait reçu une formation de diplomate. Il n'aimait pas dire franchement certaines choses. « Nuggan, monsieur... hum... est plutôt... irritable, parvint-il à formuler.

— Irritable ? répéta Vimaire. Un dieu irritable ? Quoi ? Il se plaint du bruit que font leurs gamins ? Râle contre la musique jouée trop fort après neuf heures du soir ?

— Hum... nous recevons ici *Le Disque-Monde*, monsieur, tôt ou tard, et... euh... je dirais que... euh... Nuggan rappelle beaucoup... euh... ces citoyens qui écrivent au courrier des lecteurs. Vous savez bien, monsieur. Comme ceux qui signent leurs lettres "Un dégoûté d'Ankh-Morpork"...

— Oh, vous voulez dire qu'il est vraiment fou.

— Oh, jamais je ne voudrais rien dire de tel, monsieur, s'empressa de protester Dumenton.

— Comment réagissent les prêtres ?

— Ils ne réagissent pas beaucoup. Je pense qu'ils ignorent discrètement certaines des abominations les plus... euh... extrêmes.

— Vous voulez dire que Nuggan s'élève contre les nains, les chats et la couleur bleue, mais que d'autres commandements sont encore plus déments ? »

Dumenton toussa poliment.

« Bon, d'accord, grogna Vimaire. D'autres commandements plus extrêmes ?

— Les huîtres, monsieur. Il ne les aime pas. Mais ce n'est pas un souci parce que personne dans le pays n'en a jamais vu. Oh, et les bébés. Il les Abomine aussi.

— J'imagine que les gens continuent d'en faire ?

— Oh oui, monsieur le d... pardon. Oui, monsieur. Mais ils se sentent coupables. Les chiens qui aboient, c'en est une autre. Les chemises avec six boutons aussi. Et le fromage. Euh... les gens, disons, euh... évitent les plus difficiles. Même les prêtres ont renoncé, semble-t-il, à essayer de les expliquer.

— Oui, je crois comprendre pourquoi. Ce qu'on a donc ici, c'est un pays qui s'efforce de vivre selon les commandements d'un dieu qui, c'est le sentiment de la population, pourrait parfaitement porter son caleçon sur la tête. Est-ce qu'il Abomine le caleçon ?

— Non, monsieur. » Dumenton soupira. « Mais ce n'est sans doute qu'une question de temps.

— Alors, comment se débrouillent les gens ?

— Ces temps-ci, ils prient surtout la duchesse Annagovie. On voit des icônes d'elle dans tous les foyers. Ils l'appellent la Petite Mère.

— Ah oui, la duchesse. Je la verrai ?

— Oh non, personne ne la voit, monsieur. Personne en dehors de ses serviteurs ne l'a vue depuis plus de trente ans. À la vérité, monsieur, elle est probablement morte.

— Seulement probablement ?

— Nul ne le sait vraiment. L'explication officielle, c'est qu'elle est en deuil. C'est assez triste, monsieur. Le jeune duc est mort une semaine après leur mariage. Éventré par un cochon sauvage au cours d'une chasse, je crois. Elle a pris le deuil au vieux château de PrinceMarmadukePiotreAlbertHansJosephBernhardt-Wilhelmsberg et ne s'est pas montrée en public depuis. Le portrait officiel a été peint quand elle avait autour de la quarantaine, je crois.

— Pas d'enfants ?

— Non, monsieur. À sa mort, la lignée s'éteindra.

— Et on lui adresse des prières ? Comme à un dieu ? »

Dumenton soupira. « Je l'ai mentionné dans mes notes, monsieur. La famille royale de Borogravie a toujours joui d'un statut quasi religieux, vous voyez. Elle est à la tête de l'Église et les paysans, au moins, adressent à ses membres leurs prières dans l'espoir qu'ils glisseront un mot en leur faveur à Nuggan. Ce sont comme... des saints vivants. Des intermédiaires célestes. Pour être franc, c'est ainsi que fonctionnent ces pays en tout cas. Si vous voulez obtenir quelque chose, vous devez connaître les gens qu'il faut. Et j'imagine qu'il est plus facile de prier un portrait qu'un dieu invisible. »

Vimaire observa un moment le consul sans bouger. Lorsqu'il lui adressa de nouveau la parole, il lui mit la peur au ventre.

« Qui hériterait ?
— Monsieur ?
— La monarchie, c'est comme ça, monsieur Dumenton. Si la duchesse n'est plus sur le trône, qui devrait l'occuper ?
— Hum, c'est terriblement compliqué, monsieur, à cause des intermariages et des multiples systèmes juridiques, lesquels, par exemple…
— Quel cheval donne-t-on gagnant, monsieur Dumenton ?
— Hum, le prince Heinrich de Zlobénie. »
Au grand étonnement du consul, Vimaire éclata de rire. « Et il se demande comment se porte tantine, j'imagine. Je l'ai rencontré ce matin, non ? Peux pas dire que je l'ai trouvé sympathique.
— Mais c'est un ami d'Ankh-Morpork, répliqua Dumenton d'un air de reproche. Cela figurait dans mon compte rendu. Il est instruit. Très intéressé par les clic-clac. Nourrit de grands projets pour son pays. Les Zlobènes étaient des fanatiques de Nuggan, mais il a interdit la religion et, franchement, peu ont protesté. Il veut que la Zlobénie avance. Il admire beaucoup Ankh-Morpork.
— Oui, je sais. Il m'a l'air aussi dément que Nuggan. D'accord, ce qu'on a donc sûrement, c'est un complot alambiqué pour tenir Heinrich à l'écart. Et l'administration du pays ?
— Quasi inexistante. De vagues perceptions d'impôts, et c'est à peu près tout. Nous pensons que les grands fonctionnaires de la cour continuent de se laisser aller comme si la duchesse vivait toujours. Le seul secteur qui fonctionne vraiment, c'est l'armée.

— D'accord, et les flics ? Tout le monde a besoin de flics. Eux au moins gardent les pieds sur terre.

— Je crois que des comités officieux de citoyens veillent au respect de la loi de Nuggan, dit Dumenton.

— Oh, bons dieux. Les fouineurs, les tireurs de rideaux et les comités de vigiles. » Vimaire se leva et jeta un coup d'œil par la fenêtre étroite à la plaine en dessous. Il faisait nuit. Les feux de camp ennemis dessinaient des constellations diaboliques dans l'obscurité.

« On vous a dit pourquoi on m'a envoyé ici, Clarence ? demanda-t-il.

— Non, monsieur. D'après mes instructions, vous devez… hum, superviser ce qui se passe. Ce qui ne plaît guère au prince Heinrich.

— Ah, bah, les intérêts d'Ankh-Morpork sont les intérêts de tous ceux qui aiment l'arg… hou là, pardon, de tous ceux qui aiment partout la liberté, dit Vimaire. On ne va pas tolérer un pays qui renvoie nos malles-poste et continue d'abattre les tours clic-clac. Ça coûte cher. Ces gens coupent le continent en deux, ils sont l'étranglement du sablier. Je dois amener les parties à une conclusion "satisfaisante". Et franchement, Clarence, je me demande si ça vaut même la peine d'assaillir la Borogravie. Ça reviendrait moins cher de rester ici et d'attendre qu'elle explose. Je note cependant… où est ce compte rendu ?… ah, oui… elle crèvera d'abord de faim.

— Malheureusement, monsieur. »

Igor se tenait sans rien dire devant la table du sergent recruteur.

« On vous voit pas souvent ces temps-ci, les gars, dit Jackrum.

— Ouais, z'êtes à court de cerveaux frais, hein ? lança méchamment le caporal.

— Allons, caporal, pas la peine d'en arriver là, dit le sergent en se renversant en arrière sur sa chaise grinçante. Y a plein de gars qui se baladent sur des jambes qu'ils auraient plus si un Igor était pas passé par là, hein, Igor ?

— Ah ouais ? Ben, moi j'ai entendu causer de gens qui découvraient le matin en se réveillant que ce brave Igor leur avait fauché le cerveau au milieu de la nuit et qu'il s'était tiré pour le refourguer, répliqua le caporal en jetant à Igor un regard noir.

— Fe vous promets que votre ferveau n'a rien à craindre de moi, caporal », dit Igor. Margot éclata de rire et se tut aussitôt en s'apercevant qu'elle était la seule.

« Ouais, ben, d'après un sergent que j'ai rencontré, un Igor a greffé les guibolles d'un type à l'envers, poursuivit le caporal Croume. Quel intérêt pour un soldat, hein ?

— Pouvoir avanfer et battre en retraite en même temps ? dit Igor d'un ton égal. Ferfent, fe connais toutes fes fiftoires, et fe ne font que de viles calomnies. Fe ne veux que fervir mon pays. Fe ne ferfe pas les fennuis.

— D'accord, concéda le sergent. Nous non plus. Signez d'une croix, et vous promettez de pas faire l'imbécile avec le cerveau du caporal Croume, vu ? Encore une signature ? Parole, on a aujourd'hui tout

34

un putain de collège de recrues, à ce que j'vois. Remets-lui son denier en carton, caporal.

— Merfi, dit Igor. Et fe voudrais donner un coup de fiffon au portrait, si fa ne vous fait rien. » Il sortit un petit bout de tissu.

« L'essuyer ? s'étonna Croume. C'est autorisé, sergent ?

— Pourquoi vous voulez l'essuyer, monsieur ? demanda Jackrum.

— Pour enlever les démons finvifibles, répondit Igor.

— J'vois pas de démons invis… commença Croume qui se tut d'un coup.

— Laisse-le, d'accord ? ordonna Jackrum. C'est une de leurs petites manies.

— Paraît pas correct, marmonna Croume. Frise la trahison…

— Vois pas quel mal y aurait à faire un brin de toilette à la vieille, trancha sèchement le sergent. Suivant. Oh… »

Igor, après avoir soigneusement essuyé le portrait taché et lui avoir donné un baiser pour la forme, vint se poster près de Margot et lui adressa un sourire penaud. Mais elle observait la recrue suivante.

Le jeune homme était petit et plutôt mince, ce qui n'avait rien d'étonnant dans un pays où on trouvait rarement assez à manger pour devenir gras. Mais il portait des vêtements noirs, onéreux de surcroît, comme un aristocrate ; il portait même une épée. Le sergent paraissait donc inquiet. On risquait évidemment de s'attirer des ennuis en parlant de travers à un aristo qui avait peut-être des amis haut placés.

« Vous êtes sûr de venir à la bonne adresse, monsieur ? demanda-t-il.

— Oui, sergent. Je souhaite m'engager. »

Le sergent Jackrum bougea, mal à l'aise. « Oui, monsieur, mais je suis pas certain qu'un gentilhomme comme vous…

— Allez-vous m'enrôler, oui ou non, sergent ?

— C'est pas l'habitude pour un gentilhomme de s'engager comme simple soldat, monsieur, marmonna le sergent.

— Ce que vous voulez dire, sergent, c'est : est-ce qu'on me recherche ? Ma tête est-elle mise à prix ? Et la réponse est non.

— Et une populace avec des fourches ? lança le caporal Croume. C'est un putain de vampire, sergent ! Tout le monde peut le voir ! C'est un ruban noir ! Regardez, il a l'insigne !

— Lequel dit : "Pas une goutte", précisa le jeune homme d'un ton calme. Pas une goutte de sang humain, sergent. Une prohibition que je respecte depuis bientôt deux ans grâce à la Ligue de tempérance. Bien entendu, si vous avez une objection personnelle à formuler, sergent, il vous suffit de m'en faire part par écrit. »

Ce qui était une manœuvre habile, se dit Margot. Ces vêtements coûtaient beaucoup d'argent. La plupart des familles de vampires appartenaient à la haute noblesse. On ne savait jamais qui était apparenté à qui donc… non seulement à qui donc, à vrai dire, mais à qui. Les « qui » risquaient fort de causer beaucoup plus d'ennuis que le « qui donc » courant. Le sergent voyait se dérouler devant lui un kilomètre de route semée d'embûches.

« Faut vivre avec son temps, caporal, dit-il en décidant de ne pas s'y engager. Et on a grand besoin d'hommes.

— Ouais, mais… et s'il veut me sucer tout mon sang au milieu de la nuit ? objecta Croume.

— Ben, faudra qu'il attende que le soldat Igor ait fini de chercher ton cerveau, non ? cracha le sergent. Signez ici, monsieur. »

La plume grinça sur le papier. Au bout d'une ou deux minutes, le vampire retourna le papier et continua de l'autre côté. Les vampires portent des noms interminables.

« Mais vous pouvez m'appeler Maladict, dit-il en laissant retomber la plume dans l'encrier.

— Merci beaucoup, je dois dire, mons… soldat. Donne-lui le denier, caporal. Une chance qu'il soit pas en argent, hein ? Haha !

— Oui, fit Maladict. Une chance.

— Suivant ! » lança le sergent. Margot vit un garçon de ferme, le pantalon retenu par une ficelle, s'approcher de la table en traînant les pieds et poser les yeux sur la plume avec l'air de perplexité irritée de celui qui rencontre une technologie nouvelle.

Elle revint vers le comptoir. Le patron lui lança un regard noir à la façon de tous les mauvais tauliers de l'univers. Comme aimait à le répéter son père, quand on tient une auberge, soit on aime les gens soit on devient dingue. Bizarrement, certains dingues prenaient mieux soin de leur bière que la plupart des taverniers. Mais l'odeur ambiante disait que ce n'était pas le cas ici.

Elle s'accouda au comptoir. « Une pinte, s'il vous plaît », demanda-t-elle, puis elle suivit d'un œil morne l'homme qui lui signifia d'un froncement de sourcils qu'il avait reçu le message avant de se tourner vers les gros fûts. La bière allait être aigre, Margot le savait, le patron devait reverser tous les soirs dans le fût la poubelle qui recueillait les gouttes sous le robinet, il ne remettait pas le fausset, et... oui, il allait la servir dans une chope de cuir qu'on n'avait sans doute jamais lavée.

Deux nouvelles recrues s'envoyaient déjà leurs pintes avec tous les signes audibles du plaisir. Mais on était à Plün, après tout. Tout ce qui permettait de l'oublier méritait sûrement qu'on le boive.

Un des deux engagés commenta : « Chouette bibine, hein ? » Son voisin rota et répondit : « Jamais bu d'meilleure, ouais. »

Margot flaira la chope. Vu l'odeur, elle n'en aurait pas servi le contenu à des cochons. Elle en but une gorgée et changea radicalement d'avis. Elle en aurait servi à des cochons. Ces gars-là n'ont encore jamais goûté à de la bière, se dit-elle. C'est comme disait papa. À la campagne, on trouve des gars prêts à s'enrôler pour une culotte inoccupée. Puis ils boiront cette cochonnerie et feront semblant d'aimer ça comme des hommes, holà, hier soir qu'est-ce qu'on s'est mis, hein, les gars ? Et puis...

Oh, bon sang... ça lui fit penser... À quoi ressemblaient les cabinets, ici ? Ceux des hommes dans la cour de chez elle étaient déjà repoussants. Margot y balançait deux grands seaux d'eau tous les matins en tâchant de ne pas respirer. Une mousse verte bizarre poussait sur le sol en ardoise. Et la Duchesse était une bonne auberge. Y descendaient des clients qui se déchaussaient avant de se mettre au lit.

Elle plissa les yeux. Cet imbécile devant elle, un imbécile dont l'unique sourcil démesuré accomplissait le travail de deux, leur servait des eaux sales et du vinaigre infect juste avant qu'ils partent à la guerre...

« Fette bière, dit Igor sur sa droite, a goût de piffe de feval. »

Margot recula. Même dans un tel bistro, ces propos pouvaient entraîner la mort.

« Oh, tu t'y connais, hein ? fit le tenancier en se penchant au-dessus du jeune engagé. Déjà bu d'la pisse de cheval, hein ?

— Oui », répondit Igor.

Le patron brandit un poing sous son nez. « Maintenant tu vas m'écouter, espèce de petit zozoteur... »

Un bras maigre et noir jaillit à une vitesse étonnante, et une main pâle saisit le poignet de l'homme. Le sourcil unique se tordit, soudain mis au supplice.

« Alors voilà la situation, dit Maladict sans élever la voix. Nous sommes des soldats de la duchesse, vous êtes d'accord ? Dites simplement "ouille". »

Il avait dû serrer. L'homme gémit.

« Merci. Et vous servez comme boisson de la bière qu'on pourrait qualifier d'eau croupie, reprit Maladict sur le même ton égal de la conversation. Moi, bien entendu, je ne bois pas de... pisse de cheval, mais je jouis d'un sens de l'odorat extrêmement développé, et je préférerais franchement ne pas énumérer à haute voix la liste de tout ce que je flaire dans cette cochonnerie, alors nous dirons seulement "crottes de rat" et nous en tiendrons là, d'accord ? Contentez-vous de gémir. Bravo. » Au bout du comptoir, une des nouvelles recrues vomit. Les doigts du patron étaient devenus blancs. Maladict hocha la tête d'un air satisfait.

« Mettre un soldat dans l'incapacité de servir madame la duchesse en temps de guerre est un crime qui relève de la trahison », dit-il. Il se pencha vers le patron. « Passible, évidemment, de la peine de… mort. » Maladict prononça ce dernier mot avec un certain plaisir. « Cependant, si vous aviez par hasard dans votre établissement un autre fût de bière, vous savez, une bière de qualité, celle que vous réserveriez aux amis si vous aviez des amis, je suis sûr que nous pourrions oublier ce petit incident. Je vais maintenant vous lâcher le poignet. Votre sourcil me dit que vous savez réfléchir, et si votre réflexion vous suggère de revenir en trombe avec un gros gourdin, je voudrais qu'elle s'intéresse plutôt à ceci : à ce ruban noir que je porte. Vous savez ce qu'il signifie, n'est-ce pas ? »

Le patron grimaça et marmonna : « Ligue de temp'rance…

— Voilà ! Bravo ! dit Maladict. Et je vous livre un autre sujet de réflexion s'il vous reste de la place. J'ai uniquement fait vœu de ne pas boire de sang humain. Entendez par là que je peux vous flanquer dans l'entrejambe un coup de pied tellement violent que vous en deviendrez subitement sourd. »

Il relâcha son étreinte. Le patron se redressa lentement. Il avait forcément un gourdin court sous le comptoir, Margot le savait. Chaque tavernier en avait un. Même son père. C'était d'un grand secours, disait-il, en période d'inquiétude et de désordre. Elle vit se tordre les doigts de la main valide.

« Non, conseilla-t-elle. Je crois qu'il ne rigole pas. »

Le patron se détendit. « Y a eu une petite méprise, messieurs, marmonna-t-il. J'ai pas apporté le bon fût. Je voulais pas vous froisser. » Il partit en traînant les pieds, et on voyait presque sa main palpiter.

« F'ai feulement dit que f'était de la piffe de feval, rappela Igor.

— Il va filer doux, dit Margot à Maladict. Il sera ton ami à partir de maintenant. Il a compris qu'il ne pouvait pas te battre, alors il sera ton plus grand copain. »

Maladict posa sur elle un regard songeur. « Moi, je le sais, fit-il. Comment est-ce que tu le sais, toi ?

— J'ai travaillé dans une auberge, répondit Margot en sentant son cœur battre plus vite, comme toujours quand les mensonges faisaient la queue. On apprend à lire dans la tête des gens.

— Qu'est-ce que tu faisais à l'auberge ?

— Serveur.

— Il y a une autre auberge dans ce trou, dis-moi ?

— Oh non, je ne suis pas d'ici. »

Margot gémit en entendant sa propre voix et attendit la question : « Alors pourquoi es-tu venu ici pour t'engager ? » Mais elle resta informulée.

Maladict se contenta de hausser les épaules. « Je crois que personne n'est d'ici », dit-il.

Deux autres nouveaux engagés arrivèrent au comptoir. Ils avaient le même air : penauds, un peu méfiants, dans des vêtements pas à leur taille. Sourcil réapparut avec un petit tonnelet qu'il posa respectueusement sur un guéridon avant de le mettre délicatement en perce. Il sortit une véritable chope en étain de sous le comptoir, la remplit et la tendit craintivement à Maladict.

« Igor ? fit le vampire en écartant la chope du geste.
— Fe vais m'en tenir à la piffe de feval, fi fa vous fait rien », dit Igor. Il regarda autour de lui dans le silence qui s'était soudain abattu. « Écoutez, fe n'ai famais dit que f'aimais pas fa », expliqua-t-il. Il fit glisser sa chope sur le comptoir. « La même fofe ? »

Margot prit la nouvelle chope et la flaira. Puis elle but une gorgée.

« Pas mal, dit-elle. Au moins, ç'a goût de... »

La porte s'ouvrit d'une poussée, laissant entrer les bruits de la tempête. Un troll s'introduisit à peu près aux deux tiers dans la taverne puis réussit à faire passer le reste.

Margot n'avait rien contre les trolls. Elle en croisait parfois dans les bois, assis au milieu des arbres ou marchant sur des sentiers d'un pas pesant mais résolu, en route vers on ne savait quelles affaires de trolls. Ils n'étaient pas aimables, ils étaient... résignés. Le monde est peuplé d'humains, il faut s'y faire. Ils ne valent pas le coup qu'on attrape une indigestion. On ne peut pas tous les tuer. Il faut s'en écarter. Leur marcher dessus ne donne rien de bon à long terme.

De temps en temps, un paysan en embauchait un pour effectuer des travaux pénibles. Parfois ils venaient, parfois non. D'autres fois ils venaient, se déplaçaient lourdement dans un champ en arrachant les souches d'arbre comme s'il s'agissait de carottes puis s'en repartaient nonchalamment sans attendre d'être payés. Beaucoup d'activités humaines laissaient les trolls perplexes, et vice versa. La plupart du temps on s'évitait.

Mais elle voyait rarement des trolls aussi... trolls que celui-ci. On aurait dit un gros rocher qui aurait passé des siècles dans l'humidité des forêts de pins. Du lichen le recouvrait. Des rideaux de mousse grise filandreuse lui pendouillaient de la tête et du menton. Un nid d'oiseau lui encombrait une oreille. Il tenait un véritable gourdin de troll, fait d'un jeune arbre déraciné. C'était presque un troll pour rire, sauf que personne n'avait envie de rigoler. L'extrémité aux racines du jeune arbre rebondit par terre tandis que le troll, sous les yeux des recrues et d'un caporal Croume horrifié, se dirigeait en traînant les pieds vers la table.

« Veux m'engager, dit-il. Veux faire ma part. Donner denier.

— T'es un troll ! s'exclama Croume.

— Allons, allons, pas de ça, caporal, intervint le sergent Jackrum. Pas de questions, pas de commentaires.

— Pas de questions ? Pas de questions ? C'est un troll, chef ! Il est tout escarpé ! Y a de l'herbe qui lui pousse sous les ongles ! C'est un troll !

— Exact, dit le sergent. Tu l'enrôles.

— Tu veux te battre avec nous ? » couina Croume. Les trolls n'avaient pas la notion de l'espace qu'ils occupaient, et une tonne de ce qui était en définitive une espèce de rocher se dressait juste au-dessus de la table.

Le troll analysa la question. Les recrues restaient immobiles, silencieuses, les chopes à mi-chemin de leurs lèvres.

« Non, finit-il par dire. Vais me battre avec haineux mis. Vive la... » Il marqua un temps et leva les yeux au plafond. Ce qu'il y cherchait lui resta manifestement invisible. Après quoi il se regarda les pieds, sur lesquels poussait de l'herbe. Puis sa main libre dont il bougea les doigts comme s'il comptait quelque chose. « ... duchesse », conclut-il. L'attente avait été longue.

La table grinça lorsque le troll y posa la main, la paume en l'air. « Donner denier.

— On a que les bouts de pap... » commença le caporal Croume. Le sergent Jackrum lui expédia un coude dans les côtes.

« Parole, t'es fou ? souffla-t-il. Y a une prime dix fois plus grosse quand on enrôle un troll ! » Il plongea l'autre main dans sa veste, en sortit un vrai denier en argent et le déposa dans la paume gigantesque. « Bienvenue dans ta nouvelle vie, l'ami ! Je vais inscrire ton nom, d'accord ? Comment tu t'appelles ? »

Le troll regarda successivement le plafond, ses pieds, le sergent, le mur et la table. Margot vit ses lèvres remuer. « Carborundum ? proposa-t-il.

— Ouais, sans doute, commenta le sergent. Euh... ça te dirait de te ras... de couper une partie de ces poi... de cette mousse ? On a un... une espèce de... de règlement... »

Mur, plancher, plafond, table, doigts, sergent. « Non, répondit Carborundum.

— D'accord. D'accord. D'accord, fit aussitôt le sergent. C'est pas vraiment un règlement, à la vérité, plutôt un conseil. Et idiot, en plus, hein ? Je l'ai toujours pensé. Ravi de te compter parmi nous », ajouta-t-il avec ferveur.

Le troll lécha la pièce qui resplendit comme un diamant dans sa main. Il avait bel et bien de l'herbe qui lui poussait sous les ongles, nota Margot. Puis Carborundum se traîna vers le comptoir. Les clients s'écartèrent instantanément, parce qu'on ne laissait jamais à l'arrière d'une foule les trolls qui agitaient de l'argent en essayant d'attirer l'attention du serveur.

Il brisa la pièce en deux et lâcha les deux moitiés sur le comptoir. Sourcil déglutit. On s'attendait à ce qu'il demande : « Vous êtes sûr ? » sauf que ce n'est pas une question qu'un serveur pose à un client pesant plus d'une demi-tonne. Carborundum réfléchit un moment puis annonça : « Donner boire. »

Sourcil hocha la tête, disparut un bref instant dans le local derrière le comptoir et revint en tenant une chope à deux anses. Maladict éternua. Les larmes montèrent aux yeux de Margot. C'était une de ces odeurs qu'on sent avec les dents. Le bistro brassait peut-être de la bière infecte comme il se devait, mais ça, c'était du vinaigre qui brûlait les yeux.

Sourcil largua dedans une moitié de la pièce d'argent, puis prit dans le tiroir-caisse un sou de cuivre qu'il tendit au-dessus de la chope fumante. Le troll hocha la tête. Avec un soupçon de cérémonie, tel un serveur de cocktail lâchant la petite ombrelle dans un « caleçon brûlant », Sourcil laissa tomber le sou de cuivre.

D'autres bulles montèrent. Igor regarda avec intérêt. Carborundum souleva la chope avec un doigt de chacune de ses mains comme des pelles et avala le contenu d'une seule lampée. Il resta un moment comme cloué sur place puis reposa doucement la chope sur le comptoir.

« Ça serait p't-être une bonne idée de vous reculer un peu, messieurs, murmura Sourcil.

— Qu'est-ce qui va se passer ? demanda Margot.

— Aucun réagit de la même façon, répondit Sourcil. On dirait que celui-là... non, le v'là parti... »

Avec beaucoup de style, Carborundum bascula en arrière. Il ne s'affaissa pas au niveau des genoux, ne fit aucune tentative efféminée d'amortir sa chute. Il passa de la position debout, la main tendue devant lui, à une position couchée, la main tendue en l'air. Il se balança même doucement un instant après avoir touché terre.

« Tient pas la boisson, dit Sourcil. Typique des jeunots. Ça veut jouer les gros trolls, ça débarque, ça commande un "Assommoir électrique" et ça le supporte pas.

— Va-t-il reprendre connaissance ? demanda Maladict.

— Non, il va rester comme ça jusqu'à l'aube, m'est avis, répondit Sourcil. Le cerveau s'arrête de fonctionner.

— Ça devrait pas trop le gêner, alors, dit le caporal Croume en se levant. Bon, bande de minables, vous dormez dans la cabane à l'arrière, compris ? Quasiment pas de fuites dans le toit, presque pas de rats. Départ à l'aube ! Vous êtes maintenant dans l'armée ! »

Margot était étendue dans le noir sur un lit de paille sentant le moisi. Pas question que quiconque se déshabille. La pluie martelait le toit et le vent soufflait par un interstice sous la porte malgré les efforts d'Igor pour le colmater avec de la paille. On échangea des propos décousus grâce auxquels Margot apprit qu'elle partageait la cabane humide et froide avec Licou

« Biroute », Manicol « Chouffe », Goum « Pignole » et Friton « l'Asperge ». Maladict et Igor n'avaient pas eu droit à des surnoms qu'on pouvait répéter. À l'unanimité, elle était devenue Chouquette.

À la vague surprise de Margot, le jeune homme désigné par le sobriquet de Pignole avait sorti de son paquetage un petit portrait de la duchesse et l'avait nerveusement accroché à un vieux clou. Personne ne dit mot quand il pria devant. C'était ce qu'on attendait de chacun.

On disait que la duchesse était morte...
Margot faisait la vaisselle quand elle avait entendu les hommes discuter tard un soir, et seule une femme peu douée n'arrive pas à suivre une conversation privée en faisant du bruit en même temps.

Morte, avaient-ils affirmé, mais les habitants de PrinceMarmadukePiotreAlbertHansJosephBernhardtWilhelmsberg refusaient de l'admettre. Comme il n'y avait pas d'enfants, et compte tenu de ces histoires de rois qui se mariaient à tout bout de champ avec leurs cousines ou leurs grands-mères, le trône ducal reviendrait au prince Heinrich de Zlobénie. Voilà ! Incroyable, non ? C'est pour ça qu'on ne la voit jamais, pas vrai ? Et on n'avait pas peint de nouveau portrait depuis des années. Donne à réfléchir, hein ? Oh, on prétend qu'elle a pris le deuil à cause du jeune duc, mais ça remonte à plus de soixante-dix ans ! Paraît qu'elle a été enterrée en secret et...

C'est là que son père avait interrompu tout net son

interlocuteur. Dans le cas de certaines conversations, on évite même de laisser le souvenir qu'on se trouvait dans la pièce où elle a eu lieu.

Morte ou vivante, la duchesse tenait son monde à l'œil.

Les recrues essayèrent de dormir.

De temps en temps, quelqu'un rotait ou expulsait bruyamment un vent, et Margot répliquait par de fausses éructations de son cru. Ce qui parut inspirer de plus grands efforts de la part des autres dormeurs, au point que le toit en vibra et que de la poussière en tomba avant que tout le monde se calme. À deux ou trois reprises elle en entendit qui sortaient d'un pas chancelant, en théorie pour se rendre aux cabinets mais sûrement, vu l'impatience masculine en la matière, pour faire leurs petites commissions au plus près. Une fois, alors qu'elle émergeait et replongeait dans un rêve agité, elle crut entendre sangloter.

En évitant autant que possible les bruissements, Margot sortit la dernière lettre maintes fois pliée, maintes fois lue, maintes fois tachée de son frère pour la parcourir à la lueur de la bougie solitaire et coulante. Les censeurs l'avaient ouverte et sérieusement mutilée, et elle portait le cachet de la duchesse. Elle disait :

Chers vous tous,
On est à ▇▇▇ *qui est* ▇▇▇ *avec* ▇▇▇ *gros truc avec des nœuds. Le* ▇▇ *on* ▇▇▇▇▇▇▇

▪▪▪ *ce qui est aussi bien parce que j'en ai* ▪▪▪.
Je vais bien. On mange ▪▪▪.
▪▪▪ *on* ▪▪▪ *à la* ▪▪▪ *mais mon copain* ▪▪▪ *dit de ne pas m'inquiéter, tout sera terminé avant* ▪▪▪ *et on aura tous des médailles.*
Courage !
Paul.

L'écriture était appliquée ; c'était celle excessivement régulière et lisible de celui qui doit réfléchir à chaque lettre. Elle la replia lentement. Paul avait voulu des médailles parce qu'elles brillaient. Ça remontait à presque un an, à une époque où la moindre unité de recrutement qui passait s'en repartait avec la majeure partie d'un bataillon, et des villageois avaient salué leur départ avec des drapeaux et de la musique. Il arrivait, aujourd'hui, que des groupes plus réduits d'hommes reviennent. Aux plus chanceux ne manquaient qu'un bras ou une jambe. Il n'y avait plus de drapeaux.

Elle déplia un autre bout de papier. C'était un pamphlet. Il portait en en-tête « La voix des mères de Borogravie ! » Les mères de Borogravie proclamaient sans détour qu'elles voulaient envoyer leurs fils à la guerre contre l'agresseur zlobène et se servaient pour ça d'une ribambelle de points d'exclamation. Ce qui était bizarre car les mères de Munz n'avaient pas paru emballées à l'idée de voir leurs garçons partir à la guerre et avaient carrément tenté de les retenir. Pourtant, plusieurs exemplaires du pamphlet avaient atterri dans chaque foyer, semblait-il. Il était très patriotique. Disons qu'il parlait d'exterminer les étrangers.

Margot avait tant bien que mal appris à lire et écrire parce que l'auberge était grande, que c'était un commerce, qu'il fallait tout pointer et enregistrer. Sa mère lui avait appris à lire, ce qui convenait à Nuggan, et son père avait veillé à ce qu'elle sache écrire, ce qui ne convenait pas au dieu. Une femme qui savait écrire était une abomination aux yeux de Nuggan, selon le père Jupe ; tout ce qu'elle écrivait serait par définition un mensonge.

Mais Margot avait tout de même appris parce que Paul ne savait pas, du moins pas au niveau exigé pour s'occuper d'une auberge aussi active que la Duchesse. Il arrivait à lire s'il suivait les lignes lentement du doigt, et il écrivait des lettres à la vitesse d'un escargot, avec force minutie et respiration bruyante, comme un orfèvre assemblant un bijou. Il était costaud, bonne pâte, lent, capable de soulever des fûts de bière comme s'il s'agissait de jouets, mais il n'était pas à son affaire avec la paperasse. Leur père avait laissé entendre à Margot, gentiment mais très souvent, qu'elle devrait se tenir juste derrière lui le jour où il prendrait la direction de la Duchesse. Livré à lui-même, sans personne pour lui dire quoi faire, son frère n'était bon qu'à observer les oiseaux, les bras ballants.

Paul avait insisté pour qu'elle lui lise l'intégralité du pamphlet « La voix des mères de Borogravie ! », y compris les passages sur les héros et la grandeur de mourir pour son pays. Elle regrettait aujourd'hui d'avoir accédé à sa demande. Ce qu'on lui disait, Paul le faisait. Malheureusement, il le croyait aussi.

Margot rangea les papiers et s'assoupit à nouveau jusqu'à ce que sa vessie la réveille. Ah, bah, à une heure aussi matinale, au moins elle ne rencontrerait personne. Elle tendit la main pour prendre son sac et sortit aussi doucement que possible sous la pluie.

Laquelle tombait maintenant surtout des arbres rugissant dans le vent qui balayait la vallée. Les nuages cachaient la lune, mais il y avait juste assez de clarté pour distinguer les bâtiments de l'auberge. Une certaine grisaille donnait à penser que s'annonçait ce qui passait pour l'aube à Plün. Elle repéra les cabinets des hommes, qu'on ne pouvait pas qualifier de particuliers car la puanteur qui y régnait trahissait une fréquentation multiple.

Cet instant avait nécessité beaucoup de préparation et d'entraînement. La coupe à l'ancienne mode du pantalon aux amples rabats à boutons lui facilitait la tâche, ainsi que les expériences auxquelles elle s'était livrée très tôt le matin quand elle procédait au nettoyage. En bref, avec force précaution et attention aux détails, elle avait découvert qu'une femme pouvait pisser debout. En tout cas, ça marchait à l'auberge familiale, dans les cabinets qu'on avait conçus et bâtis dans l'optique certaine que les clients ne savaient pas viser.

Le vent secouait la cabane humide et froide. Elle songea dans le noir à tata Hattie, qui était devenue un peu bizarre vers son soixantième anniversaire et accusait constamment les jeunes gens qui passaient de reluquer sous sa robe. Elle était encore pire après un verre de vin et elle racontait toujours la même et unique blague : « Pour quoi faire est-ce qu'un homme se met debout, une femme s'assoit et un chien lève la patte ? » Et alors, quand tout le monde était trop gêné pour répondre, elle hurlait d'un air triomphant : « Pour donner une poignée de main ! » avant de s'écrouler par terre. Tata Hattie était une abomination à elle seule.

Margot reboutonna le pantalon avec un sentiment d'ivresse. Elle avait franchi un pas, se disait-elle, une impression qui se confirma quand elle s'aperçut qu'elle avait les pieds au sec.

« Psst ! » fit quelqu'un.

Par chance, elle avait déjà changé son poisson d'eau. La panique lui comprima aussitôt tous les muscles. Où se cachait la voix ? Ce n'était qu'une vieille cabane pourrie ! Oh, il y avait quelques cabines, mais l'odeur seule donnait nettement à penser que les bois plus loin seraient bien préférables. Même par une nuit de tempête. Même avec des loups en sus.

« Oui ? chevrota-t-elle avant de s'éclaircir la gorge et de répéter d'un ton un peu plus bourru : Oui ?

— Tu vas avoir besoin de ça », souffla la voix. Dans l'obscurité fétide, elle distingua quelque chose qui se dressait au-dessus d'une cabine. Elle leva un bras nerveux et toucha une matière douce. C'était une boule de laine. Ses doigts l'explorèrent.

« Une paire de chaussettes ? s'étonna-t-elle.

— Exact. Sers-t'en, dit la voix mystérieuse et rauque.

— Merci, mais j'en ai apporté plusieurs paires... » commença Margot.

Elle entendit un faible soupir. « Non, pas pour les mettre aux pieds. Tu te les fourres par-devant dans le pantalon.

— Comment ça ?

— Écoute, fit la voix avec patience. T'as pas de renflement là où tu devrais pas en avoir. Ça, c'est bien.

Mais t'en as pas non plus là où il t'en faudrait. Tu sais ? Plus bas ?

— Oh ! Euh… je… mais… je ne croyais pas qu'on remarquerait… » dit Margot, rouge de confusion. On l'avait repérée ! Mais il n'y avait pas de clameurs, pas de cris, pas de citations furieuses du *Livre de Nuggan*. Quelqu'un l'aidait. Quelqu'un qui l'avait vue…

« C'est marrant, dit la voix, mais ils repèrent ce qui manque davantage que ce qui est là. Juste une paire, remarque. Vois pas trop grand. »

Margot hésita. « Hum… ça se remarque ? demanda-t-elle.

— Non. C'est pour ça que je te file les chaussettes.

— Je veux dire que… que je ne suis pas… que je suis…

— Pas vraiment, répondit la voix dans le noir. Tu t'en sors bien. Tu donnes l'image d'un jeune homme effrayé qui veut paraître important et brave. Tu pourrais te mettre les doigts dans le nez un peu plus souvent. C'est un conseil. Peu de choses intéressent un jeune homme davantage que le contenu de ses narines. J'ai maintenant une faveur à te demander en retour. »

Moi, je ne t'ai rien demandé, songea Margot, un peu ennuyée qu'on la prenne pour un jeune homme effrayé alors qu'elle était sûre de donner l'image d'un jeune homme décontracté, maître de soi. Mais elle répliqua d'une voix calme : « Quoi donc ?

— T'as du papier ? »

Sans un mot, Margot sortit de sa chemise « La voix des mères de Borogravie ! » qu'elle tendit au-dessus d'elle. Elle entendit qu'on grattait une allumette puis sentit une odeur de soufre qui ne fit qu'améliorer les conditions ambiantes.

« Dis, c'est l'écusson de madame la duchesse que j'ai sous les yeux, non ? chuchota la voix. Eh ben, je vais pas l'avoir longtemps sous les yeux. Tire-toi... mon gars. »

Margot sortit en vitesse dans la nuit, toute retournée, ahurie, hébétée, presque asphyxiée, et se dirigea vers la porte de la grange. Mais à peine avait-elle refermé le battant derrière elle, et alors qu'elle clignait encore des yeux dans l'obscurité, qu'il se rouvrit brusquement pour laisser entrer le vent, la pluie et le caporal Croume.

« D'accord, d'accord ! Fini de s'tâter les roub... bah, vous seriez même pas capables de les trouver... et on saute dans ses grolles ! Hop hop hi ho hop hop... »

Des silhouettes bondirent soudain en l'air ou tombèrent par terre tout autour de Margot. Leurs muscles avaient dû directement obéir à la voix car aucun cerveau n'aurait pu embrayer aussi vite. Le caporal Croume, conformément à la loi des sous-officiers, réagit en aggravant encore le désordre.

« Bon sang, une bande de vieilles femmes se remueraient plus vite que vous ! cria-t-il d'un air satisfait tandis que les recrues brassaient l'air à la recherche de leur veste et de leurs chaussures. À vos rangs ! Rasez-vous ! Chaque soldat du régiment doit être rasé de frais, c'est un ordre ! Habillez-vous ! Pignole, je t'ai à l'œil ! On se remue ! On se remue ! Petit-déjeuner dans cinq minutes ! Le dernier arrivé aura pas de saucisse ! Oh là là, quelle putain de bande de crétins ! »

Les quatre petits cavaliers qu'étaient la Panique, la Confusion, l'Ignorance et la Vocifération prirent possession du local, à la grande jubilation obscène du caporal Croume. Malgré tout, Margot franchit la porte en se baissant, sortit une petite timbale en fer-blanc de son sac, la plongea dans une citerne à eau de pluie, la posa en équilibre sur un vieux tonneau derrière l'auberge et entreprit de se raser.

Elle s'était aussi exercée pour ça. Le secret résidait dans le vieux coupe-chou qu'elle avait pris soin d'émousser. Et ensuite dans le blaireau et le savon. On s'appliquait beaucoup de mousse, on s'enlevait beaucoup de mousse, et on s'était rasé, non ? Forcément, chef, sentez comme c'est doux…

Elle était à mi-rasage quand une voix près de son oreille brailla : « Qu'est-ce que tu crois faire, deuxième classe Burette ? »

Par chance, la lame était émoussée.

« Barette, chef ! rectifia-t-elle en s'essuyant le nez. Je me rase, chef ! C'est Barette, chef !

— Chef ? Chef ? J'suis pas un chef, Burette, j'suis un putain d'caporal, Burette. Ça veut dire que tu m'appelles "caporal", Burette. Et tu te rases dans une timbale réglementaire de l'armée, Burette, qu'on t'a pas encore fournie, d'accord ? T'es un déserteur, Burette ?

— Non, ch… caporal !

— Un voleur, alors ?

— Non, caporal !

— Alors comment ça se fait que t'aies une putain de timbale, Burette ?

— L'ai prise à un mort, chef… caporal ! »

La voix de Croume, qui ne descendait de toute façon jamais en dessous du cri, devint un hurlement strident de rage. « T'es un pillard ?

— Non, caporal ! Le soldat... »

... était mort presque dans ses bras, par terre à l'auberge.

Une demi-douzaine d'hommes composaient ce groupe de héros de retour au pays. Ils avaient dû cheminer, exsangues, pendant des jours avec patience pour regagner péniblement de petits villages dans les montagnes. Margot avait dénombré neuf bras, dix jambes et dix yeux dans l'ensemble du groupe.

Mais les pires, d'une certaine façon, c'étaient ceux qui avaient l'air entiers. Ils gardaient leurs capotes puantes boutonnées serré en guise de bandages pardessus on ne savait quelles horreurs innommables, et ils dégageaient une odeur de mort. Les habitués de l'auberge leur avaient fait de la place et s'étaient mis à parler tout bas, comme dans un lieu saint. Son père, d'ordinaire peu enclin aux sentiments, avait versé sans un mot une dose généreuse d'alcool dans chaque chope de bière et refusé tout paiement. Il se trouva qu'ils apportaient des lettres de soldats encore au combat et l'un d'eux avait celle de Paul. Il l'avait poussée sur la table vers Margot alors qu'elle leur servait du ragoût puis, sans faire de manières, il était mort.

Le reste des hommes s'était remis en route plus tard le même jour, d'un pas mal assuré, en emportant, pour donner à ses parents, la médaille en métal à pot prise dans la poche de capote du soldat ainsi que l'éloge officiel de la duchesse qui l'accompagnait. Margot y avait jeté un coup d'œil. L'éloge était imprimé, de même que la signature de la duchesse, et on avait inscrit dans un blanc prévu à cet effet le nom du soldat, en pattes de mouche parce qu'il avait un patronyme plus long que la moyenne. Les dernières lettres se tassaient les unes contre les autres.

Ce sont de tels détails qu'on se rappelle quand envahit l'esprit une rage chauffée à blanc contre le reste du monde. En dehors de la lettre et de la médaille, tout ce que l'homme avait laissé derrière lui, c'étaient une chope en fer-blanc et, par terre, une tache qui ne partirait jamais.

Le caporal Croume écouta d'un air impatient une version légèrement adaptée. Margot voyait travailler son cerveau. La chope avait appartenu à un soldat ; maintenant elle appartenait à un autre soldat. Les faits étaient là, et il ne pouvait pas y changer grand-chose. Il préféra se retrancher sur le terrain plus sûr de l'injure.

« Comme ça, tu te crois malin, Burette ? fit-il.

— Non, caporal.

— Oh ? Alors t'es bête, hein ?

— Ben, je me suis engagé, caporal », dit humblement Margot. Quelque part derrière Croume, quelqu'un ricana.

« Je te tiens à l'œil, Burette, grogna un Croume provisoirement vaincu. Avise-toi de faire un faux pas, c'est tout. » Il s'en repartit à grandes enjambées.

« Hum... » fit une voix à côté de Margot. Elle se tourna pour voir un autre jeune homme qui portait des vêtements d'occasion et affichait un air de nervosité dissimulant mal une colère bouillonnante. Il était grand, roux, mais il avait les cheveux coupés si court que ce n'était plus qu'un duvet.

« Tu es Biroute, c'est ça ? demanda-t-elle.

— Ouais, et... euh... tu peux me prêter ton nécessaire de rasage, hein ? »

Margot regarda un menton aussi dépourvu de poils qu'une boule de billard. Le jeune homme s'empourpra.

« Faut bien commencer un jour, hein ? lança-t-il d'un air provocant.

— Le rasoir a besoin d'être aiguisé, dit Margot.

— Pas de souci, je sais faire ça », répliqua Biroute.

Margot tendit sans un mot le gobelet avec le rasoir et profita de l'occasion pour plonger dans les cabinets pendant que tout le monde était occupé. Ce fut l'affaire d'un instant de mettre les chaussettes en place. Les y maintenir posa un problème qu'elle résolut en déroulant un bout de l'une d'elles pour le coincer plus haut sous sa ceinture. Les chaussettes lui procurèrent une drôle de sensation et lui parurent étrangement lourdes pour une petite boule de laine. En marchant d'un pas un peu maladroit, Margot rentra constater quelles horreurs lui réservait le petit-déjeuner.

Il lui réservait du pain de cheval rassis, de la saucisse et de la bière très légère. Elle saisit une saucisse, une tranche de pain et s'assit.

Il fallait se concentrer pour manger du pain de cheval. On en voyait beaucoup plus ces temps-ci, un pain fait à partir de farine pulvérisée avec des restes de purée de pois cassés, de haricots et de légumes séchés. C'était en principe destiné aux chevaux, pour les mettre en bonne forme. Aujourd'hui, on ne voyait plus grand-chose d'autre sur la table, et en quantité de plus en plus réduite. Il fallait du temps et de bonnes dents pour venir à bout d'une tranche de pain de cheval, de même qu'il fallait un manque total d'imagination pour avaler une saucisse moderne. Margot, attablée, se concentra sur sa mastication.

Le seul autre secteur où le calme régnait gravitait autour du soldat Maladict ; il buvait du café comme un jeune homme qui se détend à la terrasse d'un café en donnant l'impression d'avoir tout compris de la vie. Il hocha la tête à l'adresse de Margot.

Était-ce lui dans les cabinets ? se demanda-t-elle. Je suis revenue à l'instant même où Croume s'est mis à hurler et tout le monde à courir partout, à entrer et sortir en trombe. Ça aurait pu être n'importe qui. Est-ce que les vampires vont aux cabinets ? Oui, est-ce qu'ils en ont besoin ? Est-ce qu'on a déjà osé demander ?

« Bien dormi ? lança-t-il.

— Ouais. Et toi ? répliqua Margot.

— Je ne supportais pas la cabane, mais monsieur Sourcil m'a gentiment permis d'occuper sa cave. Les vieilles habitudes ont la vie dure, tu sais. Du moins, ajouta-t-il, les vieilles habitudes acceptables. Je ne me sens pas bien quand je ne pends pas la tête en bas.

— Et tu as eu du café ?

— J'ai apporté ma propre réserve, répondit Maladict en montrant une délicate petite machine à café argentée et dorée, posée sur la table près de sa tasse, et monsieur Sourcil m'a aimablement bouilli un peu d'eau. » Il sourit, ce qui révéla deux longues canines. « C'est étonnant ce qu'on obtient avec un sourire, Olivier. »

Margot hocha la tête. « Euh… est-ce qu'Igor est un ami à toi ? » demanda-t-elle. À la table voisine, Igor s'était trouvé une saucisse, vraisemblablement crue, à la cuisine et l'observait avec une vive attention. Deux fils couraient de la saucisse à une chope de l'horrible bière à goût de vinaigre qui bouillonnait.

« Jamais vu de ma vie, répondit le vampire. Évidemment, quand on en connaît un, on les connaît tous, en un sens. Nous avions un Igor chez nous. De merveilleux travailleurs. Très sûrs. Très fidèles. Et, bien entendu, d'une grande habileté en matière de couture, si tu vois ce que je veux dire.

— Les coutures qu'il a autour de la tête ne me paraissent pas très professionnelles, objecta Margot que l'air supérieur permanent et naturel de Maladict commençait à énerver.

— Oh, ça ? C'est un truc des Igor. C'est la mode chez eux. Comme… les marques tribales, tu sais ? Ils aiment qu'elles se voient. Ha, nous avions autrefois un serviteur qui avait des points de suture tout autour du cou, et il en était extrêmement fier.

— Ah bon ? fit Margot d'une petite voix.

— Oui, et le plus drôle, c'est que ce n'était même pas sa tête ! »

Igor tenait à présent une seringue et contemplait la saucisse avec un air satisfait. L'espace d'un instant, Margot crut voir la saucisse bouger…

« D'accord, d'accord, c'est l'heure, bande de minables ! aboya le caporal Croume en pénétrant d'un air important dans la salle. À vos rangs ! Ça veut dire qu'il faut vous aligner, bande de crétins ! Ça veut dire toi aussi, Burette ! Et vous, cher monsieur le vampire, voudriez-vous vous joindre à nous pour un petit exercice militaire matinal ? Debout ! Et où est ce putain d'Igor ?

— Ifi, fef », répondit Igor juste derrière Croume. Le caporal pivota d'un bloc.

« Comment t'es arrivé là ? beugla-t-il.

— F'est un don, fef, répondit Igor.

— T'avise pas de te glisser encore dans mon dos ! Va te mettre en rang avec les autres ! Maintenant… garde-à-vous ! » Croume poussa un soupir théâtral. « Ça veut dire "se redresser". Vu ? On recommence et on fait pas semblant ! Garde-à-vous ! Ah, je vois le problème ! Vous avez des frocs qui sont tout l'temps au repos ! J'crois que je vais être forcé d'écrire à la duchesse pour lui dire qu'elle devrait exiger d'être remboursée ! Qu'est-ce qui vous fait sourire, monsieur le vampire ? » Croume se campa devant Maladict qui se tenait à un garde-à-vous irréprochable.

« Heureux d'être dans l'armée, caporal !

— Ouais, c'est ça, marmonna Croume. Eh ben, tu l'seras m…

— Tout va bien, caporal ? demanda le sergent Jackrum dont la silhouette s'encadra à l'entrée.

— Pouvait pas rêver mieux, sergent, soupira le caporal. On devrait les renvoyer, oh là là, oui. Valent rien, rien, rien…

— D'accord, les gars. Repos, dit Jackrum en jetant à Croume un regard moins qu'amical. Aujourd'hui on descend à Plotz où on va retrouver les autres groupes de recrutement et où vous toucherez vos uniformes et vos armes, petits veinards. Certains d'entre vous se sont déjà servis d'une arme ? Toi, Barette ? »

Margot rabaissa la main. « Un peu, sergent. Mon frère m'a un peu montré quand il est venu en permission, et de vieux clients au bistro où je travaillais m'ont donné des tuyaux. » Et des pourboires par-dessus le marché. C'était marrant de regarder une fille agiter une épée dans tous les sens, et ils étaient plutôt gentils quand ils ne rigolaient pas. Elle assimilait vite, mais elle avait pris soin de rester maladroite longtemps après avoir appris à manier la lame avec aisance, parce que se servir d'une épée était aussi « une activité d'homme » et qu'une escrimeuse était une abomination aux yeux de Nuggan. Les vieux soldats, dans l'ensemble, étaient complaisants côté abominations. Elle resterait marrante tant qu'elle serait incompétente, et en sécurité tant qu'elle serait marrante.

« Un expert, hein ? fit Croume avec un sourire mauvais. Un vrai petit génie de l'escrime, hein ?
— Non, caporal, répondit humblement Margot.
— D'accord, trancha Jackrum. Quelqu'un d'autre...
— Un instant, sergent. M'est avis qu'on aimerait tous un petit cours du maître d'armes Burette, dit Croume. Pas vrai, les gars ? » Sa question suscita des murmures et des haussements d'épaules chez les autres engagés, qui savaient reconnaître un salopard de petit tyran quand ils en voyaient un mais, perfidement, se réjouissaient qu'il ait jeté son dévolu sur un autre.

Croume dégaina sa propre épée. « Prêtez-lui une de vos armes, sergent, dit-il. Allez. Histoire de se marrer un peu, hein ? »

Jackrum hésita et lança un coup d'œil à Margot. « Qu'est-ce que t'en penses, petit ? T'es pas obligé », dit-il.

Je le serai tôt ou tard, songea Margot. Le monde grouillait de Croume. Les éviter ne leur donnait que davantage envie d'insister. Il fallait mettre le holà dès le départ. Elle soupira. « D'accord, sergent. »

Jackrum tira un de ses sabres de sa ceinture et le tendit à Margot. L'arme avait l'air étonnamment aiguisée.

« Le caporal te fera pas de mal, Barette, dit-il en fixant Croume qui souriait d'un air suffisant.

— Je tâcherai de ne pas lui faire de mal non plus, chef », répliqua Margot, qui se maudit aussitôt de cette bravade ridicule. C'étaient sûrement les chaussettes qui s'exprimaient.

« Oh, tant mieux, fit Croume en reculant. On va voir de quoi t'es fait, Burette. »

De chair, se dit Margot. De sang. D'organes qui se coupent d'un rien. Ah, bah...

Croume maniait son sabre à la façon des vieux clients de l'auberge, en position basse, au cas où Margot serait de ces gens qui s'imaginent que le but de la manœuvre consiste à toucher l'arme de l'adversaire. Elle ne regarda donc pas son sabre, mais plutôt ses yeux, ce qui n'était pas un spectacle très plaisant. Il ne la blesserait pas, pas mortellement, en tout cas, pas sous le nez de Jackrum. Il opterait pour un coup douloureux qui fait rigoler la galerie aux dépens de l'adversaire. C'était typique de tous les Croume de l'univers. Chaque auberge en comptait un ou deux parmi ses habitués.

Le caporal la mit à l'épreuve par deux mouvements offensifs et, à chaque fois, elle réussit par chance à écarter la lame d'une parade. Mais sa chance ne durerait pas et, si elle donnait l'impression de faire bonne figure, Croume lui réglerait son compte propre et net. Elle se souvint alors du conseil que lui avait gloussé le vieux Gencive Abbens, un sergent à la retraite qu'une épée à deux tranchants avait privé du bras gauche et le cidre de toutes les dents : « Un bon bretteur a horreur de che battre contre un noviche, fillette ! Pour la bonne raison qu'il chait pas che que va faire le p'tit con ! »

Elle moulina follement avec son sabre. Croume dut parer le coup et, l'espace d'un instant, les deux lames restèrent bloquées.

« C'est le mieux que tu peux faire, Burette ? » ricana le caporal.

Margot avança le bras et lui empoigna la chemise. « Non, caporal, dit-elle, mais ça, oui. » Elle tira brutalement et baissa la tête.

La collision fit davantage mal qu'elle l'avait escompté, mais elle entendit quelque chose craquer, quelque chose qui n'était pas à elle. Elle recula aussitôt, un peu étourdie, le sabre en garde.

Croume s'était affaissé à genoux, et le sang lui giclait du nez à flots. Lorsqu'il se relèverait, quelqu'un allait mourir...

Le souffle court, Margot lança un appel muet au sergent Jackrum qui, les bras croisés, contemplait d'un air innocent le plafond.

« Je parie que t'as pas appris ça de ton frère, Barette, dit-il.
— Non, chef. Je tiens ça de Gencive Abbens, chef. »

Jackrum la regarda soudain avec un grand sourire. « Quoi, le vieux sergent Abbens ?
— Oui, chef !
— Un nom qui date pas d'hier ! Il vit toujours ? Comment il va, ce sale vieux soiffard ?
— Euh... il est bien conservé, chef », répondit Margot qui cherchait toujours à reprendre son souffle.

Jackrum éclata de rire. « Ouais, m'étonne pas. C'est dans les bistros qu'il se battait le mieux, ça oui. Et je parie que c'est pas le seul coup qu'il t'a montré, hein ?

— Exact, chef. » Les autres hommes rouspétaient contre l'ancien soldat pour ça, et Gencive gloussait dans sa chope de cidre. De toute façon, il avait fallu un bon bout de temps avant que Margot découvre le sens de l'expression « bijoux de famille ».

« T'entends ça, Croume ? lança le sergent à l'homme qui jurait en répandant du sang par terre. T'as eu de la veine, on dirait. Mais on y gagne rien à jouer franc jeu dans une mêlée, les gars, comme vous allez l'apprendre. D'accord, fini de s'amuser. Va te passer ça à l'eau froide, caporal. Ç'a toujours l'air plus grave qu'on le croit. Et ça s'arrête là, vous deux. C'est un ordre. À bon entendeur. Compris ?

— Oui, chef », fit Margot d'un ton soumis. Croume grogna.

Jackrum se retourna vers les autres recrues. « Bien. Qui a déjà tenu un bâton parmi vous ? D'accord. À ce que je vois, va falloir commencer lentement et y aller mollo… »

Croume lâcha un autre grognement. L'homme forçait le respect. À genoux, alors que des bulles de sang sourdaient entre les doigts de sa main serrée en coupe sur le nez blessé, il trouvait encore moyen de pourrir la vie de quelqu'un avec des broutilles.

« Le fnoldat Fnufe-le-fnang a une épée, fnergent, dit-il d'un ton accusateur.

— T'es une fine lame ? demanda le sergent à Maladict.

— Pas vraiment, chef, répondit Maladict. Jamais pris de cours. Je la porte comme protection, chef.

— Comment est-ce que tu peux te protéger si tu sais pas t'en servir ?

— Pas moi, chef. Les autres. Ils remarquent l'épée et ne m'agressent pas, dit Maladict d'un ton patient.

— Oui, mais s'ils te sautaient quand même dessus, mon gars, tu la manierais n'importe comment.

— Oui, chef. Je déciderais sans doute de leur arracher la tête, chef. C'est ce que j'entends par protection, chef. La leur, pas la mienne. Et la Ligue me mènerait la vie dure si j'en arrivais là, chef. »

Le sergent le fixa un moment. « Bien raisonné », marmonna-t-il.

Un bruit sourd retentit derrière eux et une table se renversa. Le troll Carborundum se redressa, gémit et bascula une nouvelle fois en arrière avec fracas. Au second essai, il réussit à se tenir droit, les deux mains serrées sur sa tête.

Le caporal Croume, à présent debout, devait avoir oublié toute peur sous le coup de la fureur. Il se dirigea vers le troll d'un pas vif, en prenant l'air important, et se planta devant lui, tremblant de rage et perdant toujours des filets de sang poisseux.

« Espèce d'affreux avorton ! hurla-t-il. Tu... »

Carborundum baissa le bras et, sans brusquerie ni effort apparent, cueillit le caporal par la tête. Il le souleva jusqu'à un œil encroûté et le tourna d'un côté puis de l'autre.

« Suis dans armée ? gronda-t-il. Oh, coprolithe...

— Voie de fait fnur un fnupérieur ! brailla la voix étouffée du caporal.

— Repose le caporal Croume, s'il te plaît », dit le sergent Jackrum. Le troll grogna et redescendit l'homme à terre.

« Pardon, dit-il. Croyais vous étiez un nain...

— Fn'egfnige qu'on mette fnet homme aux fnarrêts pour... commença Croume.

— Non, caporal, sûrement pas, le coupa le sergent. C'est pas le moment. Debout, Carborundum, et mets-toi en rang. Parole, si tu nous refais encore ce coup-là, va y avoir du vilain, compris ?

— Oui, sergent, grogna le troll qui se leva en prenant appui sur ses phalanges.

— Bon, d'accord, dit Jackrum en reculant. Alors, aujourd'hui, mes petits veinards, on va apprendre ce qu'on appelle la marche... »

Ils partirent de Plün sous le vent et la pluie. À peu près une heure après qu'ils eurent disparu au détour d'un coude dans la vallée, un incendie mystérieux réduisit en cendres la cabane où ils avaient dormi.

On a connu de meilleures démonstrations de marche au pas, et on les doit aux manchots. Le sergent Jackrum fermait celle-ci dans la carriole d'où il criait des directives, mais les recrues avançaient comme si elles n'avaient encore jamais eu à se déplacer d'un point à un autre. Le sergent leur hurla de cesser de rouler des mécaniques, arrêta la carriole et donna à certaines d'entre elles un cours impromptu sur les concepts de « droite » et de « gauche », puis, peu à peu, ils quittèrent les montagnes.

Ces premiers jours allaient laisser à Margot des sentiments mitigés. La petite troupe ne faisait rien d'autre que crapahuter au pas, mais elle avait l'habitude des longues marches et elle portait de bonnes chaussures. Le pantalon cessa de l'irriter. Un soleil délavé se donna la peine de briller. Il ne faisait pas froid. Elle n'aurait rien trouvé à redire s'il n'y avait pas eu le caporal.

Elle s'était demandé comment Croume, dont le nez rappelait désormais la couleur d'une prune, allait traiter le conflit qui les opposait. Elle s'aperçut en définitive qu'il comptait faire comme s'il ne s'était rien passé et avoir le moins de contacts possible avec elle.

Il ne ménageait pas le reste des recrues, même s'il était sélectif. Il fichait une paix royale à Maladict ainsi qu'à Carborundum ; Croume était tout sauf suicidaire. Et Igor l'intriguait. Le petit homme s'acquittait de toutes les corvées idiotes que lui dénichait Croume, et il faisait vite, avec compétence, en donnant l'impression de prendre plaisir à son travail, ce qui plongeait le caporal dans des abîmes de perplexité.

Il harcelait les autres sans aucune raison, les sermonnait jusqu'à ce qu'ils commettent une erreur insignifiante, puis il leur gueulait dessus. Sa victime de prédilection restait le soldat Goum, mieux connu sous le nom de Pignole, maigre comme un clou, nerveux, les yeux ronds et qui disait le bénédicité d'une voix forte avant les repas. Au bout du premier jour, Croume arrivait à le faire vomir rien qu'en braillant. Après quoi il éclatait de rire.

Sauf qu'il ne riait jamais vraiment, nota Margot. Ce qu'on entendait, c'était plutôt une espèce de gargarisme discordant de salive au fond de la gorge : *ghnssssh*.

Sa présence jetait un froid sur tout. Jackrum s'interposait rarement. Mais il observait souvent Croume et, en une occasion, alors que Margot croisait son regard, il lui fit un clin d'œil.

Le premier soir, Croume leur gueula de descendre une tente de la carriole, leur gueula de la dresser et, après un dîner de pain rassis et de saucisses, leur gueula de se rassembler devant un tableau pour qu'ils se fassent gueuler dessus. En haut du tableau, Croume avait écrit POUR QUOI ON SE BAT, et sur le côté, verticalement, 1, 2, 3.

« Bon, faites attention ! dit-il en flanquant un coup de baguette au tableau. Certains croient que vous autres devriez savoir pourquoi on se bat dans cette guerre, d'accord ? Eh ben, voilà. Petit un : vous vous souvenez du village de Lipz ? Les troupes zlobènes l'ont brutalement pris d'assaut l'année dernière ! Elles...

— Pardon, mais je croyais que c'était nous qui avions attaqué Lipz, non, caporal ? L'année dernière, ils ont dit... objecta Chouffe.

— Tu veux faire le malin, soldat Manicol ? demanda Croume en se référant au plus grand péché de sa liste personnelle.

— Juste pour savoir, caporal », dit Chouffe. Trapu, il tendait à l'embonpoint et faisait partie de ces gens un peu agaçants qui s'agitent en tous sens pour donner un coup de main, qui vous prennent de petits boulots dont vous vous seriez volontiers chargé. Il avait quelque chose de bizarre, même s'il fallait garder à l'esprit qu'il se tenait présentement assis à côté de Pignole, lequel avait de la bizarrerie à revendre et était sûrement contagieux...

... et avait aussi attiré l'attention de Croume. Ce n'était pas marrant de s'en prendre à Chouffe, mais

Pignole, lui... Pignole valait toujours le coup de pousser une gueulante.

« Est-ce que t'écoutes, soldat Goum ? » hurla-t-il.

Pignole, qui, immobile sur son siège, avait la tête levée, les yeux clos, se réveilla en sursaut. « Caporal ? chevrota-t-il alors qu'avançait Croume.

— J'ai demandé : est-ce que t'écoutes, Goum ?

— Oui, caporal !

— Ah bon ? Et t'as entendu quoi, je te prie ? demanda Croume d'une voix rappelant un mélange de mélasse et d'acide.

— Rien, caporal. Elle n'a pas parlé. »

Croume inspira une bonne goulée d'air malfaisant. « T'es un gros tas de bon à rien inutile... »

Un bruit l'interrompit. Un petit bruit insignifiant, de ceux qu'on entend tous les jours, un bruit qui faisait son boulot mais n'espérait pas, par exemple, qu'on le siffle un jour ou qu'on l'intègre à une sonate magnifique. C'était le bruit tout bête d'une pierre frottée sur du métal.

De l'autre côté du feu, Jackrum rabaissa son sabre. Il tenait une pierre à aiguiser dans l'autre main. Il rendit le regard que lui lançait le groupe.

« Quoi ? Oh. J'entretiens le fil, dit-il d'un air innocent. Excuse si je t'ai coupé dans ton élan, caporal. Continue. »

Un instinct de survie animal primaire vint au secours du caporal. Il laissa tranquille Pignole qui tremblait et revint à Chouffe.

« Oui, oui, nous aussi, on a attaqué Lipz... reconnut-il.

— Était-ce avant l'attaque des Zlobènes ? demanda Maladict.

— Allez-vous écouter ? s'énerva Croume. On a vaillamment attaqué Lipz pour reconquérir ce qui est un territoire borograve ! Et ensuite ces fourbes de bouffeurs de rutabagas nous l'ont repris... »

À cet instant de la discussion, Margot décrocha un peu : il ne fallait pas compter voir Croume décapité dans l'immédiat. Elle était au courant pour Lipz. La moitié des vieux qui venaient boire des coups avec son père avaient donné l'assaut au village. Mais personne n'avait espéré qu'ils auraient envie de le faire. Quelqu'un avait crié « À l'attaque », et voilà tout.

L'ennui, c'était la Kneck. La rivière serpentait à travers la vaste plaine limoneuse et fertile comme un bout de ficelle tombé par terre, mais parfois une crue subite, voire un gros arbre abattu la faisait claquer tel un fouet et expédiait des méandres autour de parcelles de territoire à des kilomètres de son lit précédent. Et la rivière était la frontière internationale...

Margot refit surface pour entendre : « ... mais cette fois tout le monde est de leur côté, les salauds ! Et vous savez pourquoi ? À cause d'Ankh-Morpork ! Parce qu'on a arrêté les malles-poste qui passaient par chez nous et qu'on a détruit leurs tours clic-clac, des abominations aux yeux de Nuggan. Ankh-Morpork, c'est une ville impie...

— Je croyais qu'elle comptait plus de trois cents lieux de culte ? » rappela Maladict.

Croume le fixa, animé d'une rage folle, jusqu'à ce qu'il touche à nouveau le fond. « Ankh-Morpork est une ville impitoyable, dit-il une fois qu'il eut récupéré. Vénéneuse, tout comme son fleuve. À peine bonne pour les humains à présent. Ils laissent entrer n'importe quoi : zombies, loups-garous, nains, vampires, trolls… » Il se rappela son auditoire, bredouilla et se reprit : « … ce qui, dans certains cas, peut être une bonne chose, évidemment. Mais c'est un foutoir immonde, lubrique, anarchique, surpeuplé, et c'est pour ça que le prince Heinrich l'aime tant ! Cette ville l'a corrompu, elle l'a acheté avec des colifichets, parce que c'est comme ça qu'elle s'y prend, Ankh-Morpork, messieurs. Ils vous achètent, ils *c'est pas fini de m'interrompre ?* À quoi bon que j'essaye de vous apprendre des trucs si vous arrêtez pas de poser des questions ?

— Je me demandais seulement pourquoi c'est tellement peuplé, caporal, dit Biroute. Si c'est si moche que ça, j'entends.

— Parce que c'est des êtres avilis, soldat ! Et ils ont envoyé un régiment pour aider Heinrich à nous reprendre notre patrie bien-aimée. Il s'est écarté des voies de Nuggan pour embrasser l'impié… l'impitoyabilité d'Ankh-Morpork. » Croume parut satisfait d'avoir évité cette chausse-trape et poursuivit : « Petit deux : en plus de ses soldats, Ankh-Morpork a envoyé Vimaire le Boucher, l'homme le plus malfaisant de cette ville malfaisante. Ils sont décidés à nous détruire, rien de moins !

— J'ai entendu dire qu'Ankh-Morpork nous en voulait seulement d'avoir abattu les tours clic-clac, intervint Margot.

— Elles étaient sur notre territoire souverain !

— Ben, il était zlobène jusqu'à… »

Croume agita un doigt courroucé en direction de Margot. « Tu vas m'écouter, Burette ! On peut pas être un grand pays comme la Borogravie sans se faire des ennemis ! Ce qui m'amène au petit trois, Burette, toi qui t'crois si malin, le cul sur ta chaise. Comme vous tous. Je le vois. Eh ben, cogite là-dessus : t'aimes peut-être pas tout chez nous, hein ? C'est peut-être pas le pays idéal, mais il est à nous. Tu te dis peut-être qu'on a pas les meilleures lois, mais elles sont à nous. Les montagnes sont peut-être pas les plus jolies ni les plus hautes, mais elles sont à nous. On se bat pour ce qui est à nous, messieurs ! » Croume se plaqua la main sur le cœur.

« Réveillez-vous, fils de la patrie !
Ne buvez plus le vin des pommes acides... »

Tout le monde se joignit à lui, à des hauteurs de bourdon variées. On était obligé. Même si on se contentait d'ouvrir et de refermer la bouche, on était obligé. Même si on ânonnait « na, na, na », on était obligé. Margot, du genre à regarder en douce autour d'elle en de telles circonstances, vit que Chouffe chantait l'hymne par cœur et que Croume avait carrément les larmes aux yeux. Pignole ne chantait pas du tout. Il priait. Une bonne combine, souffla un recoin parmi les plus perfides du cerveau de Margot.

À la surprise générale, Croume continua – seul – pendant tout le second couplet, celui dont on ne se souvenait jamais, puis adressa à la cantonade un sourire suffisant, l'air de dire « je suis plus patriote que vous ».

Plus tard, les jeunes engagés s'efforcèrent de dormir sur le peu de moelleux que leur offraient deux couvertures. Ils restèrent étendus un moment en silence. Jackrum et Croume avaient leurs propres guitounes, mais tous savaient d'instinct qu'au moins Croume viendrait en catimini écouter aux rabats des tentes.

Au bout d'à peu près une heure, alors que la pluie tambourinait sur la toile, Carborundum annonça : « D'accord, alors, je crois j'ai compris. Si les gens des groophar d'imbéciles, alors aller se battre pour groophar d'imbécillité, parce que imbécillité à nous. Et ça bien, ouais ? »

Plusieurs membres de l'escouade s'assirent dans le noir, étonnés.

« Je m'aperçois que je devrais connaître ces choses-là, mais que signifie "groophar" ? demanda la voix de Maladict dans les ténèbres humides.

— Ah, ben… quand, voilà, une madame troll faire payer un monsieur troll pour…

— Bon, d'accord, oui, je crois avoir compris, merci, le coupa Maladict. Et ce qu'on a là, mon ami, c'est du patriotisme. Mon pays d'abord, qu'il ait raison ou tort.

— Il faut aimer son pays, dit Chouffe.

— D'accord, mais quoi dans son pays ? demanda la voix de Biroute depuis l'angle au fond de la tente. Le soleil du matin sur les montagnes ? La bouffe horrible ? Les saletés d'abominations démentes ? Tout le pays sauf la parcelle qu'occupe Croume ?

— Mais on est en guerre !

— Oui, c'est là qu'on se fait avoir, soupira Margot.

— Ben, moi je ne marche pas dans la combine. C'est un attrape-couillon, tout ça. Ils t'asservissent, et quand ils veulent faire chier un autre pays, il faut que tu te battes pour eux ! C'est ton pays uniquement quand ils veulent que tu te fasses tuer ! dit Biroute.

— Tout ce qu'il y a de bien dans ce pays se trouve sous cette tente », lança la voix de l'Asperge.

Un silence gêné se fit.

La pluie s'installa. Au bout d'un moment, la tente se mit à fuir. Quelqu'un finit par demander : « Qu'est-ce qui se passe, hum, si on s'engage mais qu'on change ensuite d'avis ? »

C'était Chouffe.

« Je crois que ça s'appelle une désertion et qu'on te coupe la tête, répondit la voix de Maladict. En ce qui me concerne, ce serait un inconvénient, mais toi, mon pauvre Chouffe, tu t'apercevrais que c'est un obstacle à ta vie sociale.

— Je n'ai jamais embrassé leur putain de portrait, dit Biroute. Je l'ai retourné pendant que Croume ne regardait pas et j'ai embrassé l'autre côté !

— Ils diront quand même que tu as embrassé la duchesse, fit observer Maladict.

— T'as em-embrassé le d-derrière de la d-duchesse ? bredouilla un Pignole horrifié.

— C'était l'arrière du portrait, d'accord ? dit Biroute. Ce n'était pas vraiment ses fesses. Huh, l'aurais pas embrassé si ç'avait été ses fesses ! » Des ricanements non identifiés fusèrent ici et là ainsi qu'un soupçon de gloussement.

« C'est m-méchant ! siffla Pignole. Nuggan du haut des cieux t'a vu f-faire ça !

— Ce n'est qu'un portrait, d'accord ? marmonna Biroute. Et, d'ailleurs, ça change quoi ? Devant ou derrière, on est tous là ensemble et je ne vois ni bifteck ni jambon ! »

Quelque chose gronda au-dessus d'eux. « J'ai engagé pour voir beaux pays trangers et rencontrer populations érotiques », dit Carborundum.

Un instant de réflexion suivit sa déclaration. « J'imagine que tu veux dire "exotiques" ? fit Igor.

— Ouais, truc comme ça, reconnut le troll.

— Mais ils mentent sans arrêt », dit une autre voix. Margot s'aperçut que c'était la sienne. « Ils mentent à tout bout de champ. Sur tout.

— Bien mon avis, fit Biroute. On se bat pour des menteurs.

— Ah, c'est p't-être des menteurs, répliqua sèchement Margot dans une assez bonne imitation du jappement de Croume, mais c'est des menteurs à nous !

— Allons, allons, les enfants, fit Maladict. Essayons de dormir, d'accord ? Mais tonton Maladict vous propose un petit rêve agréable. Rêvez qu'au moment où nous livrerons bataille le caporal Croume nous conduira. Amusant, non ? »

Au bout d'un moment, Biroute demanda : « Devant nous, tu veux dire ?

— Oh, oui. Je vois que tu saisis, Biroute. Juste devant toi. Sur le champ de bataille plein de bruit, de fureur et surtout de confusion, où tout peut arriver.

— Et on aura tous des armes ? fit Chouffe d'un air rêveur.

— Évidemment que vous aurez des armes. Vous êtes des soldats. Et l'ennemi est là, juste devant vous…

— C'est un beau rêve, Mal.

— La nuit porte conseil, petit. »

Margot se retourna et s'efforça de trouver une position confortable. Que des mensonges, songeait-elle confusément. Certains sont plus jolis que d'autres, c'est tout. Les gens voient ce qu'ils croient avoir sous les yeux. Même moi, je suis un mensonge. Mais ça me réussit.

Un vent d'automne tiède emportait les feuilles des sorbiers tandis que les recrues marchaient au milieu des contreforts. On était le lendemain matin, et les montagnes restaient derrière le groupe. Margot passait le temps à identifier les oiseaux dans les haies. Une vieille habitude. Elle les connaissait presque tous.

Elle n'avait pas cherché à devenir ornithologue. Mais les oiseaux redonnaient vie à Paul. Toute la... lenteur dans ce qui restait de la pensée de son frère se muait en éclair en présence d'oiseaux. Il connaissait soudain leur nom, leurs habitudes, leur habitat, il sifflait leurs chants et, après que Margot eut économisé pour acheter une boîte de couleurs à un voyageur de passage à l'auberge, il avait peint un roitelet tellement réel qu'on l'entendait chanter.

Leur mère était encore de ce monde à l'époque. La dispute avait duré des jours. Représenter des êtres vivants était une abomination aux yeux de Nuggan. Margot avait demandé pourquoi on voyait des représentations de la duchesse partout, ce qui lui avait valu une bonne correction. On avait brûlé le tableau et jeté les couleurs.

Elle avait trouvé ça horrible. Sa mère était une brave femme, du moins aussi brave que pouvait l'être une croyante désireuse de satisfaire aux lubies de Nuggan, et elle s'était lentement éteinte au milieu des portraits de la duchesse et des échos de prières inexaucées, mais c'était le souvenir qui, à chaque fois, s'insinuait perfidement dans la tête de Margot : la fureur et les réprimandes tandis que le petit oiseau paraissait voleter dans les flammes.

Dans les champs, des femmes et des vieillards rentraient le blé endommagé après la pluie de la nuit, dans l'espoir de sauver ce qui pouvait l'être. On n'apercevait de jeunes gens nulle part. Margot vit certains de ses compagnons jeter en douce un coup d'œil aux groupes de récupération et se demanda s'ils pensaient la même chose.

Ils ne croisèrent personne d'autre sur la route jusqu'à midi, au moment où la colonne traversait un paysage de collines basses ; le soleil avait dissipé une partie des nuages et, au moins l'espace d'un instant, l'été fut de retour : moite, poisseux et un brin désagréable, comme l'invité à une soirée qui tarde à rentrer chez lui.

Une tache rouge au loin grossit et se mua en un petit groupe d'hommes en ordre dispersé. Margot sut à quoi s'en tenir dès qu'elle l'aperçut. Mais pas ses compagnons, vu la réaction de certains d'entre eux. Il y eut un instant de bousculade et de confusion lorsqu'ils se cognèrent les uns dans les autres avant de s'arrêter, les yeux écarquillés.

Il fallut un certain temps aux blessés pour arriver à leur hauteur, puis pour les croiser. Deux hommes valides, autant que pouvait en juger Margot, traînaient bruyamment une charrette à bras sur laquelle était étendu un troisième homme. D'autres claudiquaient sur des béquilles, avaient un bras en écharpe ou portaient une veste rouge dont une manche restait vide. Les pires, c'étaient peut-être ceux comme celui de l'auberge : le teint gris, le regard fixé droit devant, la veste boutonnée serré malgré la chaleur.

Deux ou trois blessés titubants lancèrent au passage un coup d'œil aux recrues, mais on ne lisait rien dans leurs yeux en dehors d'une détermination farouche.

Jackrum serra la bride au cheval.

« D'accord, vingt minutes de pause », marmonna-t-il.

Igor se retourna, hocha la tête vers le groupe de blessés qui poursuivait sa route et dit : « Permifion de voir fi fe peux faire quelque fofe pour eux, fef ?

— T'en auras bientôt l'occasion, mon gars, répliqua le sergent.

— Fef ? insista Igor d'un air offensé.

— Oh, d'accord. Si tu y tiens. Tu veux que quelqu'un te donne la main ? »

Le caporal Croume laissa échapper un rire mauvais.

« Fa m'aiderait qu'on me prête affiftanfe, oui, fef », répondit Igor d'un air digne.

Le sergent fit du regard le tour de l'escouade et désigna une recrue du menton. « Soldat Licou, approche ! Tu t'y connais en médecine ? »

La tête rouge de Biroute se dressa et il s'avança promptement. « J'ai tué des cochons pour ma m'man, chef, dit-il.

— Épatant ! Mieux que n'importe quel chirurgien, c'est sûr. Filez, vous deux. Vingt minutes, oubliez pas !

— Et empêche Igor de rapporter des souvenirs ! » lança Croume en lâchant une nouvelle fois son rire qui évoquait un raclement.

Les autres s'assirent dans l'herbe au bord de la route, et un ou deux disparurent dans les buissons.

Margot partit faire la même commission mais poussa beaucoup plus loin, ce dont elle profita pour remettre les chaussettes en place. Elles avaient tendance à glisser si elle n'y prenait pas garde.

Elle se figea en entendant un bruissement derrière elle puis se détendit. Elle avait pris ses précautions. Personne n'avait rien vu. Alors quelle importance si un autre venait pisser un coup ? Elle allait regagner la route à travers les buissons en ignorant...

Quand Margot écarta les fourrés, l'Asperge se leva précipitamment, le pantalon autour d'une cheville, la figure rouge comme une betterave.

Margot ne put se retenir. Peut-être étaient-ce les chaussettes. Peut-être la mine implorante de l'Asperge. Quand quelqu'un crie sur les toits de ne pas regarder, les yeux n'en font qu'à leur tête et se posent là où ils ne sont pas désirés. L'Asperge se remit debout d'un bond en tirant sur ses vêtements.

« Non, écoute, ça va... » commença Margot, mais c'était trop tard. La fille était partie.

Margot fixa les buissons et songea : La barbe ! On est deux ! Mais qu'est-ce que j'aurais pu lui dire ? « Tout va bien, je suis aussi une fille. Tu peux me faire confiance. On peut devenir amies. Oh, je connais un bon truc avec des chaussettes » ?

Igor et Biroute revinrent en retard, sans un mot. Le sergent Jackrum s'abstint de tout commentaire. L'escouade se remit en route.

Margot marchait à l'arrière avec Carborundum. Ce

qui signifiait qu'elle pouvait surveiller d'un œil méfiant celle qu'on surnommait l'Asperge. Pour la première fois, Margot l'observa vraiment. On oubliait facilement sa présence parce qu'elle restait en permanence, comme qui dirait, dans l'ombre de Biroute. Brune, le teint sombre, elle était petite – même si on pouvait la qualifier de menue maintenant que Margot connaissait sa féminité –, avait l'air bizarre, comme repliée sur elle-même, et marchait toujours en compagnie de Biroute. À la réflexion, elle dormait aussi toujours tout près de lui.

Ah, c'était donc ça. Elle suit son petit ami, se dit Margot. C'était romantique et très, très bête. Elle savait désormais qu'il fallait observer au-delà des vêtements et de la coupe de cheveux, aussi repérait-elle tous les petits indices qui trahissaient le sexe de l'Asperge, une fille qui n'avait pas assez bien prévu son coup. Elle la vit chuchoter quelques mots à Biroute, qui se tourna à demi pour lancer à Margot un regard de haine instantanée, mêlée d'un soupçon de menace.

Je ne peux pas le lui dire, songea-t-elle. Elle le lui répéterait. Je ne peux pas me permettre de les mettre au courant. J'y ai trop investi. Je n'ai pas seulement coupé mes cheveux et enfilé un pantalon. J'ai dressé des plans…

Ah oui… les plans.

Tout avait commencé par une lubie aussi curieuse que soudaine qui était par la suite devenue un plan. D'abord, Margot s'était mise à observer les garçons de près. Quelques-uns lui avaient rendu la pareille en espérant mieux que la déception qui s'était ensuivie. Elle avait étudié leur façon de se mouvoir, écouté le rythme de ce qui passait chez eux pour de la conversation, noté qu'ils se flanquaient des coups de poing en guise de salut. C'était un monde nouveau.

Elle jouissait déjà de muscles solides pour une fille car s'occuper d'une grande auberge imposait de porter de lourds fardeaux, et elle s'était chargée des corvées les plus rudes, ce qui lui valait des mains bien rugueuses. Elle avait même enfilé un vieux pantalon de son frère sous sa longue jupe afin de s'y habituer.

Une femme risquait la correction pour une telle conduite. Les hommes s'habillaient en homme et les femmes en femme ; le contraire était une abomination blasphématoire aux yeux de Nuggan, d'après le père Jupe.

Là résidait sans doute le secret de sa réussite jusqu'à aujourd'hui, se disait-elle en franchissant péniblement une flaque. On ne s'attendait pas à trouver une femme dans un pantalon. Pour l'observateur fortuit, des vêtements masculins, des cheveux courts et un petit air fanfaron révélaient l'homme. Oh, et une deuxième paire de chaussettes.

Voilà aussi ce qui la turlupinait. Quelqu'un était au courant pour elle, tout comme elle pour l'Asperge. Quelqu'un qui ne l'avait pas dénoncée. Elle avait suspecté Sourcil mais doutait que ce soit lui ; il en aurait parlé au sergent, tout à fait son genre. Pour l'instant, ses soupçons se portaient sur Maladict, mais peut-être seulement parce qu'il donnait sans arrêt l'impression de tout savoir.

Carbor... non, il était dans les pommes et, de toute façon... non, pas le troll. Et Igor avait un cheveu sur la langue. Biroute ? Après tout, il savait pour l'Asperge, alors peut-être... Non, car pourquoi aurait-il alors voulu aider Margot ? Non, avouer la vérité à l'Asperge ne présentait que des dangers. Le mieux, c'était de veiller à ce que la fille ne les trahisse pas l'une et l'autre.

Elle entendait Biroute parler tout bas à sa petite copine. « ... venait de mourir, alors il lui a coupé une jambe et un bras pour les recoudre sur des gars qu'en avaient besoin, tout comme moi je repriserais un accroc ! T'aurais dû voir ça ! On ne distinguait pas ses doigts tellement ils bougeaient vite ! Et il avait plein d'onguents qui... » La voix de Biroute se tut. Croume s'en prenait encore à Pignole.

« Ce Croume me porte vraiment sur pitons, marmonna Carborundum. Tu veux j'arrache sa tête ? Peux m'arranger ç'a l'air accident.

— Vaut mieux pas », dit Margot, mais elle ne repoussa pas tout de suite l'idée.

Ils venaient d'arriver à un carrefour où la route descendant de la montagne rejoignait ce qui passait pour une route principale. Une route noire de monde. On y voyait des charrettes, des brouettes, des gens qui menaient des troupeaux de vaches, des grands-mères qui portaient tous leurs biens sur le dos, des cochons et des enfants qui couraient partout... et tous suivaient la même direction.

La direction opposée à celle que prenait l'escouade.

Gens et animaux passèrent auprès d'elle comme un cours d'eau autour d'un rocher gênant. Les recrues firent bloc. Sans ça, les vaches les auraient dispersées.

Le sergent Jackrum se mit debout dans la carriole. « Soldat Carborundum !

— Oui, sergent ? gronda le troll.

— Passe en tête ! »

Une bonne idée. Le flot continuait de s'écouler, mais au moins la cohue se séparait en deux un peu plus loin devant et se tenait à distance respectueuse de l'escouade. Nul ne tient à percuter un troll, aussi lent soit-il à se déplacer.

Mais certains des visages qui les croisaient en hâte fixaient les recrues. Une vieille dame fonça un instant vers Biroute pour lui fourrer un pain rassis dans les mains en disant « Mes pauvres enfants ! » avant d'être emportée par la foule.

« Qu'est-ce qui se passe, chef ? demanda Maladict. On dirait des réfugiés !

— De tels propos répandent la peur et le défaitisme ! s'écria le caporal Croume.

— Oh, vous voulez dire que ce sont des vacanciers qui partent tôt pour éviter les bouchons ? Pardon, je m'embrouille. C'est sans doute à cause de la femme qu'on vient de croiser et qui portait une meule de foin.

— T'sais ce que tu risques pour ton insolence envers un supérieur ? brailla Croume.

— Non ! Dites-moi, est-ce pire que ce que fuient ces gens ?

— T'as signé, monsieur Suce-le-sang ! Tu obéis aux ordres !

— Exact ! Mais je ne me souviens pas qu'on m'ait ordonné de ne pas penser !

— Ça suffit ! lança sèchement Jackrum. Assez crié ! On avance ! Carborundum, tu pousses ceux qui s'écartent pas, t'entends ? »

Ils se remirent en route. Au bout d'un moment, la bousculade s'atténua, et le torrent se mua en filet d'eau. De temps en temps passait une famille entière ou une seule femme pressée chargée de sacs. Un vieux se démenait avec une brouette remplie de navets. Ils emportent même les récoltes des champs, nota Margot. Et tous courent plus ou moins, comme si ça devait s'arranger un peu quand ils auront rattrapé la foule qui les précède. Ou tout bonnement quand ils auront croisé l'escouade, peut-être.

Les soldats s'écartèrent pour laisser passer une vieille femme pliée en deux sous le poids d'un cochon noir et blanc. Puis il ne resta plus que la route, boueuse et creusée d'ornières. Une brume d'après-midi montait des champs de chaque côté, silencieuse et moite. Après le tumulte des réfugiés, le calme des basses terres était soudain oppressant. On n'entendait d'autre bruit que les raclements et éclaboussements des souliers des recrues.

« Permission de parler, chef ? demanda Margot.

— Oui, soldat ? fit Jackrum.

— On est loin de Plotz ?

— Vous êtes pas obligé de leur dire, chef ! intervint Croume.

— À peu près huit kilomètres, répondit le sergent Jackrum. Vous y toucherez vos uniformes et vos armes au dépôt.

— C'est un secret militaire, chef, gémit Croume.

— Nous pourrions fermer les yeux pour ne pas voir ce que nous portons, qu'est-ce que vous en dites ? lança Maladict.

— Arrête ça, soldat Maladict, ordonna Jackrum. Borne-toi à marcher et surveille ta langue. »

Ils continuèrent de cheminer. La route devint plus boueuse. Le vent se leva mais, au lieu de balayer la brume, il la répartit dans les champs humides en lui donnant des formes déplaisantes, tourmentées, humides et froides. Le soleil se mua en boule orange.

Margot vit une grande chose blanche voleter à travers le champ, charriée par le vent. Elle crut d'abord qu'il s'agissait d'une petite aigrette un peu en retard sur la migration, mais c'était manifestement le vent qui la chassait. La chose tomba à terre deux ou trois fois, puis une rafale la souleva, la propulsa vers la route et la plaqua sur la figure du caporal Croume.

Qui poussa un hurlement. L'Asperge saisit la chose palpitante et mouillée. Qui se déchira dans la main du jeune… de la jeune femme, et la majeure partie restante se décolla du caporal qui se débattait.

« Ce n'est qu'un bout de papier », dit-elle.

Croume battit l'air des bras. « J'sais bien, dit-il. Je te demande rien ! »

Margot ramassa un des morceaux déchirés. Le papier était fin, taché de boue, mais elle reconnut sous le nom du Disque-Monde celui d'Ankh-Morpork. La ville pourrie. Et le génie de Croume voulait que tout ce qu'il décriait excite aussitôt l'intérêt.

« *Le Disque-Monde*… lut-elle tout haut avant que le caporal le lui arrache de la main.

— Tu peux pas lire tout ce qui te tombe sous les yeux, Burette ! brailla-t-il. Tu sais pas qui l'a écrit ! » Il laissa tomber les lambeaux de page mouillés dans la boue et les piétina. « Maintenant on se remet en route ! » dit-il.

Ils se remirent en route. Alors que l'escouade marchait plus ou moins en rythme et que les regards ne se fixaient que sur les chaussures ou la brume plus loin, Margot leva la main droite à hauteur de poitrine et la tourna prudemment afin de voir dans sa paume le morceau de papier trempé qui y était resté quand le caporal lui avait repris la page.

« Pas de reddition »
à l'Alliance, déclare
la duchesse (97 ans)

De Guillaume des Mots,
vallée de la Kneck, 7 sektobre

Les troupes borograves, assistées du seigneur V
et de son infanterie légère, ont pris la forteresse de la Kneck
ce ma
après de violents corps à co
où j'écris, son armement qui
est retourné contre les derniers résis
forces borograves
Monsieur le duc S
dit au *Disque-Monde* que
se rendre a été rej
commandement enne
tas de crétins butés, ne
dans votre journal. »
On pense que
situation désesp
-perser les fami
travers le
pas d'altern
l'invas

C'étaient eux qui gagnaient, non ? Alors d'où venait cette « reddition » ? Et l'Alliance, c'était quoi ?

Il y avait ensuite le cas de Croume qu'elle endurait de moins en moins. Elle voyait bien que le caporal portait aussi sur les nerfs de Jackrum, il avait une façon de se pavaner, d'afficher sa... euh... chaussettilité, comme si c'était lui le vrai chef. Ce n'était sans doute que l'expression de sa nature déplaisante, mais...

« Caporal ? lança-t-elle.

— Oui, Burette », répondit Croume. Il avait encore le nez très rouge.

« On gagne la guerre, non ? » Margot avait renoncé à rectifier son nom.

Toutes les oreilles de l'escouade étaient soudain tendues.

« T'embête pas avec ça, Burette ! répliqua sèchement le caporal. Ton boulot, c'est de te battre !

— D'accord, caporal. Alors... je vais me battre du côté gagnant, pas vrai ?

— Oho, en voilà un qui pose trop de questions, chef !

— Ouais, pose pas de questions, Barette, dit Jackrum d'un air absent.

— Comme ça, on perd, alors ? » fit Biroute. Croume se tourna vers lui.

« Là, tu répands encore la peur et le défaitisme ! cria-t-il. C'est faire le jeu de l'ennemi !

— Ouais, ferme-la, soldat Licou, ordonna Jackrum. D'accord ? Maintenant...

— Licou, je te mets aux arrêts pour...

— *Caporal Croume, je peux te glisser un mot dans le coquillage qui te sert d'oreille, s'il te plaît ? Vous, les gars, vous vous arrêtez ici !* » gronda le sergent en descendant péniblement de sa carriole.

Jackrum s'éloigna sur la route d'une cinquantaine de pas vers l'arrière. En se retournant pour jeter des regards noirs à l'escouade, le caporal le suivit d'un air important.

« On est dans le pétrin ? demanda Biroute.
— Tu parles, fit Maladict.
— C'est sûr, dit Chouffe. Croume trouve toujours quelque chose à reprocher.
— Ils se disputent, fit observer Maladict. Ce qui est curieux, vous ne trouvez pas ? Un sergent est censé donner des ordres à un caporal.
— On gagne bien, non ? demanda Chouffe. J'veux dire, je sais qu'il y a la guerre, mais... j'veux dire, on a des armes, pas vrai, et on va... ben, ils vont nous entraîner, non ? Et alors tout sera sans doute fini, pas vrai ? Tout le monde dit qu'on gagne.
— Je vais demander à la duchesse ce soir dans mes prières », dit Pignole.

Les autres recrues échangèrent un même regard.

« Ouais, c'est ça, Pigne, dit gentiment Biroute. Fais donc. »

Le soleil se couchait vite, à moitié caché dans la brume. Sur la route boueuse entre les champs humides s'étendit soudain un froid de canard.

« Personne ne prétend qu'on gagne, sauf peut-être Croume, déclara Margot. Les gens répètent seulement ce que tout le monde dit : on gagne.
— Les hommes qu'Igor a... réparés ne disaient même pas ça, révéla Biroute. Ils disaient : "Pauvres couillons, tirez-vous si vous avez un peu de jugeote."
— Merci de nous mettre au courant, laissa tomber Maladict.
— On dirait que tout le monde nous plaint, fit observer Margot.
— Ouais, ben, moi auffi, et fe fuis nous, dit Igor. Fertains de fes fommes...

— Ça va, ça va, assez glandouillé, vous autres ! brailla Croume qui revenait.

— Caporal ? » lança doucement le sergent en se hissant dans la carriole. Croume marqua un temps puis, d'une voix dégoulinante de sirop et de sarcasme, se reprit : « Excusez-moi. Le sergent et moi vous en saurions extrêmement gré si les futurs héros sans peur que vous êtes acceptiez de vous joindre à nous pour une petite marche. Bravo ! Et vous aurez droit à de la broderie plus tard. On allonge le pas, mesdemoiselles ! »

Margot entendit Biroute hoqueter. Croume se retourna, l'œil luisant par avance d'un plaisir sadique. « Oh, y en a un qu'aime pas se faire traiter de demoiselle, hein ? dit-il. Oh là là, soldat Licou, t'as beaucoup à apprendre, hein ? T'es une petite femmelette jusqu'à ce qu'on fasse un homme de toi, vu ? Et j'ose pas imaginer combien de temps ça va prendre. En avant ! »

Moi, je sais, se dit Margot alors qu'ils se remettaient en route. Il faut dix secondes et une paire de chaussettes. Avec une seule chaussette, on est Croume.

Plotz leur apparut comme une réplique de Plün, mais en pire car plus grande. La pluie se remit à tomber lorsqu'ils pénétrèrent au pas sur la place pavée. On aurait dit qu'il pleuvait à longueur d'année sur la localité. Les bâtiments étaient gris et le pied de leurs murs taché de boue. Les gouttières débordaient, cascadaient sur les pavés et arrosaient de bruine les recrues. Les lieux étaient déserts. Margot vit des portes ouvertes claquer au vent, des débris dans les rues, et elle se rappela les colonnes de fuyards pressés sur la route. Il n'y avait ici pas âme qui vive.

Le sergent Jackrum descendit de la carriole tandis que Croume braillait de former les rangs. Puis le sergent prit la relève, laissant le caporal fulminer sur la touche.

« Je vous présente la merveilleuse Plotz ! dit-il. Regardez bien : si vous êtes tués et que vous allez en enfer, ça vous dépaysera pas trop ! Vous bivouaquerez dans le baraquement là-bas, qui appartient à l'armée ! » Il agita la main vers un bâtiment de pierre tombant en ruine, qui avait autant l'air militaire qu'une grange. « Vous allez toucher votre équipement. Et, demain, une bonne marche vous attend jusqu'à Crotz, où vous arriverez en gamins et en repartirez en hommes *j'ai dit quelque chose de drôle, Barette ?* Non, c'est ce qui me semblait aussi ! Fixe ! Ça veut dire se redresser !

— Se redresser, c'est comme ça ! » hurla Croume.

Un jeune homme traversait la place sur un cheval brun maigre et fourbu, ce qui ne choquait pas puisque le cavalier était lui-même maigre et fourbu. La maigreur de l'homme frappait d'autant mieux qu'il portait une tunique manifestement coupée deux tailles plus grand. Même chose quant au casque. Il avait dû le rembourrer, se dit Margot. Qu'il tousse, et le casque lui tomberait sur les yeux.

Le sergent Jackrum se fendit d'un salut sec quand s'approcha l'officier.

« Jackrum, mon lieutenant. Vous devez être le lieutenant Blouse, mon lieutenant ?

— Bravo, sergent.

— Voici les recrues d'en amont de la rivière, mon lieutenant. Un bon groupe, mon lieutenant. »

Le cavalier passa l'escouade en revue d'un œil dubitatif. À vrai dire, il se pencha par-dessus l'encolure de sa monture, et une cascade de pluie tomba de son casque.

« C'est tout, sergent ?

— Ouim'lieutenant.

— Et celui-là, ce n'est pas un troll ?

— Affirmatif. Bien vu, mon lieutenant.

— Et celui avec des points de suture tout autour de la tête ?

— Un Igor, mon lieutenant. Comme qui dirait un clan à part dans les montagnes, mon lieutenant.

— Des combattants ?

— Vous mettent un gars en pièces en un rien de temps, mon lieutenant, à ce que j'ai compris », répondit Jackrum dont l'expression resta imperturbable.

Le jeune lieutenant soupira. « Ben, je suis sûr que ce sont tous de bons éléments, dit-il. Bon, alors, euh... messieurs, je...

— Faites attention, écoutez bien ce que va dire le lieutenant ! » beugla Croume.

Le lieutenant frissonna. « ... Merci, caporal. Messieurs, j'ai de bonnes nouvelles, ajouta-t-il du ton de celui qui n'en a pas. Vous vous attendiez sans doute à passer une ou deux semaines au camp d'entraînement de Crotz, oui ? Mais j'ai le plaisir de vous annoncer que la... la guerre évolue si... si... si bien que vous devez vous rendre directement au front. »

Margot entendit deux ou trois hoquets de surprise et un ricanement du caporal Croume.

« Tous sans exception devez rejoindre le théâtre des opérations, reprit le lieutenant. Y compris vous, caporal. L'heure de l'action est enfin venue ! »

Le ricanement s'interrompit net. « Pardon, mon lieutenant ? fit Croume. Le front ? Mais vous savez que je suis… Enfin, vous êtes au courant pour les fonctions spéciales…

— Mes ordres stipulent : tous les hommes valides, caporal, le coupa Blouse. J'imagine que ça vous démange d'en découdre après toutes ces années, hein, jeune comme vous êtes ? »

Croume ne répondit pas.

« Quoi qu'il en soit, poursuivit le lieutenant en fourrageant sous sa cape trempée, j'ai un paquet pour vous, sergent Jackrum. Qui vous fera grand plaisir, je n'en doute pas. »

Jackrum prit le paquet avec précaution. « Merci, mon lieutenant, je regarderai plus tard…

— Bien au contraire, sergent Jackrum ! l'interrompit Blouse. Vos dernières recrues devraient voir ça, car vous êtes à la fois un soldat et, comme qui dirait, un "père de soldats" ! Il est donc normal que ces jeunes gens voient un bon soldat recevoir sa récompense : une libération honorable, sergent ! » Dans la bouche de Blouse, ces mots paraissaient nappés d'une couche de crème piquée d'une cerise.

En dehors de la pluie, on n'entendait d'autre bruit que les doigts potelés de Jackrum déchirant lentement le papier d'emballage du paquet.

« Oh, fit-il, comme sous le coup de l'émotion. Bien. Un portrait de la duchesse. Ça m'en fait maintenant dix-huit. Oh, et… oh, un bout de papier disant que c'est une médaille, alors j'ai idée qu'on manque même de métal à pot à présent. Oh, et ma libération avec l'impression de la signature même de la duchesse ! »

Il retourna le paquet et le secoua. « Mais pas mes trois mois de solde en retard.

— Un triple ban pour le sergent Jackrum, lança le lieutenant à la pluie et au vent. Hip hip...

— Mais j'croyais qu'on avait besoin de tout le monde, mon lieutenant ! rappela Jackrum.

— À en juger par tous les rectificatifs épinglés sur ce paquet, il vous suit depuis des années, sergent, dit Blouse. Vous connaissez l'armée. C'est votre libération officielle, j'en ai peur. Je ne peux pas annuler la décision. Je regrette.

— Mais...

— Elle porte la signature de la duchesse, sergent. Vous contestez ? J'ai dit que je regrettais. De toute façon, qu'est-ce que vous feriez ? On n'enverra plus d'équipe de recruteurs.

— Quoi ? Mais on a toujours besoin d'hommes, mon lieutenant ! protesta Jackrum. Et j'ai retrouvé la forme, j'suis fort comme un cheval...

— Vous êtes le seul à avoir ramené des recrues, sergent. Voilà la situation. »

Le sergent hésita un instant puis salua. « Ouim'lieutenant ! Très bien, monyeutenant ! On va s'occuper d'installer les nouveaux, monyeutenant ! Ravi d'avoir servi dans l'armée, monyeutenant !

— Je peux poser une question ? demanda Maladict.

— On s'adresse pas directement à un officier, soldat, fit sèchement observer Jackrum.

— Non, laissez-le parler, sergent, dit le lieutenant. On vit une époque... qui sort de l'ordinaire, après tout. Oui, mon vieux ?

— Je vous ai entendu dire que nous allons à la bataille sans formation, non, mon lieutenant ?

— Oh, ben, la plupart d'entre vous seront sûrement piquiers, haha, répondit le lieutenant avec nervosité. Pas besoin d'une grande formation, hein ? Suffit de savoir distinguer les deux bouts, haha. » Il donnait l'impression de vouloir mourir.

« Des piquiers ? répéta Maladict d'un air intrigué.

— T'as entendu le lieutenant, soldat Maladict, cracha le sergent.

— Oui, chef. Merci, mon lieutenant, fit le vampire en rentrant dans le rang.

— D'autres questions ? demanda Blouse en balayant la troupe du regard. Très bien, alors. On part avec le dernier bateau à minuit. Continuez, sergent… pour l'instant. Il y avait autre chose… ah, oui. Je vais aussi avoir besoin d'une ordonnance.

— Les volontaires pour être l'ordonnance du lieutenant, un pas en avant ! Non, pas toi, soldat Maladict ! » lança le sergent d'un ton brusque.

Personne ne bougea.

« Oh, allez », fit le lieutenant.

Margot leva lentement la main. « Qu'est-ce que c'est, une ordonnance, mon lieutenant ? »

Le sergent eut un sourire sans joie. « Bonne question. Une ordonnance, c'est, comme qui dirait, un serviteur personnel qui s'occupe de l'officier. Lui sert ses repas, veille à ce qu'il soit habillé avec élégance, des trucs dans ce goût-là. Pour qu'il puisse remplir ses fonctions encore plusse mieux. »

Igor s'avança. « Les fIgors ont l'habitude d'être ferviteurs, fef », dit-il.

Recourant aux pouvoirs étonnants de la surdité et de la vision réduite dont disposent parfois même les officiers les plus nerveux, le lieutenant parut ne pas le remarquer. Il regardait fixement Margot.

« Et toi, soldat ? lança-t-il.

— Le soldat Barette travaillait dans un débit de boisson, mon lieutenant, l'informa spontanément le sergent.

— Épatant. Présente-toi à mes quartiers à l'auberge à six heures, deuxième classe Barette. Poursuivez, sergent. »

Alors que le cheval efflanqué s'éloignait en titubant, le sergent Jackrum braqua son regard mauvais sur l'escouade, mais il manquait de fougue. On aurait dit qu'il opérait en mode automatique, l'esprit ailleurs.

« Restez pas là à faire des coquetteries ! Y a des uniformes et des armes à l'intérieur ! Allez vous équiper ! Si vous voulez bouffer, cuisinez vous-mêmes ! Au pas de course ! Rooooompez les rangs ! »

L'escouade se rua vers le baraquement, propulsée par la seule puissance vocale du sergent. Mais Margot hésita. Le caporal Croume n'avait pas bougé depuis qu'il avait arrêté net son ricanement. Il fixait le sol d'un regard vide.

« Ça va, caporal ? demanda-t-elle.

— Fous le camp, Burette, répliqua l'homme d'une petite voix bien pire que son beuglement agressif habituel. Fous le camp, d'accord ? »

Elle haussa les épaules et suivit les autres. Mais elle avait remarqué la tache d'humidité fumante autour des pieds du caporal.

À l'intérieur, c'était le chaos. Les baraquements se réduisaient en réalité à un vaste local qui tenait lieu de cantine, de salle de réunion et de cuisine, suivi de grands dortoirs au-delà. Il était désert et proche du délabrement. Le toit fuyait et les hautes fenêtres étaient éventrées, par où avaient pénétré des feuilles mortes qui jonchaient le plancher au milieu des crottes de rat. Pas de détachement de soldats, pas de sentinelles, personne. Dans le foyer noir de suie bouillait pourtant une marmite dont le sifflement et le frémissement étaient les seuls signes de vie des lieux. On avait jadis aménagé une partie du local en une sorte d'intendance, mais la plupart des étagères étaient vides. Margot s'était attendue à un semblant de queue, à un semblant d'ordre, voire à un préposé tendant de petites piles de vêtements.

Au lieu de ça, on ne voyait qu'un bric-à-brac. Ça rappelait effectivement beaucoup un bric-à-brac car rien n'y paraissait neuf et peu d'articles donnaient envie de s'en rendre acquéreur. L'escouade farfouillait déjà dans ce qu'on aurait pu qualifier de marchandises si on avait eu la moindre chance de persuader quelqu'un de les acheter.

« *Qu'est-ce que c'est, ça ? Taille unique qui ne va à personne ?*

— *Sur cette tunique, il y a du sang ! Du sang !*

— *Ben, f'est une taffe rebelle, f'est très dur de la faire partir fans...*

— *Pas d'armure correcte ?*

— *Oh, non ! Y a un trou de flèche dans celle-là !*
— *Quoi ça ? Rien va à troll !* »

Un petit vieux parcheminé, aux abois derrière la table, se recroquevillait sous la férocité du regard de Maladict. Il portait une veste d'uniforme rouge mal boutonnée dont la manche s'ornait d'un galon de caporal taché et délavé. Le côté gauche, sur le devant, disparaissait sous des médailles.

Un bras se terminait par un crochet. Un œil était recouvert d'un bandeau.

« Nous serons piquiers, a dit le lieutenant ! annonça le vampire. Ce qui signifie une épée et une pique chacun, pas vrai ? Et un bouclier contre les pluies de flèches, pas vrai ? Et un casque solide, pas vrai ?

— Pas vrai ! Vous avez pas le droit de me crier dessus comme ça ! répliqua le bonhomme. Vous voyez ces médailles ? Je suis un… »

Une main descendit des hauteurs et le souleva par-dessus la table. Carborundum l'approcha tout près de sa figure et hocha la tête.

« Oui, les vois, m'sieur, gronda-t-il. Et… »

Les recrues s'étaient soudain tues.

« Repose-le, Carborundum, dit Margot. Doucement.
— Pourquoi ?
— Il n'a pas de jambes. »

Le troll baissa les yeux. Puis, avec un soin exagéré, il descendit le vieux soldat. On entendit deux petits claquements quand les pilons de bois touchèrent le plancher.

« Pardon », dit-il.

Le petit bonhomme se stabilisa contre la table et passa les bras autour de deux béquilles.

« D'accord, fit-il d'un ton bourru. Pas d'mal. Mais fais gaffe la prochaine fois !

— Mais c'est ridicule ! s'exclama Maladict en se tournant vers Margot et en agitant la main vers le tas de haillons et de métal tordu. On n'équiperait pas trois gars avec ce fatras. Il n'y a même pas de chaussures correctes ! »

Margot parcourut des yeux la longueur de la table. « On est censés recevoir un bon équipement, dit-elle au borgne. On sert soi-disant dans la meilleure armée du monde. C'est ce qu'on nous a affirmé. Et on ne gagne pas ? »

L'homme la regarda. Intérieurement, elle écarquilla les yeux devant sa propre audace. Elle n'avait pas voulu parler aussi franchement.

« À ce qu'on dit, répondit-il d'un air inexpressif.

— Et v-vous, qu'est-ce que vous dites ? » demanda Pignole. Il avait ramassé une des rares épées. Des taches en maculaient la lame ébréchée.

Le caporal jeta un bref coup d'œil à Carborundum puis à Maladict.

« Je ne suis pas i-idiot, vous savez ! reprit un Pignole tremblant à la figure écarlate. Tout ça, c'est récupéré sur les m-morts !

— Ben, ce serait dommage de laisser perdre de bonnes chaussures... voulut expliquer l'homme.

— On est les d-derniers, hein ? le coupa Pignole. Les dernières r-recrues ! »

Le caporal aux jambes de bois tourna les yeux vers l'entrée au loin et ne vit aucun secours venir dans sa direction.

« Nous devons passer la nuit ici, dit Maladict. La nuit ! répéta-t-il en faisant trembler le vieux caporal sur ses béquilles. Quand on ne sait pas quelle créature maléfique voltige dans l'ombre, apportant la mort sur ses ailes silencieuses, en quête d'une infortunée victime qui...

— Ouais, d'accord, d'accord, j'ai vu ton ruban, l'interrompit le caporal. Écoute, je ferme après votre départ. Moi, je m'occupe du magasin, c'est tout. Je fais rien d'autre, parole ! Je touche un dixième de solde, moi, à cause de mes guibolles, et j'veux pas d'ennuis !

— Et c'est tout ce que vous avez ? demanda Maladict. Vous n'auriez pas un petit quelque chose... à gauche ?...

— Tu me traites de malhonnête ? s'emporta le caporal.

— Disons que je ne rejette pas l'hypothèse que vous soyez honnête. Allez, caporal, vous avez dit que nous sommes les derniers à partir. Qu'est-ce que vous avez de côté ? Qu'est-ce que vous gardez ? »

Le caporal soupira et fila à une vitesse surprenante vers une porte qu'il déverrouilla. « Vaut mieux venir voir, dit-il. Mais c'est pas terrible... »

C'était pire. Ils trouvèrent quelques autres plastrons, dont un coupé en deux et un second qui n'était plus que bosselures. Un bouclier gisait lui aussi en deux morceaux. En compagnie d'épées tordues, de casques écrasés, de couvre-chefs défoncés et de chemises déchirées.

« J'ai fait ce que j'ai pu, soupira le caporal. J'ai redressé des trucs au marteau, lavé les vêtements, mais ça fait des semaines que j'ai plus de charbon pour la forge, et, sans forge, on peut rien faire pour les épées. J'ai pas reçu d'armes nouvelles depuis des mois et, j'vais vous dire, depuis que les nains se sont tirés, l'acier qu'on reçoit, c'est que d'la merde de toute manière. » Il se frotta le nez. « Je sais, vous croyez que les intendants, c'est qu'une bande de voleurs, et j'dis pas qu'on récupère pas quelques bricoles tombées de la charrette quand tout va bien, mais ces trucs-là ? Une fourmi y gagnerait pas de quoi becqueter. » Il renifla encore. « Pas été payé depuis trois mois non plus. J'imagine qu'un dixième de rien c'est mieux que rien, mais j'ai jamais été très bon en philosophie. »

Puis il se dérida. « J'ai largement de quoi manger, au moins, dit-il. Quand on aime le cheval, j'entends. Personnellement, je préfère le rat, mais les goûts et les couleurs, ça se discute pas.

— Je ne peux pas manger du cheval ! fit Chouffe.

— Ah, t'es plutôt rat ? en conclut le caporal qui s'en repartait vers la grande salle.

— Non !

— T'apprendras. Vous apprendrez tous, reprit le dixième de caporal avec un sourire mauvais. Déjà mangé du jésabel ? Non ? Rien de tel qu'un bol de jésabel quand on a faim. On peut mettre n'importe quoi dans du jésabel. Cochon, bœuf, mouton, lapin, poulet, canard… n'importe quoi. Même des rats si on en a. De l'aliment pour les marcheurs, le jésabel. J'en ai justement un peu à mijoter sur le feu. Vous pouvez en prendre, si vous voulez. »

L'escouade retrouva le sourire.

« Fa me paraît bon, dit Igor. Qu'est-fe qu'il y a dedans ?

— De l'eau bouillante, répondit le caporal. C'est ce qu'on appelle du "jésabel surprise". Mais va y avoir du vieux cheval dans une minute à moins que vous ayez mieux. Des condiments, ça ferait déjà pas de mal. Qui va surveiller la crevure ? »

Les recrues échangèrent des regards.

Le caporal soupira. « L'officier, expliqua-t-il. Les officiers, on les appelle les crevures, la gradaille, des trucs comme ça. Ils bouffent mieux que vous. Vous pourriez essayer de chouraver quelque chose à l'auberge.

— Chouraver ? » répéta Margot.

Le vieux roula de son œil unique.

« Ouais. Chouraver. Chouraver, piquer, acheter à la foire d'empoigne, engourdir, voler, soulever, barboter, grrrappepiller. C'est ce que vous allez apprendre si vous réchappez de cette guerre. Qu'on gagne, 'videmment, à ce qu'ils disent. Oubliez jamais ça. » Il cracha vaguement dans la direction du feu, peut-être même ne manqua-t-il la marmite que par hasard. « Ouais, et tous les gars que j'vois revenir sur la route et qui marchent bras dessus bras dessous avec la Mort, ils ont sans doute trop fêté ça, hein ? Tellement facile de se faire arracher la main quand on ouvre n'importe comment une bouteille de champ-pagne, hein ? Je vois que vous avez un Igor avec vous, petits veinards. J'aurais bien voulu en avoir un quand je suis allé au casse-pipe. Les vers à bois m'empêcheraient pas de dormir maintenant.

— Il faut qu'on vole nos repas ? s'indigna Maladict.

— Non, vous pouvez crever de faim si ça vous chante, répondit le caporal. Moi, j'ai crevé de faim plusieurs fois. Ça mène à rien. Mangé la jambe d'un type quand on était bloqués par la neige durant la campagne d'Ibblestarn, mais lui, faut dire ce qui est, il a boulotté la mienne. » Il regarda les figures des recrues.

« Ben quoi, ça s'fait pas de manger sa propre jambe, pas vrai ? Ça rend sûrement aveugle.

— Vous avez échangé vos jambes ? fit une Margot horrifiée.

— Ouais, le sergent Hausegarda et moi. Une idée à lui. Du bon sens, le sergent. Ça nous a maintenus en vie la semaine jusqu'à ce que les secours passent. Et nous remettent sur pied, comme qui dirait. Oh là là. J'oublie les bonnes manières. Comment va, les gars ? Je suis le caporal Escalotte. On m'appelle Trois-pièces. » Il tendit son crochet.

« Mais c'est du cannibalisme ! lâcha Biroute en reculant.

— Non, pas officiellement, faut manger quelqu'un en entier pour ça, répondit Trois-pièces Escalotte d'un ton égal. Règlement militaire. »

Tous les regards se tournèrent vers la marmite qui bouillonnait sur le feu.

« Du cheval, les rassura Escalotte. J'ai que du cheval. J'vous l'ai dit. J'vous mentirais pas, les gars. Maintenant vous allez vous équiper avec ce que vous dénicherez de mieux. Comment tu t'appelles, le caillou ?

— Carborundum, répondit le troll.

— Alors j'ai un chouïa de bon anthracite à grignoter en réserve à l'arrière, et aussi d'la peinture rouge réglementaire pour toi, parce que j'ai encore jamais vu de troll accepter de porter une veste. Les autres, écoutez bien ce que j'vous dis : faites le plein de bouffe. Remplissez votre sac de bouffe. Remplissez votre shako de bouffe. Remplissez vos bottes de soupe. Si l'un de vous tombe sur un pot de moutarde, il le lâche plus – c'est pas croyable ce que la moutarde arrive à faire passer. Occupez-vous aussi des copains.

Et tenez-vous à distance des officiers, ils sont pas sains. Voilà ce qu'on apprend à l'armée. L'ennemi a pas vraiment envie de s'battre contre vous, parce que, l'ennemi, c'est surtout des gus comme vous qui veulent rentrer chez eux encore entiers. Mais les officiers vous feront trucider. » Escalotte regarda les recrues autour de lui. « Voilà. Je l'ai dit. Et au cas où y aurait un politique parmi vous : mon p'tit monsieur, tu peux aller cafarder et te faire foutre. »

Au bout d'un moment de silence gêné, Margot demanda : « Qu'est-ce que c'est, un politique ?

— Comme un espion, mais du même camp que toi, répondit Maladict.

— C'est ça, confirma Escalotte. Y en a dans tous les bataillons ces temps-ci, qui mouchardent les copains. Montent en grade comme ça, voyez ? On veut pas d'opinions divergentes dans les rangs, hein ? On veut pas que les soldats dégoisent sur des batailles qu'on perdrait, pas vrai ? Tout ça, c'est un tas de putain de conneries parce que, les biffins, ça rouspète tout l'temps. Râler, c'est le propre du vrai soldat. » Il soupira. « Bref, y a un bâtiment-dortoir derrière. Je bats régulièrement les paillachiasses, devrait pas y avoir trop de puces. » Une fois encore il contempla les visages interdits. « Les paillasses, des matelas de paille, si vous préférez. Allez-y, servez-vous. Prenez ce qui vous fait envie. Je vais fermer après que vous serez partis, n'importe comment. On va forcément gagner maintenant qu'on a recruté des caïds comme vous, pas vrai ? »

Les nuages s'étaient dissipés quand Margot sortit dans la nuit, et une demi-lune inondait le monde de noir et d'argent glacés. L'auberge d'en face était une autre taverne de bas étage qui vendait de la mauvaise bière aux soldats. Elle empestait les fonds de chope rances avant même que la jeune fille ouvre la porte. Malgré l'enseigne écaillée et méconnaissable, elle réussit à déchiffrer le nom : Le Monde à l'envers. Elle poussa la porte. L'odeur empira. Il n'y avait pas de clients, aucune trace de Croume ni de Jackrum, mais Margot aperçut une servante armée d'une serpillière qui étalait méthodiquement et uniformément la saleté de l'auberge par terre.

« Excusez-m... commença-t-elle avant de se rappeler les chaussettes et d'élever la voix comme si elle était en rogne : Hé, où est le lieutenant ? »

La servante la regarda et désigna du pouce le haut de l'escalier. Une seule bougie brûlait à l'étage et Margot frappa à la porte la plus proche.

« Entrez. »

Elle entra. Le lieutenant Blouse, debout au milieu de la chambre en pantalon et bras de chemise, tenait un sabre. Margot n'était pas experte en la matière, mais elle crut reconnaître la posture élégante, affectée, qu'adoptent souvent les débutants juste avant qu'un adversaire plus expérimenté leur transperce le cœur.

« Ah Barette, n'est-ce pas ? dit-il en baissant sa lame. Je, euh... me livrais à quelques assouplissements.

— Oui, mon lieutenant.

— Il y a du linge dans le sac là-bas. J'imagine qu'une employée de l'auberge va le laver. Qu'est-ce qu'il y a pour le dîner ?

— Je vais voir, mon lieutenant.

— Qu'est-ce que mangent les hommes ?

— Du jésabel, mon lieutenant, répondit Margot. Peut-être avec du che...

— Alors apporte-m'en, tu veux ? On est à la guerre, après tout, et je dois montrer l'exemple à mes hommes, dit Blouse en rengainant son sabre au troisième essai. C'est bon pour le moral. »

Margot jeta un coup d'œil à la table. Un livre était ouvert sur une pile d'autres. Il ressemblait à un manuel d'escrime, et la page exposée était la page cinq. Le voisinait une paire de lunettes aux verres épais.

« Tu lis, Barette ? » lui demanda Blouse en refermant le livre.

Margot hésita. Mais, bah, qu'en avait à faire Chouquette ? « Un peu, mon lieutenant, avoua-t-elle.

— J'imagine que je vais devoir en abandonner la plupart. Prends-en un si tu veux. » Il secoua la main vers les livres. Margot en lut les titres. *La science de la guerre. Principes du combat. Batailles expliquées. Défense tactique.*

« Tous un peu indigestes pour moi, mon lieutenant, dit-elle. Merci quand même.

— Dis-moi, Barette, est-ce que les recrues sont... euh... de bonne humeur ? »

Il lui jeta un regard de réelle inquiétude, semblat-il. Il n'avait vraiment pas de menton, nota-t-elle. Sa figure se fondait dans son cou sans rencontrer beaucoup d'obstacles en route, mais sa pomme d'Adam, elle, c'était quelque chose. Elle montait et descendait comme une balle sur ressort.

Margot n'était dans l'armée que depuis deux jours, mais elle avait déjà acquis un instinct. Qui se résumait ainsi : aux officiers, on ment. « Oui, mon lieutenant, répondit-elle.

— Ils ont tout ce qui leur faut ? » demanda Blouse.

L'instinct susmentionné pesa les chances des soldats d'obtenir par des doléances davantage que ce qu'ils avaient déjà, et Margot répondit : « Oui, mon lieutenant.

— Évidemment, ce n'est pas à nous de contester les ordres.

— Je ne les contestais pas, mon lieutenant, dit une Margot un instant perplexe.

— Même si on se sent peut-être parfois... » Le lieutenant s'interrompit avant de reprendre : « Manifestement, la guerre est une chose très versatile, et le cours de la bataille peut s'inverser d'un coup.

— Ouim'lieutenant », abonda Margot qui le regardait toujours fixement. L'homme avait une petite marque sur le nez là où les lunettes se posaient.

Visiblement, quelque chose le préoccupait aussi. « Pourquoi tu t'es engagé, Barette ? » demanda-t-il en tâtonnant sur la table et en trouvant ses lunettes à la troisième tentative. Il portait des gants de laine aux doigts coupés.

« Le devoir d'un patriote, mon lieutenant ! répondit aussitôt Margot.

— Tu as menti sur ton âge ?

— Nonmonyeutenant !

— Le devoir d'un patriote et rien d'autre, Barette ? »

Il y avait mensonge et mensonge. Margot se trémoussa d'un air embarrassé. « J'aimerais bien savoir ce qui est arrivé à mon frère Paul, mon lieutenant, dit-elle.

— Ah, oui. » Le visage du lieutenant Blouse, déjà peu enclin à exprimer la joie de vivre, prit soudain un air traqué.

« Paul Barette, mon lieutenant, souffla Margot.

— Je... euh... ne suis pas très bien placé pour le savoir, Barette, dit Blouse. Je travaillais comme... J'étais... euh... chargé de... euh... J'étais en poste au quartier général à l'arrière pour un travail spécial, euh... je ne connais pas tous les soldats, c'est évident, Barette. C'ét... c'est ton frère aîné ?

— Ouim'lieutenant. S'est engagé dans les Dedans-dehors l'année dernière, mon lieutenant.

— Et, euh... tu as des frères plus jeunes ?

— Non, mon lieutenant.

— Ah, bien. Une bonne chose, de toute façon. » Drôle de réflexion. Le front de Margot se plissa de perplexité.

« Mon lieutenant ? » fit-elle.

Puis elle éprouva une sensation de déplacement désagréable. Quelque chose descendait lentement le long de la face interne de sa cuisse.

« Ça ne va pas, Barette ? demanda le lieutenant en voyant sa tête.

— Nonmonyeutenant ! Juste une... une petite crampe, mon lieutenant ! À force d'avoir marché, mon lieutenant ! » Elle se plaqua les deux mains autour d'un genou et recula petit à petit vers la porte. « Je vais... vais voir pour votre dîner, mon lieutenant !

— Oui, oui, fit Blouse en fixant la jambe de Margot. Oui... s'il te plaît... »

Elle s'arrêta sur le palier pour remonter ses chaussettes, coinça une fois de plus en guise d'ancre le bout de l'une sous sa ceinture et descendit en hâte aux cuisines de l'auberge. Un seul regard lui apprit ce qu'elle voulait savoir. L'hygiène alimentaire consistait ici à faire un vague effort pour ne pas glavioter dans le ragoût.

« Je veux des oignons, du sel, du poivre... » commença-t-elle.

La fille de cuisine qui touillait la marmite noire de suie sur le fourneau, lui aussi noir de suie, leva les yeux, s'aperçut qu'elle avait affaire à un homme et s'empressa d'écarter ses cheveux humides de ses yeux.

« C'est du ragoût, monsieur, annonça-t-elle.

— Je n'en veux pas. Je veux juste les ingrédients, dit Margot. Pour l'officier », ajouta-t-elle.

La fille de cuisine pointa un pouce noir de suie vers une porte voisine et gratifia Margot de ce qu'elle devait prendre pour un sourire coquin.

« J'suis sûre que vous pouvez avoir tout ce qui vous fait envie, monsieur », dit-elle.

Margot jeta un coup d'œil aux deux étagères pompeusement qualifiées de garde-manger et saisit deux gros oignons, un dans chaque main.

« Je peux ? demanda-t-elle.

— Oh, monsieur ! gloussa la fille. J'espère que vous êtes pas un de ces soldats vulgaires qui profitent d'une servante sans défense, monsieur !

— Non, euh... non. Pas de danger.

— Oh. » Ce n'était sûrement pas la bonne réponse. La fille pencha la tête de côté. « Vous avez souvent eu affaire à des jeunes femmes, monsieur ? demanda-t-elle.

— Euh... oui. Pas mal, répondit Margot. Euh... sans arrêt, même.

— Ah bon ? » La fille se rapprocha. Elle sentait surtout la transpiration mêlée d'un soupçon de suie. Margot leva les oignons comme une espèce de barrière.

« J'suis sûre qu'il y a des trucs que vous aimeriez apprendre, ronronna la fille.

— Et moi qu'il y en a un que vous n'aimeriez pas ! » répliqua Margot qui fit demi-tour et s'enfuit sans demander son reste.

Alors qu'elle sortait dans l'air froid de la nuit, une voix plaintive dans son dos lança : « J'finis à huit heures ! »

Dix minutes plus tard, le caporal Escalotte n'en revenait pas. Margot eut le sentiment que ça ne lui arrivait pas souvent. Chouffe avait coincé un vieux plastron près du feu, avait attendri au marteau des tranches de viande de cheval qu'il avait plongées dans un peu de farine avant de les faire frire. Les oignons émincés grésillaient à côté.

« Moi, je m'contente de les bouillir, dit Escalotte qui l'observait d'un œil intéressé.

— Vous perdez tout le goût si vous faites ça, fit remarquer Chouffe.

— Hé, petit, j'ai mangé des trucs que tu voudrais même pas goûter !

— Faire d'abord sauter, surtout les oignons, poursuivit Chouffe. Ça accentue le parfum. De toute façon, quand on fait bouillir, faut y aller doucement. C'est ce que dit toujours ma m'man. On rôtit vite, on bout lentement, d'accord ? Pas de la mauvaise viande, pour du cheval. Dommage de la faire bouillir.

— Étonnant. On aurait eu bien besoin de toi à Ibblestarn. Le sergent était bon mais il avait, tu vois, la jambe un peu raide.

— Une marinade aurait sans doute amélioré tout ça », commenta distraitement Chouffe en retournant une tranche de viande avec une épée brisée. Il pivota vers Margot. « Y avait autre chose dans le garde-manger, Chouque ? Je pourrais préparer des réserves pour demain si on...

— Pas question que je retourne dans cette cuisine ! se récria Margot.

— Ah, c'est sûrement Mariette Couche-toi-là, dit le caporal Escalotte en levant la tête et en souriant. Elle a envoyé plus d'un gars au septième ciel. »

Il plongea une louche dans la marmite de jésabel en ébullition à côté de la poêle. De la viande grise désagrégée bouillonna dans un fond d'eau.

« Ça sera bien bon pour la crevure, annonça-t-il avant de ramasser un bol maculé.

— Ben, il a dit qu'il voulait manger comme les hommes, fit observer Margot.

— Oh, c'est un de ces officiers-là, dit Escalotte d'un ton peu charitable. Ouais, y a des jeunes qui s'essayent à ce truc-là quand ils ont lu les mauvais bouquins. Y en a qu'essayent même de copiner avec nous, les salauds. » Il cracha adroitement entre les deux plats sur le feu. « Attendez voir qu'il essaye ce que bouffent les hommes.

— Mais si on mange du bifteck et des oignons...

— Pas grâce à ceux de son acabit, répliqua le caporal en versant une louche de gadoue dans le bol. Les troupes zlobènes ont droit à une livre de bœuf et une de farine par jour minimum, plus du saindoux ou du beurre et une demi-livre de pois cassés. Et des fois un demi-litre de mélasse. Nous, on a du pain d'cheval rassis et tout ce qu'on peut grappiller. Il aura du jésabel et il aimera ça.

— Pas de légumes frais, pas de fruits, dit Chouffe. C'est un régime très constipant, caporal.

— Ouais, ben, une fois qu'la bataille aura commencé, la constipation sera votre dernier souci, vous verrez. » Il leva la main, écarta quelques chiffons et descendit une bouteille poussiéreuse d'une étagère.

« La crevure aura pas d'ça non plus, dit-il. Récupéré dans les bagages du dernier officier qu'est passé, mais je vais la partager avec vous parce que vous êtes de braves gars. » Il fit négligemment sauter le goulot de la bouteille sur le bord de la cheminée. « C'est que du sherry, mais ça vous soûlera.

— Merci, caporal », dit Chouffe qui prit la bouteille. Il en aspergea une grande quantité sur la viande grésillante.

« Hé, tu gâches de la bonne gnôle ! protesta Escalotte en voulant la récupérer d'un geste vif.

— Non, ça va épicer la viande bien comme il faut, dit Chouffe en s'accrochant à la bouteille. Ça va... Miel ! »

La moitié du liquide s'était répandue sur le feu tandis que les deux mains se battaient pour le flacon, mais ce n'est pas ça qui fit à Margot l'effet d'une petite tige d'acier lui transperçant le crâne. Elle regarda autour d'elle le reste de l'escouade qui ne paraissait pas avoir...

Maladict lui adressa un clin d'œil et indiqua d'un mouvement discret de la tête l'autre bout du local avant de s'y diriger nonchalamment. Margot le suivit.

Maladict trouvait toujours quelque chose contre quoi s'adosser. Il se détendit dans l'ombre, leva la tête vers les chevrons. « Bon, fit-il, pour moi, un gars qui sait cuisiner n'en est pas moins un homme. Mais un gars qui dit "miel" quand il jure ? As-tu déjà entendu un homme dire ça ? Non. C'est évident. »

C'est donc toi qui m'as donné les chaussettes, songea Margot. Tu es au courant pour moi, c'est sûr, mais l'es-tu pour l'Asperge ? Et on a peut-être éduqué Chouffe à rester toujours poli... Mais un seul regard au sourire entendu de Maladict la convainquit de ne pas se lancer dans cette voie. Et puis, dès qu'on posait les yeux sur Chouffe en gardant à l'esprit qu'il s'agissait peut-être d'une fille, tout le confirmait. Aucun homme ne dirait « miel ».

Trois filles maintenant...

« Et je suis à peu près certain que l'Asperge en est une aussi, ajouta Maladict.

— Qu'est-ce que tu vas faire à... leur sujet ? demanda Margot.

— Ce que je vais faire ? Pourquoi devrais-je faire quelque chose au sujet de quelqu'un ? Je suis un vampire qui feint officiellement de ne pas en être un, d'accord ? Je suis la dernière personne qui dira jamais qu'il faut jouer les cartes qu'on a reçues. Alors bonne chance à... lui, voilà. Mais tu aimerais peut-être le prendre à part plus tard pour avoir une petite discussion avec lui. Tu sais... d'homme à homme. »

Margot hocha la tête. Que fallait-il entendre dans cette réflexion ?

« Je ferais mieux de porter son jésabel au lieutenant, dit-elle. Et... la barbe, j'ai oublié pour son linge.

— Oh, je ne m'inquiéterais pas pour ça, mon vieux, la rassura Maladict en lançant un petit sourire éclatant. Vu le tour que prennent les événements, Igor est sans doute une lavandière déguisée. »

Margot fit la lessive, finalement. Elle n'était pas sûre de pouvoir échapper à Mariette une deuxième fois, et il n'y avait pas grand-chose à laver. Elle étendit ensuite le linge devant le feu qui ronflait.

Le cheval avait été excellent, ce qui était étonnant, mais moins que la réaction de Blouse au jésabel. Assis dans son uniforme de soirée – porter une tenue spéciale rien que pour s'asseoir et manger tout seul était une nouveauté pour son ordonnance –, il l'avait avalé avec délectation avant d'envoyer Margot lui en remplir un autre bol. La viande était blanche à force d'avoir bouilli et de l'écume nageait en surface. L'escouade se demandait quelle vie avait pu mener un officier pour qu'il en vienne à aimer le jésabel.

« Chais pas grand-chose de lui, répondit Escalotte quand on lui posa la question. Il est là depuis deux semaines et il a la trouille d'aller à la guerre. Il a apporté toute une charretée de bouquins, paraît. M'a l'air d'une crevure typique. Z'étaient toutes derrière la porte à la distribution des mentons. D'après un sergent qui passait par ici, c'est pas vraiment un soldat, juste un empapaouté du quartier général qui s'y connaît en additions.

— Oh, génial », fit Maladict qui préparait son café près du feu.

La petite machine gargouilla et siffla.

« Je crois qu'il voit mal sans ses lunettes, dit Margot. Mais il est très... euh... poli.

— Pas crevure depuis longtemps, alors, jugea Escalotte. Normalement c'est plutôt : "Hé là ! Toi ! Où vas-tu Sans-souci ?" Mais j'ai déjà vu votre sergent, le vieux Jackrum. L'est allé partout, çui-là. Tout l'monde connaît le vieux Jackrum. Il était avec nous dans la neige d'Ibblestarn.

— Combien de gens il a mangé, lui ? » lança Maladict, ce qui déclencha un éclat de rire général. Le dîner avait été bon et il était resté suffisamment de sherry pour remplir un verre à chacun.

« Disons seulement qu'il est pas redescendu beaucoup plus maigre qu'à la montée, répondit Escalotte.

— Et le caporal Croume ? demanda Margot.

— L'avais encore jamais vu non plus. Une sale petite teigne. Un politique, je dirais. Pourquoi est-ce qu'il est parti et vous a laissés ici ? L'a un bon lit moelleux à l'auberge, c'est ça ?

— J'espère qu'il s-sera pas notre sergent, fit Pignole.

— Lui ? Pourquoi ? » s'étonna Escalotte.

Margot s'offrit pour raconter les événements du début de soirée. À sa grande surprise, Escalotte éclata de rire.

« Ils veulent encore se débarrasser du vieux con, hein ? dit-il. Y a de quoi se marrer ! Heureusement, faut davantage qu'une bande de galonnards et de crevures pour extirper Jackrum de son armée. Tenez, on l'a traduit deux fois en cour martiale. Il s'en est tiré à chaque coup. Et vous savez qu'il a un jour sauvé la vie du général Froc ? Il est allé partout, sait tout sur tout l'monde, il connaît davantage de ficelles que moi, et j'en connais pas mal, moi je vous l'dis. Si ça lui chante de marcher avec vous demain, il le fera, et c'est pas une petite crevure maigrichonne qui l'en empêchera.

— Alors pourquoi un homme pareil est-il sergent recruteur ? lança sèchement Maladict.

— Parce qu'il a eu la jambe ouverte en Zlobénie et qu'il a mordu les bouchers qui voulaient y jeter un coup d'œil quand la blessure s'est aggravée, le p'tit malin, répliqua Escalotte. L'a nettoyée tout seul avec des asticots et du miel, puis il a bu un demi-litre de gnôle, s'est recousu lui-même, pis il est resté allongé sur son lit avec la fièvre pendant une semaine. Mais le général l'a coincé, paraît, il est venu le voir alors qu'il était trop faible pour protester et il lui a annoncé qu'il allait taper du tambour de recruteur pendant un an, et pas de discussion. C'est même pas Froc qui lui a remis ses ordres de route alors que Jackrum se l'était coltiné sur le dos pendant vingt kilomètres à travers les lignes ennemies... »

La porte s'ouvrit et le sergent Jackrum entra, les mains coincées dans son ceinturon.

« Vous embêtez pas à saluer, les gars, dit-il aux recrues qui se retournaient d'un air coupable. Bonsoir, Trois-pièces. Fait plaisir de te revoir presque au complet, vieux rusé de trompe-la-mort. Où est le caporal Croume ?

— Pas vu de la soirée, chef, répondit Maladict.

— Il est pas venu ici avec vous ?

— Non, chef. On le croyait avec vous. »

Pas un muscle ne bougea sur la figure de Jackrum. « Je vois, dit-il. Bon, vous avez entendu le lieutenant. Le bateau part à minuit. On devrait avoir descendu un bon bout de la Kneck mercredi à l'aube. Dormez quelques heures si vous pouvez. La journée de demain sera longue, si vous avez de la chance. » Sur quoi il fit demi-tour et ressortit.

Le vent hurlait dehors et la porte qui se refermait le réduisit au silence. *On* devrait avoir descendu un bon bout de la Kneck, nota Margot. Bravo, Trois-pièces.

« Vous manque un caporal ? fit Escalotte. Pas mal, ça. D'habitude, c'est une recrue qui prend la tangente. Bon, vous avez entendu le sergent, les gars. C'est l'heure de s'laver et d'aller se pieuter. »

Il y avait des toilettes et des latrines, du style rudimentaire. Margot profita d'un moment où elle s'y trouvait seule avec Chouffe. Elle s'était creusé les méninges pour savoir comment amener le sujet sur le tapis, mais un regard suffit.

« C'est quand je me suis proposée pour préparer le dîner, c'est ça ? marmonna Chouffe en fixant le fond de l'évier en pierre où poussait de la mousse.

— Ça m'a mis la puce à l'oreille, oui, répondit Margot.

— Beaucoup d'hommes font la cuisine, tu sais ! répliqua Chouffe avec véhémence.

— Oui, mais pas les soldats, et jamais avec enthousiasme. Ils ne font pas non plus de marinades.

— Tu l'as dit à quelqu'un ? marmonna une Chouffe toute rouge.

— Non, répondit Margot en disant, après tout, la pure vérité. Écoute, tu as bien tenu ton rôle, je n'y ai vu que du feu jusqu'à "miel".

— Oui, oui, je sais, souffla Chouffe. J'arrive à roter, à marcher bêtement et même à me curer le nez, mais on ne m'a pas appris à jurer comme vous, les hommes ! »

Nous les hommes, songea Margot. Oh, bon sang.

« On est des soldats grossiers et licencieux, dit-elle. Je crois que c'est merde ou rien. Euh... pourquoi est-ce que tu fais ça ? »

Chouffe fixa encore le fond de l'évier humide comme si le curieux dépôt vert gluant qui y stagnait offrait un grand intérêt à ses yeux, et elle marmonna quelque chose.

« Pardon, tu as dit ? demanda Margot.

— Je vais chercher mon mari, répondit Chouffe un tout petit peu plus fort.

— Oh là là. Depuis quand tu es mariée ? demanda Margot sans réfléchir.

— ... pas encore mariée... » avoua Chouffe d'une voix pas plus grosse qu'une fourmi.

Margot baissa fugitivement les yeux sur les rondeurs de Chouffe. Oh là là. Oh là là. Elle s'efforça de prendre un ton raisonnable. « Tu ne crois pas que tu devrais... ?

— Ne me dis pas de rentrer chez moi ! se rebiffa Chouffe en se retournant contre elle. Rien ne m'attend chez moi en dehors de la honte ! Je n'y retourne pas. Je vais à la guerre et je vais le retrouver. Personne ne me l'interdira, Chouquette ! Personne ! Ça s'est déjà produit, de toute façon ! Et ça s'est bien terminé ! Il y a une chanson là-dessus et tout !

— Oh, ça, fit Margot. Oui. Je connais. » Il faudrait abattre les chanteurs traditionnels. « Ce que je voulais dire, c'est que ça t'aidera pour ton déguisement... »

Elle sortit de son sac un cylindre moelleux de chaussettes de laine qu'elle tendit sans un mot. Ce qu'elle faisait était dangereux, elle le savait, mais elle se sentait désormais une espèce de responsabilité envers celles dont l'étrange et soudaine lubie n'avait pas été suivie d'un plan.

Alors qu'elle regagnait sa paillasse, elle aperçut Pignole qui accrochait son petit portrait de la duchesse à un clou commodément planté dans le mur décrépit au-dessus de son matelas. Il jeta un regard furtif à la ronde, ne repéra pas Margot dans l'ombre de l'entrée et fit une brève révérence à l'adresse du portrait. Une révérence, non pas un salut.

Margot fronça les sourcils. Et de quatre. Elle s'en étonnait à peine à présent. Et il lui restait une paire de chaussettes propres. Ç'allait bientôt devenir une armée de va-nu-pieds.

Margot pouvait deviner l'heure au stade de combustion d'un feu. On sent combien de temps il dure, et les bûches de celui-ci étaient recouvertes de cendres grises sous lesquelles rougeoyait une lueur. Il était onze heures passées, conclut-elle.

D'après ce qu'elle entendait, personne ne trouvait le sommeil. Elle s'était levée au bout d'une heure ou deux consacrées à regarder fixement les ténèbres et à écouter elle ignorait quoi bouger dans le matelas craquant de paille sur lequel elle était allongée ; elle y serait restée plus longtemps, mais quelque chose dans la paillasse paraissait vouloir lui repousser la jambe.

Et puis elle n'avait pas de couvertures sèches. Il y en avait bien dans le baraquement, mais Trois-pièces lui avait déconseillé de les prendre car porteuses de la gale, comme il disait.

Le caporal avait laissé une bougie allumée. Margot avait relu la lettre de Paul et jeté encore un coup d'œil au bout de papier imprimé récupéré sur la route boueuse. Les mots étaient coupés et elle n'était pas sûre de tous bien les interpréter, mais aucun ne lui plaisait. Ce qu'évoquait « invas » était particulièrement désagréable.

Il y avait aussi le troisième bout de papier. Elle n'y était pour rien. C'était un pur hasard. Elle avait fait la lessive de Blouse, et, comme de juste, on fouille dans les poches avant de laver du linge, car quiconque a essayé de dérouler une saucisse trempée, décolorée, qui a autrefois été un billet de banque, ne tient pas à renouveler l'expérience. Et elle était tombée sur ce bout de papier plié. Il est vrai que rien ne l'obligeait à le déplier ni ensuite à le lire. Mais on agit parfois sans réfléchir.

C'était une lettre. Blouse avait dû la fourrer dans une poche et l'oublier quand il avait changé de chemise. Elle n'était pas obligée de la relire, mais c'est quand même ce qu'elle fit à la lumière de la bougie.

Ma chère Emmeline,
À moi la gloire et la fortune ! Au bout de huit années seulement comme sous-lieutenant, je viens d'être promu et on doit me confier un commandement. Ce qui signifie évidemment qu'il n'y aura plus d'officier au service des couvertures, du couchage et

du fourrage de l'état-major, mais j'ai expliqué mon nouveau système de classement au caporal Drèbe, et je pense qu'il est compétent.

Tu sais que je ne peux pas entrer dans les détails, mais je crois mon avenir très prometteur et j'ai hâte d'en « découdre » avec l'ennemi. Je suis assez brave pour espérer que le nom de Blouse entrera dans l'histoire militaire. En attendant, je rafraîchis ma technique d'escrime et tout me « revient » bel et bien. Évidemment, ma promotion s'assortit d'une augmentation de solde de dix sous par jour, pas moins, et d'une indemnité de trois sous de fourrage. Voilà pourquoi j'ai acheté un « destrier » à monsieur Jacques Flemmard, dit « l'Honnête », un homme charmant, même si sa description des « prouesses » de ma monture a sans doute été sujette à l'exagération, j'en ai peur. Malgré tout, je gagne enfin « du galon » et, si le sort me sourit, je verrai plus tôt le jour où je pourrai

Ouf, c'était tout. Après réflexion, Margot alla soigneusement mouiller la lettre, puis elle la sécha vite au-dessus des restes du feu avant de la glisser dans la poche de la chemise lavée. Blouse risquait de lui reprocher de ne pas l'en avoir ôtée avant la lessive, mais elle en doutait.

Un comptable en couvertures qui avait mis au point un nouveau système de classement. Un enseigne pendant huit ans dans une guerre où la promotion pouvait s'opérer rapidement. Un gars qui mettait entre guillemets tous les mots ou expressions qu'il jugeait ne serait-ce que vaguement imagés. Qui rafraîchissait sa « technique d'escrime ». Et tellement myope qu'il avait acheté un cheval à Jacques Flemmard, connu

dans toutes les foires aux affaires hippiques pour vendre de vieilles rosses à bout de souffle qui perdaient une jambe avant qu'on ait regagné ses pénates.
Notre chef.
Ils perdaient la guerre. Tout le monde le savait, mais personne ne voulait le dire. Comme si, en s'abstenant de prononcer les mots tout haut, on s'imaginait que rien de tel n'avait lieu. Ils perdaient la guerre, et cette escouade, sans formation ni expérience, combattant dans des souliers de soldats morts, ne pouvait qu'accélérer la défaite. La moitié de son effectif était des femmes ! À cause d'une saleté de chanson ridicule. Chouffe s'égarait dans une guerre afin de retrouver le père de son enfant, une entreprise délicate pour une fille, même en temps de paix. Et l'Asperge suivait son petit ami, une situation romantique qui n'excéderait pas les cinq premières minutes d'une bataille. Quant à elle...

... eh bien, oui. Elle aussi avait entendu la chanson. Et après ? Paul était son frère. Elle avait toujours veillé sur lui, même toute petite. Leur mère était toujours occupée, comme tout le monde à la Duchesse, aussi Margot était-elle devenue la grande sœur d'un frère de quinze mois son aîné. Elle lui avait appris à se moucher, à former ses lettres, elle partait à sa recherche quand des garçons cruels l'avaient perdu dans les bois. Courir après Paul était un devoir vite devenu une habitude.

Et puis... ben, ce n'était pas la seule raison. Quand son père mourrait, la Duchesse ne reviendrait pas à sa branche de la famille s'il n'y avait pas d'héritier mâle. C'était la loi, claire et nette. La loi nugganatique stipulait que les hommes héritaient des biens proprement masculins, tels que terrains, bâtiments, argent et tous animaux domestiques en dehors des chats. Les femmes héritaient des biens proprement féminins, qui consistaient principalement en petits bijoux personnels et en rouets transmis de mère en fille. Elles ne pouvaient sûrement pas hériter d'une grande auberge de renom.

La Duchesse reviendrait donc à Paul s'il était en vie ; dans le cas contraire, elle pourrait légalement revenir à l'époux de Margot si elle était mariée. Et comme Margot n'avait aucun projet en ce sens, il lui fallait un frère. Paul ne demanderait pas mieux que manutentionner des barriques jusqu'à la fin de ses jours ; pour sa part, elle dirigerait la Duchesse. Mais si elle se retrouvait seule, femme sans homme, elle aurait peut-être la chance, au mieux, de continuer de vivre à l'auberge pendant que l'héritage irait au cousin Vlopo, un ivrogne.

Bien sûr, tout ça n'était pas la vraie raison. Certainement pas. Mais c'était tout de même une raison. Qui se résumait à Paul. Elle l'avait toujours retrouvé et ramené à la maison.

Elle contempla le shako dans ses mains. Il ne manquait pas de casques à la réserve, mais comme tous exhibaient des trous de flèche ou des déchirures béantes, les recrues avaient sans un mot opté pour des couvre-chefs plus souples. On mourait de toute façon, mais au moins on ne souffrirait pas de mal de crâne. L'insigne du shako arborait le symbole du régiment, un fromage enflammé. Peut-être un jour découvrirait-elle la raison d'un tel symbole. Margot s'en coiffa, ramassa son sac, le petit paquet de linge, et sortit dans la nuit. La lune avait disparu, les nuages étaient revenus. Le temps qu'elle traverse la place, elle était trempée comme une soupe ; la pluie arrivait à l'horizontale.

Elle ouvrit d'une poussée la porte de l'auberge et vit, à la lumière d'une unique bougie dégoulinante... le chaos. Des vêtements jonchaient le dallage, les placards béaient. Jackrum descendait l'escalier, le sabre dans une main, une lanterne dans l'autre.

« Oh, c'est toi, Barette, dit-il. Ils ont tout vidé et se sont tirés. Même Mariette. Je les ai entendus partir. Ils poussaient une carriole, d'après le bruit. Qu'est-ce que tu fiches ici ?

— L'ordonnance, chef, répondit Margot en secouant la tête pour chasser l'eau de son shako.

— Ah, ouais. C'est vrai. Va le réveiller, alors. Il ronfle comme un sonneur. J'espère sacrément que le bateau est toujours là.

— Pourquoi est-ce qu'ils ont pris... foutu le camp, sergent ? » demanda Margot en se disant : Flûte ! Moi non plus, je ne jure pas ! Mais le sergent n'avait rien remarqué.

Il lui lança ce qu'on appelle un regard torve ; on aurait débouché des bouteilles avec ce regard-là. « Ont eu vent de quelque chose, pas de doute, dit-il. Bien entendu, on gagne la guerre, tu sais.

— Ah. Oh. Et on ne va pas nous envahir du tout, j'imagine, répliqua Margot avec un soin tout autant exagéré.

— Tout juste. Je déteste ces sales traîtres qui veulent nous faire croire qu'une armée immense va balayer le pays d'un jour à l'autre.

— Euh... pas trace du caporal Croume, chef ?

— Non, mais j'ai pas encore retourné tous les cailloux... Chhhut ! »

Margot se figea et tendit l'oreille tant qu'elle put. Elle entendit des bruits de sabots de plus en plus forts à mesure qu'ils se rapprochaient ; d'abord des chocs sourds, qui se muèrent en tintements métalliques de fers à cheval sur les pavés.

« Patrouille de cavalerie, chuchota Jackrum en posant la lanterne sur le comptoir. Six ou sept chevaux.

— Des nôtres ?

— M'étonnerait vachement. »

Le fracas ralentit et s'arrêta devant l'auberge.

« Fais-leur la conversation », dit Jackrum qui baissa la main et poussa le verrou de la porte. Il se retourna et se dirigea vers le fond de l'établissement.

« Quoi ? La conversation sur quoi ? souffla Margot. Sergent ? »

Il avait disparu. Margot entendit des murmures devant la porte, suivis de deux coups frappés sèchement au battant.

Elle se débarrassa de sa veste. Elle s'arracha le shako de la tête et le balança derrière le comptoir. Maintenant elle n'était plus un soldat, au moins. Et, alors que la porte cognait contre le verrou, elle vit quelque chose de blanc parmi les décombres. C'était une tentation terrible...

La porte s'ouvrit à la volée au second coup, mais les soldats n'entrèrent pas tout de suite. Allongée sous le comptoir, se démenant pour passer le jupon par-dessus son pantalon retroussé, Margot s'efforça de comprendre ce qu'elle entendait. Autant qu'elle pouvait en juger d'après les bruissements et les chocs sourds, celui qui se serait tenu près de l'entrée avec une idée d'embuscade en tête l'aurait brièvement et définitivement regretté. Elle tenta de dénombrer les envahisseurs : au moins trois, lui sembla-t-il. Dans le silence tendu, le son de la voix qui parla d'un ton normal lui fit l'effet d'un choc.

« On a entendu coulisser le verrou. Ça veut dire que tu es quelque part ici. Ne te complique pas la vie. On ne veut pas être forcés de venir te chercher. »

Je ne veux pas non plus, songea Margot. Je ne suis pas un soldat ! Va-t'en ! Puis elle songea : *Comment ça, tu n'es pas un soldat ? Tu as accepté le denier et embrassé le portrait, non ?* Et soudain un bras se tendit par-dessus le comptoir et la saisit. Au moins, elle n'avait pas à jouer la comédie.

« Non ! S'il vous plaît, monsieur ! Me faites pas de mal ! J'ai eu peur ! S'il vous plaît ! »

Mais, dans son for intérieur, une certaine... paire de chaussettes se sentait morte de honte et lui aurait volontiers donné de grands coups de pied.

« Par tous les dieux, qui tu es, toi ? demanda le cavalier en la dressant debout et en la regardant comme si elle était une espèce de pièce de musée.

— Margot, monsieur ! Serveuse, monsieur. Seulement ils ont décampé et m'ont laissée !

— Moins de bruit, ma fille ! »

Margot opina. La dernière chose dont elle avait envie en ce moment, c'était de voir Blouse dévaler l'escalier armé de son sabre et de *L'escrime pour les débutants*.

« Oui, monsieur, couina-t-elle.

— Serveuse, hein ? Trois pintes de ce que tu dois appeler ta meilleure bière, alors. »

Ça, au moins, pouvait se faire machinalement. Elle avait vu les chopes sous le comptoir et les fûts se trouvaient derrière elle. La bière était clairette et âpre mais n'aurait sans doute pas dissous une pièce de monnaie.

Le cavalier l'observait avec attention tandis qu'elle remplissait les chopes. « Qu'est-ce qui est arrivé à tes cheveux ? » demanda-t-il.

Margot avait prévu la question. « Oh, monsieur, ils me les ont coupés, monsieur ! Parce que j'avais souri à un soldat zlobène, monsieur !

— Ici ?

— À Drok, monsieur. » C'était une localité beaucoup plus proche de la frontière. « Pour ma m'man, j'étais la honte de la famille, alors on m'a envoyée ici, monsieur ! »

Ses mains tremblaient lorsqu'elle posa les chopes sur le comptoir, et elle exagérait à peine. À peine... mais un peu tout de même. *Tu réagis en fille*, songea-t-elle. *Continue comme ça !*

Elle pouvait à présent faire l'inventaire des envahisseurs. Ils portaient des uniformes bleu foncé, de grandes bottes et de lourds casques de cavalerie. L'un d'eux se tenait debout près des fenêtres aux volets clos. Les deux autres la regardaient. Le premier arborait des galons de maréchal des logis et un air de profonde méfiance. Celui qui l'avait saisie était un capitaine.

« C'est une bière épouvantable, ma fille, dit-il en reniflant la chope.

— Oui, monsieur, je sais, monsieur, bredouilla Margot. Ils voulaient pas m'écouter, monsieur, et ils disaient qu'il fallait recouvrir les fûts d'un drap humide par temps d'orage, monsieur, et puis Mariette, elle nettoie jamais le fausset, et...

— Le village est désert, tu sais ça ?

— Ils ont tous fichu le camp, monsieur, dit Margot avec sérieux. Va y avoir une invasion, monsieur. Tout le monde le dit. Ils ont peur de vous, monsieur.

— Sauf toi, hein ? lança le maréchal des logis.

— Comment tu t'appelles, toi qui souris aux soldats zlobènes ? demanda le capitaine en souriant lui aussi.

— Margot, monsieur. » La main de la jeune fille trouva ce qu'elle cherchait sous le comptoir. L'ami du serveur. Il y en avait toujours un.

« Et toi, tu as peur de moi, Margot ? » demanda le capitaine. Le cavalier près de la fenêtre laissa échapper un ricanement.

Le capitaine avait des moustaches bien taillées, aux pointes cirées, et faisait plus d'un mètre quatre-vingts, estima Margot. Il avait aussi un joli sourire qu'accentuait d'une certaine façon la balafre qui lui marquait le visage. Un rond en verre lui recouvrait un œil. La main de la jeune fille se referma sur le gourdin dissimulé.

« Non, monsieur, répondit-elle en regardant l'homme droit dans un œil et un morceau de verre. Euh... à quoi sert ce verre, monsieur ?

— C'est un monocle, expliqua le capitaine. Il m'aide à te voir, et je lui en serai éternellement reconnaissant. Je dis toujours que, si j'en avais deux, je serais mieux en vue. »

Ce qui déclencha un rire servile de la part du maréchal des logis. Margot resta sans expression.

« Et vas-tu me dire où sont les recrues ? » demanda le capitaine.

Elle s'efforça de garder la même expression. « Non. »

Le capitaine sourit. Il avait de bonnes dents mais son regard manquait désormais de chaleur.

« Tu es mal placée pour l'ignorer, dit-il. Nous ne leur ferons pas de mal, je t'assure. »

Un cri s'éleva au loin.

« Pas beaucoup », rectifia le maréchal des logis avec plus de satisfaction qu'il n'était nécessaire. Un autre hurlement fusa. Le capitaine adressa un signe de tête à l'homme près de la porte, lequel se glissa dehors. Margot sortit le shako de sous le comptoir et s'en coiffa.

« L'un d'eux t'a donné son bonnet, hein ? fit le maréchal des logis, dont les dents étaient loin de valoir celles de l'officier. Ben, moi j'aime ça, une fille qui sourit aux soldats... »

Le gourdin lui percuta la tête. C'était de la vieille épine noire, et l'homme s'abattit comme un arbre. Le capitaine recula lorsque Margot sortit de derrière le comptoir, son arme à nouveau brandie. Mais il n'avait pas dégainé son épée, et il riait.

« Dis donc, ma fille, si tu veux... » Il attrapa au vol le bras de Margot qui s'abattait, attira la jeune femme vers lui dans une étreinte serrée, toujours en riant, et se replia presque en silence lorsque le genou de sa prisonnière prit contact avec son tiroir à chaussettes. Merci, Gencive. Alors que le capitaine s'affaissait, elle recula et abattit le gourdin sur son casque qui tinta.

Elle tremblait. Elle avait envie de vomir. Son ventre n'était qu'une petite boule portée au rouge. Qu'aurait-elle pu faire d'autre ? Était-elle censée se dire « On a rencontré l'ennemi et il est charmant » ? N'importe comment, il ne l'était pas. Il était suffisant.

Elle tira un sabre d'un fourreau et se glissa dans la nuit. Il pleuvait toujours, et une brume qui montait jusqu'à la ceinture dérivait depuis la rivière. À peu près une demi-douzaine de chevaux se trouvaient dehors, mais non attachés. Un cavalier attendait auprès d'eux. Au-delà du bruissement de la pluie, faiblement, elle l'entendit émettre des bruits apaisants pour en rassurer un. Elle regretta d'avoir entendu ça. Bah, elle avait pris le denier. Margot serra le gourdin.

Elle avait fait un pas en avant quand la brume entre l'homme et elle s'éleva à la verticale tandis que quelque chose en émergeait lentement. Les chevaux remuèrent, mal à l'aise. L'homme se retourna, une ombre bougea, l'homme s'écroula...

« Hé ! » murmura Margot.

L'ombre se retourna. « Chouquette ? C'est moi, Maladict, dit le vampire. Le sergent m'a envoyé voir si tu avais besoin d'aide.

— Ce salaud de Jackrum m'a laissé entouré d'hommes armés ! souffla Margot.

— Et ?

— Ben, je... j'en ai assommé deux, dit-elle en sentant en même temps que sa réponse nuisait à son statut de victime. Mais il y en a un qui s'est échappé dans la rue.

— Je crois qu'on l'a eu, celui-là. Enfin, quand je dis qu'on l'a eu... Biroute a failli l'étriper. Voilà une fille qui a ce que j'appellerais des problèmes à résoudre. » Il se retourna. « Voyons voir... sept chevaux, sept hommes. Ouaip.

— Biroute ? s'étonna Margot.

— Oh, oui. Tu ne l'avais pas repérée ? Elle est devenue folle quand l'homme a foncé sur l'Asperge.

Bon, on va jeter un coup d'œil à tes gars, d'accord ? dit Maladict en se dirigeant vers la porte de l'auberge.

— Mais l'Asperge et Biroute… commença Margot en courant pour ne pas se laisser distancer. Je veux dire, vu leur attitude, ils… Je croyais que c'était sa copine… mais je pensais que Biroute… Je veux dire, je sais que l'Asperge est une fille… »

Même dans le noir, les dents de Maladict luirent lorsqu'il sourit. « Voilà que le monde se révèle à toi, n'est-ce pas ? Chouquette ? Tous les jours une nouveauté. Maintenant on donne dans le travestisme, à ce que je vois.

— Quoi ?

— Tu portes un jupon, Chouquette », expliqua Maladict en entrant dans l'auberge. Margot baissa les yeux d'un air coupable, entreprit de tirer dessus pour s'en débarrasser, puis se dit : *Une minute…*

Le maréchal des logis avait réussi à se relever contre le comptoir où il vomissait. Le capitaine gémissait par terre.

« Bonsoir, messieurs ! lança le vampire. Votre attention, s'il vous plaît. Je suis un vampire repenti, entendez que je suis un paquet d'instincts réprimés qui ne tient qu'avec de la salive et du café. Ce serait une erreur de croire que l'envie de carnage brutal et horrible ne me vient pas facilement. C'est l'envie de ne pas vous arracher la gorge qui a du mal à me venir. Alors, je vous en prie, ne me compliquez pas davantage la tâche. »

Le maréchal des logis se repoussa du dessus du comptoir et balança un vague swing à Maladict. Comme distraitement, le vampire se pencha hors de la trajectoire et retourna un coup circulaire qui envoya son agresseur au tapis.

« Le capitaine n'a pas l'air en forme, dit-il. Qu'est-ce qu'il a voulu te faire, ma pauvre petite ?

— Me traiter de haut, répondit Margot en jetant un regard noir à Maladict.

— Ah », fit le vampire.

Il frappa doucement à la porte du baraquement. Elle s'entrebâilla puis s'ouvrit complètement. Carborundum baissa son gourdin. Sans un mot, Margot et Maladict traînèrent les deux cavaliers à l'intérieur. Le sergent Jackrum, assis sur un tabouret près du feu, buvait une chope de bière.

« Bravo, les gars, dit-il. Mettez-les avec les autres. » Il agita la chope vaguement vers le mur du fond où quatre soldats à la mine renfrognée courbaient le dos sous le regard de Biroute. On les avait menottés ensemble. Le dernier était allongé sur la table, et Igor travaillait sur lui avec une aiguille et du fil.

« Comment il va, deuxième classe ? demanda Jackrum.

— Il f'en fort bien, ferfent, répondit Igor. F'était moins grave que fa en avait l'air. Tant mieux, parfe que, tant qu'on aura pas livré bataille, f'aurai pas de pièfes de refanfe.

— T'as deux jambes pour le vieux Trois-pièces ?

— Allons, sergent, pas d'ça », lança Escalotte d'un ton égal. Il était assis de l'autre côté de la cheminée. « Vous avez qu'à me laisser leurs chevaux et leurs selles. Vos gars prendront bien leurs sabres, j'suis sûr.

— C'est nous qu'ils cherchaient, chef, dit Margot. On n'est qu'une bande de bleus pas entraînés, et ils nous cherchaient. J'aurais pu me faire tuer, chef !

— Non, j'sais reconnaître le talent au premier coup d'œil, répliqua Jackrum. Bravo, mon gars. Moi, j'ai dû foutre le camp : un gros type en uniforme ennemi, c'est dur de le rater. Et puis vous aviez besoin qu'on vous réveille, les gars. C'est de la stratégie militaire, ça.

— Mais si je ne m'étais pas... » Margot hésita. « Si je ne les avais pas roulés, ils auraient pu tuer le lieutenant !

— T'vois ? Y a toujours un bon côté, dans un cas comme dans l'autre », commenta Escalotte.

Le sergent se mit debout, s'essuya les lèvres d'un revers de main et remonta d'une saccade son ceinturon. Il s'approcha d'un pas tranquille du capitaine, se baissa et le releva par sa veste.

« Pourquoi vous cherchiez ces gars-là, mon capitaine ? » demanda-t-il.

Le capitaine ouvrit un œil et fit le point sur le gros sergent.

« Je suis un officier et un gentilhomme, sergent, marmonna-t-il. Il y a des règles.

— Pas beaucoup de gentilshommes dans le coin en ce moment, mon capitaine, répliqua le sergent.

— Ça, c'est vrai », souffla Maladict. Margot, ivre de soulagement et de tension relâchée, dut se plaquer la main sur la bouche pour s'empêcher de glousser.

« Ah ouais, les règles. Les prisonniers de guerre, tout ça, poursuivit Jackrum. Ça veut dire que vous devez même manger comme nous, mes pauvres gars. Alors, vous voulez pas me parler ?

— Je suis... le capitaine Horentz du Premier Dragon lourd. Je n'en dirai pas plus. » Et quelque chose dans le ton de l'homme poussa du coude la cervelle de Margot. *Il ment.*

Jackrum le fixa à son tour un moment d'un regard vide. « Ben, là... finit-il par laisser tomber, j'ai idée qu'on s'trouve, mes p'tits Fromagers, devant un emmerdement qui tombe sous le coup d'obstruction au cours des événements. Je propose qu'on règle ça de cette manière ! » Il lâcha la veste du capitaine qui retomba par terre.

Le sergent ôta son couvre-chef. Puis il ôta aussi sa veste, révélant une chemise tachée et des bretelles rouge vif. Il restait encore quasiment sphérique ; depuis son cou, des plis de peau cascadaient jusqu'aux régions tropicales. Le ceinturon n'était sans doute là que pour la conformité au règlement, se dit Margot.

Il leva la main et défit un bout de ficelle qu'il portait autour du cou. Elle passait par le trou d'une pièce ternie.

« Caporal Escalotte ! lança-t-il.

— Oui, chef ! répondit Escalotte en saluant.

— Vous noterez que je me dépouille de mes insignes et que je vous remets mon denier officiel, ce qui veut dire, comme la dernière fois que j'ai rempilé c'était pour douze ans et que ça remonte à seize, que je suis maintenant légalement un putain de civil !

— Oui, monsieur Jackrum », confirma Escalotte d'un ton joyeux. Parmi les prisonniers, des têtes se redressèrent d'un coup à l'énoncé du nom.

« Cela étant, comme vous envahissez notre pays de nuit, capitaine, à la faveur de l'obscurité, et que j'suis un modeste civil, je crois qu'aucun règlement m'interdit de vous tabasser à vous faire rendre tripes et boyaux jusqu'à ce que vous me disiez pourquoi vous êtes venu par ici et quand le reste de vos copains vont s'amener. Et ça risque de me prendre un peu de temps, capitaine, parce que jusqu'aujourd'hui j'ai pu faire rendre que les tripes, pas encore les boyaux. » Il se retroussa les manches, releva une fois encore le capitaine et arma le poing...

« On devait se contenter de mettre les recrues en détention, dit une voix. On voulait pas leur faire de mal ! Maintenant reposez-le, Jackrum, merde ! Il voit encore des étoiles ! »

C'était le maréchal des logis de l'auberge. Margot observa les autres prisonniers. Malgré la surveillance de Carborundum et Maladict, malgré les regards mauvais de Biroute, on sentait que le premier coup porté au capitaine allait déclencher une émeute. Et Margot songea : ils le protègent beaucoup, on dirait...

Jackrum avait dû aussi s'en apercevoir. « Ah, voilà qui est intéressant, fit-il en rabaissant le capitaine en douceur mais sans lâcher sa veste. Vos hommes vous défendent bien, capitaine.

— C'est parce qu'on est pas des esclaves, sale bouffeur de betteraves, grogna un des hommes de troupe.

— Des esclaves ? Tous mes gars se sont engagés de leur propre gré, fleur de nave.

— C'est peut-être ce qu'ils ont cru, répliqua le maréchal des logis. Vous leur avez menti. Vous leur mentez depuis des années. Ils vont tous mourir à cause de vos mensonges imbéciles. De vos mensonges et de votre vieille putain de menteuse de duchesse décatie et pourrie !

— *Soldat Goum, repos ! C'est un ordre ! Repos, j'ai dit ! Soldat Maladict, retire son épée au soldat Goum ! Ça aussi, c'est un ordre ! Maréchal des logis, ordon-*

nez à vos hommes de reculer lentement ! Lentement ! Tout d'suite ! Parole, j'suis pas un homme violent, mais le premier, j'dis bien le premier, qui me désobéit, bons dieux, il a intérêt à numéroter ses abattis ! »

Le braillement de Jackrum ne fut qu'une longue explosion sonore pendant laquelle il ne quitta pas le capitaine des yeux.

Réaction, ordre et silence oppressé n'avaient pris que quelques secondes. Margot observa le tableau vivant tandis que ses muscles se détendaient.

Les cavaliers zlobènes reprenaient leur calme. Le gourdin que Carborundum brandissait se rabaissait lentement. Maladict tenait en l'air la petite Pignole à qui il avait arraché l'épée de la main ; seul un vampire avait pu se déplacer plus vite que la jeune fille quand elle avait chargé les prisonniers.

« Détention, répéta Jackrum d'une voix douce. Drôle de mot, ça. Vous les avez regardés, mes p'tits gars ? Pas un qu'a du poil au menton, à part le troll, et le lichen, ça compte pas. Des bleus, qu'ils sont. Qu'est-ce qu'une bande de p'tits paysans inoffensifs a de si dangereux au point d'inquiéter une bande de cravacheurs de bourrins comme vous ?

— Est-fe que quelqu'un pourrait venir mettre un doigt fur fe nœud ? demanda Igor depuis sa table d'opération de fortune. F'ai prefque fini.

— Inoffensifs ? fit le maréchal des logis en fixant Pignole qui se débattait. C'est une bande de fous sanguinaires !

— Je veux parler à votre officier, bon sang, dit le capitaine, qui avait désormais l'air un peu moins sonné. Vous avez bien un officier, non ?

— Ouais, on en a un quelque part, autant que j'me souvienne, répondit Jackrum. Barette, va chercher le galonnard, tu veux ? Et vaudrait mieux que t'enlèves cette tenue. On sait jamais, avec les galonnards. » Il redescendit délicatement le capitaine sur un banc et se redressa.

« Carborundum, Maladict, le premier prisonnier qui bouge, vous lui coupez ce que vous voulez, et pareil pour le premier de nos gars qui s'en prend à un prisonnier, dit-il. Bon, alors… ah, oui. Trois-pièces Escalotte, je voudrais m'engager dans votre merveilleuse armée qui offre tant d'occasions à un jeune homme plein de bonne volonté.

— Déjà été soldat ? demanda Escalotte avec un grand sourire.

— Quarante ans de combat contre tous les salopards à cent kilomètres autour de la Borogravie, caporal.

— Des talents spéciaux ?

— Celui de rester en vie, caporal, quoi qu'il arrive.

— Alors permettez-moi de vous offrir ce denier et une promotion accélérée au grade de sergent, dit Escalotte en rendant la veste et la pièce. Voulez embrasser la duduche ?

— Pas à mon âge, répondit Jackrum en renfilant sa veste. Voilà. Tout beau, tout propre, tout réglementaire. Allez, Barette, je t'ai donné un ordre. »

Blouse ronflait. Sa bougie s'était consumée. Un livre gisait ouvert sur son dessus-de-lit. Margot le retira de sous ses doigts. Le titre était à peine lisible sur la couverture tachée : *Tacticus. Les campagnes.*

« Mon lieutenant ? » souffla-t-elle.

Blouse ouvrit les yeux, la vit puis se retourna pour farfouiller frénétiquement près du lit.

« Les voilà, mon lieutenant, dit Margot en lui tendant ses lunettes.

— Ah, Barette, merci, fit-il en s'asseyant. Minuit, hein ?

— Un peu plus, mon lieutenant.

— Oh là là ! Alors faut se presser ! Vite, passe-moi mon pantalon ! Les hommes ont bien dormi ?

— On a été attaqués par les troupes zlobènes, mon lieutenant. Le Premier Dragon lourd. On les a faits prisonniers, mon lieutenant. Pas de pertes, mon lieutenant. »… parce qu'ils ne s'attendaient pas à ce qu'on se batte. Ils voulaient nous prendre vivants. Et ils sont tombés sur Carborundum, Maladict et… moi.

Elle avait trouvé dur, très dur de se forcer à donner un coup de gourdin. Mais après, tout lui avait paru plus facile. Puis elle s'était sentie gênée de se faire surprendre en jupon, quand bien même elle portait un pantalon en dessous. Elle était passée de l'état de garçon à celui de fille rien qu'en y pensant, et ce avec… une grande aisance. Elle avait besoin de temps pour réfléchir à ce détail. Et aussi pour réfléchir à beaucoup d'autres questions. Elle sentait que le temps allait manquer.

Blouse s'était immobilisé, son pantalon à moitié enfilé, l'œil écarquillé.

« Tu veux bien me répéter ça, Barette ? Tu as capturé des ennemis ?

— Pas que moi, mon lieutenant, je n'en ai pris que deux. On… euh… s'y est tous mis, mon lieutenant.

— Des dragons lourds ?

— Ouim'lieutenant.

— C'est le régiment personnel du prince ! Ils nous ont envahis ?

— Je crois que c'était davantage une patrouille, mon lieutenant. Sept hommes.

— Et aucun de vous n'est blessé ?

— Nonm'lieutenant.

— Passe-moi ma chemise ! Oh, la barbe ! »

C'est alors que Margot nota la main droite bandée de son supérieur. Qui vit la tête qu'elle faisait.

« Une blessure que je me suis faite plus ou moins tout seul, expliqua-t-il d'un ton nerveux. Je révisais mes exercices d'escrime après le dîner. Rien de grave. Juste un peu rouillé, tu comprends. J'ai du mal avec les boutons. Si tu voulais bien… »

Margot aida le lieutenant à finir tant bien que mal de s'habiller et jeta le reste de ses rares affaires dans un sac. Fallait être un drôle de zigoto, se dit-elle, pour se blesser à la main droite avec sa propre épée quand on est droitier.

« Je dois payer ma note… marmonna le lieutenant alors qu'ils descendaient en vitesse l'escalier dans le noir.

— Impossible. Tout le monde a fui, mon lieutenant.

— Je vais peut-être leur laisser un mot, tu ne crois pas ? Je n'ai pas envie qu'ils se figurent que j'ai déménagé à la cloche de bois…

— Je vous dis qu'ils sont tous partis, mon lieutenant ! » répéta Margot en le poussant vers la porte. Elle s'arrêta devant le baraquement pour lui rectifier sa veste et le dévisager. « Vous vous êtes lavé, hier soir, mon lieutenant ?

— Il n'y avait pas de... »

La réaction de Margot fut machinale. Bien que la cadette de Paul de quinze mois, elle l'avait trop longtemps materné.

« Mouchoir ! » ordonna-t-elle. Et, comme certains réflexes sont programmés dans le cerveau à un très jeune âge, le lieutenant obéissant tendit l'article demandé.

« Crachez ! » ordonna encore Margot. Elle se servit ensuite du mouchoir humidifié pour essuyer une trace sur la figure de Blouse et s'aperçut au même instant de ce qu'elle faisait. Pas moyen de revenir en arrière. Une seule solution : continuer.

« Très bien, dit-elle avec rudesse. Vous avez tout ?

— Oui, Barette.

— Vous êtes allé aux cabinets ce matin ? » poursuivirent ses lèvres tandis que son cerveau se ratatinait de trouille à l'idée d'une cour martiale. Je suis secouée, se dit-elle, et lui aussi. Alors je me raccroche à ce que je connais. Et je ne peux pas m'arrêter...

« Non, Barette, répondit le lieutenant.

— Alors il faut y aller sans faute avant qu'on prenne le bateau, d'accord ?

— Oui, Barette.

— Allez-y, alors, vous serez un gentil lieutenant. »

Elle s'appuya contre le mur et aspira précipitamment quelques goulées d'air pour reprendre son souffle tandis que Blouse entrait dans le baraquement, puis elle se glissa à son tour à l'intérieur.

« Fixe ! » aboya Jackrum. L'escouade, déjà alignée, se figea dans un échantillonnage de positions variées.

Le sergent fit un salut saccadé devant Blouse qui, du coup, oscilla en arrière.

« Avons appréhendé un groupe de reconnaissance ennemi, mon lieutenant ! Va mal partout, mon lieutenant ! Étant donné la nature urgente de l'urgence, mon lieutenant, vu que vous avez pas de sous-off, surtout que le caporal Croume a mis les voiles, et vu que j'suis un vieux soldat très estimé, vous avez le droit de m'enrôler comme auxiliaire selon le règlement de la duchesse, ordonnance 796, article 3 [a], paragraphe ii, mon lieutenant, merci, mon lieutenant !

— Quoi ? » fit Blouse en promenant autour de lui un regard trouble et en prenant conscience que, dans un monde en proie à une agitation soudaine, une grande veste rouge avait l'air de savoir ce qu'elle faisait. « Oh. Oui. Très bien. Ordonnance 796, vous dites ? Absolument. Bravo. Continuez, sergent.

— C'est vous qui commandez ici ? aboya Horentz en se mettant debout.

— Exactement, mon capitaine », répondit Blouse.

Horentz le toisa. « Vous ? fit-il en mettant tout le mépris possible dans ce seul mot.

— Exactement, mon capitaine, répéta Blouse dont les yeux s'étrécirent.

— Ah bon, on fera avec. Ce gros salaud, poursuivit Horentz en pointant un doigt menaçant vers Jackrum, ce salaud a usé de violence envers moi ! Envers un prisonnier ! Enchaîné ! Et ce… gamin, ajouta le capitaine en crachant le mot vers Margot, m'a donné un coup de pied dans les parties et a failli me tuer à coups de gourdin ! J'exige que vous nous relâchiez ! »

Blouse se tourna vers Margot. « Tu lui as donné un coup de pied dans les… Burette ?

— Euh... ouim'lieutenant. Un coup de genou plutôt. Et c'est Barette en réalité, mon lieutenant, mais je vois ce qui vous a induit en erreur.

— Qu'est-ce qu'il faisait à ce moment-là ?

— Euh... il m'embrassait, mon lieutenant. » Margot vit se hausser les sourcils de Blouse, puis elle se lança : « J'étais provisoirement déguisé en fille, mon lieutenant, pour dissiper les soupçons.

— Et ensuite tu... lui as flanqué un coup de gourdin ?

— Ouim'lieutenant. Un seul, mon lieutenant.

— Qu'est-ce qui t'a pris de te limiter à un seul ? demanda Blouse.

— Mon lieutenant ? » s'étonna Margot tandis que Horentz avait le souffle coupé.

Blouse se retourna, la figure empreinte d'un air de ravissement angélique.

« Et vous, sergent, poursuivit-il, est-ce que vous avez vraiment posé la main sur le capitaine ? »

Jackrum fit un pas en avant et salua promptement. « Pas vraiment comme ça en tant que tel, mon lieutenant, non, dit-il en gardant les yeux fixés sur un point situé à trois mètres de hauteur au mur du fond. J'ai juste estimé, vu qu'il avait envahi notre pays pour capturer nos p'tits gars, mon lieutenant, que ça lui ferait pas d'mal d'être secoué et de connaître la trouille un moment, mon lieutenant. Parole, mon lieutenant, j'suis pas un homme violent.

— Bien entendu, sergent », dit Blouse. Son sourire ne l'avait pas quitté, mais on y sentait maintenant comme une joie mauvaise.

« Pour l'amour du ciel, espèce d'imbécile, vous n'allez tout de même pas croire ces péquenots ignorants, c'est la lie de... commença Horentz.

— Je les crois, si, le défia Blouse en tremblant nerveusement. Je croirais leurs déclarations plutôt que les vôtres, mon capitaine, même s'ils m'affirmaient que le ciel est vert. Et on dirait, tout bleus qu'ils sont, qu'ils ont battu certains des meilleurs soldats de Zlobénie par leur intelligence et leur audace. J'ai tout lieu de penser qu'ils nous réservent encore d'autres surprises…

— *Comme baisser ton froc, par exemple*, murmura Maladict.

— *La ferme !* souffla Margot, qui dut alors se fourrer une fois de plus le poing dans la bouche.

— Je vous connais, capitaine Horentz », reprit Blouse. L'espace d'un instant, le capitaine parut inquiet. « Enfin, je connais ceux de votre espèce. J'ai dû les supporter toute ma vie. De grosses brutes joviales qui rangent toute leur cervelle dans la culotte. Vous osez vous introduire à cheval dans notre pays et vous croyez que vous allez nous faire peur ? Vous croyez pouvoir me supplier en passant par-dessus mes hommes ? Vous exigez, hein ? Sur le sol de mon pays ?

— Mon capitaine ? chuchota le maréchal des logis tandis que Horentz fixait bouche bée le lieutenant. Ils seront bientôt ici…

— Ah », fit Horentz d'un air hésitant. Puis il parut, au prix d'un grand effort, retrouver son sang-froid. « Les renforts arrivent, cracha-t-il. Libérez-nous maintenant, espèce de crétin, et je mettrai ça sur le compte de l'imbécillité locale. Sinon je veillerai à ce que ça se passe très, très mal pour vous et vos… ha… vos hommes.

— Les vôtres ont estimé que sept cavaliers ne suffisaient pas pour venir à bout de jeunes paysans ? répliqua Blouse. Vous transpirez, mon capitaine. Vous vous faites du souci. Et pourtant des renforts arrivent ?

— Avec votre permission, mon lieutenant ! aboya Jackrum qui enchaîna aussitôt : *Fromagers ! Reprenez vos putain d'armes tout d'suite ! Maladict, tu rends son épée à Goum et tu lui souhaites bonne chance. Carborundum, tu prends une poignée de ces piques de quatre mètres ! Les autres...*

— Il y a aussi celles-ci, sergent, le coupa Maladict. Et il y en a plein. Je les ai trouvées sur les selles de nos amis. » Il tendit ce qui ressemblait aux yeux de Margot à deux grosses arbalètes de poing fuselées à la couleur acier.

« Des arbalètes de cavalerie ? s'extasia Jackrum comme un enfant qui déballe un cadeau du Porcher merveilleux. On a droit à ça quand on a vécu honnêtement et sérieusement, les gars. Redoutables, ces p'tits engins-là. On va s'en prendre deux chacun !

— Je ne veux pas de violence inutile, sergent, rappela Blouse.

— Et comment, mon lieutenant ! Carborundum ! Le premier qui passe la porte en courant, je veux que tu le cloues au mur ! » Il surprit le regard du lieutenant et ajouta : « Mais pas trop fort ! »

... et on frappa à la porte.

Maladict pointa deux arbalètes vers l'entrée. Carborundum leva deux piques dans chaque main. Margot brandit son gourdin, une arme dont elle savait au moins se servir. Les autres gars – et filles – levèrent l'arme qu'Escalotte Trois-pièces leur avait trouvée. Le silence régnait. Margot regarda autour d'elle.

« Entrez ? proposa-t-elle.

— Ouais, d'accord, ça devrait coller », dit Jackrum en roulant des yeux.

La porte s'ouvrit sous une poussée et un petit bonhomme fringant la franchit prudemment.

Par sa stature, son teint et sa coupe de cheveux, il ressemblait à Mala...

« Un vampire ? fit doucement Margot.

— Oh, damnation », lâcha Maladict.

La tenue du nouveau venu sortait pourtant de l'ordinaire. Il portait une veste de soirée démodée dont il avait supprimé les manches et sur laquelle il avait cousu un nombre impressionnant de poches. Devant lui, passée autour du cou, il tenait une grosse boîte noire. Contre toute attente, il se fendit d'un grand sourire radieux à la vue de la douzaine d'armes pointées, prêtes à donner la mort par perforation.

« Incrvayable ! s'exclama-t-il en levant la boîte sous laquelle il déplia un trépied. Mais... est-ce que le troll pvurrait se déplacer un peu sur sa gauche, s'il vus plaît ?

— Huh ? » fit Carborundum. Les recrues de l'escouade échangèrent des regards.

« Vi, et si le sergent avait l'amabilité de se déplacer davantage au centre, et si vus brandissiez vos épées un peu plus haut ? poursuivit le vampire. Parfait ! Et vus, monsieur, si vus pvuviez pvusser un grrrrh... ?

— Grrrrh ? fit Blouse.

— Très bien ! L'air très féroce, maintenant... »

Il y eut alors un éclair aveuglant et un cri bref – « Oh, mer... » – que suivit un tintement de verre brisé.

Là où s'était tenu le vampire se trouvait un petit cône de poussière. En battant des paupières, Margot le vit s'élever, dessiner une silhouette humaine et fusionner pour former à nouveau le vampire.

« Oh là là, je crvayais vraiment que le nvuveau filtre arrangerait les choses, dit-il. Bah, on en apprend tvus les jvurs. » Il leur adressa un grand sourire et ajouta : « Bon... lequel d'entre vus est le capitaine Horentz, je vus prie ? »

Une demi-heure plus tard, Margot était toujours ahurie. Elle ne comprenait pas ce qui se passait, mais ce n'était pas ça l'ennui. Le problème, c'était qu'avant de pouvoir comprendre ça il lui fallait comprendre beaucoup d'autres choses. Entre autres le concept de « journal ».

Blouse paraissait tour à tour fier et inquiet, mais nerveux tout le temps. Margot ne le quittait pas des yeux, surtout parce qu'il discutait avec l'homme qui était entré derrière l'iconographe. Cet homme portait une grande veste de cuir, une culotte de cheval, et passait le plus clair de son temps à écrire dans un carnet en jetant régulièrement des coups d'œil à l'escouade. Maladict, qui avait l'oreille fine, quitta le mur près duquel il se prélassait et s'approcha négligemment des recrues.

« D'accord, dit-il en baissant la voix. Tout ça est un peu compliqué, mais... est-ce que l'un de vous connaît les journaux ?

— Oui, mon petit-coufin Igor à Ankh-Morpork m'en a parlé, répondit Igor. F'est comme une efpèfe d'annonfe du gouvernement.

— Hum... si on veut. Sauf que ce n'est pas le gouvernement qui les écrit. Ils sont écrits par des gens ordinaires qui prennent des notes.

— Comme un journal intime, alors ? dit Biroute.

— Hum... non... »

Maladict essaya d'expliquer. L'escouade essaya de comprendre. Ça ne tenait tout de même pas debout. Pour Margot, c'était comme une pièce de Guignol. N'importe comment, pourquoi est-ce qu'on ajouterait foi à ce qui est écrit ? Elle n'ajoutait sûrement pas foi à *La voix des mères de Borogravie !* qui émanait pourtant du gouvernement ! Et si on ne pouvait pas faire confiance au gouvernement, alors à qui ?

Eh bien, à presque tout le monde, à la réflexion...

« Monsieur des Mots travaille pour un journal d'Ankh-Morpork, dit Maladict. D'après lui, nous prenons la pâtée. D'après lui, les pertes augmentent, les troupes désertent et tous les civils se dirigent vers les montagnes.

— P-pourquoi on le croirait ? demanda Pignole.

— Ben, on a vu beaucoup de pertes et de réfugiés, et le caporal Croume a disparu après avoir appris qu'il allait au front, répondit Maladict. Pardon, mais c'est vrai. On l'a tous vu.

— Ouais, mais ce gars-là vient d'un pays étranger. Pourquoi la d-duchesse nous mentirait ? J'veux dire, pourquoi elle nous enverrait comme ça à la mort ? objecta Pignole. Elle v-veille sur nous !

— Tout le monde prétend qu'on gagne », dit Biroute d'un ton hésitant, après un moment de gêne. Les larmes ruisselaient sur la figure de Pignole.

« Non, c'est faux, intervint Margot. Je ne le crois pas non plus.

— Est-ce que quelqu'un le croit ? » demanda Maladict. Margot passa les visages en revue.

« Mais dire des trucs pareils… c'est commettre un acte de trahison envers la duchesse, non ? fit observer Pignole. C'est propager l'inquiétude et le découragement, non ?

— On ferait peut-être bien de s'inquiéter, poursuivit Maladict. Est-ce que vous savez comment il s'est retrouvé ici ? Il circule partout en prenant des notes sur la guerre pour son journal de nouvelles. Il est tombé sur la cavalerie plus loin sur la route. Carrément chez nous ! Et les cavaliers lui ont dit qu'ils venaient d'apprendre la présence dans le coin des toutes dernières recrues de Borogravie et que ce n'était… euh… qu'une "petite bande de lavettes pleurnichardes". Ils lui ont dit qu'ils allaient nous capturer pour notre bien et qu'il pourrait prendre une image de nous pour son journal. Il pourrait montrer à tout le monde les horreurs de la guerre, ils ont dit, parce qu'on en était réduits à racler les fonds de tiroir.

— Ouais, mais on les a battus, et il est bien embêté maintenant ! intervint Biroute en souriant méchamment. Il n'a plus rien à écrire, hein ?

— Hum… pas vraiment. D'après lui, c'est encore mieux !

— Mieux ? Il est de quel côté, lui ?

— C'est un peu compliqué. Il vient bien d'Ankh-Morpork, mais il n'est pas vraiment de leur côté. Euh… Otto Chriek, qui prend pour lui les iconographies…

— Le vampire ? Il est tombé en poussière quand l'éclair s'est produit ! rappela Margot. Et après il est… revenu !

— Ben, j'étais derrière Carborundum à ce moment-là, dit Maladict, mais je connais la technique. Il avait sans doute une fine fiole en verre de s... de s-s... de sueur... Non, attendez, je peux le dire... de sang. » Il soupira. « Là ! Pas de problème ! Une fine fiole de... comme j'ai dit... qui s'est fracassée par terre pour permettre à la poussière de se rassembler. Une idée géniale. » Maladict se fendit d'un pâle sourire. « Je crois qu'il s'intéresse beaucoup à ce qu'il fait, vous savez. En tout cas, il m'a dit que des Mots cherche uniquement la vérité. Ensuite il l'écrit et la vend à tous ceux qui la veulent.

— Et on le laisse faire ? lança Margot.

— On dirait. D'après Otto, il fait blêmir de rage le commissaire divisionnaire Vimaire à peu près une fois par semaine, mais ça n'a jamais de conséquences.

— Vimaire ? Le Boucher ? s'étonna Margot.

— C'est un duc, dit Otto. Mais pas comme chez nous. Otto affirme qu'il ne l'a jamais vu égorger personne. Otto est un ruban noir comme moi. Il ne mentirait pas à un confrère. Et l'iconographie qu'il a prise, il m'a dit, va partir par clic-clac depuis la tour la plus proche dès ce soir. Ce sera dans le journal de nouvelles demain ! Et ils vont même en imprimer un exemplaire ici !

— Comment est-ce qu'on peut envoyer une image par clic-clac ? demanda Margot. Je connais des gens qui en ont vu. C'est un tas de boîtes en haut d'une tour qui font clic-clac !

— Ah, Otto m'a expliqué ça aussi. C'est très ingénieux.

— Comment ça marche, alors ?

— Oh, je n'ai pas compris ce qu'il m'a dit. C'est une question de... nombres. Mais ça m'a paru très malin. De toute façon, des Mots a dit au lieut... au galonnard qu'un article sur une bande de jeunots vainqueurs de soldats chevronnés va sûrement piquer l'intérêt des lecteurs ! »

Ceux de l'escouade échangèrent des regards penauds.

« C'était un coup de veine, et en plus on avait Carborundum, dit Biroute.

— Et moi, j'ai dû ruser, ajouta Margot. Je veux dire, je n'aurais pas pu recommencer une deuxième fois.

— Et après ? dit Maladict. Nous l'avons fait. L'escouade l'a fait ! La prochaine fois, on s'y prendra autrement !

— Ouais ! » fît Biroute. Sur quoi les jeunes bleus partagèrent un moment d'exaltation durant lequel ils se sentirent capables de tout. Et qui dura le temps... d'un moment.

« Mais ça ne marchera pas, objecta Chouffe. On a eu de la chance, c'est tout. Tu sais que ça ne marchera pas, Maladict. Vous le savez tous que ça ne marchera pas, non ?

— Ben, je ne dis pas que nous pourrions, voyez, nous battre contre tout un régiment d'un coup, admit Maladict. Et le lieut... le galonnard risque de manquer un peu d'expérience. Mais notre apport pourrait faire la différence. Le Jackrum sait ce qu'il fait...

— Parole, j'suis pas un homme violent... vlan ! » fit Biroute en ricanant, et Margot reconnut des... gloussements, parfaitement, des gloussements, au sein de l'escouade.

« Non, tu n'es pas un violent, dit Chouffe tout net. Comme nous tous, pas vrai ? Parce qu'on est des filles. »

Un silence de mort tomba.

« Enfin, pas Carborundum ni Chouquette, d'accord, reprit Chouffe comme si le silence lui arrachait les mots de la bouche. Et j'ai des doutes sur Maladict et Igor. Mais je sais parfaitement que les autres parmi nous sont des filles, non ? J'ai des yeux. Des oreilles. Et une cervelle. Vu ? »

Dans le silence monta le grondement lourd annonciateur d'une déclaration de Carborundum.

« Si peut aider, dit le troll d'une voix soudain plus sablonneuse que cailouteuse, Jade mon vrai nom. »

Margot sentit des regards inquisiteurs fouiller en elle. Elle était gênée, bien entendu. Mais pas pour la raison évidente. Plutôt pour l'autre, la petite leçon que la vie fait parfois entrer dans le crâne à coups de badine : il n'y a pas que toi qui observes le monde. Les autres sont tes semblables ; tu les observes, mais ils t'observent aussi, et ils s'interrogent à ton sujet comme tu t'interroges au leur. *Le monde ne se limite pas à toi.*

Elle ne voyait pas d'échappatoire. Et, d'une certaine façon, c'était un soulagement.

« Margot », avoua-t-elle dans un souffle.

Elle posa un regard interrogateur sur Maladict qui répondit d'un sourire élusif. « Est-ce bien le moment ? dit-il.

— *Alors, vous autres, on reste là à se tourner les pouces ?* » beugla Jackrum juste derrière Maladict. Personne ne l'avait vu arriver ; il se déplaçait du pas feutré du sous-off qui mystifie parfois même les Igor.

Le sourire de Maladict ne bougea pas. « Ben, on attend vos ordres, sergent, dit-il en se retournant.

— Tu te crois malin, Maladict ?

— Hum... oui, sergent. Assez malin », reconnut le vampire.

On ne sentit pas beaucoup d'humour dans le sourire de Jackrum. « Bien. Content de l'entendre. Pas envie d'un autre caporal demeuré. Ouais, j'sais que t'es même pas encore un soldat convenable mais, grands dieux, t'es désormais caporal, vu qu'il m'en faut un et que t'es le plus élégant. Va demander des galons à Trois-pièces. Les autres... vous êtes pas à une putain de réunion de parents d'élèves, on lève le camp dans cinq minutes. Bougez-vous !

— Mais les prisonniers, chef... fit Margot qui s'efforçait encore de digérer la révélation.

— On les emmène à l'auberge où on va les laisser ligotés, à poil et enchaînés ensemble, répondit Jackrum. Un drôle de petit pervers quand il est en rogne, notre galonnard, hein ? Et Trois-pièces va récupérer leurs bottes et leurs chevaux. Ils iront pas loin pendant un moment, pas à poil.

— Le scribouillard ne va pas les libérer ? demanda Biroute.

— M'est égal. Il arriverait sans doute à couper les cordes, mais j'vais lâcher la clé des chaînes dans les cabinets, et ce sera pas de la tarte de la repêcher.

— Il est de quel côté, chef ? demanda Margot.

— Chaispas. J'fais pas confiance à ces gens-là. Ignorez-les. Leur parlez pas. Évitez de parler à des gens qui prennent des notes. Règlement militaire. Bon, je sais que je vous ai donné un ordre à tous parce que j'en ai entendu le putain d'écho ! Exécution ! On se tire !

— Le chemin qui mène à la perdition, la promotion, mon gars », dit Escalotte qui s'approchait du vampire en se dandinant ; deux galons pendouillaient à son crochet. Il sourit. « T'as maintenant droit à trois sous de plus par jour, seulement tu les toucheras pas vu qu'ils nous payent pas, mais l'avantage, c'est que t'auras pas de suspension de solde, et ils sont très forts pour les suspensions. Telles que je vois les choses, marche à reculons et tes poches vont déborder ! »

La pluie avait cessé. Le gros de l'escouade se rassemblait devant le baraquement où stationnait à présent un petit chariot bâché appartenant à l'écrivaillon du journal de nouvelles. Un imposant drapeau pendait à un mât fixé dessus, mais Margot n'en distinguait pas le motif au clair de lune. À côté du chariot, Maladict était en grande conversation avec Otto.

Mais le centre de toutes les attentions, c'était la rangée de chevaux de cavalerie. On en avait offert un à Blouse, seulement il l'avait refusé du geste, d'un air affolé, en marmonnant une explication comme quoi il fallait rester « fidèle à son coursier », lequel coursier rappelait à Margot un porte-toasts autopropulsé et rétif. Mais il avait sûrement pris en l'occurrence la bonne décision car il s'agissait de grandes bêtes, larges, endurcies par les batailles, aux yeux luisants ; si Blouse en avait monté une, il aurait mis à rude épreuve l'entrejambe de son pantalon, et il ne lui aurait serré la bride qu'au risque de se faire arracher les bras au niveau de l'épaule. Chacune d'elles avait désormais une paire de bottes qui lui pendait de la selle, à part le cheval de tête, un animal franchement magnifique sur lequel le caporal Escalotte trônait comme trois pièces rapportées.

« J'suis pas un bourreau de bourrin, tu l'sais, Trois-pièces, fit Jackrum en finissant d'arrimer les béquilles derrière la selle, mais c'est un putain de bon cheval que t'as là.

— Ça, c'est vrai, chef. On pourrait nourrir avec toute une section pendant une semaine !

— T'es sûr de pas vouloir venir avec nous ? ajouta Jackrum en reculant. M'est avis qu'il doit bien te rester encore deux ou trois trucs que les autres salopards peuvent te couper, hein ?

— Merci, chef, c'est gentil de me le proposer. Mais les chevaux rapides vont pas tarder à connaître une sacrée cote, et moi j'aurai déjà le pied à l'étrier, si on peut dire. À eux tous, ils vaudront trois années de solde. » Il se retourna sur sa selle et hocha la tête à l'adresse de l'escouade. « Bonne chance, les gars, ajouta-t-il d'un ton joyeux. Vous allez marcher tous les jours en compagnie de la Mort, mais je l'ai déjà vu et il[1] ferme des fois les yeux, c'est bien connu. Et oubliez pas : remplissez vos godillots de soupe ! » Le caporal Trois-pièces poussa les chevaux au pas et disparut dans l'obscurité avec ses trophées.

Jackrum le regarda partir, secoua la tête et se tourna

---

1. Parfaitement. Et lui n'est pas déguisé *(NdT)*.

vers les recrues. « D'accord, mes petites... Qu'est-ce qu'y a de drôle, deuxième classe Licou ?

— Euh... rien, sergent, je... je pensais à un truc... répondit Biroute en manquant s'étouffer.

— T'es pas payé pour penser à des trucs, t'es payé pour marcher. Exécution ! »

L'escouade s'éloigna au pas. La pluie diminua puis cessa, mais le vent se leva un peu, se mit à agiter bruyamment les fenêtres, à souffler à travers les maisons désertées, à ouvrir et fermer les portes comme un locataire à la recherche d'un objet qu'il aurait juré avoir posé là un instant plus tôt.

Rien d'autre ne bougeait à Plotz en dehors d'une flamme de bougie, près du sol, dans l'arrière-salle du baraquement désert.

On avait incliné la bougie, si bien qu'elle s'appuyait sur un fil de coton tendu entre les pieds d'un tabouret. Ce qui signifiait, quand la bougie se serait suffisamment consumée, qu'elle brûlerait le fil et basculerait par terre sur une traînée grossière de paille menant à un tas de paillasses au sommet duquel trônaient deux vieux bidons de lampe à huile.

Il fallut à peu près une heure pour que ça se produise dans la nuit humide et morne, et alors toutes les fenêtres explosèrent.

Le lendemain se mit à poindre sur la Borogravie comme un gros poisson. Un pigeon monta au-dessus des forêts, vira légèrement sur l'aile et fila droit vers la vallée de la Kneck. Même d'où il était, on distinguait la masse noire en pierre de la forteresse qui se dressait au-dessus de la mer d'arbres. Le volatile continua sur sa lancée, étincelle résolue dans le matin tout neuf... et poussa un cri quand les ténèbres s'abattirent du ciel et le saisirent dans leurs griffes d'acier. Buse et pigeon tourneboulèrent un moment, puis le rapace prit un peu de hauteur, battit des ailes et l'emporta.

Le pigeon songea : ooooooooo ! S'il avait eu les moyens de former des pensées plus cohérentes, et s'il avait assimilé quelques notions sur la façon dont les oiseaux de proie attrapent les pigeons[1], il se serait peut-être demandé pourquoi son ravisseur l'agrippait aussi... délicatement. Pourquoi il le tenait sans le serrer. Mais, en l'occurrence, il ne put songer que : ooooooooo !

La buse gagna la vallée et se mit à décrire des cercles à basse altitude au-dessus de la forteresse. Alors qu'elle tournoyait, une toute petite silhouette se détacha du harnais de cuir sur son dos et, au prix de grandes précautions, descendit doucement autour du corps de l'oiseau jusqu'aux serres. Elle rejoignit le pigeon emprisonné, s'agenouilla dessus et lui passa les bras autour du cou.

La buse rasa un balcon de pierre, se cabra dans les airs et relâcha le pigeon. Oiseau et homuncule roulèrent et rebondirent sur le dallage en laissant un sillage de plumes puis ne bougèrent plus.

Une voix quelque part sous le pigeon finit par lâcher : « Merde... »

---

[1]. Sachant que tout pigeon au courant des techniques de chasse des rapaces est déjà mort, donc encore moins à même de raisonner qu'un pigeon vivant.

Des pas coururent sur le dallage et on souleva le pigeon qui masquait le caporal Dingo Swires. C'était un gnome d'à peine une quinzaine de centimètres de haut. D'un autre côté, en tant que chef et unique membre de la section aéroportée du Guet municipal d'Ankh-Morpork, il passait le plus clair de son temps à une telle altitude que tout le monde paraissait petit.

« Ça va, Dingo ? demanda le commissaire divisionnaire Vimaire.

— Pwint trop mal, monsieur le commissaire, répondit Dingo en recrachant une plume. Mais l'arriveu manquait d'élégance, hein ? Je ferai mieux la prochaine fwas. L'ennui, c'est que les pigeons sont trop baetes pour qu'on les manœuvre...

— Qu'est-ce que vous avez pour moi ?

— Le *Disque-Monde* a envoyeu cha de son chariot, monsieur le commissaire ! Je l'ai suivi sans arrêt !

— Bravo, Dingo ! »

Dans un tourbillon d'ailes, la buse atterrit sur les créneaux.

« Et, euh... c'est quoi, son nom ? » ajouta Vimaire. La buse lui jeta le regard distant et dément propre à tous les oiseaux.

« Elle s'appelle Pignouf, monsieur. Dressée par les Pictsies. Un oiseau merveilleux.

— C'est celle qu'on a payée une caisse de whisky ?

— Oui, monsieur le commissaire, et elle la vaut jusqu'à la dernière goutte. »

Le pigeon se débattit dans la main de Vimaire.

« Alors attendez ici, Dingo, et je vais demander à Raymond de dénicher du lapin cru », dit-il avant de rentrer dans sa tour.

Le sergent Angua patientait près de la table de travail du commissaire en lisant *Le testament vivant de Nuggan*. « C'est un pigeon voyageur, monsieur le commissaire ? demanda-t-elle alors que Vimaire s'asseyait.

— Non, répondit Vimaire. Tenez-le une minute, vous voulez bien ? Je veux jeter un coup d'œil à l'intérieur de la capsule.

— Il ressemble pourtant à un pigeon voyageur, insista Angua en reposant le livre.

— Ah, mais les messages qui voyagent dans les airs sont une abomination aux yeux de Nuggan. Les prières des fidèles leur rebondissent dessus, on dirait. Non, je crois avoir trouvé le pigeon de quelqu'un et je regarde dans ce petit tube au cas où j'y découvrirais le nom et l'adresse du propriétaire, parce que je suis un type bien.

— Vous n'interceptez donc pas des comptes rendus de terrain du *Disque-Monde*, monsieur le commissaire ? répliqua Angua avec un grand sourire.

— Pas vraiment, non. Je suis un lecteur tellement assidu que je veux voir les nouvelles de demain dès aujourd'hui. Et monsieur des Mots a le don de dénicher des informations, semble-t-il. Angua, je veux faire cesser les combats entre ces imbéciles pour qu'on puisse tous rentrer à la maison, et s'il me faut accepter pour ça qu'un pigeon vienne chier de temps en temps sur mon bureau, tant pis.

— Oh, pardon, monsieur le commissaire, je n'avais pas remarqué. J'imagine que ça partira.

— Allez demander à Raymond qu'il trouve du lapin pour la buse, vous voulez ? »

Une fois Angua partie, Vimaire dévissa délicatement l'extrémité du tube, duquel il sortit un rouleau de papier très fin. Il le déroula, le lissa et lut la toute petite écriture en souriant. Puis il retourna le papier et contempla l'image.

Il la fixait toujours quand Angua revint avec Raymond et un demi-seau de morceaux de lapin croquants.

« Quelque chose d'intéressant, monsieur le commissaire ? demanda-t-elle d'un air ingénu.

— Ben, oui. On peut dire ça. Tous les plans sont changés, on ne sait plus où on va. Ha ! Oh, monsieur des Mots, pauvre imbécile... »

Il lui tendit le papier. Angua lut soigneusement l'article.

« Bravo, monsieur le commissaire. La plupart ont l'air d'avoir une quinzaine d'années et, quand on voit la stature de ces dragons, ben, on est forcément impressionné.

— Oui, oui, on peut dire ça, on peut dire ça, fit Vimaire dont la figure luisait comme s'il avait une bonne blague à sortir. Dites-moi, est-ce que des Mots a interrogé de grosses légumes zlobènes quand il est arrivé ?

— Non, monsieur le commissaire. Si j'ai bien compris, on l'a envoyé promener. Ils ne savent pas très bien ce qu'est un journaliste, alors j'imagine que le major l'a flanqué dehors en le traitant de casse-pieds.

— Oh là là, le pauvre, fit Vimaire sans cesser de sourire. Vous avez croisé le prince Heinrich l'autre jour. Décrivez-le-moi... »

Angua s'éclaircit la gorge. « Ben, monsieur le commissaire, il était... surtout vert, avec des nuances de bleu, des accents de *grils* et une pointe de...

— Je vous demande de me le décrire comme si je n'étais pas un loup-garou qui voit avec la truffe, rappela Vimaire.

— Ah, oui. Pardon, monsieur le commissaire. Un mètre quatre-vingt-cinq, quatre-vingt-dix kilos, blond, les yeux bleu-vert, une balafre de sabre sur la joue gauche, un monocle à l'œil droit, une moustache cirée...

— Bravo, bien observé. Maintenant regardez le "capitaine Horentz" de l'iconographie, vous voulez bien ? »

Ce qu'elle fit à nouveau, puis elle lâcha tout doucement : « Oh là là. Ils ne savaient pas ?

— Il n'allait pas le leur dire, hein ? Est-ce qu'ils auraient pu voir un portrait ? »

Angua haussa les épaules. « M'étonnerait, monsieur le commissaire. Je veux dire, où est-ce qu'ils pourraient en voir un ? Il n'y a jamais eu de journal dans le coin avant que les chariots du *Disque-Monde* débarquent la semaine dernière.

— Une gravure, peut-être ?

— Non, les gravures sont des abominations, sauf celles de la duchesse.

— Donc ils ne savaient vraiment pas. Et des Mots ne l'a jamais vu, poursuivit Vimaire. Mais vous l'avez vu, vous, quand il est arrivé l'autre jour. Qu'avez-vous pensé de lui ? Entre nous.

— Un sale cabot de fils de pute, monsieur le commissaire, et je sais de quoi je parle. Le type qui croit savoir ce qu'aime une femme, lui en l'occurrence. Aimable comme tout jusqu'au moment où elle dit non.

— Bête ?

— Je ne crois pas. Mais moins malin qu'il ne le pense.

— Très juste, parce qu'il n'a pas donné son vrai nom à notre ami le plumitif. Vous avez lu le passage à la fin ? »

Angua lut en fin de texte : « "Perry, le capitaine m'a sermonné et menacé après le départ des recrues. Hélas, je n'ai pas eu le temps de repêcher la clé des menottes dans les cabinets. S'il vous plaît, faites savoir au prince sans tarder où ils sont. GdM."

» On dirait qu'il n'a pas beaucoup plu à Guillaume non plus, reprit-elle. Je me demande pourquoi le prince est parti avec un groupe de reconnaissance.

— Vous l'avez traité de cabot de fils de pute, rappela Vimaire. Il voulait peut-être faire un saut pour voir si sa tata respirait toujours... »

Sa voix mourut. Angua observa son visage qui regardait carrément à travers elle. Elle connaissait bien son patron. Pour lui, la guerre n'était qu'un autre délit, comme le meurtre. Il n'appréciait guère les porteurs de titres et voyait dans celui de duc un profil d'emploi plutôt qu'un levier pour devenir important. Il avait un curieux sens de l'humour. Et il avait du nez pour ce qu'elle qualifiait de présages, les petits fétus de paille volant au vent qui annoncent l'arrivée d'un orage.

« À poil, gloussa-t-il. Auraient pu leur trancher la gorge. L'ont pas fait. Leur ont ôté leurs bottes et les ont laissés là pour qu'ils rentrent chez eux tout nus en sautillant. » L'escouade, visiblement, s'était trouvé un copain.

Angua attendit.

« Je suis navré pour les Borograves, dit-il.

— Moi aussi, monsieur le commissaire.

— Oh ? Pourquoi ?

— Leur religion vire à l'aigre. Vous avez vu les dernières abominations ? Ils abominent l'odeur des betteraves et les rouquins. C'est stipulé d'une écriture tremblée de gâteux. Et les racines comestibles sont des aliments de base ici. Il y a trois ans, c'était une abomination de les faire pousser sur des terres où on avait récolté des céréales ou des pois. »

Vimaire avait l'air interdit, et elle se souvint que c'était un citadin.

« Ça veut dire qu'il n'y a plus de rotation des cultures, monsieur le commissaire, expliqua-t-elle. Le sol s'aigrit. Les maladies se développent. Vous aviez raison quand vous disiez qu'ils devenaient fous. Ces... commandements sont débiles, et n'importe quel paysan s'en rend compte. J'imagine que les gens s'en dépatouillent de leur mieux, mais tôt ou tard ils seront obligés de les enfreindre et de culpabiliser, ou de les suivre et de souffrir. Sans aucune raison, monsieur le commissaire. J'ai jeté un coup d'œil un peu partout. Ils sont très religieux dans ce pays, mais leur dieu leur a fait faux bond. Pas étonnant qu'ils adressent surtout leurs prières à la famille royale. »

Elle le regarda contempler un moment le perchoir à pigeon. « C'est loin, Plotz ? finit-il par demander.

— À peu près quatre-vingts kilomètres, répondit Angua qui ajouta : Six heures pour un loup à la course.

— Bien. Dingo gardera un œil sur vous. Le petit Henri va rentrer chez lui à cloche-pied ou croiser une de ses patrouilles, voire une patrouille ennemie... n'importe. Mais ça va chier des bulles quand tout le monde verra l'iconographie. Je parie que des Mots l'aurait libéré s'il avait été sympathique et poli. Ça lui apprendra à se frotter au pouvoir formidable d'une presse libre et honnête, haha. » Vimaire se redressa sur son siège et se frotta les mains comme un homme qui a du pain sur la planche. « Bon, on va remettre ce pigeon en route avant qu'il manque à ses patrons, hein ? Demandez à Raymond d'aller traîner dans le coin où stationnent les gars du *Disque-Monde* et de leur dire que leur pigeon s'est adressé à la mauvaise fenêtre. Une fois de plus. »

Elle n'avait pas eu à se plaindre de la suite, se souvint Margot.

Ils ne descendirent pas aux quais en bordure de la rivière. Ils voyaient bien qu'aucun bateau ne les y attendait. Comme ils tardaient à venir, le batelier était parti sans eux. Ils traversèrent donc le pont et se dirigèrent vers les forêts où ils s'engagèrent, Blouse en tête sur son vieux cheval. Maladict partit en reconnaissance et… Jade ferma la marche. Pas besoin de lumière la nuit quand on avait un vampire pour éclaireur, et un troll à l'arrière ne manquerait pas de décourager les parasites.

Nul ne parla du bateau. Nul n'ouvrit même la bouche. C'est vrai… oui, c'est vrai, s'aperçut Margot, qu'ils ne marchaient plus seuls. Ils partageaient le Secret avec un grand S. C'était un profond soulagement et ils ne jugeaient pas utile d'en discuter pour l'instant. Malgré tout, c'était sûrement une bonne idée de continuer à péter, roter, se curer le nez et se gratter l'entrejambe à intervalles réguliers, au cas où.

Margot ne savait pas si elle devait se sentir fière qu'on l'ait prise pour un garçon. Tout de même, songea-t-elle, j'ai travaillé dur pour y arriver, j'ai maîtrisé la démarche – je devrais peut-être plutôt dire que je l'ai maîtressisée, haha –, j'ai inventé le numéro du faux rasage alors que les autres n'en ont même pas eu l'idée, je ne me suis pas nettoyé les ongles pendant des jours et je suis fière d'affirmer que je peux roter avec les meilleurs d'entre eux. Donc, voilà, j'ai fait des efforts, moi. C'était juste un peu agaçant de découvrir qu'elle avait aussi bien réussi son coup.

Après quelques heures de marche, alors que l'aube véritable se levait, ils sentirent une odeur de fumée. Elle flottait en un léger voile parmi les arbres. Le lieutenant Blouse leva la main pour signifier au groupe de s'arrêter ; Jackrum le rejoignit et ils se mirent à chuchoter entre eux.

Margot s'avança. « Permission de chuchoter aussi, sergent ? Je crois savoir de quoi il s'agit. »

Jackrum et Blouse la regardèrent, l'œil rond. Puis le sergent fit : « D'accord, Barette. Va voir si t'as raison, alors. »

C'était une chose que Margot n'avait pas prévue, mais elle avait baissé sa garde. Jackrum s'adoucit en voyant sa mine, hocha la tête à l'adresse de Maladict et ordonna : « Accompagne-le, caporal. »

Tous deux laissèrent l'escouade et partirent prudemment en éclaireurs sur un tapis de feuilles fraîchement tombées. La fumée était épaisse, odorante et surtout évocatrice. Margot se dirigea vers une zone plus dense du sous-bois qui profitait de la lumière en surplus d'une clairière et se fraya un chemin à travers un bosquet plus clairsemé de noisetiers. La fumée était maintenant plus dense et bougeait à peine.

Margot arriva au bout du bosquet. À quelques pas devant elle, au milieu d'un grand carré de terre à nu, un tertre comme un petit volcan crachait en l'air des flammes et de la fumée.

« Meule de charbonnier, souffla-t-elle. De l'argile plaquée sur un tas de noisetier. Normalement, ça couve pendant des jours. Le vent a dû se prendre dedans durant la nuit et le feu a éclaté. Ça ne va pas faire du bon charbon de bois maintenant, ça brûle trop vite. »

Ils contournèrent discrètement la meule en restant à couvert. D'autres meules d'argiles parsemaient la clairière, et de leur sommet montaient de minces volutes de vapeur et de fumée. Deux autres étaient en cours d'édification, l'argile fraîche en tas à côté de fagots de baguettes de noisetier. Il y avait une hutte, les meules et rien d'autre que le silence en dehors des crépitements du feu emballé.

« Le charbonnier est mort ou mourant, dit Margot.

— Il est mort, confirma Maladict. Il flotte ici une odeur de mort.

— Tu la sens malgré la fumée ?

— Bien sûr. Nous sommes doués pour sentir certaines choses. Mais comment tu le sais, toi ?

— Ils surveillent les combustions comme des faucons, dit Margot en regardant fixement la hutte. Le charbonnier ne laisserait pas une meule s'emballer comme ça s'il était vivant. Il est dans la hutte ?

— *Ils sont* dans la hutte », rectifia tout net Maladict. Il se dirigea vers la cabane sur la terre fumante.

Margot lui courut après. « Homme et femme ? demanda-t-elle. Leurs femmes vivent souvent ailleurs...

— Peux pas dire, pas quand ils sont vieux. »

La hutte n'était qu'un abri provisoire fait de noisetier entrelacé, chapeauté de toile goudronnée ; les charbonniers se déplaçaient beaucoup de boqueteaux en boqueteaux. Dépourvue de fenêtres, elle avait une entrée avec une guenille en guise de porte. On avait écarté la guenille ; l'entrée était sombre.

Il faut que je réagisse en homme, se dit Margot.

Une femme gisait sur le lit et un homme par terre. L'œil enregistra d'autres détails mais le cerveau ne se fixa pas dessus. Il y avait beaucoup de sang. Le couple était âgé. Il ne vieillirait plus.

Ressortie dans la clairière, Margot aspira des goulées d'air frénétiques.

« Tu crois que ce sont les cavaliers qui ont fait ça ? demanda-t-elle enfin avant de s'apercevoir que Maladict tremblait. Oh... le sang... dit-elle.

— Je peux m'en débrouiller ! Ça va ! Il faut juste que je me remette les idées en place, ça va ! » Il s'adossa à la hutte en respirant bruyamment. « D'accord, je vais bien, dit-il. Et je ne sens pas de chevaux. Pourquoi tu ne te sers pas de tes yeux ? De la boue bien molle partout après la pluie, mais pas de traces de sabots. Beaucoup de traces de pas, pourtant. C'est nous qui avons fait ça.

— Ne sois pas ridicule, on était... »

Le vampire s'était baissé et avait récupéré quelque chose dans les feuilles mortes. Il essuya du pouce la boue qui le recouvrait. Moulée dans du cuivre fin, c'était la plaque du fromage enflammé des Dedans-dehors.

« Mais... moi je croyais qu'on était les gentils, fit Margot d'une petite voix. Ou les gentilles, plutôt.

— Moi, je crois que j'ai besoin d'un café », dit le vampire.

« Des déserteurs, commenta le sergent Jackrum dix minutes plus tard. Ça arrive. » Il balança la plaque dans le feu.

« Mais ils étaient dans notre camp ! fit observer Chouffe.

— Et alors ? Tout le monde est pas aussi bien élevé que toi, deuxième classe Manicol, dit le sergent. Pas après des années à se faire tirer dessus et à boulotter du jésabel de rat. Pendant la retraite de Khrusk, alors que j'avais plus d'eau depuis trois jours, j'suis tombé la figure la première dans une flaque de pisse de cheval, ce qu'a pas arrangé mes sentiments envers mes semblables ni envers les chevaux. Quelque chose qui va pas, caporal ? »

Maladict, à genoux, fouillait son paquetage d'un air affolé. « Mon café a disparu, sergent.

— T'as pas dû le ranger comme il faut, alors, répliqua froidement Jackrum.

— Si, chef ! J'ai lavé la machine et je l'ai rangée avec le paquet de café en grains après le dîner d'hier soir. Je le sais bien. Je ne rigole pas avec le café.

— Si quelqu'un a rigolé avec, il va regretter d'être né, grogna Jackrum en passant en revue le reste de l'escouade. Y en a d'autres qu'ont perdu quelque chose ?

— Euh… je ne voulais pas en parler parce que je n'étais pas sûr, répondit spontanément Chouffe, mais j'ai eu l'impression qu'on avait sorti mes affaires quand j'ai ouvert mon paquetage tout à l'heure…

— Oh-ho ! fit Jackrum. Oui, oui, oui ! Je vous préviens qu'une fois, les gars ! Barboter les affaires des copains, c'est un crime puni de pendaison, compris ? Rien ne casse plus vite le moral qu'un p'tit con sournois qui fouille dans les paquetages des autres. Et si j'en trouve un qu'a joué à ça, je ferai de la balançoire avec ses pieds ! » Il jeta un regard mauvais à l'escouade. « J'vais pas vous demander de vider vos sacs comme si vous étiez des voleurs, dit-il, mais vous feriez bien de vérifier qu'il vous manque rien. 'videmment, l'un de vous a peut-être rangé par mégarde dans ses affaires un truc qu'était pas à lui, là d'accord. On range à la va-vite, pas beaucoup de lumière, ça arrive facilement. Dans ce cas-là, vous vous dépatouillez entre vous, compris ? Bon, j'vais aller me raser. Le lieutenant Blouse a vu les cadavres et il est en train de dégobiller derrière la cabane, le pauvre. »

Margot fouilla désespérément dans son paquetage. Elle y avait jeté ses affaires n'importe comment la veille, mais ce qu'elle cherchait frénétiquement… n'était pas là. Malgré la chaleur des meules de charbon de bois, elle frissonna. Les boucles de cheveux avaient disparu.

Elle s'efforça fiévreusement de se remémorer les événements de la veille au soir. Ils avaient déposé leurs sacs dès qu'ils étaient entrés dans le baraquement, non ? Et Maladict s'était fait du café au dîner. *Il avait lavé et séché la petite machine...*

Elle entendit un faible gémissement. Pignole, le maigre contenu de son paquetage étalé autour d'elle, brandissait la machine à café. Une machine qu'on avait piétinée, désormais presque aplatie.

« M-m-m... » commença-t-elle.

Le cerveau de Margot travailla plus vite, comme la roue d'un moulin dans une crue. Puis tout le monde avait emporté son paquetage dans l'arrière-salle avec les matelas, non ? Donc ils s'y trouvaient encore quand l'escouade avait attaqué les cavaliers...

« Oh, Pigne, fit Chouffe. Oh là là... »

Qui avait donc pu entrer en douce par la porte de derrière ? Il n'y avait personne dans le coin en dehors de l'escouade et des cavaliers. *Quelqu'un voulait peut-être observer ce qui se passait et semer un peu la pagaïe par la même occasion...*

« Croume ! s'exclama-t-elle tout haut. C'est forcément lui ! Ce sale petit fouinard est tombé sur les cavaliers et il est revenu discrètement assister au spectacle ! Il a fouillé dans nos paquetages dans l'arrière-salle, bon s... bordel ! Oh, allez, ajouta-t-elle alors que tout le monde la fixait d'un œil incrédule, vous voyez Pignole voler quelqu'un, vous ? Et puis à quel moment elle en aurait eu l'occasion ?

— Ils ne l'auraient pas fait prisonnier ? demanda Biroute sans quitter du regard la machine écrabouillée dans les mains tremblantes de Pignole.

— S'il s'est débarrassé vite fait de son shako et de sa veste, il n'était plus qu'un autre crétin de civil, non ? Ou il a pu tout bonnement dire qu'il avait déserté. Il a pu inventer une histoire, dit Margot. Vous savez comment il était avec Pignole. Il a visité aussi mon paquetage. M'a volé... un truc à moi.

— C'était quoi ? demanda Chouffe.

— Un truc, là, d'accord ? Il voulait juste... nous créer des ennuis. » Margot les regarda réfléchir.

« Ça m'a l'air convaincant, dit Maladict en hochant tout à coup la tête. Petite fouine. D'accord, Pigne, tu n'as qu'à récupérer les grains et je vais faire du mieux que je peux...

— Y a pas de g-g-g... »

Maladict se couvrit les yeux de la main. « Pas de grains ? répéta-t-il. S'il vous plaît, est-ce que quelqu'un a les grains de café ? »

Tout le monde se mit à farfouiller et tout le monde ramena des mains vides.

« Pas de grains, gémit Maladict. Il a jeté le café...

— Allons, les gars, faut qu'on poste des sentinelles, annonça Jackrum qui revenait. Z'avez tout réglé, hein ?

— Oui, chef. D'après Chouque... commença Chouffe.

— Ce n'était qu'une histoire d'affaires mélangées d'un sac à l'autre, chef ! l'interrompit aussitôt une Margot désireuse d'éviter tout ce qui risquait d'amener sur le tapis des boucles de cheveux disparues. Rien de grave ! Tout est arrangé, sergent. Pas de problème. Pas de quoi s'inquiéter. Rien... du... tout, chef. »

Le regard de Jackrum passa de l'escouade ahurie à Margot, revint à l'escouade puis encore à Margot. Elle le sentit fouiller en elle, la mettre au défi d'effacer son air crispé d'honnêteté affolée.

« Ou-ui, dit-il lentement. D'accord. Arrangé, hein ? Bravo, Barette. Fixe ! Un officier vient d'arriver !

— Oui, oui, sergent, merci, mais pas besoin de tout ce protocole, je trouve, dit un Blouse à l'air pâlot. J'aimerais vous parler quand vous en aurez terminé, s'il vous plaît. Et je pense qu'on devrait enterrer les... euh... les corps. »

Jackrum salua.

« Entendu, mon lieutenant. Deux volontaires pour creuser une tombe pour ces pauvres gens ! Goum et Friton... Qu'est-ce qu'il fabrique ? »

L'Asperge s'était approchée de la meule de charbon de bois embrasée. Elle tenait une branche en feu à une cinquantaine de centimètres de son visage et la tournait d'un côté et de l'autre en observant les flammes.

« Je vais le faire, chef, dit Biroute en s'avançant près de Pignole.

— Vous êtes quoi, vous ? Mariés ? lança Jackrum. Toi, Licou, t'es de garde. M'étonnerait que ceux qu'ont fait ça reviennent, mais s'ils se repointent, tu pousses une gueulante, d'accord ? Quant à toi, tu me suis avec Igor, je vais vous montrer vos postes.

— Pas de café, gémit Maladict.

— Du jus de chaussette, de toute façon, répliqua Jackrum en s'éloignant. Une tasse de thé sucré bien chaud, ça, c'est l'ami du soldat. »

Margot saisit la bouilloire pour l'eau de rasage de Blouse et s'éloigna rapidement. Encore un truc qu'on apprenait à l'armée : avoir l'air occupé. Quand on avait l'air occupé, personne ne se demandait vraiment à quoi on l'était.

Salaud, salaud de Croume ! Il lui avait pris ses cheveux ! Il essayerait de s'en servir contre elle à la première occasion, certainement. C'était dans son style.

Qu'est-ce qu'il allait faire maintenant ? Eh bien, il chercherait à se tenir à l'écart de Jackrum, certainement aussi. Il allait attendre quelque part. Elle devait en faire autant.

L'escouade s'était installée en amont de la fumée. C'était censément une halte de repos car personne n'avait beaucoup dormi la nuit précédente mais, alors qu'il distribuait les tâches, Jackrum rappela aux recrues : « Y a un vieux dicton militaire qui est : Pas de pot, les gars. »

Il était hors de question de se servir de la hutte tressée, mais il y avait quelques châssis recouverts de toile goudronnée, destinés à maintenir au sec le bois de taille. Ceux n'ayant pas écopé de corvées s'étendirent sur les branchages entassés, qui restaient souples et ne sentaient pas, de toute façon préférables aux paillasses surpeuplées du baraquement de la veille.

Blouse, en tant qu'officier, bénéficiait d'un abri pour lui tout seul. Margot avait entassé des fagots de brindilles pour se bricoler un fauteuil qui avait au moins du ressort. À présent elle étalait son nécessaire de rasage et se retournait pour aller...

« Tu pourrais me raser, Barette ? » demanda le lieutenant.

Heureusement, Margot avait le dos tourné, aussi ne vit-il pas sa tête.

« Cette fichue main est enflée, j'en ai peur, reprit Blouse. Je ne le demanderais pas en temps normal, mais...

— Oui, bien entendu, mon lieutenant », répondit Margot car il n'y avait pas d'autre solution. Bon, voyons un peu... elle était désormais experte pour passer un rasoir émoussé sur un visage dépourvu de poils, ça oui. Oh, elle avait rasé quelques carcasses de cochons dans les cuisines de l'auberge la Duchesse, mais uniquement parce que personne n'apprécie le lard velu. Ça ne comptait pas vraiment, hein ? La panique enfla, et encore davantage à la vue de Jackrum qui approchait. Elle allait trancher la gorge d'un officier sous les yeux d'un sergent.

Bon, en cas de doute, prendre un air affairé. Règle militaire. Prendre l'air affairé et compter sur une attaque surprise.

« N'êtes-vous pas un peu strict avec les hommes, sergent ? demanda Blouse tandis que Margot lui balançait une serviette autour du cou.

— Non, mon lieutenant. Les maintenir occupés, c'est ça l'truc. Sinon, ils broient du noir, répondit Jackrum avec assurance.

— Oui, mais ils ont tout de même vu deux cadavres affreusement mutilés, fit observer Blouse qui frissonna.

— Un bon exercice, ça, mon lieutenant. Ils en verront beaucoup d'autres. »

Margot se tourna vers le nécessaire de rasage qu'elle avait étalé sur une deuxième serviette. Voyons voir, le coupe-chou, oh là là, la pierre grise pour un aiguisage grossier, la rouge pour un aiguisage fin, le savon, le blaireau, le bol... eh bien, au moins elle savait comment faire de la mousse...

« Des déserteurs, sergent. Triste affaire, poursuivit Blouse.

— Y en a toujours, mon lieutenant. C'est pour ça que la solde a toujours du retard. Avant de laisser tomber trois mois d'arriérés de solde, on y réfléchit à deux fois.

— D'après monsieur des Mots, l'homme du journal, il y a eu un grand nombre de désertions, sergent. C'est très curieux qu'autant de soldats désertent du camp des vainqueurs. »

Margot agita vigoureusement le blaireau dans le bol. Jackrum, pour la première fois depuis l'engagement de Maladict, parut mal à l'aise.

« Mais il est dans quel camp, lui ? répliqua-t-il.

— Sergent, je suis sûr que vous n'êtes pas bête, dit Blouse tandis que, dans son dos, la mousse débordait du bol et s'écrasait par terre. Des déserteurs à bout se promènent dans la nature. Nos frontières sont manifestement assez mal gardées pour permettre à la cavalerie ennemie d'opérer à soixante kilomètres à l'intérieur de notre "beau pays". Et le haut commandement paraît tellement désespéré, oui, désespéré, sergent, que même une demi-douzaine de recrues sans entraînement et, franchement, très jeunes doivent monter au front. »

La mousse était maintenant animée d'une vie propre. Margot hésita.

« La serviette chaude d'abord, s'il vous plaît, Barette, dit Blouse.

— Ouim'lieutenant. Pardon, mon lieutenant. Oublié, mon lieutenant. » Sa panique augmentait encore. Elle se rappelait vaguement être passée devant le salon de coiffure de Munz. Serviette chaude sur la figure. D'accord. Elle saisit une petite serviette, versa dessus de l'eau bouillante, l'essora et l'étendit sur le visage du lieutenant. Il ne poussa pas vraiment un cri en tant que tel.

« *Aaaaagh* quelque chose me turlupine, sergent.

— Ouim'lieutenant ?

— Les cavaliers ont dû appréhender le caporal Croume. Je ne vois pas, sinon, comment ils ont su pour nos hommes.

— Bien raisonné, mon lieutenant, fit le sergent en regardant Margot répandre la mousse sur la bouche et le nez de l'officier.

— J'espère qu'ils n'ont pas *pff* torturé ce pauvre diable. » Sur ce dernier point, Jackrum garda le silence, mais un silence éloquent. Margot aurait voulu qu'il cesse de lui jeter des coups d'œil.

« Mais pourquoi un déserteur se *pff* dirigerait tout droit vers le *pff* front ? reprit Blouse.

— C'est pas idiot, mon lieutenant, pour un vieux briscard. Surtout un politique.

— Ah bon ?

— Faites-moi confiance là-dessus, mon lieutenant. » Derrière Blouse, Margot passait et repassait le rasoir sur la pierre rouge. La lame luisait déjà comme de la glace.

« Mais nos gars, sergent, ne sont pas de "vieux briscards". Il faut *pff* deux semaines pour faire un "combattant" d'une recrue.

— C'est de la recrue prometteuse, mon lieutenant. J'pourrais y arriver en deux jours, mon lieutenant, répliqua Jackrum. *Barette ?* »

Margot faillit se trancher le pouce. « Oui, sergent, chevrota-t-elle.

— Tu te sens capable de tuer un homme aujourd'hui ? »

Margot jeta un regard au rasoir. Le fil luisait. « J'ai le regret d'avouer que je m'en sens capable, chef !

— Vous voyez, mon lieutenant, dit Jackrum avec un grand sourire de travers. Ils ont quelque chose, ces p'tits-là. Sont vifs. » Il passa derrière Blouse, retira sans un mot le rasoir de la main reconnaissante de Margot et poursuivit : « Y a quelques questions dont on devrait discuter, mon lieutenant, en privé comme qui dirait. J'crois que Barette, là, devrait prendre un peu de repos.

— Bien entendu, sergent. *Not in front of the young soldiers*, hein ?

— Comme vous dites, mon lieutenant. Tu peux disposer, Barette. »

Margot s'en alla, la main droite encore tremblante. Dans son dos, elle entendit Blouse soupirer et dire : « On vit une époque difficile, sergent. Le commandement n'a jamais été aussi pesant. Pour le grand général Tacticus, à l'heure du danger, le commandant doit être comme l'aigle qui embrasse de l'œil l'ensemble de la situation, mais aussi comme le faucon qui distingue tous les détails.

— Ouim'lieutenant, dit Jackrum en faisant glisser le rasoir le long d'une joue. Et s'il se conduit comme une vulgaire mésange, mon lieutenant, il peut rester accroché toute la journée la tête en bas et picorer du gras de jambon.

— Euh… bien vu, sergent. »

On enterra le charbonnier et sa femme après une courte prière de Pignole, ce qui ne surprit pas Margot. La prière demandait à la duchesse d'intercéder auprès du dieu Nuggan pour qu'il donne aux défunts le repos éternel et autres avantages du même tonneau. Margot l'avait déjà entendue bien des fois ; elle s'était toujours demandé quel en était le mode opératoire.

Elle n'avait jamais prié depuis le jour où l'oiseau avait brûlé, même quand sa mère se mourait. Un dieu qui brûlait des peintures d'oiseau n'allait pas sauver une mère. Un dieu pareil ne méritait pas qu'on le prie.

Mais Pignole priait pour tout le monde. Pignole priait comme un enfant, les yeux plissés et les mains serrées à en devenir blanches. La petite voix flûtée tremblait d'une telle foi que Margot se sentit gênée, puis honteuse, enfin, après un « amen » retentissant, étonnée que le monde ne soit pas différent d'avant. L'espace d'une ou deux minutes, il lui avait paru meilleur...

Il y avait un chat dans la hutte. Il était tapi sous le lit grossier et crachait sur quiconque s'approchait.

« Tous les vivres ont disparu, mais il y a des carottes et des panais dans un jardinet un peu plus bas à flanc de colline, dit Chouffe alors que tout le monde s'en repartait.

— Ce serait v-voler les morts, objecta Pignole.

— Ben, s'ils ne sont pas d'accord, ils n'ont qu'à s'y accrocher, non ? dit Chouffe. Ils sont déjà sous terre ! »

Pour une raison obscure, c'était drôle sur le moment. Ils auraient ri de n'importe quoi.

Se retrouvèrent ensemble Jade, l'Asperge, Chouffe et Margot. Tous les autres étaient de garde. Elles étaient assises près du feu sur lequel bouillonnait une petite marmite. L'Asperge s'occupait du feu. Elle avait toujours l'air plus animée près d'un feu, nota Margot.

« Je fais du jésabel de cheval pour le galonnard, dit Chouffe en recourant sans peine à un argot appris moins de vingt heures plus tôt. Il en a expressément réclamé. On a plein de charqui de cheval grâce à Trois-pièces, mais Biroute a dit qu'elle peut abattre des faisans pendant qu'elle est de garde.

— J'espère qu'elle consacre aussi un peu de son temps à guetter l'ennemi, répliqua Margot.

— Elle fera attention, dit l'Asperge en tisonnant le feu avec un bâton.

— Vous savez, si on est découvertes, on va écoper d'une raclée et se faire renvoyer, rappela Chouffe.

— Par qui donc ? demanda si brusquement Margot qu'elle se surprit elle-même. Par qui ? Qui va s'y risquer par ici ? Qui ça intéresse dans le coin ?

— Ben, euh… porter des vêtements d'homme, c'est une abomination aux yeux de Nuggan…

— Pourquoi ?

— C'est comme ça, assura Chouffe d'un ton sans réplique. Mais…

— … tu en portes, la coupa Margot.

— Ben, il n'y avait pas d'autre solution. Et quand je les ai essayés, ils ne m'ont pas semblé aussi abominables que ça.

— As-tu remarqué que les hommes te parlent différemment ? demanda timidement l'Asperge.

— Pas seulement quand ils parlent, dit Margot. Ils t'écoutent aussi différemment.

— Ils ne passent pas leur temps à te reluquer, ajouta Chouffe. Vous voyez ce que je veux dire. On est juste… quelqu'un d'autre. Si une fille descendait la rue en portant une épée, un homme chercherait tout de suite à la lui enlever.

— Chez trolls, on a pas droit porter gourdins, intervint Jade. Seulement gros cailloux. Et pas bien pour une fille porter lichen, parce que garçons dire chauve est pudique. Ai dû frotter crottes d'oiseau sur ma tête pour tout ça pousse. »

Ce qui était une longue déclaration pour une troll.

« On ne savait pas ça, dit Margot. Euh… pour nous, les trolls se ressemblent tous plus ou moins.

— Suis nat'rellement burinée, reprit Jade. Vois pas pourquoi devrais me polir.

— Il y a tout de même une différence, dit Chouffe. Je crois que c'est les chaussettes. C'est comme si elles te faisaient avancer tout le temps. Comme si le monde entier tournait autour de tes chaussettes. » Elle soupira et regarda la viande de cheval, presque blanche à force d'avoir bouilli. « C'est prêt, annonça-t-elle. Vaudrait mieux aller donner ça au galonnard, Margot… Chouquette, je veux dire. J'ai dit au sergent que je pouvais cuisiner un meilleur plat, mais, d'après lui, le lieutenant a trouvé ça drôlement bon hier soir… »

Une petite dinde sauvage, une paire de faisans et deux lapins, tous attachés ensemble, atterrirent devant Chouffe.

« On a bien fait de monter la garde, hein ? lança Biroute avec un grand sourire, en faisant tournoyer d'une main sa fronde. Un caillou, un repas. Maladict est resté de garde. Il a dit qu'il sentirait les intrus avant d'être vu et qu'il était trop à cran pour manger. Qu'est-ce que tu peux mijoter avec tout ça ?

— Gibier en daube, répondit Chouffe d'un ton ferme. On a les légumes et j'ai une moitié d'oignon de reste[1].

---
1. Une femme a toujours une moitié d'oignon de reste, quelle que soit la taille de l'oignon, du plat ou de la femme.

Je suis sûre de pouvoir bricoler un four avec une de ces...

— Debout ! Garde-à-vous ! » fit sèchement derrière eux Jackrum, dont les déplacements étaient toujours aussi silencieux. Il recula, un léger sourire aux lèvres tandis que les recrues se relevaient tant bien que mal. « Deuxième classe Licou, je dois avoir une vache de bonne vue, dit-il quand tout le monde fut à peu près debout.

— Oui, chef, dit Licou en regardant fixement devant lui.

— Est-ce que tu sais pourquoi, deuxième classe Licou ?

— Non, chef.

— Parce que j'sais que t'es de garde sur le périmètre, Licou, mais j'te vois aussi clairement que si tu te tenais là, devant moi, Licou. Pas vrai, Licou ?

— Si, chef !

— Heureusement que t'es toujours de garde sur le périmètre, Licou, parce que l'abandon de poste en temps de guerre est puni de mort, Licou.

— Je faisais seulement...

— Y a pas de "seulement" ! J'veux pas entendre de "seulement" ! J'veux pas que tu m'prennes pour un gueulard, Licou ! Le caporal Croume était un gueulard, mais c'était un putain de politique ! Parole, j'suis pas homme à gueuler, *mais si t'as pas regagné ton poste dans les trente secondes, je t'arrache la langue !* »

Licou prit la fuite. Le sergent Jackrum s'éclaircit la gorge et poursuivit d'une voix plus unie :

« Ça, mes p'tits, c'est ce qu'on appelle un vrai cours d'orientation professionnelle, pas un de ces cours politiques comme vous a donnés Croume. » Il se racla la gorge. « Le but de ce cours, c'est de vous apprendre où on est. On est carrément dans le caca. Ça serait pas pire s'il pleuvait des trous du cul. Des questions ? »

Comme aucune des recrues stupéfaites n'en posait, il poursuivit en se mettant à tourner lentement autour de l'escouade. « On sait que des forces ennemies rôdent dans l'coin. Pour l'instant, elles ont pas de bottes. Mais il va en venir d'autres avec des bottes en veux-tu en voilà. Y a peut-être aussi des déserteurs dans l'secteur. Ils seront pas aimables, ceux-là ! Pas très polis ! Le lieutenant Blouse a donc décrété qu'on se déplacera hors des routes et de nuit. Oui, on a rencontré l'ennemi et on l'a vaincu. C'était un coup de veine. Ils s'attendaient pas à tomber sur des soldats coriaces et brutaux. Vous vous attendiez pas non plus à réagir comme ça, et j'veux pas que ça vous monte à la tête. » Il se pencha et mit sa figure sous le nez de Margot. « Est-ce que ça te monte à la tête, deuxième classe Barette ?

— Non, chef !

— Bien. Bien. » Jackrum recula. « On prend la direction du front, les gars. De la guerre. Et dans une sale guerre, où est la meilleure place ? En dehors de la lune, 'videmment. Personne ? »

Lentement, Jade leva la main.

« Vas-y, alors, fit le sergent.

— Dans l'armée, chef, répondit la troll. Parce que... » Elle se mit à compter sur ses doigts. « Et d'une, on a armes, armure et tout. Et de deux, on est entourés autres hommes armés. Euh... et de beaucoup, on est payés, on a meilleure bouffe que les civils. Euh... et de plein, si on se rend, on est faits prisonniers et y a règles comme "pas frapper prisonniers sur la tête" et tout, parce que si on frappe leurs soldats prisonniers sur la tête, eux frappent nos soldats prisonniers sur la tête, alors c'est comme si on frappait sur nos propres têtes, mais y a pas règles qui disent pas frapper les civils ennemis sur la tête. Y a autres raisons encore, mais j'ai plus de chiffres. » Elle jeta à la cantonade un grand sourire endiamanté. « On est peut-être lents, mais pas bêtes, ajouta-t-elle.

— Je suis impressionné, deuxième classe, dit Jackrum. Et t'as raison. Le seul os dans le pâté, c'est que vous êtes pas des soldats ! Mais, là, j'peux vous aider. Être un soldat, c'est pas dur. Si ça l'était, les soldats y arriveraient pas. Y a que trois choses à vous rappeler, qui sont, je cite : petit un, on obéit aux ordres ; petit deux, on en fait voir de dures à l'ennemi ; petit trois, on meurt pas. Pigé ? Bien ! Vous y êtes presque ! Bravo ! Je propose de vous assister dans la réalisation des trois points ! Vous êtes mes p'tits gars et je vais veiller sur vous ! En attendant, vous avez des tâches ! Chouffe, aux fourneaux ! Deuxième classe Barette, tu t'occupes du galonnard ! Et après ça, exercez-vous au rasage ! Je vais maintenant passer voir ceux qui sont de garde et leur communiquer la bonne parole ! Rompez ! »

Les recrues restèrent à ce qui ressemblait à un garde-à-vous jusqu'à ce que le sergent soit hors de portée d'oreille, puis s'affaissèrent.

« Pourquoi est-ce qu'il crie toujours ? fit Chouffe. J'veux dire, il n'a qu'à demander... »

Margot versa l'épouvantable jésabel dans un gobelet en fer-blanc et gagna presque en courant l'abri du lieutenant.

Il leva le nez d'une carte et lui sourit comme si elle apportait un festin. « Ah, du jésabel, dit-il.

— En fait, on prépare autre chose, mon lieutenant, proposa spontanément Margot. Je suis sûr qu'il y en a assez pour tout le monde...

— Dieux du ciel, non, je n'ai pas mangé comme ça depuis des années, répondit Blouse en prenant la cuiller. Évidemment, à l'école, on l'appréciait moins.

— Vous mangiez des trucs pareils à l'école, mon lieutenant ?

— Oui. Presque tous les jours », répondit joyeusement Blouse.

Margot avait du mal à comprendre. Blouse était un aristo. Les aristos mangeaient des plats d'aristos, non ? « Est-ce que vous aviez mal agi, mon lieutenant ?

— Je ne vois pas ce que tu veux dire, Barette, répliqua Blouse en buvant à grand bruit l'infâme brouet clairet. Les hommes sont reposés ?

— Oui, mon lieutenant. Les morts, ça les a un peu secoués...

— Oui. Sale affaire, soupira le lieutenant. C'est ça la guerre, hélas. Je regrette seulement que vous ayez dû apprendre aussi vite. C'est toujours un affreux gâchis. Mais je suis sûr que ça devrait s'arranger quand on aura rejoint la Kneck. Aucun général ne peut espérer que de jeunes gens comme vous deviennent instantanément des soldats. Il faudra que j'en parle. »

Sa figure de lapin avait l'air exceptionnellement résolue, comme celle d'un hamster qui a repéré une brèche dans son tourniquet.

« Vous avez besoin de moi pour autre chose, mon lieutenant ? demanda Margot.

— Euh... est-ce que les hommes parlent de moi, Barette ?

— Pas vraiment, mon lieutenant, non. »

Blouse parut déçu. « Ah. Ah, bon. Merci, Barette. »

Margot se demandait s'il arrivait à Jackrum de dormir. Elle prit son tour de garde, et il surgit dans son dos en lançant : « Coucou, Barette ! T'es de guet. Tu devrais voir l'ennemi terrifiant avant qu'il te voie. Si j'te dis "faux mec", ça t'évoque quoi ?

— Les règles du camouflage, chef ! Fond, ombre, mouvement, éclat, couleur. FOMEC, chef », répondit Margot en se mettant sèchement au garde-à-vous. Elle s'était attendue à la question.

Suite à la réponse, le sergent resta un instant silencieux avant de répliquer : « T'as appris ça tout seul, hein ?

— Nonchef ! Mon petit doigt me l'a dit quand j'ai relevé l'autre garde, chef ! Vous lui avez aussi posé la question, chef !

— Oh, comme ça, les p'tits gars à Jackrum se liguent contre leur gentil vieux sergent, hein ?

— Nonchef. Important pour l'escouade de partager les renseignements en situation vitale de survie, chef !

— T'as de la repartie, Barette, je dois reconnaître.

— Merci, chef !

— Mais je constate que tu te tiens pas dans une putain d'ombre, Barette, t'as rien fait non plus pour éviter tout putain de mouvement, tu te découpes sur un fond de putain de lumière et ton sabre lance autant d'éclats qu'un diamant dans la putain d'oreille d'un ramoneur ! Explique-moi ça !

— C'est à cause du putain de C, chef ! répondit Margot sans cesser de regarder fixement devant elle.

— Et c'est ?

— La couleur, chef ! Je porte du putain de rouge et blanc dans une putain de forêt grise, chef ! »

Elle risqua un regard en coin. Dans les petits yeux porcins de Jackrum, elle surprit une lueur. Celle qui apparaissait quand il était content intérieurement.

« Honte de ton uniforme mignon tout plein, Barette ? demanda-t-il.

— Pas envie qu'on me voie mort dedans, sergent, répondit Margot.

— Hah. Repos, Barette. »

Margot sourit, droit devant elle.

Quand elle revint de son tour de garde pour prendre une bolée de gibier en daube, Jackrum enseignait l'escrime de base à l'Asperge et Biroute en se servant de baguettes de noisetier en guise d'épées. Le temps que Margot termine sa daube, il apprenait à Pignole certaines subtilités dans le maniement de l'arbalète de poing à haute performance, surtout celle consistant à ne pas se retourner quand elle est armée pour demander : « À-à quoi ça sert, ce petit bitoniau, là, sergent ? » Pignole manipulait les armes comme une femme maniaque de la propreté qui se débarrasse d'une souris crevée : à bout de bras et en s'efforçant de ne pas regarder. Mais elle se débrouillait tout de même mieux qu'Igor, lequel se faisait mal à l'idée de ce qui passait à ses yeux pour de la chirurgie aléatoire.

Jade somnolait. Maladict était suspendu par les genoux sous le toit d'une des cabanes, les bras croisés sur la poitrine ; il avait dû dire vrai en affirmant qu'il existait certains usages propres à l'état de vampire dont il était difficile de se défaire.

Igor et Maladict...

Elle n'était toujours pas sûre en ce qui concernait Maladict, mais Igor était forcément un garçon, avec tous ces points de suture autour de la tête et cette gueule en coin de rue[1], comme on dit. Il était silencieux et propre, mais peut-être la tradition des Igor le voulait-elle aussi...

Elle se réveilla quand Chouffe la secoua.

« On s'en va ! Vaudrait mieux aller voir le galonnard !

— Quoi ? Huh ? Oh... d'accord ! »

Ça s'agitait tout autour d'elle. Margot se mit péniblement debout et gagna en hâte l'abri du lieutenant Blouse, qui se tenait devant son haridelle dont il serrait la bride d'un air désorienté.

« Ah, Barette, fit-il. Je ne suis pas du tout certain de m'y prendre comme il faut...

— C'est vrai, mon lieutenant. Vous avez emmêlé les dégoises, et les badoises sont à l'envers, dit Margot qui avait souvent donné un coup de main dans la cour de l'auberge.

— Ah, voilà sans doute pourquoi c'était si difficile hier soir. J'imagine que je devrais connaître ces choses-là, mais nous avions chez nous un homme qui s'en occupait...

— Laissez-moi faire, mon lieutenant. » Margot démêla la bride à gestes prudents. « Comment il s'appelle, mon lieutenant ?

---

1. Une rue où traîne une carcasse de véhicule calciné, qui plus est.

— Thalacéphale, répondit Blouse d'un air penaud. C'était l'étalon légendaire du général Tacticus, tu sais.

— Je ne savais pas, mon lieutenant. » Margot se pencha en arrière et jeta un coup d'œil entre les postérieurs de l'animal. Hou là, Blouse avait vraiment la vue basse, c'est sûr...

La jument la regarda de ses petits yeux mauvais mais surtout de ses dents jaunies dont elle était abondamment pourvue. Margot eut l'impression que la bête songeait à ricaner.

« Je vous le tiens pendant que vous montez en selle, mon lieutenant, dit-elle.

— Merci. Il bouge toujours un peu quand j'essaye, c'est vrai !

— Ça ne m'étonne pas, mon lieutenant. » Elle connaissait les chevaux rétifs ; celui-ci avait tout d'une vraie saleté, une de ces bêtes aucunement intimidée par la supériorité évidente de l'espèce humaine.

La jument ne quitta pas la jeune fille des yeux ni de ses dents jaunes tandis que Blouse se mettait en selle, mais Margot s'écarta prudemment des montants de l'abri. Thalacéphale n'était pas du genre à se cabrer et ruer. Elle était du genre sournois, Margot le voyait bien, du genre à vous marcher sur le pied...

Elle déplaça le pied à l'instant même où le sabot s'abattait. Mais Thalacéphale, furieuse d'avoir été percée à jour, se tourna, se contorsionna, baissa la tête et mordit Margot sèchement dans les chaussettes roulées.

« Sale bête ! fit Blouse d'un ton sévère. Je te demande pardon, Barette. Je crois qu'il a hâte d'aller au combat ! Oh, bon sang ! ajouta-t-il en baissant les yeux. Tu vas bien, Barette ?

— Ben, il me tire un peu dessus, mon lieutenant... » répondit Margot qui était entraînée de côté. Blouse était redevenu blême.

« Mais il t'a mordu... il t'a attrapé par les... en plein dans... »

Le déclic se fit. Margot baissa les yeux à son tour et se rappela en vitesse ce qu'elle avait entendu au cours de nombreuses bagarres de bistro où tous les coups étaient permis.

« Oh... houuu... argh... merde ! En plein dans les bijoux de famille ! Aargh ! » se lamenta-t-elle. Puis, ce qui lui parut une bonne idée sur le moment, elle abattit les deux poings avec force sur les naseaux de la jument. Le lieutenant s'évanouit.

Il fallut un certain temps pour ranimer Blouse, mais ça donna au moins à Margot le loisir de réfléchir.

Il ouvrit les yeux et les posa sur la jeune fille.

« Euh... vous êtes tombé de cheval, mon lieutenant, expliqua-t-elle spontanément.

— Barette ? Ça va ? Mon pauvre, il te tenait par les...

— Quelques points et on n'en parle plus, mon lieutenant ! dit joyeusement Margot.

— Quoi ? Tu vas demander à Igor ?

— Nonm'lieutenant. C'est juste le tissu. Le pantalon est un peu grand pour moi.

— Ah, d'accord. Trop grand, hein ? Ouf, hein ? Pas passé loin, hein ? Bon, je ne vais pas rester dans le coin toute la journée... »

L'escouade l'aida à rejoindre Thalacéphale qui continuait de ricaner sans vergogne. Sous la rubrique des vêtements trop grands, Margot prit mentalement note de faire quelque chose pour la veste du lieutenant dès la prochaine halte. Elle ne valait rien en travaux d'aiguille, mais si Igor n'arrivait pas à en améliorer l'aspect, alors il n'était pas l'homme qu'elle croyait. Une phrase qui éludait une question.

Jackrum les mit en ordre en beuglant. Les recrues se débrouillaient mieux à présent. Avaient davantage de prestance aussi.

« D'accord, les Dedans-dehors ! Ce soir, on… »

Un râtelier de grandes dents jaunes le décoiffa de son chapeau.

« Oh, je vous prie de m'excuser, sergent ! dit Blouse derrière lui en s'efforçant de faire reculer la jument.

— Pas d'mal, mon lieutenant, c'est des choses qu'arrivent ! répliqua Jackrum en récupérant son couvre-chef d'un geste furieux.

— J'aimerais adresser quelques mots à mes hommes, sergent.

— Oh ? Euh… oui, mon lieutenant, fit Jackrum d'un air gêné. Évidemment, mon lieutenant. Les Dedans-dehors ! Garde-à-faites-gaffe-vous ! »

Blouse toussa. « Euh… soldats, dit-il. Comme vous le savez, nous devons nous rendre au plus vite dans la vallée de la Kneck où, manifestement, on a besoin de nous. Le déplacement de nuit nous évitera des… embarras. Euh… je… » Il regarda fixement la troupe, la figure tordue par une obscure lutte intérieure. « Euh… je dois avouer que je ne nous crois pas… Enfin, tout porte à croire que… euh… Il ne me semble pas que… euh… Je pense devoir vous dire… euh…

— Permission de parler, mon lieutenant ? demanda Margot. Vous vous sentez bien ?

— Il nous faut espérer que les gens au pouvoir au-dessus de nous prennent les bonnes décisions, marmonna Blouse. Mais vous avez toute ma confiance et je suis sûr que vous ferez de votre mieux. Vive la duchesse ! Poursuivez, sergent Jackrum.

— *Les Dedans-dehors ! En colonne ! En avant, marche !* »

Et la troupe s'éloigna dans le crépuscule et vers la guerre.

La marche s'effectua dans le même ordre que la veille, Maladict en tête. Les nuages retenaient un peu de chaleur mais ils étaient assez vaporeux pour suggérer un clair de lune ici et là. Les forêts la nuit ne posaient aucun problème à Margot, et cette forêt n'était pas vraiment sauvage de toute façon. Il ne s'agissait pas vraiment non plus d'une vraie marche. Plutôt d'un déplacement furtif et rapide, un par un ou deux par deux.

Elle avait obtenu deux arbalètes de cavalerie désormais coincées à la diable entre les sangles de son paquetage. C'étaient des engins horribles, comme un croisement entre une petite arbalète et une pendule. L'épaisseur du fût contenait des mécanismes, et l'arc proprement dit ne dépassait pas les quinze centimètres de large ; en s'appuyant de tout son poids dessus, on arrivait à l'armer, à emmagasiner suffisamment d'énergie pour projeter un sale petit carreau de métal à travers une planche épaisse d'un pouce. C'étaient de vicieux engins bleutés, fuselés et malfaisants. Mais il existe un vieux dicton militaire : je préfère que ce soit moi qui m'en serve sur toi que le contraire, salopard.

Margot se déplaça doucement le long de la colonne jusqu'à se retrouver à marcher à côté d'Igor. Il lui adressa un signe de tête dans l'obscurité avant de reporter son attention sur sa progression. Il le fallait parce que son paquetage faisait deux fois la taille des autres. Personne n'avait envie de lui demander ce qu'il contenait ; on croyait parfois entendre clapoter du liquide.

Les Igor passaient de temps en temps par Munz, bien qu'étant techniquement des abominations aux yeux de Nuggan. Margot trouvait que récupérer les morceaux d'un mort pour permettre à trois ou quatre personnes de rester en vie était une idée qui se défendait, mais le père Jupe avait fait valoir en chaire que Nuggan ne voulait pas voir les gens vivre, il voulait les voir vivre correctement. Des murmures approbateurs s'étaient élevés au sein de la congrégation, mais Margot savait de source sûre que deux ou trois fidèles présents avaient une main, un bras ou une jambe un peu moins bronzés ou un peu plus velus que l'autre. Les bûcherons pullulaient dans les montagnes. Des accidents se produisaient, des accidents rapides, soudains. Et, comme les emplois pour un bûcheron manchot ne couraient pas les rues, les gars s'en allaient trouver un Igor pour qu'il effectue ce que ne réussissaient pas à obtenir des prières répétées.

Les Igor avaient une devise : Ce qui s'en va s'en revient. On n'avait pas à les rembourser. On les payait à terme, et, franchement, c'était sur ce principe que tiquaient les gens. Quand on se mourait, un Igor apparaissait mystérieusement sur le seuil et demandait la permission de récupérer les organes dont avaient un besoin urgent d'autres clients de sa « petite liste ». Il ne demandait pas mieux que d'attendre le départ du prêtre et, paraît-il, quand le moment était venu, il effectuait un travail très soigné. Pourtant, il arrivait souvent que le futur donneur prenne peur à la vue d'un Igor et se tourne vers Nuggan, lequel aimait les gens entiers. Dans ce cas, l'Igor s'en repartait poliment, sans un mot, et ne revenait plus. Il ne revenait plus du tout dans le village ou le campement de bûcherons. Les autres Igor non plus. Ce qui s'en va s'en revient – ou pas.

Pour ce qu'en savait Margot, les Igor ne voyaient dans l'organisme rien de plus qu'une espèce d'habillement en un peu plus compliqué. Curieusement, c'était aussi ce que croyaient les nugganistes.

« Content de t'être engagé, Igor ? demanda Margot alors qu'ils cheminaient.

— Oui, Fouque.

— Est-ce que tu pourrais jeter un coup d'œil à la main du galonnard à la prochaine halte, s'il te plaît ? Il s'est fait une vilaine coupure.

— Oui, Fouque.

— Je peux te demander quelque chose, Igor ?

— Oui, Fouque.

— Comment on appelle les Igor femmes, Igor ? »

Igor trébucha et continua d'avancer. Il resta silencieux un moment puis répondit : « D'accord, où est-ce que j'ai commis une erreur ?

— Tu oublies des fois de chuinter, répondit Margot. Mais surtout… c'est juste une impression. De petits détails dans ta façon de bouger, peut-être.

— Le nom que tu cherches, c'est "Igorina", dit Igorina. On chuinte moins que les garçons. »

Elles poursuivirent leur cheminement dans un silence accru jusqu'à ce que Margot reprenne : « Moi qui trouvais déjà moche de me couper les cheveux…

— Les sutures ? fit Igorina. Je peux m'en débarrasser en cinq minutes. Elles sont là pour l'effet. »

Margot hésita. Mais, après tout, il fallait faire confiance aux Igor, non ? « Tu ne t'es pas coupé les cheveux ?

— Plus exactement, je les ai enlevés.

— J'ai mis les miens dans mon paquetage, reprit Margot en s'efforçant de ne pas regarder les points de suture autour de la tête d'Igorina.

— Moi aussi. Dans un bocal. Ils continuent de pouffer. »

Margot déglutit. Il fallait être dépourvu d'imagination graphique pour aborder des sujets personnels avec un Igor. « On m'a volé les miens dans le baraquement. Je suis sûre que c'est Croume, dit-elle.

— Oh là là.

— De savoir qu'il les a, j'en suis malade !

— Pourquoi tu les as apportés ? »

C'était bien la question. Elle avait tout prévu, et bien prévu. Elle avait même trompé son monde. Elle avait gardé son sang-froid, les deux pieds sur terre, n'avait pas ressenti pire qu'un petit pincement quand elle s'était coupé les cheveux…

… et elle les avait apportés avec elle. Pourquoi ? Elle aurait pu les jeter, comme ça. Facilement. Mais…

mais... c'est ça, les servantes auraient pu les trouver. Parfaitement. Il fallait qu'elle les sorte vite de la maison. C'est ça. Et ensuite elle pourrait les enterrer quelque part quand elle serait loin. C'est ça.

Mais elle ne l'avait pas fait, voilà... Elle avait eu du pain sur la planche.

C'est ça, lui dit la petite voix traîtresse intérieure. Elle avait eu du pain sur la planche pour tromper son monde sauf elle-même, c'est ça ?

« Qu'est-ce que pourrait faire Croume ? dit Igorina. Jackrum lui taperait deffus s'il se représentait devant lui. C'est un déserteur et un voleur !

— Oui, mais il peut tout raconter à n'importe qui, fit observer Margot.

— D'accord, alors tu diras que c'est une mèche de cheveux de la petite amie que t'as laissée au pays. Des tas de soldats portent sur eux un médaillon ou un truc comme ça. Tu sais : "Et dessous ses habits les cheveux de sa mie", comme dit la chanson.

— Mais c'étaient tous mes cheveux ! Un médaillon ? Ils ne tiendraient pas dans ton chapeau !

— Ah, fit Igorina. Et fi tu dis que tu l'aimes beaucoup ? »

Malgré la situation, Margot éclata d'un rire inextinguible. Elle mordit sa manche et tâcha de continuer de marcher, les épaules secouées.

Elle eut l'impression qu'un petit arbre lui tapotait le dos. « Devriez faire moins bruit, vous deux, gronda Jade.

— Pardon, pardon », souffla Margot.

Igorina se mit à fredonner. Margot connaissait la chanson.

J'avais un doux, fidèle amant,

S'en est allé au régiment...

Elle songea : Ah non, pas celle-là. Ça suffit comme ça. Je veux laisser derrière moi la « fille en attente » de la chanson, mais on dirait que je l'ai apportée dans mes bagages... À cet instant, elles sortirent du couvert des arbres et aperçurent la lueur rouge.

Le reste de la troupe s'était déjà rassemblé pour l'observer. La lueur embrasait une grande partie de l'horizon ; elle s'illuminait et s'affaiblissait ici et là sous leur regard.

« C'est l'enfer ? lança Pignole.

— Non, mais des hommes en ont fait un enfer, j'en ai peur, répondit le lieutenant. C'est la vallée de la Kneck.

— Elle est en flammes, mon lieutenant ? demanda Margot.

— Heureusement, ce sont que les feux de camp qui se reflètent sur les nuages, expliqua le sergent Jackrum. Jamais beau à voir la nuit, un champ de bataille. Pas de quoi s'inquiéter, les gars !

— Qu'est-ce qu'ils font cuire ? Des éléphants ? s'étonna Maladict.

— Et c'est quoi, ça ? » fit Margot en pointant le doigt vers une colline proche, masse plus sombre sur le fond de la nuit. Une petite lumière s'allumait et s'éteignait très vite à son sommet.

Un glissement et un claquement métallique se firent entendre lorsque Blouse sortit une petite lunette d'approche et l'ouvrit. « C'est un clic-clac lumineux, les démons ! dit-il.

— Y a un autre là-bas, gronda Jade en montrant du doigt une autre colline beaucoup plus loin. S'allume, s'éteint. »

Margot fixa le rougeoiement dans le ciel, puis la petite lumière froide qui clignotait. Une lumière douce et calme. Une lumière inoffensive. Et, derrière, un ciel embrasé...

« C'est codé, dit Blouse. Des espions, sûrement.

— Un clic-clac lumineux ? fit Biroute. C'est quoi ?

— Une abomination aux yeux de Nuggan, répondit Blouse. Hélas, parce que ça nous serait bien utile d'en avoir aussi, hein, sergent ?

— Ouim'lieutenant, répondit machinalement Jackrum.

— Les seuls messages à circuler dans les airs devraient être les prières des fidèles. Nuggan soit loué, la duchesse soit louée et ainsi de suite », dit Blouse en plissant les yeux. Il soupira. « Quel dommage. À quelle distance, cette colline, d'après vous, sergent ?

— Trois kilomètres, mon lieutenant, estima Jackrum. Ça vaut l'coup d'y monter en douce ?

— Ils doivent savoir que tout le monde les voit et qu'on va vouloir aller jeter un coup d'œil, alors j'imagine qu'ils traîneront pas longtemps dans le secteur, réfléchit tout haut Blouse. De toute manière, ah, ces machins doivent être extrêmement directionnels. On ne doit plus les voir quand on est dans la vallée.

— Permission de parler, mon lieutenant ? demanda Margot.

— Bien entendu, répondit Blouse.

— Comment font-ils pour obtenir une lumière aussi brillante, mon lieutenant ? C'est d'un blanc pur !

— Une espèce de bidule de feu d'artifice, je crois. Pourquoi ?

— Et ils envoient des messages avec de la lumière ?

— Oui, Barette. Où veux-tu en venir... ?

— Et ceux qui reçoivent ces messages répondent de la même façon ? insista Margot.

— Oui, Barette, c'est ça l'idée.

— Alors... on n'a peut-être pas besoin d'aller jusqu'à cette colline, mon lieutenant. La lumière est dirigée vers nous, mon lieutenant. »

Tout le monde se retourna. La colline qu'ils longeaient se dressait au-dessus d'eux.

« Bravo, Barette ! souffla Blouse. Allons-y, sergent ! » Il sauta à bas de sa monture qui, d'office, fit un écart pour s'assurer que le cavalier s'étale à l'atterrissage.

« À vos ordres, mon lieutenant ! dit Jackrum en l'aidant à se relever. Maladict, tu prends Goum et Licou, et tu fais le tour par la gauche, les autres font le tour par la droite – pas toi, Carborundum, te vexe pas, mais il faut éviter de faire du bruit, d'accord ? Tu restes ici. Toi, Barette, tu viens avec moi...

— Je viens aussi, sergent, fit Blouse, et seule Margot vit Jackrum grimacer.

— Bonne idée, mon lieutenant ! Je vous suggère... Je suggère que, Barette et moi, on vous accompagne. Tout le monde a compris ? Montez au sommet sans faire de bruit, et que personne, je dis bien personne, s'avise de bouger jusqu'à mon signal...

— Mon signal, rectifia Blouse d'un ton sans réplique.

— C'est ce que je voulais dire, mon lieutenant. Vite et sans bruit ! Pas de quartier, mais j'veux qu'il en reste au moins un en vie ! Exécution ! »

Les deux groupes se déployèrent vers la droite, vers la gauche, et disparurent. Le sergent leur laissa une ou deux minutes d'avance puis s'élança à une vitesse peu commune pour un homme de sa corpulence, si bien que Margot et le lieutenant restèrent un instant comme cloués sur place. Derrière eux, une Jade abattue les regarda partir.

Les arbres se clairsemèrent sur la pente raide, mais pas assez pour que des broussailles y trouvent prise. Margot jugea plus simple de continuer à quatre pattes en s'agrippant à des touffes et des arbrisseaux pour garder l'équilibre. Au bout d'un moment, elle sentit une bouffée de fumée, âcre et chimique. Elle fut également sûre d'entendre un léger cliquetis.

Un arbre tendit une main et l'attira dans l'ombre. « Pas un putain de mot, souffla Jackrum. Où est le galonnard ?

— Sais pas, chef !

— Merde ! Pas question de laisser un galonnard se balader en liberté, va savoir ce qui risque de lui passer par sa petite tête maintenant qu'il s'est mis dans l'idée qu'il commandait ! T'es son ange gardien ! Retrouve-le ! »

Margot redescendit la pente en glissant et découvrit Blouse appuyé contre un arbre pour ne pas tomber, le souffle rauque.

« Ah... Barette, haleta-t-il. On dirait que... mon asthme... est de retour...

— Je vais vous aider à monter, mon lieutenant, proposa Margot en lui prenant la main et en le remorquant. Est-ce que vous pourriez respirer un peu moins fort, mon lieutenant ? »

Petit à petit, en le tirant et en le poussant, elle le mena jusqu'à l'arbre de Jackrum.

« Content que vous ayez pu nous rejoindre, mon lieutenant ! siffla le sergent dont une affabilité exaspérée tordait la figure. Si vous voulez bien attendre ici, Barette et moi, on va ramper jusqu'à...

— J'y vais aussi, sergent », insista Blouse.

Jackrum hésita. « Ouim'lieutenant, dit-il. Mais, avec tout le respect que j'vous dois, mon lieutenant, je connais les escarmouches...

— Allons-y, sergent, l'interrompit Blouse qui se laissa tomber à terre et se mit à progresser à plat ventre.

— Ouim'lieutenant », marmonna sans entrain Jackrum.

Margot se mit elle aussi à ramper. L'herbe était ici plus rase, broutée par les lapins, parsemée ici et là de petits buissons. Elle se concentra pour faire le moins de bruit possible et mit le cap sur le cliquetis. L'odeur de fumée chimique s'intensifia. Elle baignait l'atmosphère autour d'elle. Et, alors qu'elle avançait, elle vit de la lumière, de petits éclats de lumière. Elle leva la tête.

Elle aperçut trois hommes quelques pas plus loin, dont les silhouettes se découpaient dans la nuit. L'un d'eux tenait un gros tuyau long d'à peu près un mètre cinquante, posé à un bout en équilibre sur son épaule et à l'autre sur un trépied. Lequel autre bout était pointé sur la colline au loin. De l'autre côté, juste derrière la tête de l'homme, il y avait une grosse boîte carrée. De la lumière s'en échappait par des joints ; un petit tuyau de poêle la surmontait, par où s'élevaient des flots de fumée épaisse.

« Barette, je compte jusqu'à trois, dit Jackrum sur la droite de Margot. Un...

— Repos, sergent », l'interrompit Blouse sur sa gauche.

Margot vit la grosse figure rubiconde de Jackrum pivoter d'un air ahuri. « Mon lieutenant ?
— Tenez la position », répliqua Blouse.
Au-dessus d'eux, le cliquetis se poursuivait.
Des secrets militaires, songea Margot. Des espions ! Des ennemis ! Et nous, on regarde ! C'était comme voir du sang s'écouler d'une artère.
« Mon lieutenant ! cracha un Jackrum fumant de rage.
— Tenez la position, sergent. C'est un ordre », dit tranquillement Blouse.
Jackrum se calma, mais il s'agissait du calme trompeur d'un volcan prêt à entrer en éruption. Le bavardage continu des clic-clac se poursuivait. On aurait dit qu'il ne s'arrêterait jamais. À côté de Margot, le sergent Jackrum bouillait et geignait comme un chien en laisse.
Le cliquetis cessa. Margot entendit les murmures distants d'une conversation.
« Sergent Jackrum, souffla Blouse, vous pouvez "vous les faire" sans délai ! »
Jackrum explosa hors de l'herbe comme une perdrix. « *D'accord, les gars ! On leur saute dessus !* »
La première pensée de Margot, alors qu'elle se levait d'un bond et se mettait à courir, c'était que la distance se révélait soudain beaucoup plus grande qu'il lui avait semblé.
Les trois hommes s'étaient retournés au cri du sergent. Celui qui portait le tube du clic-clac le lâchait déjà et tendait la main vers une épée, mais Jackrum lui déboulait dessus comme un glissement de terrain. L'homme commit l'erreur de ne pas vouloir lâcher pied. Suivirent un bref cliquetis d'épées qui s'entre-

choquent et une mêlée, et le sergent Jackrum était une mêlée suffisamment mortelle à lui tout seul.

Le deuxième homme s'enfuit et passa près de Margot, mais elle se précipitait vers le troisième. Il recula à son approche en portant la main à sa bouche puis se retourna pour détaler avant de se retrouver nez à nez avec Maladict.

« Le laisse pas avaler ! » hurla Margot.

Le bras de Maladict fusa et souleva en l'air par la gorge l'homme qui se débattait.

La manœuvre aurait été parfaite si les membres restants de l'escouade n'étaient pas arrivés après avoir consacré toute leur énergie à courir sans en garder pour ralentir. Des collisions se produisirent.

Maladict s'affaissa lorsque son prisonnier lui expédia un coup de pied dans la poitrine, lequel prisonnier voulut se carapater et percuta Biroute. Margot bondit par-dessus Igorina, faillit trébucher contre Pignole à terre et se jeta follement vers sa proie à présent à genoux. L'homme sortit une dague d'une main et l'agita en tous sens devant elle tandis qu'il s'étreignait la gorge de l'autre en émettant des sons rauques. Elle fit sauter le couteau d'un coup de poing, lui courut après et lui assena une claque dans le dos de toutes ses forces. L'homme tomba en avant. Avant qu'elle puisse se saisir de lui, une main le souleva à bras-le-corps et la voix de Jackrum rugit : « On veut pas que l'pauvre meure étouffé, Barette ! » De l'autre main, il lui flanqua un direct dans le ventre avec un bruit de viande s'écrasant sur un étal de boucher. Les yeux de l'homme tourneboulèrent, et un gros machin blanc lui jaillit de la bouche pour passer à toute vitesse au-dessus de l'épaule du sergent.

Jackrum le laissa retomber et se tourna vers Blouse. « Mon lieutenant, je proteste, mon lieutenant ! dit-il en frémissant de colère. On est restés là à regarder ces démons envoyer allez savoir quels messages, mon lieutenant ! Des espions, mon lieutenant ! On aurait pu les avoir tout d'suite, mon lieutenant !

— Et ensuite, sergent ? répliqua Blouse.

— Quoi ?

— Croyez-vous que ceux auxquels ils s'adressaient ne se seraient pas demandé ce qui se passait si les messages s'étaient interrompus en cours d'émission ?

— Tout de même, mon lieutenant...

— Alors que nous détenons maintenant leur appareil, sergent, et que leurs maîtres n'en savent rien.

— Ouais, ben, vous avez pourtant dit qu'ils envoyaient des messages codés, mon lieutenant, et...

— Euh, je crois qu'on tient aussi leur grille de code, sergent. » Maladict s'avança, l'objet blanc dans la main. « Cet homme a voulu le manger, sergent. Du papier de riz. Mais il l'a avalé sans mâcher, on dirait.

— Et vous l'avez fait recracher, sergent, ce qui lui a sans doute sauvé la vie. Bravo ! dit Blouse.

— Mais y en a un qui nous a échappé, mon lieutenant, fit observer Jackrum. Il va bientôt...

— Sergent ? »

Jade s'élevait au-dessus de l'herbe. Alors qu'elle approchait d'un pas lourd, tout le monde vit qu'elle traînait un homme par un pied. Quand elle fut plus près, il parut évident que l'homme était mort. Les vivants ont davantage de tête.

« J'ai entendu cris, il est arrivé en courant, me suis levée d'un coup et lui m'est rentré dedans, tête première ! se plaignit Jade. Même pas eu occasion lui taper dessus !

— Eh bien, deuxième classe, on peut au moins dire qu'il a été arrêté net, commenta Blouse.

— Mon lieutenant, fet homme fe meurt, signala Igorina en s'agenouillant près de l'homme que le sergent Jackrum avait si catégoriquement sauvé de l'étouffement. Il a été empoifonné !

— Empoifonné ? Par qui ? fit Blouse. C'est sûr ?

— La mouffe verte qui lui fort de la bouffe, f'est un bon indife, mon lieutenant.

— Qu'est-ce qu'il y a de drôle, deuxième classe Maladict ? » demanda Blouse.

Le vampire gloussa. « Oh, pardon, mon lieutenant. On dit aux espions : "En cas de capture, mangez les documents", non ? Un bon moyen pour s'assurer qu'ils ne révèlent pas de secrets.

— Mais vous avez la… grille toute mouillée dans les mains, caporal !

— On n'empoisonne pas les vampires aussi facilement, mon lieutenant, répondit Maladict d'une voix calme.

— F'est fans doute fatal uniquement quand on le mange, de toute fafon, mon lieutenant, fit observer Igorina. Une vraie saleté. Faleté. Il est mort, mon lieutenant. Peux rien faire.

— Pauvre gars. Bon, on a les codes, n'importe comment, dit Blouse. C'est une grande découverte, messieurs.

— Et un prisonnier, mon lieutenant, et un prisonnier », rappela Jackrum.

L'unique ennemi survivant, le responsable du clic-clac, gémit et voulut bouger.

« Un peu commotionné, j'imagine, ajouta Jackrum avec une certaine satisfaction. Quand j'atterris sur quelqu'un, mon lieutenant, il reste sur le carreau.

— Que deux d'entre vous l'emmènent avec nous, ordonna Blouse. Sergent, on dispose de quelques heures avant l'aube, et je veux être loin d'ici à ce moment-là. Je veux qu'on enterre les deux autres quelque part plus bas dans les bois, et…

— Vous n'avez qu'à dire "continuez, sergent", mon lieutenant, gémit presque Jackrum. C'est comme ça que ça marche, mon lieutenant ! Vous me dites ce que vous voulez, et je leur donne les ordres !

— Les temps changent, sergent », répliqua Blouse.

Des messages franchissant l'espace. Une abomination aux yeux de Nuggan.

La logique paraissait sans faille à Margot tandis qu'elle aidait Pignole à creuser deux tombes. Les prières des fidèles s'élevaient jusqu'à Nuggan, se déplaçaient vers le haut. Tout un assortiment de valeurs invisibles comme la sainteté, la grâce et la liste des abominations de la semaine descendaient de Nuggan jusqu'aux fidèles, se déplaçaient vers le bas. Ce qui était interdit, c'étaient les messages entre humains se déplaçant, pourrait-on dire, latéralement. Des collisions risquaient de se produire. Quand on croyait à Nuggan, entendez. Quand on croyait aux prières.

Pignole s'appelait en réalité Alice, avoua celle-ci tout en creusant, mais on pouvait difficilement accoler ce prénom à un petit gars épais comme un manche à balai, aux cheveux mal coupés, malhabile avec une pelle, qui avait la manie de se tenir toujours un peu trop près des gens et de fixer un point toujours un peu à gauche de leur tête en s'adressant à eux. Pignole croyait aux prières. Elle croyait à tout. Du coup, ça n'était pas très… facile de lui parler quand on n'y croyait pas soi-même. Mais Margot se dit qu'elle devait faire l'effort.

« Tu as quel âge, Pigne ? lança-t-elle en pelletant de la terre.

— D-d-dix-neuf, Margot.

— Pourquoi tu t'es engagée ?

— La duchesse me l'a demandé. »

Voilà sans doute pourquoi on ne parlait pas beaucoup à Pignole.

« Pigne, tu sais pourtant que porter des vêtements d'homme, c'est une abomination, non ?

— Merci de me le rappeler, Margot, dit Pignole sans une once d'ironie. Mais la duchesse m'a affirmé que je ne fais rien d'abominable si c'est dans la poursuite de ma quête.

— Une quête, hein, répéta Margot en tâchant de prendre un ton jovial. Et de quelle quête il s'agit ?

— Je dois prendre le commandement de l'armée », répondit Pignole.

Les poils se dressèrent sur la nuque de Margot. « Oui ? fit-elle.

— Oui, la duchesse est sortie du tableau quand je dormais et elle m'a demandé de rejoindre tout de suite la Kneck, expliqua Pignole. La petite mère m'a parlé, Chouque. Elle m'a donné un ordre. Elle guide mes pas. Elle m'a tirée de l'esclavage infâme. Comment ça pourrait être une abomination ? »

Elle a une épée, songea Margot. Et une pelle. Il faut manœuvrer avec prudence. « C'est chouette, dit-elle.

— Et... et je dois te dire que... je... n'ai jamais connu dans toute mon existence autant d'amour et de camaraderie, poursuivit Pignole avec un grand sérieux. Ces derniers jours ont été les plus heureux de ma vie. Vous avez tous fait preuve d'une telle bonté, d'une telle gentillesse envers moi. La petite mère me guide. Elle nous guide tous, Chouque. Tu le crois aussi. Pas vrai ? » Le clair de lune révéla les sillons que les pleurs laissaient dans la crasse sur les joues de Pignole.

« Hum », fit Margot qui chercha frénétiquement un moyen d'éviter de mentir. Elle en vit un. « Euh... tu sais que je veux retrouver mon frère ? dit-elle.

— Ben, c'est tout à ton honneur, la duchesse le sait, répliqua aussitôt Pignole.

— Et, ben... je le fais aussi pour la duchesse, ajouta Margot en se sentant coupable. Je pense sans arrêt à elle, je reconnais. » Ben, ça, c'était vrai. Ça n'était pas honnête, voilà tout.

« Je suis bien contente de l'entendre, Chouque, parce que je te prenais pour une relapse, expliqua Pignole. Mais tu l'as dit avec une grande conviction. C'est peut-être le moment de se mettre à genoux pour...

— Pigne, tu te tiens dans la tombe d'un mort, objecta Margot. Ce n'est pas l'heure ni le lieu, tu sais ? On va rejoindre les autres, hein ? »

Les meilleurs jours de la vie de cette fille, c'étaient ceux où elle avait crapahuté dans les forêts, creusé des tombes et tenté d'esquiver les soldats des deux camps ? L'ennui avec Margot, c'était qu'elle avait une cervelle qui posait des questions même si elle ne tenait pas du tout du tout à connaître les réponses.

« Alors… la duchesse continue de te parler, c'est ça ? demanda-t-elle tandis qu'elles se frayaient un chemin entre les arbres sombres.

— Oh, oui. Quand on était à Plotz et qu'on dormait dans le baraquement, répondit Pignole. Elle a dit que tout allait bien. »

Ne lui pose surtout pas d'autre question, conseilla un recoin du cerveau de Margot, mais elle ne l'écouta pas, poussée par une affreuse curiosité. Pignole était gentille – enfin, plutôt gentille, dans un genre un peu inquiétant –, seulement, discuter avec elle, c'était comme gratter la croûte d'un bobo ; on sait ce qu'on va trouver dessous, mais on le fait quand même.

« Alors… t'étais quoi dans le civil ? » demanda-t-elle.

Pignole lui fit un sourire énigmatique. « J'étais battue. »

Le thé infusait dans un petit creux près de la piste. Plusieurs membres de l'escouade montaient la garde. Personne n'aimait l'idée que des ennemis en tenues sombres puissent rôder furtivement dans le secteur.

« Une tasse de boldo ? » lança Chouffe en leur tendant le breuvage. Quelques jours plus tôt, ils l'auraient qualifié de « thé sucré au lait », mais même s'ils n'avaient pas encore le plumage du soldat, ils étaient décidés à en avoir le ramage au plus vite.

« Qu'est-ce qui se passe ? demanda Margot.

— Chaispas, répondit Chouffe. Le chef et le galonnard sont partis par là avec le prisonnier, mais personne ne nous dit rien, à nous les grommelards.

— C'est les "grognards", je crois, rectifia Pignole en prenant le thé.

— Je leur ai préparé deux tasses, en tout cas. Va donc voir ce qu'ils font, tu veux ? »

Margot avala son thé, ramassa les chopes et repartit en hâte.

Maladict se prélassait contre un arbre en bordure du creux. Les vampires avaient ceci de particulier qu'ils ne paraissaient jamais débraillés. Leur tenue faisait plutôt... quel était le terme, déjà... ? Relax, c'est ça. Autant dire négligée, mais avec du style en veux-tu en voilà. En l'occurrence, Maladict avait sa veste ouverte et son paquet de cigarettes coincé dans le ruban de son shako. Il salua Margot de son arbalète quand elle passa devant lui.

« Chouque ? lança-t-il.

— Oui, caporal ?

— Du café dans leur paquetage ?

— Je regrette, caporal. Seulement du thé.

— Merde ! » Maladict donna un coup sourd dans l'arbre derrière lui. « Hé, tu as foncé tout droit sur le gars qui avalait le code. Directement. Comment ça se fait ?

— La chance, c'est tout, répondit Margot.

— Ouais, d'accord. Essaye autre chose. Je vois très bien la nuit.

— Oh, bon. Ben, celui à gauche détalait, celui du milieu laissait tomber le tube clic-clac et allait prendre son épée, mais celui de droite trouvait que se fourrer quelque chose dans la bouche était encore plus important que se battre ou s'enfuir. Satisfait ?

— Tu as pensé tout ça en une fraction de seconde ? C'était malin.

— Ouais, voilà. Maintenant, oublie ça, d'accord ? Je ne tiens pas à me faire remarquer. Je ne tiens pas franchement à être là. Je tiens seulement à retrouver mon frère. D'accord ?

— Très bien. Je me suis dit que tu aimerais savoir que quelqu'un t'a vue. Et tu ferais mieux de leur porter ce thé avant qu'ils s'entretuent. »

Moi, au moins, je surveillais l'ennemi, songea rageusement Margot en s'en repartant. Moi, je ne surveillais pas un autre soldat. Il se prend pour qui, lui ? Ou elle ?

Elle entendit les voix échauffées tandis qu'elle s'ouvrait un chemin à travers un fourré.

« On ne torture pas un homme désarmé ! » Ça, c'était la voix de Blouse.

« Ben, j'vais pas attendre qu'il retrouve une arme, mon lieutenant ! Il a des renseignements ! Et c'est un espion !

— Ne vous avisez pas de lui donner un autre coup de pied dans les côtes ! C'est un ordre, sergent !

— Le questionner gentiment, ç'a rien donné, hein, mon lieutenant ? Les "s'il vous plaît entourés d'une faveur rose", c'est pas une méthode reconnue pour les interrogatoires ! Vous devriez pas être là, mon lieutenant ! Vous devriez dire : Sergent, tirez les vers du nez du prisonnier ! et ensuite attendre ailleurs que je vienne vous répéter ce que j'ai appris, mon lieutenant !

— Vous avez recommencé !

— Quoi ? Quoi ?

— Vous lui avez flanqué un autre coup de pied !

— Non !

— Sergent, je vous ai donné un ordre !

— Et ?

— Le thé est prêt ! » lança Margot d'un ton joyeux.

Les deux hommes se retournèrent. Leur expression se modifia. S'ils avaient été des oiseaux, leurs plumes se seraient doucement rabattues.

« Ah, Barette, fit Blouse. Bravo.

— Ouais… très bien », renchérit le sergent Jackrum.

La présence de Margot parut faire retomber la température. Tous deux burent leur thé en se reluquant d'un œil prudent.

« Vous aurez remarqué, sergent, que les hommes portaient l'uniforme vert foncé du premier bataillon du cinquante-neuvième d'arbalétriers zlobène. Un bataillon spécialiste de l'escarmouche, dit Blouse d'un ton de politesse glaciale. Ce n'est pas un uniforme d'espion, sergent.

— Ouim'lieutenant ? Mais alors ils l'ont tout crotté, leur uniforme. Pas un bouton qui brille, mon lieutenant.

— Patrouiller derrière les lignes ennemies, ce n'est pas espionner, sergent. Vous avez dû agir de même depuis le temps que vous êtes dans l'armée.

— Plus souvent qu'à mon tour, mon lieutenant. Et je savais parfaitement que, si je me faisais poisser, j'étais bon pour un méchant coup de botte dans les joyeuses. Les escarmouches, y a pas pire, mon lieutenant. Vous vous croyez en sécurité derrière vos lignes, et la seconde d'après vous vous apercevez qu'un salaud planqué dans les buissons sur une colline a calculé la distance et la vitesse du vent pour expédier une flèche carrément à travers la tête de votre copain. » Il ramassa un arc à l'aspect curieux. « Vous avez vu leur matériel ? Massetard & Fortdubras numéro cinq à courbure, fabriqué dans cette putain de ville d'Ankh-Morpork. Une véritable arme de mort. Moi j'dis qu'on lui donne le choix, mon lieutenant. Il nous dit ce qu'il sait et il s'en sort bien. Ou il reste bouche cousue et il s'en sort mal.

— Non, sergent. C'est un officier ennemi capturé au combat et il a le droit d'être bien traité.

— Non, mon lieutenant. C'est un sergent, et ils méritent aucun respect, mon lieutenant. J'suis bien placé pour le savoir. Ils sont rusés et astucieux quand ils connaissent leur boulot. Un officier, je m'en ficherais, mon lieutenant. Mais les sergents sont malins. »

Le prisonnier ligoté lâcha un grognement.

« Desserre-lui son bâillon, Barette », ordonna Blouse. D'instinct, même si cet instinct ne datait que de deux jours, Margot jeta un coup d'œil à Jackrum. Le sergent haussa les épaules. Elle abaissa le chiffon.

« Je vais parler, annonça le prisonnier en recrachant des peluches de coton. Mais pas à ce gros lard ! Je parlerai à l'officier. Empêchez ce type de m'approcher !

— T'es pas en position de négocier, p'tit soldat ! grogna Jackrum.

— Sergent, fit le lieutenant, je suis sûr que vous avez à faire. Allez-y, je vous prie. Envoyez-moi deux hommes. Il ne pourra rien tenter contre quatre.

— Mais...

— C'est aussi un ordre, sergent. » Blouse se tourna vers le prisonnier alors que Jackrum s'en allait d'un pas lourd. « Comment vous appelez-vous, mon vieux ?

— Sergent Legrand, mon lieutenant. Et si vous avez un peu de bon sens, vous allez me relâcher et vous rendre.

— Nous rendre ? s'étonna Blouse au moment où Igorina et Pignole entraient dans la clairière au pas de course, armées et l'air ahuries.

— Ouaip. Je dirai un mot en votre faveur quand les gars vont nous rattraper. Un tas de monde vous recherche, vous pouvez pas savoir. Je pourrais avoir à boire, s'il vous plaît ?

— Quoi ? Oh, oui. Bien sûr, fit Blouse, comme pris en défaut de savoir-vivre. Barette, rapporte un thé pour le sergent. Pourquoi est-ce qu'on nous recherche, je vous prie ? »

Legrand lui fit un sourire en coin. « Vous savez pas ?

— Non, répondit Blouse d'un ton glacial.

— Vous savez vraiment pas ? » Legrand rigolait à présent. Il était beaucoup trop détendu pour un homme ligoté, et Blouse donnait beaucoup trop l'image du type aimable mais inquiet qui s'efforce de paraître ferme et résolu. Pour Margot, c'était comme regarder un enfant bluffer au poker contre un adversaire qui s'appelle Doc.

« Je n'ai pas envie de jouer, mon vieux. Déballez votre sac ! ordonna Blouse.

— Tout le monde vous connaît, mon lieutenant. Vous êtes le régiment monstrueux, voilà ! dit le prisonnier. Sans vouloir vous offenser, évidemment. Il paraît que vous avez un troll, un vampire, un Igor et un loup-garou. Il paraît que vous… (l'homme gloussa) il paraît que vous vous êtes rendus maîtres du prince Heinrich et de sa garde, que vous lui avez piqué ses bottes et que vous l'avez renvoyé à cloche-pied et à poil ! »

Dans un fourré un peu plus loin, un rossignol se mit à chanter. Un long moment. Sans s'arrêter. « Hah, non, dit enfin Blouse, vous vous trompez. C'était le capitaine Horentz…

— Ouais, c'est ça, comme s'il allait vous révéler son identité avec vos épées pointées sur lui ! répliqua Legrand. Un copain m'a raconté que l'un de vous lui a flanqué un coup de pied dans le service trois pièces, mais j'ai pas encore vu l'icono.

— Quelqu'un a pris une iconographie du coup de pied ? couina une Margot soudain emplie d'horreur.

— Pas de ça, non. Mais des reproductions du prince enchaîné circulent partout et j'ai entendu dire qu'on a envoyé l'icono par clic-clac à Ankh-Morpork.

— Est-ce… Est-ce qu'il est contrarié ? chevrota Margot en maudissant Otto Chriek et ses iconographies.

— Ben, ça, voyons voir, fit Legrand d'un ton sarcastique. Contrarié ? Non, j'crois pas qu'il soit contrarié. Plutôt "vert", c'est le mot, j'ai l'impression. Ou "vert de rage"… ? Ouais, je pense que "vert de rage", c'est l'expression qui convient. Maintenant un tas de monde vous recherche, les gars. Bravo ! »

Même Blouse voyait la détresse de Margot. « Euh… Barette, dit-il, c'est toi, n'est-ce pas, qui… ? »

Sous le crâne de Margot tournoyaient les mots *ohbondieujaibalancémonpieddanslecompotierdu-*

prince comme un hamster dans un tourniquet qui dévale une route et finit par s'arrêter brusquement contre un obstacle solide.

« Ouim'lieutenant, répondit-elle sèchement. Il faisait des avances insistantes à une jeune fille, mon lieutenant. Vous vous rappelez ? »

Les plis du front de Blouse s'estompèrent et un grand sourire de duplicité enfantine les remplaça. « Ah oui, effectivement. Il "présentait sa demande en mariage" avec insistance, non ?

— Sans prendre de gants, mon lieutenant ! » répliqua Margot avec véhémence.

Legrand jeta un coup d'œil à Pignole, qui serrait d'un air sinistre une arbalète dont Margot savait qu'elle avait une peur bleue, et à Igorina, qui tenait un sabre dont elle avait moins l'habitude que du bistouri et paraissait folle d'inquiétude. Margot vit le sourire fugitif du sergent.

« Et voilà, sergent Legrand, fit le lieutenant en se tournant vers le prisonnier. Bien entendu, nous savons tous que des atrocités se commettent en temps de guerre, mais on ne les attend pas de la part d'un prince royal[1]. Si on doit nous poursuivre parce qu'un jeune soldat courageux a empêché que la situation sombre dans l'obscénité, alors tant pis.

— Là, je suis franchement impressionné, dit Legrand. Un vrai redresseur de torts, hein ? Il vous fait honneur, mon lieutenant. Et ce thé, c'est pour aujourd'hui ? »

---

1. Le lieutenant Blouse ne lisait que les manuels d'histoire les plus techniques.

La poitrine maigrelette de Blouse se gonfla nettement suite au compliment. « Oui, Barette, le thé, si tu veux bien. »

En vous laissant tous les trois avec ce type qui respire par tous les pores l'intention de s'échapper, songea Margot. « Le deuxième classe Goum pourrait peut-être aller chercher… voulut-elle proposer.

— Un mot en particulier, Barette ? » la coupa sèchement Blouse. Il lui signifia de s'approcher, mais Margot gardait le sergent Legrand à l'œil. L'homme était peut-être pieds et poings liés, mais elle n'aurait pas fait confiance à un prisonnier qui souriait comme ça, même si on l'avait cloué au plafond.

« Barette, ta contribution est précieuse, mais il est absolument hors de question qu'on discute sans arrêt mes ordres, dit Blouse. Tu es mon ordonnance, après tout. J'estime ne pas être trop dur en matière de discipline, mais j'exige qu'on m'obéisse. Tu veux bien ? »

C'était comme se faire éreinter par un poisson rouge, mais elle devait reconnaître qu'il n'avait pas tout à fait tort. « Euh… pardon, mon lieutenant », dit-elle en s'éloignant le plus longtemps possible à reculons afin de ne rien manquer de l'issue de la tragédie. Puis elle se retourna et partit en courant.

Jackrum, assis à côté du feu, l'arc du prisonnier sur ses gros genoux, tranchait une espèce de saucisse noire avec un grand couteau pliant. Il mastiquait quelque chose.

« Où sont les autres, sergent ? demanda Margot en cherchant une chope à tâtons.

— J'les ai envoyés en reconnaissance sur un grand périmètre, Barette. On est jamais trop prudent, le copain a peut-être des collègues dans le secteur. »

... Ce qui se tenait parfaitement. Seulement, ça voulait dire que la moitié de l'escouade était partie...

« Chef, vous savez, le capitaine dans le baraquement ? C'était...

— J'ai l'ouïe fine, Barette. Un coup de pied dans ses bijoux de la Couronne, hein ? Hah ! Ça ajoute encore du piment, hein ?

— Ça va mal tourner, chef, je le sais, dit Margot en prenant la bouilloire près du feu et en renversant la moitié de l'eau lorsqu'elle refit le plein de la théière.

— Tu chiques, Barette ? demanda Jackrum.

— Quoi, chef ? » répondit Margot d'un air affolé.

Le sergent tendit un petit bout de... matière noire et collante.

« Du tabac. Du tabac à chiquer, expliqua-t-il. Moi, j'aime mieux le Cœur-noir que le Joyeux Marin parce qu'il est au rhum, mais d'autres disent...

— Chef, le prisonnier va s'enfuir, chef ! Je le sais ! Le lieutenant n'est pas maître de la situation, mais lui, oui. Il file doux et tout, mais je l'ai vu dans ses yeux, chef !

— J'suis sûr que le lieutenant Blouse sait où il va, Barette, dit Jackrum d'un air compassé. Tu vas pas m'faire croire qu'un type ligoté peut venir à bout de quatre gars, tout d'même.

— Oh, le sucre ! fit Margot.

— Là-bas, dans la vieille boîte en fer noire », la renseigna Jackrum. Margot en versa dans la tasse de thé la plus infecte jamais préparée par un soldat en exercice et revint au pas de course à la clairière.

Chose étonnante, l'homme était toujours assis, toujours pieds et poings liés. Les collègues Fromagers le surveillaient d'un air abattu. Margot se détendit, mais juste un peu.

« ... oilà votre situation, mon lieutenant, disait-il. On va en rester là, y a pas de honte à ça, hein ? Il va vite se lancer à votre poursuite, parce que c'est personnel maintenant. Mais si vous venez avec moi, je ferai de mon mieux pour que ça se passe en douceur pour vous. Vous tenez pas à vous faire capturer tout de suite par les dragons lourds. Ils ont pas beaucoup le sens de l'humour...

— Le thé est servi, annonça Margot.

— Oh, merci, Barette, dit Blouse. Je crois que nous pouvons au moins couper les liens du sergent Legrand, non ?

— Si, mon lieutenant », répondit Margot alors qu'elle pensait « non ». L'homme tendit ses poignets liés, et Margot avança prudemment son couteau tout en tenant la chope comme une arme.

« Un p'tit malin que vous avez là, mon lieutenant, dit Legrand. Il se dit que je vais lui attraper son couteau. Bravo. »

Margot trancha la corde, ramena vivement la main qui tenait le couteau puis tendit avec précaution la chope.

« Et, en plus, il me donne un thé tiède pour éviter d'être brûlé quand je vais le lui jeter à la figure », poursuivit Legrand. Il posa sur Margot le regard franc et honnête du fieffé salopard.

Margot le soutint, à faux-jeton faux-jeton et demi.

« Ah, ouais. Les gus d'Ankh-Morpork ont une petite presse d'imprimerie sur une charrette, là-bas de l'autre côté de la rivière, reprit Legrand sans quitter Margot des yeux. Pour le moral, il paraît. Et en plus ils ont envoyé l'iconographie chez eux par clic-clac. Me demandez pas comment. Ah ouais, un chouette tableau. "Des bleus audacieux matent l'élite zlobène", ils ont écrit. C'est marrant, mais on dirait que le gars qu'a écrit l'article a oublié de reconnaître le prince. Mais nous, non ! »

Sa voix se fit encore plus amicale. « Écoutez, les gars, étant un pousse-caillou tout comme vous, j'suis pour qu'on ridiculise ces putain de citrouillards, alors vous venez avec moi et je m'arrangerai au moins pour vous éviter de dormir demain dans des chaînes. C'est ma meilleure offre. » Il but une gorgée de thé. « Meilleure que celle faite au dixième, c'est moi qui vous l'dis. Paraît que votre régiment a été anéanti. »

Margot garda une mine imperturbable, mais, par-derrière, elle se sentit se recroqueviller en une toute petite boule. Regarde ses yeux. Regarde ses yeux. Menteur. Menteur.

« Anéanti ? » fit Blouse.

Legrand lâcha sa chope de thé. Il fit sauter d'une claque de la main gauche l'arbalète que tenait Pignole, arracha de la droite le sabre d'Igorina et abattit la lame courbe sur la corde entre ses jambes. Le tout se passa très vite, sans que quiconque ait eu le temps de comprendre le revirement de situation, puis le sergent, soudain debout, flanqua une baffe à Blouse et l'immobilisa d'une clé au bras.

« Et tu avais bien raison, petit, lança-t-il à Margot par-dessus l'épaule du lieutenant. Une honte que tu sois pas officier, hein ? »

Ce qui restait de la théière renversée s'égouttait dans la terre. Margot avança lentement la main vers son arbalète.

« Pas d'ça. Faites un pas, vous tous, faites un geste, et je le pourfends, prévint le sergent. Ça serait pas le premier officier que je zigouille, croyez-moi...

— *La différence entre eux et moi, c'est que moi je m'en fous.* »

Cinq têtes pivotèrent. Jackrum se silhouettait sur fond de lueur du feu de camp au loin. Il tenait l'arc du prisonnier, un arc bandé qu'il pointait droit sur le sergent sans tenir compte de la tête du lieutenant sur la trajectoire. Blouse ferma les yeux.

« Tu tirerais sur ton propre officier ? s'étonna Legrand.

— Ouaip. Moi non plus, ça serait pas mon premier officier, répliqua Jackrum. T'iras nulle part, l'ami, sauf à terre. Vivant ou mort... je m'en fiche. »

L'arc grinça.

« Tu bluffes, mon vieux.

— Parole, j'suis pas homme à bluffer. J'crois pas qu'on nous a présentés, au fait. Mon nom, c'est Jackrum. »

Le changement qui s'opéra chez l'homme l'affecta de la tête aux pieds. Il parut rapetisser, comme si chacune de ses cellules se disait tout bas « oh mince ». Il se tassa, et Blouse s'affaissa un peu.

« Je peux... ?

— Trop tard », trancha Jackrum.

Margot n'allait jamais oublier le son que produisit la flèche.

Un silence suivit, puis un choc sourd quand Legrand finit par basculer pour s'abattre.

Jackrum mit prudemment l'arc de côté. « L'a vu à qui il avait affaire, dit-il comme s'il ne s'était pas passé grand-chose. Franchement dommage. M'avait l'air bien. Reste du boldo, Barette ? »

Tout doucement, le lieutenant Blouse porta la main à son oreille que la flèche avait transpercée en volant vers sa cible, puis regarda d'un air curieusement détaché le sang sur ses doigts.

« Oh, je vous demande pardon pour ça, mon lieutenant, fit Jackrum d'un ton jovial. J'ai vu une occasion unique et je m'suis dit, ben, que c'était la partie charnue. Dégottez-vous une boucle d'oreille en or, mon lieutenant, et vous serez à la dernière mode ! Une grosse boucle d'oreille, peut-être.

» Croyez pas tout ce qu'on vous a raconté sur les Dedans-dehors, poursuivit-il. C'était que des mensonges. J'aime quand ça bouge. Alors maintenant on va… Quelqu'un peut me dire ce qu'on va faire maintenant ?

— Euh… enterrer le cadavre, hasarda Igorina.

— Ouais, mais jetez un œil à ses souliers. Il a des p'tits pieds, et les Zlobènes sont bien mieux chaussés que nous.

— Voler les souliers d'un mort, chef ? s'étonna Pignole, encore sous le choc.

— Plus facile que piquer celles d'un vivant ! » Jackrum prit un ton un peu plus doux quand il vit leurs têtes. « Les gars, c'est la guerre, compris ? C'était un soldat, les autres étaient des soldats, vous êtes des soldats… plus ou moins. Aucun soldat laissera s'perdre des restes ni de bons souliers. Enterrez-les convenablement, dites les prières dont vous vous souvenez et espérez qu'ils sont partis là où on s'bat pas. » Il rehaussa le ton pour beugler normalement : « Barette, rassemble tout l'monde ! Igor, recouvre le feu, fais en sorte que personne devine qu'on est passés ! On décanille dans dix minutes ! On peut parcourir quelques kilomètres avant le grand jour ! Exact, hein, mon lieutenant ? »

Blouse, toujours cloué sur place, parut alors se réveiller. « Quoi ? Oh. Oui. D'accord. Oui, effectivement. Euh... oui. Allez-y, sergent. »

Le feu se refléta sur la figure triomphante de Jackrum. Dans la lueur rouge, ses petits yeux sombres ressemblaient à des trous dans l'espace, sa bouche ouverte sur un grand sourire à la porte de l'enfer, sa masse à un monstre abyssal.

Il avait laissé faire, Margot le savait. Il avait obéi aux ordres. Il n'avait rien commis d'irrégulier. Mais il aurait pu envoyer Maladict et Jade pour nous aider au lieu de Pignole et d'Igorina, qui manquent de vivacité dans le maniement des armes. Il a envoyé les autres ailleurs. Il avait l'arc prêt. Il a joué à un jeu dont nous étions les pions, et il a gagné...

Je maudis le sergent, chantaient son père et ses amis tandis que le givre se formait aux carreaux des fenêtres, *que prend que pille le paysan, que prend que pille jamais ne rend !*

À la lueur du feu, le sourire du sergent Jackrum était un croissant sanglant et sa veste avait la couleur d'un ciel de champ de bataille. « Vous êtes mes p'tits gars, rugit-il. Et moi, j'vais prendre soin de vous. »

Ils parcoururent près de dix kilomètres avant que Jackrum décrète une halte, et déjà le paysage changeait. On voyait davantage de rochers, moins d'arbres. La vallée de la Kneck était riche et fertile, et c'était d'ici que la fertilité avait été emportée, de ce paysage de ravins et de bois d'épaisses broussailles, où quelques petites communautés tiraient une maigre subsistance d'un sol ingrat. Le coin offrait une cachette idéale. Et elle avait déjà servi. Il s'agissait d'une ravine creusée par un cours d'eau. Mais c'était la fin de l'été et le cours d'eau se réduisait à un filet entre les rochers. Jackrum avait dû la repérer à l'odeur parce qu'on ne la voyait pas depuis la piste.

Les cendres d'un feu dans la petite ravine étaient encore chaudes. Le sergent se releva tant bien que mal après les avoir examinées. « Des gars comme nos copains d'hier soir, conclut-il.

— Ça ne pourrait pas être un chasseur, chef ? demanda Maladict.

— Ça pourrait, caporal, mais c'en est pas. J'vous ai amenés ici parce que cette ravine m'a l'air d'un cul-d'sac, y a de l'eau, de bons postes d'observation là-haut et là-bas – il les montra du doigt –, y a un surplomb convenable en cas de mauvais temps et c'est dur de s'faufiler jusqu'à nous en douce. Une position stratégique, en bref. Et d'autres se sont dit la même chose hier soir. Alors, pendant qu'ils sont partis à notre recherche, on va rester bien peinards ici, là où ils ont déjà regardé. Désigne deux gars de garde tout d'suite. »

Margot écopa du premier tour au sommet de la petite falaise en bordure de la ravine. C'était effectivement un bon poste, pas de doute là-dessus. Un régiment aurait pu s'y dissimuler. Personne ne pouvait s'en approcher sans être vu non plus. Et elle fournissait sa part de travail comme un vrai soldat de l'escouade ; avec un peu de chance, Blouse trouverait quelqu'un d'autre pour le raser avant qu'elle ait terminé son tour de garde. Par une trouée au sommet des arbres en dessous, elle distinguait comme une route qui courait à travers les bois. Elle garda l'œil dessus.

Biroute finit par la relever avec un bol de soupe. De l'autre côté de la ravine, l'Asperge remplaça Pignole.

« D'où tu es, Chouque ? » demanda Biroute tandis que Margot savourait la soupe.

Elle ne voyait aucun mal à lui répondre. « Munz.

— Ah oui ? Quelqu'un a dit que tu travaillais dans un bistro. Comment s'appelait l'auberge ? »

Ah… là, elle voyait le mal. Mais il lui était difficile de mentir maintenant. « La Duchesse, répondit-elle.

— La grande auberge ? Très chic. On te traitait bien ?

— Quoi ? Oh… oui. Oui. Pas à me plaindre.

— On te battait ?

— Hein ? Non. Jamais, dit une Margot inquiète du tour que prenait la conversation.

— Te faisait travailler dur ? »

Margot dut réfléchir. À la vérité, elle travaillait plus dur que les deux servantes, et elles au moins avaient un après-midi de libre par semaine.

« J'étais d'habitude la première debout et la dernière au lit, si c'est ce que tu veux dire. » Et, pour changer au plus vite de sujet, elle poursuivit : « Et toi ? Tu connais Munz ?

— On vivait toutes les deux là-bas, Tilda – enfin, l'Asperge – et moi, répondit Biroute.

— Oh ? Où ça ?

— À la maison de redressement pour filles », avoua Biroute en détournant les yeux.

Voilà le type de piège où vous entraîne le papotage, songea Margot. « Pas une maison agréable, j'imagine, dit-elle en se sentant idiote.

— Pas agréable, non. Très mauvaise. Pignole y était, on pense. On pense que c'était elle. On nous envoyait souvent travailler à la journée. » Margot hocha la tête. Un jour, une fille de la maison de redressement était venue travailler comme servante à la Duchesse. Elle arrivait tous les matins dans son tablier propret, la peau récurée à vif, se détachait d'une file de filles toutes pareilles, conduites par un professeur et flanquées de costauds armés de longs bâtons. Elle était maigrichonne, affichait une politesse maussade, manifestement apprise, travaillait très dur et ne parlait jamais à personne. Elle avait cessé de venir au bout de trois mois, et Margot n'avait jamais su pourquoi.

Biroute fixa Margot dans les yeux, comme pour se moquer de son innocence. « D'après nous, c'était celle qu'ils enfermaient des fois dans la salle spéciale. C'est comme ça dans cette école. Si tu ne t'endurcis pas, tu perds la boule.

— J'imagine que vous étiez contentes de partir. » Ce fut le seul commentaire de Margot.

« La fenêtre du sous-sol n'était pas verrouillée, expliqua Biroute. Mais j'ai promis à Tilda qu'on y retournerait un jour l'été prochain.

— Oh, ça n'était pas si terrible, alors ? dit Margot avec un certain soulagement.

— Non, ça brûlera mieux, répliqua Biroute. Tu as déjà croisé un certain père Jupe ?

— Oh oui, répondit Margot qui, sentant qu'on attendait davantage de sa part, ajouta : Il venait régulièrement dîner quand ma mère... Il venait régulièrement dîner. Un peu pompeux, mais m'a fait bonne impression.

— Oui. Il était fort pour faire impression. »

Une fois de plus, dans la conversation s'ouvrit un gouffre noir en travers duquel même un troll n'aurait pu jeter un pont, et tout ce qu'on pouvait faire, c'était se reculer du bord.

« Vaudrait mieux que j'aille m'occuper du lieut... du galonnard, dit Margot en se levant. Merci beaucoup pour la soupe. »

Elle redescendit de son poste en se frayant un chemin à travers les éboulis et les halliers de bouleaux pour émerger près du petit cours d'eau qui s'écoulait dans la ravine. Et là, tel un terrifiant dieu aquatique, se trouvait le sergent Jackrum.

Sa veste rouge, qui aurait tenu lieu de tente à un homme moins corpulent, était soigneusement étendue sur un buisson. Lui-même se tenait assis sur un rocher, sans sa chemise, les bretelles pendantes, si bien que seul un tricot de corps en laine jaunâtre épargnait au monde le spectacle de ses poitrines nues. Pourtant, pour une raison obscure, il avait gardé son shako. Son nécessaire de rasage – entre autres un rasoir comme une petite machette et un blaireau dont on aurait pu se servir pour encoller du papier peint – était posé sur le rocher près de lui.

Jackrum prenait un bain de pied dans le cours d'eau. Il releva les yeux à l'approche de Margot et lui adressa un signe de tête aimable.

« 'jour, Barette, dit-il. Te presse pas. Jamais se presser pour les galonnards. Assieds-toi un moment. Déchausse-toi. Fais respirer un peu d'air frais à tes pieds. Prends soin de tes pieds, et tes pieds prendront soin de toi. » Il sortit son grand couteau pliant et la carotte de tabac à chiquer. « T'en veux pas, t'es sûr ?

— Non, merci, chef. » Margot s'assit sur un rocher de l'autre côté du cours d'eau qui se traversait d'une enjambée et entreprit de tirer sur ses souliers. Elle avait l'impression d'avoir reçu un ordre. Et puis elle avait aussi l'impression que l'eau pure et glacée lui donnerait la secousse dont elle avait besoin à cet instant.

« Bravo. Une habitude dégoûtante. Pire que fumer, dit Jackrum en coupant un morceau de la carotte. J'ai commencé quand j'étais qu'un gamin. La nuit, ça vaut mieux que gratter une allumette, tu comprends ? On tient pas à signaler sa position. 'videmment, faut recracher une giclée de temps en temps, mais cracher dans le noir, ça s'voit pas. »

Margot fit barboter ses pieds. L'eau glacée était effectivement rafraîchissante. Elle eut l'impression que le choc la ramenait à la vie. Dans les arbres autour de la ravine, des oiseaux chantaient.

« Dis-le, Barette, fit Jackrum au bout d'un moment.

— Que je dise quoi, sergent ?

— Oh, foutredieux, Barette, c'est une belle journée, me fais pas perdre mon temps. J'ai vu de quelle façon tu m'regardais.

— Très bien, chef. Vous avez assassiné un homme, hier soir.

— Ah oui ? Prouve-le, répliqua Jackrum d'un ton calme.

— Ben, c'est impossible, n'est-ce pas ? Mais vous avez tout manigancé. Vous avez même envoyé Igor et Pignole le garder. Ils ne sont pas très doués avec les armes.

— Parce qu'ils avaient besoin d'être doués, d'après toi ? À quatre contre un type attaché ? Nan. Ce sergent était mort dès l'instant où on l'a pris, et il le savait. L'a fallu un foutredieux de génie comme votre galonnard pour lui faire croire qu'il avait une chance. On est paumés dans les bois, mon gars. Qu'est-ce que Blouse allait faire de lui ? À qui il allait le remettre ? Il allait le trimballer avec nous en charrette ? Ou l'attacher à un arbre et le laisser chasser les loups à coups de pied jusqu'à ce qu'il se fatigue ? Beaucoup plus distingué que lui donner une cigarette à fumer tranquille avant de lui balancer un coup là où on meurt vite, ce à quoi il s'attendait et que je lui aurais accordé. »

Jackrum s'expédia le tabac dans la bouche. « Tu sais à quoi sert le plus gros de la formation militaire, Barette ? reprit-il. Toutes les gueulantes de petits roquets comme Croume ? À faire de toi un homme qui, si on lui en donne l'ordre, plonge sa lame dans le ventre d'un pauvre couillon tout comme lui mais affublé d'un uniforme différent. Il est comme toi, t'es comme lui. Il tient pas vraiment à te tuer ; toi, tu tiens pas vraiment à le tuer non plus. Mais si tu le zigouilles pas le premier, c'est lui qui te zigouillera. Ça se résume à ça. On y arrive pas facilement sans formation. Les galonnards la suivent pas, cette formation, parce que ce sont des gentilshommes. Ben moi, je t'assure que j'suis pas un gentilhomme, j'suis prêt à tuer s'il le faut, j'ai dit que j'vous garderais en vie et c'est pas une putain de crevure qui va m'en empêcher. Il m'a donné mes papiers de démobilisation ! ajouta Jackrum, vibrant d'indignation. À moi ! Et il aurait voulu que je le remercie ! Tous les autres galonnards avec qui j'ai servi avaient le bon sens d'écrire "Pas en poste chez nous", "En patrouille longue durée" ou autre chose et de renvoyer ça par courrier, mais pas lui.

— Qu'est-ce que vous avez dit au caporal Croume qui l'a fait fuir ? » demanda Margot avant qu'elle puisse se retenir.

Jackrum l'observa un moment, le regard vide. Puis il laissa échapper un curieux petit gloussement. « Alors ça, pourquoi un p'tit gars comme toi me sort une bricole pareille ? s'étonna-t-il.

— Parce qu'il a brusquement disparu et qu'aussitôt vous figurez à nouveau sur les contrôles en vertu d'un vieux règlement, chef, répondit Margot. Voilà pourquoi je vous sors une bricole pareille.

— Hah ! Mais ce règlement-là, il existe pas non plus, pas comme ça, poursuivit Jackrum en s'éclaboussant les pieds. Seulement les galonnards lisent jamais le règlement, sauf quand ils veulent dégotter une bonne raison pour te pendre, alors j'étais tranquille de ce côté-là. Croume chiait dans son froc de trouille, tu l'sais.

— Oui, mais il aurait pu s'éclipser plus tard. Il n'était pas bête. Se sauver à toutes jambes en pleine nuit ? Il voulait sûrement fuir quelque chose de tout proche, pas vrai ?

— Bon d'là, t'as un cerveau diabolique, Barette », dit Jackrum d'un ton joyeux. Une fois de plus, Margot eut le sentiment très net que le sergent s'amusait, tout comme il avait paru ravi lorsqu'elle avait protesté au sujet de l'uniforme. Ce n'était pas une petite brute comme Croume – il avait avec Igorina et Pignole des rapports quasi paternels –, mais avec Margot, Maladict et Biroute, il mettait sans arrêt la pression, dans l'attente d'une réaction.

« Il fait bien son boulot, chef, répliqua-t-elle.

— J'ai juste eu un p'tit tête-à-tête avec lui, comme qui dirait. Intime, quoi. J'y ai expliqué tous les sales coups qui peuvent arriver dans la confusion et les allez-à d'la guerre.

— Comme se retrouver avec la gorge tranchée ?

— Ça s'est déjà vu, dit Jackrum d'un air innocent. Tu sais, mon gars, tu feras un sacré bon sergent un jour. N'importe quel imbécile se sert de ses yeux et de ses oreilles, mais toi, t'utilises ta cervelle pour les raccorder.

— Je ne serai pas sergent ! Je vais faire ce que j'ai à faire et rentrer chez moi ! se récria Margot.

— Oui, j'ai aussi dit ça un jour. » Jackrum sourit. « Barette, j'ai pas besoin de clic-clac, moi. Pas besoin de ces gazettes de nouvelles. Le sergent Jackrum sait ce qui se passe. Il parle aux gars qui reviennent, ceux qui parleront à personne d'autre. J'en sais plus long que le galonnard malgré les p'tits mots qu'il reçoit du QG et qui l'inquiètent tant. Tout l'monde parle au sergent Jackrum. Et, dans sa grosse tête, le sergent Jackrum rassemble tout ça. Le sergent Jackrum sait ce qui s'passe.

— Et c'est quoi ? » demanda Margot d'un air candide.

Jackrum ne répondit pas tout de suite. Il préféra se pencher en grognant et se frotter un pied. Le denier corrodé au bout de sa ficelle, et qui reposait jusque-là innocemment sur le tricot de laine, se mit à pendouiller. Mais il y avait autre chose. L'espace d'un instant, quelque chose de doré glissa hors de l'encolure ouverte du gilet. Un objet ovale, au bout d'une chaîne également dorée, lança des éclats dans les rayons du soleil. Puis le sergent se redressa et l'objet disparut à la vue de Margot.

« C'est une putain de drôle de guerre, petit, dit-il. C'est qu'y a pas que des soldats zlobènes là-bas. Les gars racontent qu'y a des uniformes qu'ils ont encore jamais vus. On a botté pas mal de derrières au fil des ans, alors peut-être qu'ils se sont tous ligués et que ça va être notre tour. Mais moi, j'pense qu'ils sont coincés. Ils ont pris la forteresse. Oh oui, je sais. Mais va falloir qu'ils la gardent. L'hiver arrive, et tous ces gars d'Ankh-Morpork et de partout sont loin de chez eux. On pourrait encore avoir une chance. Hah, surtout maintenant que le prince tient à tout prix à retrouver le jeune soldat qui lui a collé son genou dans l'attirail nuptial. Autant dire qu'il est furieux. Il va commettre des erreurs.

— Ben, chef, je pense...

— J'en suis ravi, deuxième classe Barette, la coupa Jackrum en redevenant soudain sergent. Et moi, je pense qu'après t'être occupé du galonnard et avoir piqué un roupillon, tu vas venir avec moi montrer un peu aux gars comment on manie l'épée. C'est p't-être une foutredieux de guerre, mais tôt ou tard le jeune Pignole devra se servir de cette lame qu'il agite dans tous les sens. Exécution ! »

Margot trouva le lieutenant Blouse assis le dos à la falaise, en train de manger du jésabel dans un bol.

Igorina rangeait ses accessoires médicaux et l'oreille de l'officier était bandée.

« Tout va bien, mon lieutenant ? demanda-t-elle. Pardon si je n'ai pas…

— Je comprends, Barette, tu dois assurer les tours de garde comme les autres "gars", dit Blouse, et Margot entendit les guillemets tomber en place avec un cliquetis. J'ai fait une bonne sieste, je ne saigne plus, et je ne tremble même presque plus. Malgré tout… il faut encore qu'on me rase.

— Vous voulez que je vous rase ? dit une Margot accablée.

— Je dois donner l'exemple, Barette, mais je dois dire que vous avez fait un tel effort, les "gars", que je me sens honteux. Vous avez tous des figures "lisses comme des fesses de bébé", je dois dire !

— Oui, mon lieutenant. » Margot sortit le nécessaire de rasage et se rendit près du feu où la bouilloire bouillait en permanence. Le plus gros de l'escouade somnolait, mais Maladict, assis en tailleur près du feu, faisait quelque chose à son chapeau. « Je suis au courant pour le prisonnier d'hier soir, dit-il sans lever les yeux. Je ne crois pas que le lieute va tenir longtemps, et toi ?

— Le qui ?

— Le lieutenant. D'après ce que j'ai entendu dire, Blouse peut s'attendre à un regrettable accident. Jackrum le trouve dangereux.

— Il apprend, tout comme nous.

— Oui, mais le lieute est censé savoir quoi faire. Tu l'en crois capable ?

— Jackrum sèche, lui aussi, dit Margot en remettant de l'eau froide dans la bouilloire. Je crois qu'on doit continuer.

— Sans savoir où on va. » Maladict tendit le shako. « Qu'est-ce que tu en penses ? »

On avait écrit à la craie les mots NÉ POUR MOURIR sur le côté du chapeau, près du paquet de cigarettes.

« Très... original, dit Margot. Pourquoi est-ce que tu fumes ? Ça n'est pas très... vampire, ça.

— Eh bien, je ne suis pas censé être très vampire, répliqua Maladict en allumant une cigarette d'une main tremblante. C'est la succion. J'en ai besoin. Je suis sur les dents. J'ai la tremblote du manque de café. Je ne vaux rien dans les bois, de toute façon.

— Mais tu es un vamp...

— Ouais, ouais, si c'étaient des cryptes, pas de problème. Mais je n'arrête pas de me voir entouré d'un tas de pieux pointus. À vrai dire... je commence à souffrir. C'est comme si la chauve-souris décrochait une nouvelle fois ! J'entends des voix et j'ai des suées...

— Chhh, fit Margot tandis que Chouffe grognait dans son sommeil. Ce n'est pas possible, souffla-t-elle. Tu as dit que tu marchais droit depuis deux ans !

— Oh, le *s*... le *sa*... le *sang* ? Qui te parle de sang ? Je parle de café, bordel !

— On a plein de thé...

— Tu ne comprends pas ! Il s'agit de... soif insatiable. On ressent toujours une soif insatiable, mais on la détourne vers quelque chose qui ne donne pas envie à tout le monde de te transformer en brochette ! Il me faut du café ! »

Pourquoi moi ? songea Margot. Est-ce que j'ai écrit sur le front « Racontez-moi vos ennuis » ? « Je vais voir ce que je peux faire », dit-elle avant de remplir aussitôt le bol à raser.

Elle rapporta vite l'eau, poussa Blouse vers un rocher et fit mousser le savon. Elle aiguisa le rasoir aussi longuement qu'elle l'osa. Quand le lieutenant toussa d'impatience, elle se mit en position, leva le rasoir et pria…

… *mais pas Nuggan. Jamais Nuggan depuis la mort de sa mère…*

C'est alors que l'Asperge arriva en courant et tenta de crier tout bas. « Mouvement ! »

Blouse faillit perdre un autre lobe.

Jackrum surgit de nulle part, botté mais les bretelles pendantes. Il empoigna l'Asperge par l'épaule et la fit pivoter. « Où ça ? demanda-t-il.

— Y a un sentier plus bas ! Des troupes ! Des charrettes ! Qu'est-ce qu'on fait, sergent ?

— On fait pas d'bruit ! marmonna Jackrum. Ils montent par ici ?

— Non, ils sont juste passés, chef ! »

Jackrum se retourna et lança au reste de l'escouade un regard satisfait. « D'ac-cord. Caporal, tu prends Carborundum et Barette et tu vas jeter un coup d'œil. Les autres, préparez-vous et tâchez d'être braves. Hein, lieutenant ? »

Blouse s'essuyait la figure à petits coups d'un air ahuri. « Quoi ? Oh. Oui. Occupez-vous de ça, sergent. »

Vingt secondes plus tard, Margot dévalait la pente derrière Maladict. On apercevait ici et là le fond de la vallée à travers les pins, et, alors qu'elle jetait un coup d'œil plus bas, elle vit le soleil se réfléchir sur un objet métallique. Les arbres avaient au moins tapissé le bois d'une épaisse couche d'aiguilles de pin et, contrairement à l'idée reçue, la plupart des forêts ne sont pas jonchées de brindilles qui se brisent bruyamment. Margot et Maladict arrivèrent à la lisière de la futaie, où les buissons se battaient pour gagner leur place au soleil, et trouvèrent un poste d'observation.

Il n'y avait que quatre cavaliers, vêtus d'un uniforme inhabituel, qui chevauchaient deux par deux devant et derrière une charrette. Une petite charrette bâchée.

« Qu'est-ce que transporte une petite charrette que quatre hommes doivent protéger ? dit Maladict. C'est sûrement précieux ! »

Margot montra du doigt l'immense drapeau qui pendait mollement à un mât sur la charrette. « Je crois que c'est le gars du journal, dit-elle. C'est la même charrette. Le même drapeau, aussi.

— Alors c'est une bonne chose qu'ils soient passés, souffla Maladict. On va attendre qu'ils soient hors de vue et s'éclipser comme de bonnes petites souris, d'accord ? »

Le groupe progressait à la vitesse de la charrette et, à cet instant, les deux cavaliers de tête s'arrêtèrent et se retournèrent sur leur selle pour attendre qu'elle les rattrape. L'un d'eux montra alors du doigt quelque chose plus loin derrière les observateurs cachés. Un cri s'éleva, trop distant pour qu'on le comprenne. Les cavaliers à l'arrière rattrapèrent la charrette au petit trot, se joignirent à leurs camarades, et tous quatre se tournèrent pour lever les yeux. Suivit une discussion, et deux cavaliers revinrent au trot le long du chemin.

« Oh, zut, fit Margot. Qu'est-ce qu'ils ont repéré ? »

Les cavaliers passèrent devant leur cachette. Un moment plus tard, ils entendirent les chevaux pénétrer dans les bois.

« On fonce dessus ? demanda Jade.

— Laissons ça à Jackrum, répondit Maladict.

— Mais s'il les attrape et que les hommes ne reviennent pas... commença Margot.

— Quand ils ne reviendront pas, la rectifia Maladict.

— ... les deux autres vont se méfier, non ? L'un restera sans doute ici, l'autre ira chercher de l'aide.

— Alors on va s'approcher en douce et attendre. Regarde, ils ont mis pied à terre. La charrette s'est arrêtée aussi. S'ils ont l'air inquiets, on intervient.

— On fera quoi, exactement ? demanda Margot.

— On menacera de les abattre, répondit Maladict sans hésiter.

— Et s'ils ne nous croient pas ?

— Alors on menacera de les abattre en criant beaucoup plus fort. Contente ? Et j'espère qu'ils ont du café, merde ! »

Trois envies animent le soldat quand il fait halte sur la route. La première nécessite d'allumer une cigarette, la deuxième d'allumer un feu, et la troisième n'exige aucune flamme mais, le plus souvent, un arbre[1].

Les deux cavaliers avaient allumé un feu, et une gamelle fumait quand un jeune homme bondit de la charrette, s'étira les bras, promena un regard circu-

---

1. À la vérité, un arbre n'est pas techniquement nécessaire, mais hautement recommandé pour une question de style.

laire, bâilla et pénétra d'un pas nonchalant un peu plus loin dans la forêt. Il trouva un arbre adéquat et, un instant plus tard, il examinait manifestement l'écorce à hauteur d'yeux avec un enthousiasme affecté.

La pointe d'un carreau d'arbalète en acier se pressa contre sa nuque et une voix lui enjoignit : « Les mains en l'air et retournez-vous lentement !

— Quoi ? Tout de suite ?

— Hum... d'accord, non. Vous pouvez finir ce que vous avez commencé.

— En fait, je crois que ça va être impossible. Laissez-moi... euh... bon. D'accord. » L'homme leva une nouvelle fois les mains. « Vous vous rendez compte qu'il me suffit de crier ?

— Et alors ? rétorqua Margot. Moi, il me suffit de presser cette gâchette. On fait la course ? »

L'homme se retourna.

« Voyez ? fit Margot en reculant. C'est encore lui. Des Mots. Le type qui écrit.

— C'est vous ! dit le captif.

— Vous qui ? demanda Jade.

— Oh là là, fit Maladict.

— Écoutez, je donnerais n'importe quoi pour vous parler ! dit des Mots. S'il vous plaît ?

— Vous êtes avec l'ennemi ! cracha Margot.

— Quoi ? Eux ? Non ! Ils sont du régiment du seigneur Rouille. D'Ankh-Morpork ! On nous les a envoyés pour nous protéger !

— Des troupes pour vous protéger en Borogravie ? s'étonna Maladict. Vous protéger contre qui donc ?

— Contre qui, vous voulez dire ? Euh... ben... contre vous, en principe. »

Jade se pencha. « Efficaces, hein... ?

— Écoutez, il faut que je vous parle, les pressa l'homme. C'est stupéfiant ! Tout le monde vous cherche ! C'est vous qui avez tué les deux vieux dans les bois ? »

Les oiseaux chantaient. Au loin, un pic à tête bleue femelle lança son appel.

« Une patrouille a découvert les tombes toutes fraîches », reprit des Mots.

En altitude, un héron des glaces, migrateur hivernal en provenance du Moyeu et à la recherche de lacs, poussa un cri rauque et affreux.

« Si je comprends bien, ce n'est pas vous, alors, conclut des Mots.

— C'est nous qui les avons enterrés, dit Maladict d'une voix glaciale. On ne sait pas qui les a tués.

— On a quand même pris des légumes », ajouta Margot. Elle se souvint en avoir ri. C'était ça ou fondre en larmes, il fallait le reconnaître, mais malgré tout…

« Vous vivez de ce que vous donne la terre ? » Il avait sorti un calepin de sa poche et griffonnait dedans avec un crayon.

« On n'est pas obligés de vous parler, dit Maladict.

— Si, si, il le faut ! Il y a tant de choses que vous devez savoir ! Vous êtes dans les… Haut-et-bas, c'est ça ?

— Les Dedans-dehors, rectifia Margot.

— Et vous… commença l'homme.

— J'en ai assez », le coupa Maladict qui s'éloigna de l'arbre et pénétra dans la clairière. Les deux cavaliers levèrent le nez de leur feu. Il y eut comme un arrêt sur image avant que l'un d'eux porte la main à son épée.

Maladict fit rapidement pivoter vers l'un puis l'autre l'arbalète dont la pointe les hypnotisait à la façon d'un pendule. « Je n'ai qu'un carreau mais vous êtes deux, dit-il. Sur lequel je vais tirer ? À vous de choisir. Maintenant écoutez-moi bien : où est votre café ? Vous avez du café, non ? Allez, tout le monde a du café ! Mettez-vous à table ! »

Sans quitter l'arbalète des yeux, ils firent lentement non de la tête.

« Et toi, l'écrivaillon ? gronda Maladict. Où est-ce que tu caches le café ?

— On n'a que du chocolat, répondit le journaliste qui leva les mains à toute vitesse quand le vampire se tourna vers lui. Je serais ravi de... »

Maladict laissa tomber l'arbalète, qui lâcha son carreau dans les airs[1], et s'assit, la tête dans les mains. « On va tous mourir », dit-il. Les cavaliers bougèrent, comme pour se mettre debout, et Jade brandit son arbrisseau.

« Pas y penser », dit-elle.

Margot se tourna vers le journaliste. « Vous voulez qu'on vous parle, monsieur ? Alors c'est vous qui allez nous parler. Est-ce qu'il... s'agit des... chaussettes du prince Heinrich ? »

---

1. Et ne toucha rien, pas même un canard. Un cas si rare dans un tel contexte qu'il faudrait le répertorier dans le cadre de nouveaux règlements de l'humour. Si le carreau avait touché un canard, qui aurait lâché un coin-coin avant d'atterrir sur la tête de quelqu'un, ça aurait évidemment été très drôle et on l'aurait sûrement signalé. Au lieu de quoi, le carreau dériva un peu dans le vent et se ficha dans un chêne une trentaine de pas plus loin, où il manqua un écureuil.

Maladict se releva d'un seul mouvement délirant. « J'ordonne qu'on les bute tous et qu'on rentre chez nous ! lança-t-il sans s'adresser à personne. C'est pas pour vous fâcher, il faut que je vous dise, ma décision est prise, je m'en vais déserter.

— Des chaussettes ? fit le journaliste en lançant un coup d'œil nerveux au vampire. Qu'est-ce que des chaussettes viennent faire là-dedans ?

— Je t'ai donné un ordre, Margot, dit Maladict.

— Qu'est-ce qu'on ne sait pas, d'après vous ? insista Margot en jetant un regard noir à des Mots.

— Eh bien, pour commencer, vous êtes à peu près tout ce qui reste des Dedans-dehors...

— Ce n'est pas vrai !

— Oh, il y a des prisonniers et des blessés, probablement. Mais pourquoi je vous mentirais ? Pourquoi est-ce qu'il vous a appelé Margot ?

— Parce que je m'y connais beaucoup en oiseaux, répondit Margot en jurant intérieurement. Comment est-ce que vous savez ce qui est arrivé au régiment ?

— Parce que c'est mon boulot de m'informer. C'est quoi, cet oiseau là-haut ? »

Margot jeta un coup d'œil en l'air. « Je n'ai pas le temps pour des jeux idiots, dit-elle. Et c'est un... » Elle s'interrompit. Quelque chose décrivait des cercles à haute altitude dans le bleu prohibé.

« Vous ne savez pas ?

— Si, évidemment que je sais, répliqua Margot avec irritation. C'est une buse à col blanc. Mais je ne pensais pas qu'elles venaient si loin dans les montagnes. Je n'en ai vu que dans un livre... » Elle leva encore son arbalète et s'efforça de reprendre la situation en main. « C'est ça, monsieur c'est-mon-boulot-de-m'informer ? »

Des Mots remit les mains en l'air et lui fit un sourire pâle. « Sans doute, dit-il. Je vis en ville. Je fais la différence entre un moineau et un étourneau. À part ça, pour moi, tous les autres oiseaux sont des canards. »

Margot le foudroya d'un regard mauvais.

« Écoutez, s'il vous plaît, reprit-il. Il faut que vous m'écoutiez. Il faut que vous sachiez. Avant qu'il soit trop tard. »

Margot rabaissa l'arbalète. « Si vous voulez nous parler, attendez ici, dit-elle. Caporal, on s'en va. Carborundum, va chercher les cavaliers.

— Minute, fit Maladict. Qui c'est, le caporal dans cette escouade ?

— C'est toi, dit Margot. Mais tu baves, tu ne tiens pas debout et tu as les yeux bizarres. Alors tu disais, s'il te plaît ? »

Maladict réfléchit. Margot était fatiguée, apeurée, et, quelque part au fond d'elle, tout ça se muait en colère. Une colère qu'on ne tenait pas à voir s'exprimer au bout d'une arbalète. Un carreau ne tue pas le vampire, mais ça ne veut pas dire qu'on ne sent rien.

« C'est ça, ouais, dit-il. Carborundum, va chercher les cavaliers ! On s'en va ! »

Un sifflement d'oiseau fusa quand Margot s'approcha de la cachette. Elle identifia un « imitateur aviaire déplorable » et prit note d'apprendre aux filles quelques cris d'oiseau qui sonneraient un peu plus vrais, des cris plus difficiles à imiter que ne se l'imaginaient la plupart des gens.

L'escouade était dans la ravine, armée et, au moins, l'air dangereuse. Tout le monde se sentit soulagé à la vue de Jade qui portait les deux cavaliers ligotés. Deux autres étaient assis, inconsolables, contre la falaise, les mains liées dans le dos.

Maladict s'avança d'un pas vif vers Blouse et salua. « Deux prisonniers, lieute, et, d'après Barette, il y a là-bas quelqu'un à qui vous devriez parler. » Il se pencha. « Le journaliste, mon lieutenant.

— Alors on va garder nos distances avec lui, ça oui, dit Blouse. Hein, sergent ?

— Tout juste, mon lieutenant ! fit Jackrum. Que des ennuis, mon lieutenant ! »

Margot salua éperdument. « S'il vous plaît, mon lieutenant ! Permission de prendre la parole, mon lieutenant !

— Oui, Barette ? »

Margot vit qu'une chance se présentait, une seule. Il fallait qu'elle sache ce qu'était devenu Paul. Son cerveau fonctionnait à présent au même régime que la veille au soir sur la colline, quand elle s'était jetée sur l'homme qui détenait le code.

« Mon lieutenant, je ne sais pas si ça vaut la peine de lui parler, mon lieutenant, mais ça vaut peut-être la peine de l'écouter. Même si vous pensez qu'il ne va nous raconter que des mensonges. Parce que, des fois, mon lieutenant, à la façon dont les gens mentent, s'ils vous racontent assez de mensonges, ben, comme qui dirait… ils donnent un aperçu de la vérité, mon lieutenant. Et nous, on n'est pas obligés de lui dire la vérité, mon lieutenant. On pourrait lui mentir aussi.

— Ce n'est pas dans ma nature de mentir, Barette, répliqua Blouse d'un ton glacial.

— Tant mieux, mon lieutenant. Est-ce qu'on gagne la guerre, mon lieutenant ?

— T'arrêtes ça tout d'suite, Barette ! rugit Jackrum.

— C'était juste une question, chef », dit Margot d'un ton de reproche.

Autour de la clairière, l'escouade attendait, et les oreilles absorbaient le moindre son. Tout le monde connaissait la réponse. Tout le monde attendait qu'on l'énonce à voix haute.

« Barette, de tels propos sapent le moral », répliqua Blouse. Mais son ton disait qu'il n'y croyait pas et se fichait qu'on le sache.

« Non, mon lieutenant. Pas vraiment. C'est mieux que d'entendre des mensonges. » Margot changea de voix, lui donna les accents que prenait sa mère quand elle la grondait. « C'est mal de mentir. Personne n'aime les menteurs. Dites-moi la vérité, s'il vous plaît. »

Une harmonique dans sa voix dut faire mouche dans un recoin oublié du cerveau de Blouse. Alors que Jackrum ouvrait la bouche pour rugir, le lieutenant leva la main.

« On ne gagne pas, Barette. Mais on n'a pas encore perdu.

— Je crois qu'on est tous au courant, mon lieutenant, mais ça fait du bien de vous l'entendre dire », répliqua Margot en lui adressant un sourire encourageant.

Ce qui parut produire aussi son effet. « J'imagine qu'il n'y a pas de mal à se montrer au moins poli envers ce pauvre bonhomme, reprit Blouse comme s'il réfléchissait tout haut. Il peut livrer des renseignements importants si on le questionne habilement. »

Margot observa le sergent Jackrum qui gardait les yeux au ciel, comme en prière.

« Permission d'être celui qui va interroger ce monsieur, mon lieutenant, dit le sergent.

— Permission refusée, sergent, répliqua Blouse. J'aimerais qu'il vive et je ne veux pas perdre un autre lobe. Mais vous pouvez retourner avec Barette à la charrette pour la ramener ici. »

Jackrum salua prestement. Margot avait déjà appris à reconnaître ce salut ; il signifiait que Jackrum avait déjà son plan. « Très bien, mon lieutenant, dit-il. Amène-toi, Barette. »

Jackrum garda le silence tandis qu'ils redescendaient la pente tapissée d'aiguilles. Puis, au bout d'un moment, il demanda : « T'sais pourquoi les cavaliers ont trouvé notre petit coin, Barette ?

— Non, chef.

— Le lieutenant a ordonné à Chouffe d'éteindre le feu tout de suite. Y avait même pas de fumée. Alors Chouffe est allé verser la bouilloire dessus. »

Margot réfléchit quelques secondes. « La vapeur, sergent ?

— Exact ! Un putain de gros nuage est monté. Pas la faute de Chouffe. Mais les galopeurs ont pas posé de problème. Z'ont été assez malins pour ne pas chercher à courir plus vite qu'une demi-douzaine de carreaux d'arbalète, au moins. C'est futé de la part d'un cavalier.

— Bravo, sergent.

— Me parle pas comme à un galonnard, mon gars, dit Jackrum d'un ton calme.

— Pardon, chef.

— Mais je vois que t'apprends comment manœuvrer un officier. Faut s'arranger pour qu'il te donne les ordres que tu veux, tu comprends ? Tu feras un bon sergent, Barette.

— Pas envie, chef.

— Ouais, c'est ça », dit Jackrum. Ce qui pouvait signifier n'importe quoi.

Après avoir observé la piste une minute ou deux, ils sortirent du couvert des arbres et se dirigèrent vers la charrette. Des Mots, assis sur un tabouret à côté, écrivait dans un carnet, mais il se mit aussitôt debout quand il les vit.

« Ce serait judicieux de quitter le sentier, dit-il dès qu'ils approchèrent. Il y a beaucoup de patrouilles, à ce que j'ai compris.

— Des patrouilles zlobènes, monsieur ? fit Jackrum.

— Oui. En théorie, ceci – il désigna du doigt le drapeau qui pendouillait de la charrette – devrait garantir notre sécurité, mais tout le monde est un peu nerveux en ce moment. Vous ne seriez pas le sergent Jacques Rhume ?

— Jackrum, monsieur. Et je vous saurais gré de pas écrire mon nom dans votre calepin, monsieur.

— Je regrette, sergent, mais c'est mon travail, dit des Mots d'un ton jovial. Il faut que je prenne des notes.

— Ben, moi, monsieur, mon métier, c'est de faire le soldat, rétorqua Jackrum en grimpant sur la charrette et en rassemblant les rênes. Mais vous remarquerez que, là, j'vous tue pas. Allons-y, hein ? »

Margot grimpa à l'arrière de la charrette qui s'ébranlait en cahotant. Le véhicule était rempli de boîtes et de matériel, un chargement peut-être bien rangé au départ, mais ce n'était plus désormais qu'un lointain souvenir, signe certain que la charrette appartenait à un homme. Près d'elle, une demi-douzaine des pigeons les plus gros qu'elle avait jamais vus somnolaient sur un perchoir dans leur cage en fil de fer, et elle se demanda s'il s'agissait d'un garde-manger vivant. L'un d'eux ouvrit un œil et lâcha paresseusement un « ouroucou ? », ce qui équivaut en pigeon à « de quoi ? »

La plupart des autres boîtes affichaient des étiquettes comme – elle se pencha plus près – PAIN DE GUERRE BREVETÉ DU CAPITAINE HORACE CALOMNIEUX ET RATA DÉSHYDRATÉ. Alors qu'elle se disait que Chouffe aurait beaucoup aimé faire main basse sur une ou deux de ces boîtes, un ballot de vêtements pendant du plafond de la charrette bringuebalante s'écarta légèrement et un visage apparut, mais à l'envers.

« Bonjvur », dit-il.

Guillaume des Mots se retourna sur son siège à l'avant. « C'est Otto, soldat, expliqua-t-il. N'ayez pas peur.

— Vi, je ne vais pas mordre », dit joyeusement le visage. Il sourit. Une tête de vampire ne s'améliore pas à l'envers, et un sourire, en de telles circonstances, n'arrange rien. « C'est garanti. »

Margot rabaissa l'arbalète. La vitesse à laquelle elle l'avait pointée aurait impressionné Jackrum. Elle-même l'était, ainsi qu'embarrassée. Les chaussettes réfléchissaient encore à sa place.

Otto descendit élégamment jusqu'au lit de la charrette. « Vù on va ? demanda-t-il en reprenant son équilibre alors qu'ils rebondissaient par-dessus une ornière.

— Un petit coin que j'connais, monsieur, répondit Jackrum. Tranquille comme tout.

— Bien. Je dvas faire travailler les démons. Ils deviennent nerveux quand ils restent enfermés trop longtemps. » Otto repoussa un tas de papier et dévoila sa grosse boîte à prendre des images. Il souleva un petit panneau.

« Debvut, là-dedans », dit-il. Un chœur de voix aiguës lui répondit de l'intérieur.

« J'ferais mieux de vous mettre en garde au sujet du Tigre, monsieur des Mots, dit Jackrum tandis que la charrette remontait un ancien sentier d'exploitation de bois.

— Le Tigre ? Qui c'est, le Tigre ?

— Oops. Pardon, c'est comme ça qu'on appelle le lieutenant, monsieur, à cause de sa grande bravoure. Oubliez que j'vous ai dit ça, vous voulez bien ?

— Brave, c'est vrai ?

— Et malin, monsieur. Vous laissez pas avoir. C'est un des grands esprits militaires de sa génération, monsieur. »

La bouche de Margot s'ouvrit toute grande. Elle avait suggéré de mentir au journaliste, mais... ça ?

« Ah bon ? Alors pourquoi n'est-il que lieutenant ? s'étonna-t-il.

— Ah, je vois qu'on vous berne pas comme ça, monsieur, dit un Jackrum suintant de sous-entendus. Oui, c'est une énigme, monsieur, qu'il se fasse passer pour un lieutenant. Enfin, sans doute qu'il a ses raisons, hein ? Tout comme Heinrich se fait passer pour un capitaine, pas vrai ? » Il se tapota l'aile du nez. « Moi, j'vois tout, monsieur, et j'dis rien !

— Tout ce que j'ai découvert, c'est qu'il a fait une espèce de travail de bureau à votre QG, sergent », dit des Mots. Margot le vit sortir son calepin, lentement et prudemment.

« Oui, j'imagine que c'est ce que vous avez découvert, monsieur, dit Jackrum avec un clin d'œil appuyé de conspirateur. Puis, quand ça tourne mal, on le lâche dans la nature, monsieur. Et alors, ça part, monsieur. Moi, j'sais rien de rien, monsieur.

— Qu'est-ce qu'il fait, il explose ? demanda des Mots

— Hah, elle est bonne, monsieur ! Non, monsieur. Ce qu'il fait, monsieur… il évalue les situations, monsieur. J'comprends pas moi-même, monsieur, j'suis pas fort côté cervelle, mais c'est à l'usage, monsieur, qu'on peut juger des gens, et hier soir huit… vingt cavaliers zlobènes nous ont sauté dessus, monsieur, alors le lieutenant a évalué la situation en un éclair et embroché cinq de ces salopards, monsieur. Une vraie brochette, monsieur. Doux comme un agneau à première vue, mais qu'on le mette en rogne et il devient une tornade de mort. Bien entendu, j'vous ai rien dit, monsieur.

— Et il commande une bande de recrues, sergent ? Ça ne me paraît pas très plausible.

— Des recrues qui ont capturé des cavaliers d'élite, monsieur, rappela Jackrum d'un air peiné. C'est à ça qu'on reconnaît les qualités de chef. L'occasion fait le larron, monsieur. J'suis qu'un vieux soldat tout simple, monsieur, et j'en ai vu passer. Parole, j'suis pas homme à mentir, monsieur, mais quand j'regarde le lieutenant Blouse, j'en reviens pas.

— Moi, il m'a paru déboussolé, dit des Mots d'une voix où perçait une certaine hésitation.

— C'était la commotion, monsieur. Il a reçu un gnon qui aurait assommé un gars moins costaud, mais il s'est quand même remis debout. Étonnant, monsieur !

— Hmm », fit des Mots en prenant note.

La charrette franchit le petit cours d'eau peu profond au milieu d'éclaboussures et s'engagea dans la ravine en cahotant. Le lieutenant Blouse était assis sur un rocher. Il avait fait un effort, mais sa tunique était crasseuse, ses bottes crottées, sa main enflée et l'oreille, malgré les soins d'Igorina, toujours enflammée. Il avait son épée sur les genoux. Jackrum arrêta avec précaution la charrette près d'un hallier de bouleaux. Les quatre cavaliers ennemis étaient attachés près de la falaise. En dehors d'eux, le camp paraissait désert.

« Où sont partis le reste des hommes, sergent ? souffla des Mots en se laissant glisser à bas de la charrette.

— Oh, tout autour, monsieur, répondit Jackrum. Ils vous surveillent. À votre place, j'éviterais tout geste brusque, monsieur. »

On ne voyait personne d'autre... puis Maladict apparut peu à peu.

On ne regarde jamais vraiment les choses, Margot le savait. On jette des coups d'œil. Et ce qu'on avait pris pour un amas de broussailles était à présent le caporal Maladict. Margot écarquilla les yeux. Il avait découpé un trou au centre de sa vieille couverture, et les taches de boue et d'herbe sur le gris moisi l'avaient transformé en un élément du décor, jusqu'à ce qu'il exécute un salut. Il s'était aussi piqué des branchages partout sur son chapeau.

Le sergent Jackrum avait les yeux exorbités. Margot n'avait encore jamais rien vu de tel, mais le sergent eut le toupet de les faire saillir comme s'il participait à un championnat. Elle le sentit inspirer tout en assemblant des jurons en prévision d'une explosion de colère de tous les diables... puis il se souvint qu'il jouait le rôle du gros sergent bon vivant et que ce n'était pas le moment d'endosser celui du sergent soupe au lait.

« Ces gars, tout d'même, hein ? gloussa-t-il vers des Mots. Qu'est-ce qu'ils vont nous inventer la prochaine fois ? »

Des Mots hocha nerveusement la tête, sortit une liasse de journaux de sous son siège et s'approcha du lieutenant.

« Monsieur des Mots, n'est-ce pas ? dit Blouse en se levant. Barette, est-ce qu'on pourrait avoir une tasse de... euh... "boldo" pour monsieur des Mots ? Tu seras gentil. Prenez un rocher, monsieur.

— Bien aimable de me recevoir, lieutenant, dit des Mots. Vous donnez l'impression d'avoir connu plusieurs guerres ! ajouta-t-il dans un effort pour paraître jovial.

— Non, seulement celle-ci, dit Blouse d'un air ahuri.

— Je veux dire que vous êtes blessé, lieutenant.

— Ça ? Oh, ce n'est rien, monsieur. La blessure à la main, je me la suis faite tout seul, j'en ai peur. Exercice d'escrime, vous savez.

— Vous êtes gaucher, alors, monsieur ?

— Oh, non. »

Margot, qui lavait une chope, entendit Jackrum préciser, la bouche en coin : « Z'auriez dû voir les deux autres types, monsieur !

— Êtes-vous au courant des progrès de la guerre, lieutenant ? demanda des Mots.

— Dites-moi tout, monsieur, répondit Blouse.

— La totalité de votre armée est refoulée dans la vallée de la Kneck. Retranchée, principalement, juste hors de portée des armes de la forteresse. Vos forts ailleurs le long de la frontière sont tombés. Les garnisons de Drerp, Glitz et Arblatt ont été écrasées. Pour ce que j'en sais, lieutenant, les soldats de votre escouade sont les seuls encore en liberté. Du moins, ajouta-t-il, les seuls à combattre.

— Et mon régiment ? demanda doucement Blouse.

— Les rescapés du dixième ont pris part à une tentative courageuse mais, honnêtement, suicidaire pour reprendre la forteresse de la Kneck il y a quelques jours. La plupart des survivants sont prisonniers de guerre, et je dois vous dire que presque tout votre haut commandement a été capturé. Il se trouvait dans la forteresse quand les Zlobènes l'ont investie. Ce fort ne manque pas de grands cachots, et ils sont bien remplis.

— Pourquoi est-ce que je vous croirais ? »

Moi, je vous crois, songea Margot. Alors Paul est soit mort, soit blessé, soit prisonnier. Et ça ne me rassure guère de me dire qu'il a deux chances sur trois d'être en vie.

Des Mots jeta les journaux aux pieds du lieutenant. « Tout est là, monsieur. Je n'ai rien inventé. C'est la vérité. Ça restera vrai que vous le croyiez ou non. Plus de six pays se sont alignés contre vous, dont Genua, la Mouldavie et Ankh-Morpork. Personne ne se tient de votre côté. Vous êtes seuls. Si vous n'êtes pas encore vaincus, c'est uniquement parce que vous refusez de l'admettre. J'ai vu vos généraux, monsieur ! De grands chefs, et vos hommes se battent comme des démons, mais ils ne capituleront pas !

— La Borogravie ne sait pas ce que "capituler" veut dire, monsieur des Mots, lança le lieutenant.

— Vous voulez que je vous prête un dictionnaire ? répliqua sèchement des Mots qui devenait tout rouge. Ça ressemble beaucoup à "conclure une espèce de paix tant qu'on en a encore l'occasion", monsieur. C'est un peu comme "arrêter tant qu'on a encore une tête" ! Bons dieux, monsieur, vous ne comprenez pas ? S'il reste une armée dans la vallée de la Kneck, c'est parce que les alliés n'ont pas encore décidé de ce qu'ils allaient faire d'elle ! Ils en ont assez des massacres !

— Ah, donc nous résistons encore ! » dit Blouse.

Des Mots soupira. « Vous ne comprenez pas, lieutenant. Ils en ont assez de vous massacrer, vous. Ils occupent maintenant la forteresse. Laquelle contient de grosses machines de guerre. Ils... Franchement, lieutenant, certains alliés aimeraient régler son compte à ce qui reste de votre armée. Ce serait comme abattre des rats dans un tonneau. Ils vous tiennent à leur merci. Et vous continuez quand même à attaquer. Vous donnez l'assaut à la forteresse ! Elle se dresse sur un rocher à pic avec des murs de trente mètres de haut. Vous établissez des saillants en travers de la rivière. Vous êtes acculés, vous n'avez nulle part où aller, les alliés peuvent vous massacrer quand bon leur chante, et vous vous conduisez comme si vous ne subissiez qu'une espèce de contretemps momentané. C'est réellement ce qui se passe, lieutenant ! Vous, vous n'êtes qu'un dernier petit détail.

— Prenez garde, je vous prie, prévint Blouse.

— Excusez-moi, monsieur, mais est-ce que vous connaissez un peu l'histoire récente ? Au cours des trente dernières années, vous avez déclaré la guerre à chacun de vos voisins au moins une fois. Tous les pays se battent, mais vous, vous vous bagarrez. Et, l'année dernière, vous avez encore envahi la Zlobénie !

— C'est elle qui nous a envahis, monsieur des Mots.

— On vous a mal informé, lieutenant. Vous avez envahi la province de la Kneck.

— Elle a été déclarée borograve par le traité de Lint il y a plus d'un siècle.

— Un traité signé à la pointe de l'épée. Et aujourd'hui tout le monde s'en fiche, de toute façon. Ça va au-delà de vos ridicules petites bagarres royales. Parce que vos hommes ont démoli l'interurbain, vous voyez. Les tours clic-clac longue distance. Et détruit la route des diligences. Aux yeux d'Ankh-Morpork, c'est du banditisme.

— Prenez garde, je vous dis ! lança Blouse. Je note que vous arborez sur votre charrette le drapeau d'Ankh-Morpork avec une fierté évidente.

— *Civis Morporkias sum*, monsieur. Je suis citoyen d'Ankh-Morpork. Autant dire qu'Ankh-Morpork m'abrite sous son aile immense et un peu crasseuse, mais la métaphore aurait besoin d'être retravaillée, je reconnais.

— Vos soldats morporkiens ne sont pourtant pas en mesure de vous protéger.

— Lieutenant, vous avez raison. Vous auriez pu me tuer tout de suite, dit simplement des Mots. Vous le savez. Je le sais. Mais vous ne le ferez pas, et pour trois raisons. Les officiers de Borogravie ont le sens de l'honneur. Tout le monde l'affirme. D'où leur refus de se rendre. Ensuite je saigne lamentablement. Enfin, vous n'avez pas besoin de ça parce que tout le monde s'intéresse à vous. D'un coup, tout a changé.

— On s'intéresse à nous ?

— Lieutenant, en un certain sens, vous pourriez être d'un grand secours en ce moment. À ce qu'il semble, à Ankh-Morpork, personne n'en est revenu quand… Dites, est-ce que vous avez entendu parler de ce qu'on appelle l'"intérêt humain", monsieur ?

— Non. »

Des Mots s'efforça d'expliquer. Blouse écouta, bouche bée, et dit à la fin : « Est-ce que j'ai bien compris ? Malgré tous les tués et blessés de cette guerre lamentable, ça ne présentait pas un grand "intérêt" pour vos lecteurs. Mais maintenant si, uniquement à cause de nous ? À cause d'une petite escarmouche dans un village dont ils n'ont jamais entendu parler ? Et, à cause de ça, on devient subitement un "petit pays courageux", et les lecteurs disent à votre journal que votre grande ville devrait se ranger de notre côté ?

— Oui, lieutenant. On a sorti une deuxième édition la nuit dernière, vous voyez. Après que j'ai découvert que le capitaine Horentz était en réalité le prince Heinrich. Est-ce que vous le saviez à ce moment-là, monsieur ?

— Bien sûr que non ! cracha Blouse.

— Et vous, deuxième casse Bur… euh… classe Barette, est-ce que vous lui auriez donné un coup de pied dans les... Est-ce que vous lui auriez donné un coup de pied si vous aviez su ? »

Margot, nerveuse, laissa tomber une chope et regarda Blouse.

« Tu peux répondre, évidemment, Barette, consentit le lieutenant.

— Ben, oui, monsieur. Je le lui aurais donné. Plus fort, certainement. Je me défendais, monsieur », dit Margot en évitant soigneusement d'entrer dans les détails. On n'était jamais sûr de ce qu'un des Mots allait en faire.

« C'est ça, très bien, oui, fit des Mots. Alors voilà qui va peut-être vous plaire. Notre caricaturiste Damier a dessiné ça pour l'édition spéciale. À la une. On a vendu un nombre record d'exemplaires. »

Il lui tendit un bout de papier mince qui, vu son allure, avait été souvent plié.

Il s'agissait d'un dessin au trait avec beaucoup de dégradés. Il représentait une silhouette immense pourvue d'une grande épée, d'un monocle monstrueux et d'une moustache aussi large qu'un cintre, et qui menaçait une autre silhouette beaucoup plus petite, uniquement armée d'un outil pour arracher les betteraves – on reconnaissait même une betterave qui se trouvait encore fichée dessus. Au moins, il dépeignait clairement ce qui s'était passé, jusqu'au coup de pied que la silhouette plus petite, coiffée d'un shako des Dedans-dehors assez bien imité et dont la figure rappelait un peu celle de Margot, flanquait en plein dans l'entrejambe du géant. De la bouche de Margot sortait comme une bulle contenant les mots : « *Prends ça dans ta prérogative royale, sale type !* » La bulle qui s'échappait de la bouche de l'ogre qui ne pouvait être que le prince Heinrich, disait : « *Oh ma postérité ! Qu'une chose si dérisoire fasse autant mal !* » Et, un peu en retrait, une forte femme en robe de bal froissée, coiffée d'un volumineux casque à l'ancienne, s'étreignait les mains sur une poitrine étonnamment opulente, sans quitter la bagarre d'un œil à la fois inquiet et admiratif, en disant : « *Oh, mon soupirant ! Notre liaison tourne court, je le crains.* »

Comme tout le monde gardait le silence, l'œil fixé sur le dessin, des Mots expliqua un peu nerveusement : « Damier est plutôt... euh... direct dans ce domaine-là, mais extrêmement populaire. Hum. Vous voyez, il y a quelque chose de curieux : Ankh-Morpork est sans doute, à sa manière subtile, le pire tyran qui soit, mais on a un faible pour ceux qui s'opposent aux tyrans. Surtout les tyrans royaux. On a tendance à se ranger de leur côté du moment que ça ne coûte pas grand-chose. »

Blouse s'éclaircit la gorge. « Ça te ressemble assez bien, Barette, dit-il d'une voix rauque.

— Mais je ne me suis servi que du genou, monsieur ! protesta Margot. Et cette grosse dame ne se trouvait sûrement pas là !

— C'est Morporkia, expliqua des Mots. C'est une sorte de représentation de la ville, sauf que la dame, elle, n'est pas couverte de boue et de suie.

— Et je dois ajouter pour ma part, intervint Blouse de sa voix pour les réunions, que la Borogravie est en réalité plus grande que la Zlobénie, même si la majeure partie du pays se réduit à de la montagne stérile...

— Ça n'a pas vraiment d'importance, dit des Mots.

— Ah bon ?

— Non, lieutenant. Ce n'est qu'un fait. Pas de la politique. En politique, monsieur, de tels dessins ont du pouvoir. Lieutenant, même les commandants de l'Alliance parlent de vous, les Zlobènes sont furieux et déroutés. Si vous, les héros du jour, vous pouviez implorer qu'on fasse preuve d'un peu de bon sens... »

Le lieutenant prit une longue et profonde inspiration. « C'est une guerre insensée, monsieur des Mots. Mais je suis un soldat. J'ai "embrassé la duchesse", comme on dit. C'est un serment de loyauté. N'essayez pas de me persuader de le rompre. Je dois me battre pour mon pays. Nous repousserons tous les envahisseurs. S'il y a des déserteurs, nous les retrouverons et les rallierons de nouveau à notre cause. Nous connaissons le pays. Tant que nous serons libres, la Borogravie le sera aussi. Vous avez dit ce que vous aviez à dire. Merci. Où est ce thé, Barette ?

— Quoi ? Oh, presque prêt, mon lieutenant ! » répondit Margot en retournant près du feu.

C'était une lubie soudaine autant qu'étrange qui l'avait poussée à s'engager, mais son projet était ridicule. Aujourd'hui, ici, elle en voyait tous les inconvénients. Comment aurait-elle pu ramener Paul à la maison ? Aurait-il voulu la suivre ? Aurait-elle eu une chance de réussir ? Même s'il était encore en vie, comment pouvait-elle espérer le sortir d'une prison ?

« Vous allez donc devenir des guérilleros, hein ? lança monsieur des Mots derrière elle. Vous êtes tous fous.

— Non, nous ne sommes pas des irréguliers, dit Blouse. Nous avons embrassé la duchesse. Nous sommes des soldats.

— Ah, bon, fit des Mots. Alors j'admire votre cran, au moins. Ah, Otto... »

L'iconographe vampire s'approcha d'un pas tranquille et leur adressa un sourire timide. « N'ayez pas peur. Je suis un ruban nvar comme votre caporal, dit-il. La lumière est maintenant ma passion.

— Oh ? Euh... bravo, fit Blouse.

— Prenez les iconos, Otto, demanda des Mots. Ces messieurs ont une guerre à mener.

— Juste pour savoir, monsieur des Mots, l'interrompit Blouse, comment envoyez-vous les images si vite chez vous ? Par la magie, je présume ?

— Quoi ? » Des Mots parut un instant manquer d'air. « Oh non, monsieur. Les mages coûtent cher et le commissaire divisionnaire Vimaire a déclaré que personne ne commencerait à se servir de la magie dans cette guerre. On envoie tout par pigeon à notre bureau dans la forteresse, puis par clic-clac jusqu'à la tour longue distance la plus proche.

— Oh, c'est vrai ? fit Blouse en montrant davantage d'animation que ne lui en avait connu Margot jusqu'à cet instant. En utilisant des nombres pour indiquer une échelle de dégradés de gris, par exemple ?

— Mein Gotts ! lâcha Otto.

— Ben, oui, c'est effectivement ça, reconnut des Mots. Je suis très impressionné que vous...

— J'ai vu les tours clic-clac sur l'autre rive de la Kneck, dit Blouse dont le regard s'éclairait. Très ingénieux de se servir de grosses boîtes à obturateur plutôt que des anciens bras de sémaphore. Et est-ce que je me trompe en supposant que la boîte au sommet, dont les obturateurs s'ouvrent une fois par seconde, est une espèce de système... euh... d'horlogerie qui s'assure que toute la chaîne des clic-clac reste en phase ? Ah, d'accord. C'est bien ce que je pensais. Un battement par seconde est sans doute la limite du mécanisme, alors vous devez consacrer tous vos efforts à maximiser le contenu d'informations pour chaque opération d'obturateur, n'est-ce pas ? Oui, c'est ce que je me disais. Pour ce qui est d'envoyer des images, eh bien, à un moment ou à un autre, tout se réduit à des nombres, non ? Évidemment, vous vous servez de chacune des deux colonnes de quatre boîtes pour envoyer du gris chiffré, mais ça doit être très lent. Avez-vous songé à un algorithme qui compresserait les informations ? »

Des Mots et Chriek échangèrent un regard. « Vous êtes sûr de n'avoir discuté de ça avec personne, monsieur ? demanda le journaliste.

— Oh, c'est tout ce qu'il y a de plus simple, répondit Blouse en souriant joyeusement. J'ai réfléchi à la question dans le cadre des cartes militaires, qui se composent évidemment surtout d'espace blanc. Alors je me suis demandé s'il serait possible d'indiquer une nuance donnée sur une colonne et, de l'autre côté, de préciser jusqu'où cette nuance devrait s'étendre. Et, cerise sur le gâteau, si votre carte est seulement en noir et blanc, vous avez encore davantage de...

— Vous n'avez jamais vu l'intérieur d'une tour clic-clac, dites ?

— Hélas, non. Ce ne sont que des réflexions à voix haute à partir de l'existence *de facto* de votre image. Je crois voir un certain nombre d'autres petites... euh... astuces mathématiques pour accélérer encore la transmission de l'information, mais je suis sûr que vous y avez déjà pensé. Évidemment, une modification minime pourrait potentiellement doubler d'un seul coup le volume d'informations de tout le système. Et cela sans recourir à des filtres de couleur la nuit, ce qui, j'en suis sûr, même avec le coût de l'effort mécanique supplémentaire, augmenterait sûrement le débit de... Pardon, est-ce que j'ai dit quelque chose qu'il ne fallait pas ? »

Les deux hommes avaient l'air pétrifiés. Des Mots se secoua.

« Oh... euh... non. Rien, dit-il. Euh... on dirait que vous avez compris plutôt... vite.

— Oh, c'était tout simple à partir du moment où j'ai commencé à y réfléchir, expliqua Blouse. C'est comme quand j'ai dû revoir le système de classement du service, vous voyez. Les gens élaborent un système qui marche. Puis les circonstances changent, alors ils doivent le remanier pour qu'il continue de marcher, seulement ils ne s'aperçoivent pas, tellement ils sont plongés dans leur remaniement, que ce serait une bien meilleure idée de concevoir un tout nouveau système pour répondre aux nouvelles circonstances. Mais pour quelqu'un de l'extérieur, l'idée est évidente.

— Autant en politique que... euh... pour les systèmes de classement et les clic-clac, d'après vous ? » demanda des Mots.

Le front de Blouse se plissa. « Je vous demande pardon, j'ai du mal à vous suivre...

— Ne trouvez-vous pas que le système d'un pays est parfois tellement vieillot que seuls les gens de l'extérieur se rendent compte qu'il a besoin d'un changement radical ? »

Des Mots sourit. Le lieutenant Blouse, non.

« Voilà de quoi méditer, peut-être, reprit des Mots. Euh... comme vous souhaitez faire connaître au monde votre geste de défi, voyez-vous une objection à ce que mon collègue prenne votre icono ? »

Blouse haussa les épaules. « Si ça vous fait plaisir, dit-il. C'est une abomination, évidemment, mais on a du mal ces temps-ci à trouver quelque chose qui n'en soit pas. Vous devez dire au monde, monsieur des Mots, que la Borogravie ne se couche pas. Nous ne céderons pas. Nous continuerons la lutte. Écrivez-le dans votre petit carnet, je vous prie. Tant que nous serons debout, nous donnerons des coups de pied !

— Oui, mais est-ce que je peux une fois encore vous conjurer de...

— Monsieur des Mots, vous avez déjà entendu, j'en suis sûr, le dicton qui prétend que la plume est plus forte que l'épée ? »

Des Mots prit un air avantageux. « Évidemment, et je...

— Est-ce que vous voulez le vérifier ? Prenez votre iconographie, monsieur, ensuite mes hommes vous escorteront jusqu'à votre route. »

Otto Chriek se leva et salua Blouse. Il enleva son appareil iconographique d'autour de son cou.

« Ça ne prendra qu'une minute », dit-il.

Ça n'est jamais vrai. Margot regarda avec une fascination horrifiée Otto prendre iconographie sur iconographie du lieutenant Blouse, dans une série de ce que le lieutenant tenait pour des poses héroïques. C'est affreux de voir un homme s'efforcer de mettre en avant un menton dont il est en réalité dépourvu.

« Très impressionnant, commenta des Mots. J'espère que vous vivrez assez longtemps pour voir ça dans mon journal, lieutenant.

— J'attends cet instant avec une grande impatience. Et maintenant, Barette, tu vas accompagner le sergent, s'il te plaît, et remettre ces deux messieurs sur leur chemin. »

Otto se glissa vers Margot alors qu'ils revenaient vers la charrette. « Il faut que je vus dise quelque chose au sujet de votre vampire, dit-il.

— Ah oui ?

— Vus êtes son ami ?

— Oui. Quelque chose ne va pas ?

— Il y a un problème...

— Il est nerveux parce qu'il n'a plus de café ?

— Hélas, si c'était aussi simple. » Otto avait l'air gêné. « Sachez, lorsqu'un vampire renonce au... mot en *s*, que s'opère un processus que nvus appelons le transfert. Nvus nvus forçons à désirer autre chose. Pour mva, ça n'a pas été dur. J'ai un besvin maladif de perfection en matière d'ombre et de lumière. L'iconographie, c'est ma vie ! Mais votre ami a chvasi... le café. Et maintenant il n'en a plus.

— Oh, je vois.

— Je me le demande. Ça lui a sans dvute paru pratique. C'est un besvin humain, et tvut le monde s'en fiche quand on dit, mettons, "Je meurs d'envie de bvare un café" ou "Je tuerais pvur un café". Mais sans café, son naturel va, j'en ai peur... reprendre le dessus. Vus comprenez, ça m'est très difficile de parler de... » La voix d'Otto mourut.

« Par reprendre le dessus, vous voulez dire...

— D'abord viendront des fantasmes légers, je pense. Une prédisposition psychique à tvutes sortes d'influences venant d'on ne sait vù, et les vampires peuvent avvar des hallucinations si intenses qu'elles en deviennent contagieuses. Je crvas que c'est déjà ce qui se produit. Il va devenir... fantasque. Ça peut durer plusieurs jvurs. Ensuite son conditionnement va s'effriter et il redeviendra un vrai vampire. Plus question du gentil garçon amateur de café.

— Je peux faire quelque chose pour l'aider ? »

Otto déposa avec respect son appareil iconographique à l'arrière de la charrette et se tourna vers la jeune femme. « Vus pvuvez lui trvuver du café, sinon... garder à portée de main un pieu en bvas et un grand cvuteau. Vus lui rendriez service, crvayez-moi.

— Je ne peux pas faire ça ! »

Otto haussa les épaules. « Trvuvez quelqu'un qui le pvurra. »

« Il est stupéfiant ! laissa tomber des Mots tandis que la charrette redescendait la pente en cahotant à travers les arbres. Je sais que votre religion bannit les clic-clac, mais j'ai l'impression qu'il les connaît en détail.

— Comme je disais, monsieur, il évalue les situations, rappela un Jackrum à la figure fendue d'un grand sourire. L'esprit aussi affûté qu'un rasoir.

— Il parlait d'algorithmes que les compagnies de clic-clac commencent tout juste à étudier. Le service qu'il a mentionné...

— Ah, j'vois que rien vous échappe, monsieur. Très secret. Bouche cousue.

— Pour être franc, sergent, j'ai toujours cru la Borogravie… ben… arriérée, quoi. »

Le sourire de Jackrum était à la fois radieux et cireux. « Si on a l'air d'être loin derrière, monsieur, c'est uniquement pour bien prendre notre élan.

— Vous savez, sergent, c'est vraiment dommage de voir une intelligence pareille gâchée. » La charrette fit une embardée dans une ornière. « On n'est plus aux temps des héros, des fameux barouds d'honneur et des charges désespérées. Par égard pour vos hommes, essayez de lui dire ça, vous voulez bien ?

— Jamais d'la vie, monsieur, répondit Jackrum. V'là votre route, monsieur. Vous vous dirigez vers où maintenant ?

— Vers la vallée de la Kneck, sergent. On tient un bon article. Merci, sergent. Permettez que je vous serre la main.

— Ravi que vous pensiez ça, monsieur », dit Jackrum en tendant la main.

Margot entendit le cliquetis léger de pièces passant d'une paume à l'autre. Des Mots empoigna les rênes.

« Mais je dois vous prévenir, sergent, qu'on va sûrement envoyer par pigeon voyageur dans l'heure qui vient ce qu'on a appris. On devra dire que vous avez des prisonniers.

— Vous inquiétez pas d'ça, monsieur, fit Jackrum. Le temps que leurs copains viennent sauver ces galopeurs, on sera à mi-chemin des montagnes. Nos montagnes à nous. »

Ils se quittèrent. Jackrum regarda s'éloigner la charrette jusqu'à ce qu'elle soit hors de vue et se tourna vers Margot.

« Celui-là, avec ses minauderies, dit-il. T'as vu ça ? Il m'a insulté en me refilant un pourboire ! » Il jeta un coup d'œil à sa paume. « Hmm, cinq piastres morporkiennes ? Ben, c'est au moins un gars qui sait insulter avec élégance, ajouta-t-il avant que les pièces disparaissent dans sa veste à une vitesse éclair.

— J'ai l'impression qu'il veut nous aider, sergent », fit observer Margot.

Jackrum l'ignora. « Je déteste cette putain d'Ankh-Morpork, dit-il. Ils sont qui pour nous dire ce qu'on doit faire ? Qui ça intéresse, ce qu'ils pensent ?

— Vous croyez que des déserteurs vont vraiment nous rejoindre, sergent ?

— Nan. Ils ont déserté une fois, qu'est-ce qui les empêcherait de recommencer ? Ils ont craché sur la duchesse en désertant, ils peuvent pas maintenant l'embrasser comme si de rien n'était. On a droit qu'à un baiser, c'est tout.

— Mais le lieutenant Blouse…

— Le galonnard devrait s'en tenir aux additions. Il se prend pour un soldat. Jamais mis l'pied sur un champ de bataille de sa vie. Tout ce baratin qu'il a débité à ton bonhomme, c'était des conneries façon la-mort-ou-la-gloire. Et j'vais te dire, Barette, j'ai vu la Mort plus souvent qu'à mon tour, mais j'ai jamais vu la Gloire. J'suis tout d'même d'accord pour envoyer les imbéciles nous chercher là où on est pas.

— Ce n'est pas mon bonhomme, chef, dit Margot.

— Ouais, ben, la lecture et l'écriture te sont familières, grommela Jackrum. On peut pas faire confiance à ceux qui baignent là-dedans. Ils s'amusent avec le monde et, en fin de compte, tout ce que tu crois est faux. »

Ils retrouvèrent la ravine. Les soldats de l'escouade étaient revenus de leurs cachettes diverses et la plupart s'étaient regroupés autour d'un des journaux. Pour la première fois, Margot vit l'iconographie.

Une iconographie plutôt bonne, à vrai dire, surtout en ce qui concernait Chouffe et Pignole. Margot, elle, était en grande partie cachée par la masse de Jackrum. Mais on reconnaissait les cavaliers derrière eux, et leurs têtes se passaient de commentaire.

« C'est une bonne icono de Biroute, dit Igorina qui chuintait moins quand aucun gradé n'était à portée d'oreille.

— Tu crois qu'une iconographie comme ça, c'est une abomination aux yeux de Nuggan ? demanda Chouffe avec nervosité.

— Sans doute, répondit distraitement Margot. Comme presque tout. »

Son regard parcourut le texte à côté de l'iconographie. Il abondait en expressions telles que « jeunes fermiers intrépides », « humiliation d'une partie de l'élite militaire zlobène » et « tel est pris qui croyait prendre ». Elle comprenait pourquoi il avait fait du bruit.

Elle feuilleta le journal. Il était rempli d'articles étranges sur des lieux dont elle n'avait jamais entendu parler et d'images de gens qu'elle ne reconnaissait pas. Mais une page n'était qu'une masse de texte grisâtre sous une ligne en caractères beaucoup plus gros qui disait :

Pourquoi il faut vaincre cet État dément

Ses yeux ahuris piochèrent des expressions dans l'océan de lettres : « invasions honteuses dans les États voisins », « adorateurs abusés d'un dieu détraqué », « brute arrogante », « atrocité sur atrocité », « défi lancé à l'opinion internationale »…

« Lisez pas ces torchons, les gars, vous savez pas ce qu'ils ont essuyé, lança joyeusement Jackrum qui arrivait derrière eux. C'est que des mensonges. On s'en va tout… Caporal Maladict ! »

Maladict, émergeant d'entre les arbres, fit mollement un salut. Il portait toujours sa couverture.

« Pourquoi t'es pas en uniforme ?

— Je le porte en dessous, chef. On ne veut pas être vus, je me trompe ? De cette façon, on devient partie intégrante de la jungle.

— C'est une forêt, caporal ! Et sans un putain d'uniforme, comment reconnaître nos amis de nos ennemis, bons dieux ? »

Maladict s'alluma une cigarette avant de répondre. « Si j'ai bien compris, chef, les ennemis, ce sont tous les autres sauf nous.

— Un instant, sergent, intervint Blouse, qui avait levé le nez d'un journal pour observer l'apparition avec un grand intérêt. Il existe des précédents dans l'Antiquité, vous savez. Le général So Du Li a déplacé son armée déguisée en champ de tournesols, et le général Tacticus a un jour ordonné à un bataillon de s'habiller en épicéas.

— Des tournesols ? fit Jackrum d'un ton dégoulinant de mépris.

— Les deux initiatives ont été couronnées de succès, sergent.

— Pas d'uniformes ? Pas de plaques ? Pas de galons, mon lieutenant ?

— Vous pourriez faire une très grosse fleur, non ? dit Blouse dont le visage ne trahissait aucune trace d'ironie. Et vous avez sûrement mené des actions de nuit, quand tous les signes distinctifs sont invisibles, pas vrai ?

— Ouim'lieutenant, mais la nuit c'est la nuit, mon lieutenant, alors que les tournesols, c'est… c'est des tournesols, mon lieutenant ! Je porte cet uniforme depuis plus de cinq… depuis toujours, mon lieutenant, et s'faufiler sans uniforme, c'est carrément déshonorant ! C'est bon pour les espions, mon lieutenant ! » La figure de Jackrum avait viré du rouge au cramoisi, et Margot n'en revint pas de lui voir des larmes au coin de l'œil.

« Comment peut-on être espion, sergent, dans son propre pays ? demanda Blouse d'une voix calme.

— Là, le lieute marque un point, chef », dit Maladict.

Jackrum se retourna comme un taureau aux abois, puis, au grand étonnement de Margot, il s'affaissa. Mais elle ne resta pas étonnée longtemps. Elle connaissait le bonhomme. Elle ignorait pourquoi, mais il y avait quelque chose chez Jackrum qu'elle arrivait à déchiffrer. C'était dans les yeux. Il pouvait mentir avec le regard tranquille et honnête d'un ange. Et s'il donnait l'impression de reculer, c'était uniquement pour prendre ensuite une course d'élan.

« D'accord, d'accord, dit le sergent. Parole, j'suis pas homme à désobéir aux ordres. » Et le regard pétilla.

« Bravo, sergent », fit Blouse.

Jackrum se ressaisit. « J'veux quand même pas faire le tournesol, dit-il.

— Heureusement, il n'y a que des bouleaux dans le secteur, sergent.

— Bien compris, mon lieutenant. » Jackrum se tourna vers l'escouade impressionnée. « D'accord, les rescapés, beugla-t-il. Vous avez entendu le lieutenant ! Au boulot ! »

Une heure plus tard. Pour autant que pouvait en juger Margot, ils s'étaient mis en route vers les montagnes, mais ensuite déplacés en un large demi-cercle jusqu'à se retrouver face au chemin par où ils étaient venus, quoique à plusieurs kilomètres de distance. Était-ce Blouse qui dirigeait, ou avait-il laissé cette tâche à Jackrum ? Aucun des deux ne se plaignait.

Le lieutenant ordonna une halte dans un hallier de bouleaux, ce qui doubla du même coup la taille du bosquet. On pouvait qualifier les effets du camouflage d'efficaces parce que le blanc éclatant et le rouge vif se détachent sur des fonds verts et gris. Mais une fois qu'on avait dit ça, le vocabulaire tendait à manquer.

Jade s'était contentée de gratter sa peinture, vu qu'elle était de toute façon vert et gris. Igorina avait l'air d'une brosse ambulante. Pignole n'arrêtait pas de frissonner comme un tremble, si bien que ses feuilles bruissaient en permanence. Les autres avaient fait des efforts plus ou moins méritoires, et Margot se sentait assez fière des siens. Jackrum ressemblait autant à un arbre qu'un gros ballon de caoutchouc rouge ; Margot le soupçonnait aussi d'avoir en douce astiqué ses cuivres. Chaque arbre tenait une chope de thé dans une branche ou une main. Après tout, ils prenaient cinq minutes de pause.

« Soldats, fit Blouse comme s'il ne venait qu'à l'instant de décider qu'il avait affaire à des hommes, dites-vous que nous repartons vers les montagnes afin d'y lever une armée de déserteurs. Cette histoire est en réalité une ruse à l'intention de monsieur des Mots. » Il marqua un temps, comme dans l'attente d'une réaction. Les recrues se contentèrent de le regarder fixement. Il reprit : « Nous poursuivons en réalité notre marche vers la vallée de la Kneck. C'est la dernière chose à laquelle s'attend l'ennemi. »

Margot jeta un coup d'œil au sergent. Il affichait un grand sourire.

« C'est un fait établi qu'un petit effectif léger peut s'introduire là où un bataillon échouera, continua Blouse. Soldats, nous serons ce groupe ! Pas vrai, sergent Jackrum ?

— Ouim'lieutenant !

— Nous tomberons comme un marteau sur les forces armées plus réduites que nous, dit joyeusement Blouse.

— Ouim'lieutenant !

— Nous nous glisserons à l'insu de leurs sentinelles...

— C'est exact, mon lieutenant, confirma Jackrum.

— ... et prendrons la forteresse de la Kneck à leur barbe ! »

Le thé de Jackrum se vaporisa à travers la clairière.

« J'irai jusqu'à dire que l'ennemi se sent à l'abri parce qu'il commande un fort puissamment armé sur un escarpement rocheux, avec des murs de trente mètres de haut et de six d'épaisseur, poursuivit Blouse comme si la moitié des arbres ne laissaient pas maintenant dégouliner leur thé par terre. Mais il va connaître une surprise !

— Vous allez bien, chef ? » souffla Margot. De curieux petits bruits s'échappaient de la gorge de Jackrum.

« Quelqu'un a des questions ? » conclut Blouse.

Igorina leva une branche. « Comment on va entrer, mon lieutenant ? demanda-t-elle.

— Ah. Bonne question. Tout deviendra évident le moment venu.

— Cavalerie aérienne, fit Maladict.

— Pardon, caporal ?

— Des machines volantes, mon lieutenant. Ils ne sauront pas où nous attendre. On se pose dans une LZ adéquate, on les élimine et puis on reprend l'air. »

Le front clair de Blouse se plissa légèrement. « Des machines volantes ? répéta-t-il.

— J'ai vu une représentation d'une de ces machines fabriquée par un certain Léonard de Quirm. Une espèce de... moulin à vent volant. Comme une grosse hélice dans le ciel...

— Je ne crois pas qu'on aura besoin d'un tel appareil, mais le conseil est judicieux, dit Blouse.

— Grosse et lisse comme la merde où on s'trouve, alors vaut mieux pas, mon lieutenant ! parvint à dire Jackrum. Mon lieutenant, c'est qu'une bande de bleus ! Toutes ces histoires de liberté, d'honneur et l'reste, c'était que pour le pisse-copie, c'est ça ? Bonne idée, mon lieutenant ! Ouais, on va se diriger vers la vallée de la Kneck, se faufiler en douce et retrouver les gars qui restent. C'est là qu'on doit aller, mon lieutenant. Vous parlez pas sérieusement pour ce qui est de prendre la forteresse, mon lieutenant ! Moi, je m'y risquerais même pas avec mille hommes.

— Je pourrais essayer avec une demi-douzaine, sergent. »

Les yeux de Jackrum lui sortirent des orbites. « Ah bon, mon lieutenant ? Qu'est-ce que va faire le deuxième classe Goum ? Refiler ses tremblements aux ennemis ? Le jeune Igor va les recoudre, c'est ça ? Le deuxième classe Licou va leur lancer un regard méchant ? Ces p'tits gars promettent, mon lieutenant, mais c'est pas des hommes.

— Pour le général Tacticus, le sort d'une bataille peut dépendre de l'action d'un seul homme au bon endroit, sergent, répliqua calmement Blouse.

— Et d'une armée beaucoup plus nombreuse que le salaud d'en face, mon lieutenant, insista Jackrum. Mon lieutenant, il faut rejoindre ce qui reste de l'armée. Elle est peut-être prise au piège, mais peut-être pas. Tout ce boniment comme quoi ils veulent pas nous massacrer, mon lieutenant, ça tient pas debout. Le but, c'est de gagner, mon lieutenant. S'ils ont cessé leurs attaques, c'est parce qu'ils ont peur de nous. On devrait être là-bas. C'est la place des jeunes recrues, mon lieutenant, là où elles peuvent apprendre. L'ennemi les cherche, mon lieutenant !

— Si le général Froc fait partie des prisonniers, la forteresse sera son lieu de détention, dit Blouse. Je crois que c'est le premier officier que vous avez servi comme sergent, je me trompe ? »

Jackrum hésita. « Non, mon lieutenant, finit-il par avouer. Et c'était le lieutenant le plus bête que j'ai connu, à une exception près.

— Je mettrais ma main au feu qu'il existe un passage secret pour entrer dans la forteresse, sergent. »

La mémoire de Margot lui donna un coup de coude. Si Paul vivait toujours, il se trouvait dans la forteresse. Elle croisa le regard de Chouffe. La fille hocha la tête. Elle avait eu la même idée. Elle ne parlait pas beaucoup de son... fiancé, et Margot se demanda si la liaison était officielle.

« Permission de prendre la parole, sergent ? demanda-t-elle.

— D'accord, Barette.

— J'aimerais trouver un moyen d'entrer dans la forteresse, chef.

— Barette, est-ce que tu te portes volontaire pour attaquer le château le plus grand, le plus solide à mille kilomètres à la ronde ? Tout seul ?

— J'y vais aussi, dit Chouffe.

— Oh, à deux ? fit Jackrum. Ah, bon, alors ça va.

— Moi aussi, ajouta Pignole. La duchesse m'a dit qu'il le fallait. »

Jackrum laissa tomber un regard sur la petite figure étroite et les yeux larmoyants de Pignole puis soupira. Il se tourna de nouveau vers Blouse.

« On se remet en marche, mon lieutenant, d'accord ? On parlera de ça plus tard. Au moins, on est sur la route de la Kneck, première étape vers l'enfer. Barette et Igor, vous prenez la tête. Maladict ?

— Yo !

— Euh... tu pars en éclaireur.

— Compris !

— Bien. »

Au moment où le vampire dépassa Margot, le monde changea l'espace d'un bref instant ; la forêt devint plus verte, le ciel plus gris, et elle entendit un bruit au-dessus de sa tête, comme *flapflapflap*. Puis plus rien.

Les hallucinations de vampire sont contagieuses, songea-t-elle. Qu'est-ce qui se passe dans la tête de Maladict ? Igorina et elle se mirent en route d'un bon pas et s'enfoncèrent une fois de plus dans la forêt.

Des oiseaux chantaient. L'effet était apaisant quand on n'y connaissait rien en la matière, mais Margot reconnut les cris d'alerte tout près, les menaces contre les violations de territoire au loin et, partout, les préoccupations sexuelles. Ce qui gâchait le plaisir[1].

« Margot ? fit Igorina.

— Hmm ?

— Tu pourrais tuer quelqu'un f'il le fallait ? »

Margot revint aussitôt à l'heure et au lieu présents. « En voilà une question à poser !

— De felles qu'on pose à un foldat, je crois, dit Igorina.

— Je ne sais pas. Si on m'attaquait, j'imagine. Je ferais assez mal à mon agresseur pour qu'il ne se relève pas, en tout cas. Et toi ?

— On a un grand refpect pour la vie, Margot, répondit Igorina d'un ton solennel. C'est fafile de tuer quelqu'un, et prefque impossible de le ramener à la vie.

---

1. C'est dur pour un ornithologue de marcher dans un bois et d'entendre tout autour le monde brailler : « Fous le camp, ça c'est mon buisson ! », « Aargh, voleur de nid ! », « Copule avec moi, j'ai le poitrail qui gonfle et devient tout rouge ! »

— Presque ?

— Enfin, quand on n'a pas un très bon paratonnerre. Et même avec, le patient n'en sort jamais tout à fait pareil. Les couverts ont tendance à se coller sur lui.

— Igorina, pourquoi tu es là ?

— Le clan ne... raffole pas des filles qui mettent trop leur nez dans le Grand Œuvre, répondit Igorina d'un air abattu. "Contente-toi de coudre", disait toujours ma mère. Ben, tout ça, c'est bien beau, mais je sais que je me défends aussi pour les vraies incisions. Surtout les opérations délicates. Et, à mon avis, une femme sur le billard serait plus rassurée si elle savait que c'est une main féminine qui tient la commande "nous-appartenir-morts". Je me fuis donc dit qu'une expérience sur un champ de bataille convaincrait mon père. Les soldats se fichent de qui leur sauve la vie.

— J'imagine que les hommes sont pareils partout dans le monde, dit Margot.

— À l'intérieur, certainement.

— Et... euh... tu peux vraiment te remettre tes cheveux sur la tête ? » Margot les avait vus dans leur bocal quand l'escouade avait levé le camp ; ils tournoyaient doucement dans leur liquide vert comme des algues fines et rares.

« Oh, oui. Les greffes de cuir chevelu sont simples. Ça pique un peu pendant deux ou trois minutes, c'est tout... »

Un mouvement se devina entre les arbres, puis la forme indistincte se transforma en Maladict. Le vampire se posa un doigt sur les lèvres en se rapprochant et chuchota très vite : « Charlie est à nos trousses ! »

Margot et Igorina échangèrent un regard. « Qui c'est, Charlie ? »

Maladict les regarda fixement puis se frotta la figure d'un air affolé. « Je... pardon, euh... pardon, c'est... Écoutez, on est suivis ! Je le sais ! »

Le soleil se couchait. Margot observait par-dessus la saillie rocheuse le chemin qu'ils venaient de parcourir. Elle distinguait la piste, rouge et or dans les dernières lueurs de l'après-midi. Rien ne bougeait. L'affleurement rocheux se trouvait près du sommet d'une autre colline rebondie ; il se prolongeait à l'arrière par un petit espace clos entouré de buissons. C'était un bon poste de guet quand on voulait voir sans être vu, et il avait servi dans un passé récent, à en juger par les traces de feux de camp.

Maladict était assis, la tête dans les mains, entre Jackrum et Blouse. Les deux hommes s'efforçaient de comprendre, mais sans grand résultat.

« Donc tu n'entends rien ? demanda Blouse.

— Non.

— Tu vois rien et tu sens rien non plus ? ajouta Jackrum.

— Non ! Je vous l'ai dit ! Mais il y a quelque chose qui nous suit. Qui nous surveille !

— Mais si tu ne peux... commença Blouse.

— Écoutez, je suis un vampire, haleta Maladict. Faites-moi confiance, d'accord ?

— Moi, fe lui ferais confianfe, ferfent, intervint Igorina derrière Jackrum. Nous les Figors, on fert fouvent les vampires. Dans les moments de ftreff, leur efpafe perfonnel peut f'étendre jufqu'à quinfe kilomètres de diftanfe. »

Suivit le silence habituel que provoque un chuintement prolongé. Un instant de réflexion s'avère nécessaire.

« Ftreff ? répéta Blouse.

— Vous connaissez ça, quand on a l'impression d'être observé ? marmonna Maladict. Ben, c'est pareil, multiplié par mille. Et ce n'est pas une... une impression, c'est quelque chose que je sais.

— Beaucoup de monde nous recherche, caporal, dit Blouse en lui tapotant gentiment l'épaule. Ça ne signifie pas qu'on va nous trouver. »

Margot, qui observait les bois que baignait une lumière dorée en contrebas, ouvrit la bouche pour parler. Elle était sèche. Rien n'en sortit.

Maladict se débarrassa d'une secousse de la main du lieutenant. « Cette... personne ne nous recherche pas ! Elle sait où on est ! »

Margot força ses glandes salivaires à lui humecter la bouche et fit une nouvelle tentative. « Mouvement ! »

Et alors, plus rien. Elle aurait juré avoir vu quelque chose sur le sentier, quelque chose qui se fondait dans la lumière, qui n'apparaissait que par un ondoiement, un tremblotement d'ombres à chacun de ses déplacements.

« Euh... peut-être pas, marmonna-t-elle.

— Écoutez, on a tous perdu le sommeil et on est tous un peu "en manque", dit Blouse. On va se calmer, d'accord ?

— Il me faut du café », gémit Maladict en se balançant d'avant en arrière.

Margot plissait les yeux pour observer le sentier au loin. La brise agitait les arbres et des feuilles mordorées en tombaient en voltigeant. L'espace d'un instant, elle devina... Elle se mit debout. Quand on fixe assez longtemps des ombres et des branches qui s'agitent, on voit n'importe quoi. C'est comme contempler des images dans les flammes.

« D'ac-cord, dit Chouffe qui s'affairait au-dessus du feu. Ça devrait convenir. Ça sent le café, en tout cas. Enfin... un peu. Enfin... un peu le café si le café se faisait avec des glands, quoi. »

Elle avait grillé des glands. Au moins, les bois en regorgeaient en cette saison, et tout le monde savait que les glands grillés et moulus pouvaient tenir lieu de café, non ? Margot avait reconnu que ça valait le coup d'essayer, mais, pour autant qu'elle s'en souvenait, aucun de ceux à qui on avait donné le choix n'avait jamais répondu : « Non, je ne veux plus boire de café infâme ! Pour moi, ce sera de l'ersatz "noir allongé" au gland moulu, avec de petits bouts grumeleux qui flottent en surface ! »

Margot prit la chope que lui tendait Chouffe et la porta au vampire. Alors qu'elle se penchait... le monde se transforma.

... *flapflapflap*...

Le ciel était une brume de poussière dans laquelle le soleil formait un disque rouge sang. L'espace d'un instant, Margot les vit : de grosses hélices géantes qui tournoyaient en l'air, qui planaient mais dérivaient lentement vers elle...

« Il a des retours latéraux, souffla Igorina près d'elle.

— Des retours latéraux ?

— Comme... les retours en arrière de quelqu'un d'autre. On ne sait rien là-dessus. Ça peut venir de n'importe où. Un vampire dans son état est ouvert à toutes sortes d'influences. Donne-lui son café, je t'en prie ! »

Maladict saisit la chope et voulut en avaler le contenu si vite qu'il s'en répandit sur le menton. Elles le regardèrent déglutir.

« Ç'a goût de vase, commenta-t-il en reposant la chope.

— Oui, mais est-ce que ça marche ? »

Maladict leva les yeux et cligna des paupières. « Grands dieux, ce truc est ignoble.

— Est-ce qu'on est dans une forêt ou dans une jungle ? Tu vois des hélices volantes ? Combien j'ai de doigts ?

— Tu sais, ça, c'est une chose qu'un Igor ne devrait jamais demander, dit Maladict en grimaçant. Mais... les... impressions sont moins fortes. Je peux le supporter ! Je peux en venir à bout. »

Margot regarda Igorina qui haussa les épaules et dit : « Chouette », avant de faire signe à Margot de venir la rejoindre un peu plus loin.

« Il – ou peut-être elle – est à l'extrême limite, dit-elle.

— Ben, on l'est tous, répliqua Margot. On dort à peine.

— Tu sais ce que je veux dire. Je... euh... me suis permise de... euh... prendre mes précautions. » Sans un mot, Igorina laissa s'ouvrir sa veste un bref instant.

Margot aperçut un couteau, un pieu en bois et un marteau dans de petites poches impeccablement cousues.

« On ne va pas en venir là, tout de même ?

— J'espère que non, dit Igorina. Mais si ça arrive, je suis la seule à qui on peut faire confiance pour trouver le cœur. Les gens le croient toujours plus à gauche que...

— On n'en viendra pas là », la coupa Margot d'un ton sans réplique.

Le ciel était rouge. La guerre à un jour de marche.

Margot avançait à pas feutrés juste en dessous de la crête avec le bidon de thé. C'était le thé qui maintenait l'armée sur pied. Se souvenir de ce qui est réel... ben, plus facile à dire qu'à faire. Biroute et l'Asperge, par exemple. Peu importait laquelle des deux montait la garde, l'autre s'y trouverait aussi. Et elles étaient effectivement là, assises côte à côte sur un arbre abattu, le regard fixé vers le bas de la pente. Elles se tenaient la main. Elles se tenaient toujours la main quand elles se croyaient seules. Mais Margot avait l'impression qu'elles ne se la tenaient pas comme, disons, des amies. Elles se la serraient fermement, comme on s'accroche à la main d'un sauveteur quand on a basculé par-dessus le bord d'une falaise et qu'on craint de disparaître dans le vide si on la lâche.

« Le thé est prêt », chevrota-t-elle.

Les filles se retournèrent et elle plongea deux chopes dans le thé bouillant.

« Vous savez, dit-elle à voix basse, personne ne vous en voudrait si vous vous sauviez ce soir.

— Qu'est-ce que tu veux dire, Chouque ? demanda l'Asperge.

— Ben, qu'est-ce que vous espérez trouver à la Kneck ? Vous vous êtes enfuies de l'école. Vous pourriez aller n'importe où. Je parie que vous pourriez toutes les deux vous faufiler...

— On reste, l'interrompit Biroute d'un ton sévère. On en a parlé. Où veux-tu qu'on aille ? Et puis... si quelque chose nous suit ?

— Sans doute une bête, dit Margot qui n'en croyait rien elle-même.

— Les bêtes ne font pas ça. Et je ne pense pas que Maladict s'exciterait autant. C'est sûrement d'autres espions. Alors on va les capturer.

— Personne ne va nous ramener, ajouta l'Asperge.

— Oh. Euh... très bien, fit Margot en reculant. Bon, je dois y aller, personne n'aime ça, le thé froid, hein ? »

Elle reprit sa route autour de la colline sans traîner. Chaque fois que l'Asperge et Biroute étaient ensemble, elle se sentait une intruse.

Pignole, de garde dans un petit vallon, surveillait le terrain en contrebas comme à son habitude, avec une intensité légèrement inquiète. Elle se retourna à l'approche de Margot.

« Ah, Margot, fit-elle. Bonne nouvelle !

— Oh, tant mieux, couina Margot d'une petite voix. J'adore les bonnes nouvelles.

— Elle a dit que ce n'est pas grave si on ne porte pas nos foulards de basin.

— Quoi ? Oh, tant mieux.

— Mais uniquement parce qu'on sert un Grand Dessein. » Blouse arrivait à faire entendre des guillemets dans une phrase parlée, mais Pignole les capitales.

« C'est bien, alors.

— Tu sais, Margot, reprit Pignole, je crois que le monde s'en porterait beaucoup mieux si les femmes le dirigeaient. Il n'y aurait pas de guerres. Évidemment, le Livre doit tenir une idée pareille pour une pure abomination aux yeux de Nuggan. Il se trompe peut-être. J'irai consulter la Duchesse. Que bénie soit cette tasse qui me permet d'y poser les lèvres, ajouta-t-elle.

— Euh... oui », fit Margot qui se demanda ce qu'elle devait redouter le plus : Maladict se transformant soudain en monstre vorace ou Pignole arrivant au terme du voyage mental qu'elle avait entrepris. Ancienne fille de cuisine, elle soumettait aujourd'hui le Livre à une analyse critique et parlait à une icône religieuse. Rien de tel pour causer des frictions. Il vaut infiniment mieux côtoyer ceux qui cherchent la vérité que ceux qui s'imaginent l'avoir trouvée.

Et puis, se dit-elle en regardant Pignole boire, pour penser que le monde irait mieux si les femmes le dirigeaient, il ne fallait pas en connaître beaucoup. Du moins pas des vieilles. Prenez cette histoire de foulard de basin. Les femmes devaient se couvrir les cheveux le vendredi, mais on ne trouvait rien de tel dans le Livre qui était pourtant drôl... foutrement rigoureux dans la plupart des domaines. Ce n'était qu'une coutume. On le faisait parce que ça s'était toujours fait. Et celles qui oubliaient, ou qui ne voulaient pas, les vieilles femmes leur tombaient dessus. Elles avaient des yeux de faucon. Elles voyaient pratiquement à travers les murs. Et les hommes filaient doux car aucun ne tenait à contrarier les vieilles biques, des fois qu'elles se mettraient à les surveiller eux aussi, alors on infligeait, sans enthousiasme, des punitions. À chaque exécution, et surtout quand on donnait le fouet, on trouvait toujours les grands-mères au premier rang, suçant des pastilles de menthe.

Margot avait oublié son foulard de basin. Elle le portait le vendredi chez elle pour la seule raison que c'était plus simple que rester tête nue.

Elle se jura, si jamais elle retournait au pays, qu'elle ne recommencerait plus...

« Euh... Pigne ? fit-elle.

— Oui, Margot ?

— Tu es en contact direct avec la duchesse, hein ?

— On parle de choses et d'autres, répondit Pignole d'un air songeur.

— Tu... euh... ne pourrais pas aborder la question du café, des fois ? demanda Margot d'un air piteux.

— La Duchesse n'arrive à déplacer que de tout, tout petits objets.

— Quelques grains, peut-être ? Pigne, on a vraiment besoin de café ! Je ne crois pas que les glands le remplacent efficacement.

— Je vais prier, dit Pignole.

— Voilà. C'est ça. » Bizarrement, Margot se sentit un peu rassurée. Maladict avait des hallucinations, mais Pignole avait des certitudes autour desquelles on aurait tordu de l'acier. C'était, d'une certaine manière, le contraire des hallucinations. Comme si elle voyait ce qui était réel et restait invisible aux autres.

« Margot ?

— Oui ?

— Tu ne crois pas dans la Duchesse, hein ? La vraie Duchesse, je veux dire, pas ton auberge. »

Margot observa la petite figure pincée à l'air concentré. « Enfin, je veux dire, on raconte qu'elle est morte, et je l'ai priée quand j'étais petite, mais, puisque tu le demandes, je ne crois pas, hum, exactement... bafouilla-t-elle.

— Elle se tient juste derrière toi. Juste derrière ton épaule droite. »

Dans le silence du bois, Margot se retourna. « Je ne la vois pas, avoua-t-elle.

— Je suis contente pour toi, dit Pignole en lui tendant la chope vide.

— Mais je n'ai rien vu.

— Non. Mais tu t'es retournée... »

Margot n'avait jamais posé trop de questions sur la maison de redressement pour filles. Elle était, par définition, une bonne fille. Son père jouissait d'une certaine influence au sein de la communauté, et elle travaillait dur, les hommes ne l'intéressaient guère et, par-dessus tout, elle était... disons, futée. Elle avait assez de jugeote pour imiter ce que beaucoup de ses concitoyens accomplissaient dans la vie de tous les jours à Munz, une vie en dépit du bon sens qui tenait de la démence chronique. Elle savait ce qu'il fallait voir et ce qu'il fallait ignorer, quand obéir et quand seulement en donner l'impression, quand ouvrir la bouche et quand garder ses opinions pour soi. Elle avait appris les techniques de survie. Comme la plupart des gens. Mais si vous vous rebelliez, ou que vous faisiez même preuve d'une honnêteté dangereuse, que vous souffriez de la mauvaise maladie, que vous n'étiez pas désirée, que vous étiez une fille davantage portée sur les garçons que ne le tolérait le code des vieilles femmes, et, pire, que vous ne saviez pas bien compter... vous étiez bonne pour la maison de redressement.

Elle ne savait pas trop ce qui s'y passait, mais l'imagination accourait remplir les blancs. Et elle se demandait ce qui arrivait aux pensionnaires de cet autocuiseur infernal. Si elles étaient coriaces, comme Biroute, il les cuisait longuement et leur formait une carapace. L'Asperge... c'était difficile de savoir. Elle était tranquille et timide jusqu'à ce qu'on voie la lueur du feu se refléter dans ses yeux, et les flammes habitaient parfois son regard même quand il n'y avait pas de feu à réfléchir. Mais quand on était Pignole, qu'on avait dès le départ de mauvaises cartes en main, qu'on était enfermée, privée de manger, battue, maltraitée comme seul Nuggan le savait (et, oui, se disait Margot, Nuggan le savait sûrement) et refoulée de plus en plus profond en soi-même, qu'est-ce qu'on y trouvait ? On levait alors les yeux vers le seul sourire qu'on avait jamais vu.

Le dernier à prendre son tour de garde était Jackrum parce que Chouffe faisait la cuisine. Assis sur un rocher moussu, l'arbalète dans une main, il regardait quelque chose dans l'autre. Il se retourna d'un bloc quand Margot s'approcha, et elle surprit un éclat d'or quand il remit précipitamment l'objet dans sa veste.

Le sergent baissa son arbalète. « Tu fais autant de bruit qu'un éléphant, Barette, dit-il.

— Pardon, chef », fit Margot qui savait que c'était faux. Il prit la chope de thé et se tourna pour pointer le doigt vers le pied de la colline.

« Tu vois ce buisson là-bas, Barette ? demanda-t-il. Juste à droite de la souche à terre ? »

Margot plissa les yeux. « Oui, chef.

— Tu remarques rien ? »

Margot regarda encore. Il y a forcément quelque chose qui cloche, se dit-elle, sinon il ne me poserait pas la question. Elle se concentra. « L'ombre ne correspond pas, finit-elle par dire.

— Bravo. La raison, c'est que notre gars se trouve derrière le buisson. Il me guette, et moi je l'guette. C'est inévitable. Il va se tirer dès qu'il nous verra bouger, et il est trop loin pour qu'on lui lâche une flèche.

— Un ennemi ?

— J'crois pas.

— Un ami ?

— Un p'tit malin sûr de lui, en tout cas. Il se fiche que je l'sache là. Tu vas remonter, petit, et me rapporter le grand arc qu'on a pris au… Tiens, il se tire ! »

L'ombre avait disparu. Margot fouilla le bois des yeux, mais la lumière rasante devenait cramoisie et l'obscurité se déployait entre les arbres.

« C'est un loup, dit Jackrum.

— Un loup-garou ? fit Margot.

— Hé, qu'est-ce qui te fait dire ça ?

— Parce que, d'après le sergent Legrand, on avait un loup-garou dans l'escouade. Moi, je suis sûr que non. Je veux dire, on s'en serait rendu compte maintenant, non ? Mais je me suis demandé s'ils en avaient vu un.

— On peut rien y faire, n'importe comment. Une flèche en argent nous arrangerait bien, mais on en a pas.

— Et notre denier, chef ?

— Oh, tu crois pouvoir tuer un loup-garou avec un reçu ?

— Oh, ouais. » Puis Margot ajouta : « Vous avez un vrai denier, vous, sergent. Autour de votre cou avec le médaillon en or. »

On aurait peut-être pu recourber de l'acier autour des convictions de Pignole, mais on aurait pu le chauffer avec le regard ardent de Jackrum.

« Ce que j'ai autour du cou, c'est pas tes affaires, Barette, et un loup-garou, c'est un toutou à côté d'moi si on essaye de m'enlever mon denier, compris ? »

Il s'adoucit en voyant la mine terrifiée de Margot. « On se remettra en route après avoir mangé, dit-il. On trouvera un meilleur coin pour se reposer. Un coin plus facile à défendre.

— On est tous drôlement fatigués, chef.

— Je nous veux donc tous sur pied et en armes au cas où notre ami s'en reviendrait avec ses copains. »

Jackrum suivit le regard de Margot. Le médaillon en or avait glissé hors de sa veste et se balançait d'un air coupable au bout de sa chaîne. Il le rangea prestement.

« C'est juste une... fille que j'ai connue, expliqua-t-il. C'est tout, d'accord ? Ça remonte à longtemps.

— Je ne vous ai rien demandé, chef », dit Margot en reculant.

Les épaules de Jackrum retombèrent. « C'est vrai, mon gars, tu m'as rien demandé. Et moi, je te demande rien non plus. Mais j'ai idée qu'on ferait bien de trouver du café pour le caporal, hein ?

— C'est aussi mon avis, chef !

— Et notre galonnard rêve de couronnes de laurier autour de sa tête, Barette. On s'est dégotté un foutu héros. Sait pas réfléchir, sait pas s'battre, sert foutrement à rien sauf à lancer un dernier baroud d'honneur et à gagner une médaille qu'on enverra à sa vieille mère. J'en ai connu quelques-uns, des barouds d'honneur, petit, et ça tient de la boucherie. C'est là que vous conduit Blouse, c'est moi qui te l'dis. Qu'est-ce que vous allez faire, hein ? On a eu droit à quelques échauffourées, mais c'est pas la guerre, ça. Tu crois que tu seras assez bon soldat pour rester à ton poste quand l'acier s'enfoncera dans les chairs ?

— Vous l'avez fait, vous, chef, répliqua Margot. Vous dites que vous avez connu des barouds d'honneur.

— Ouais, petit. Mais c'est moi qui tenais l'acier. »

Margot remonta la pente. Tout ça, songeait-elle, et on n'est même pas arrivés. Le sergent pense à la fille qu'il a laissée au pays... ben, c'est normal, ça. Dans le cas de Biroute et de l'Asperge, chacune ne pense qu'à l'autre, mais j'imagine qu'après un séjour dans leur école... Quant à Pignole...

Elle se demanda comment elle-même aurait survécu à la maison de redressement. Se serait-elle endurcie comme Biroute ? Se serait-elle repliée sur elle-même comme les servantes qui venaient, circulaient et travaillaient dur à l'auberge mais n'avaient jamais de nom ? Ou peut-être serait-elle devenue comme Pignole et aurait-elle trouvé une porte dans sa tête... *Je suis peut-être d'origine modeste, mais je parle aux dieux.*

... Pignole avait dit « pas ton auberge ». Avait-elle parlé à Pignole de la Duchesse ? Sûrement pas. Elle avait dû... Mais, non, elle en avait parlé à Biroute, pas vrai ? C'était ça, alors. Tout s'expliquait. Biroute avait dû en parler à Pignole à un moment ou un autre. Rien de bizarre là-dedans, même si presque personne n'avait jamais de discussion avec Pigne. C'était trop dur. Elle était si exaltée, si repliée sur elle-même. Mais c'était forcément la seule explication. Oui. Pas question qu'il y en ait une autre.

Margot frissonna et prit conscience qu'on marchait à côté d'elle. Elle leva les yeux et gémit.

« Vous êtes une hallucination, c'est ça ?

— Oh, oui. Vous êtes tous dans un état de sensibilité exacerbée à cause de la contagion mentale et du manque de sommeil.

— Si vous êtes une hallucination, comment vous savez ça ?

— Je le sais parce que vous le savez. Je l'exprime mieux, c'est tout.

— Je ne vais pas mourir, dites ? Enfin, pas tout de suite ?

— Non. Mais on vous a dit que vous marcheriez tous les jours avec la Mort à vos côtés.

— Oh... oui. Le caporal Escalotte a dit ça.

— C'est un vieil ami. On pourrait dire qu'il me fait des versements échelonnés.

— Ça vous ennuierait de marcher en restant un peu plus... invisible ?

— Pas du tout. Comme ça ?
— Et aussi sans bruit ? »

Le silence se fit, ce qui tenait sans doute lieu de réponse.

« Et faudrait vous astiquer un peu, lança Margot dans le vide. Votre robe aurait aussi besoin d'être lavée. »

Aucune réaction, mais de l'avoir dit lui fit du bien.

Chouffe avait cuisiné du bœuf en daube avec des boulettes de pâte et des herbes. C'était magnifique. C'était aussi un mystère.

« Je ne me souviens pas avoir croisé de vache, soldat, dit Blouse en tendant son assiette en fer-blanc pour qu'on le resserve.

— Euh... non, mon lieutenant.

— Et vous avez tout de même trouvé du bœuf ?

— Euh... oui, mon lieutenant. Euh... quand l'homme du journal est arrivé dans sa charrette, ben, pendant que vous discutiez, euh... j'ai fait le tour discrètement et jeté un coup d'œil à l'intérieur...

— Ils portent un nom, ceux qui font ces choses-là, deuxième classe, dit Blouse d'un ton sévère.

— Ouais, c'est intendant, Chouffe. Bravo, fit Jackrum. Si ce plumitif a faim, il pourra toujours mâcher ses mots, hein, lieutenant ?

— Euh... oui, répondit prudemment Blouse. Oui. Évidemment. Bonne initiative, soldat.

— Oh, ce n'est pas moi qui ai eu l'idée, mon lieutenant, répliqua joyeusement Chouffe. C'est le sergent qui m'a dit de le faire. »

Margot s'immobilisa, la cuiller à mi-chemin de la bouche, et ses yeux pivotèrent du sergent au lieutenant.

« Vous enseignez le pillage, sergent ? » demanda Blouse. Comme un seul homme, toute l'escouade suspendit son souffle. À la taverne de la Duchesse, les habitués auraient pris la porte en vitesse et Margot aurait aidé son père à descendre les bouteilles de l'étagère.

« Pas le pillage, mon lieutenant, pas le pillage, objecta Jackrum en léchant calmement sa cuiller. Selon le règlement de la duchesse, ordonnance 611, article I [c], paragraphe i, mon lieutenant, ce serait un prélèvement de butin, ladite charrette étant la propriété de la putain d'Ankh-Morpork, mon lieutenant, qui aide et encourage l'ennemi. Prélever un butin, c'est autorisé, mon lieutenant. »

Les deux hommes s'affrontèrent un instant du regard, puis Blouse tendit la main derrière lui et la plongea dans son paquetage. Margot le vit en sortir un petit mais épais manuel.

« Ordonnance 611 », murmura le lieutenant. Il leva le nez pour jeter un coup d'œil au sergent et feuilleta les pages fines et brillantes. « 611. Mise à sac, pillage et butin. Ah, oui. Et... voyons voir... vous êtes avec nous, sergent Jackrum, en raison de l'ordonnance 796, vous me l'avez rappelé l'autre fois... »

Nouveau silence uniquement troublé par le défilement des pages. Il n'y a pas d'ordonnance 796, se souvint Margot. Et ils vont se battre pour ça ?

« 796, 796, dit doucement Blouse. Ah... » Il fixa la page, et Jackrum fixa le lieutenant.

Blouse referma le manuel avec un *flap* rendant un son de cuir.

« Absolument correct, sergent ! lança-t-il joyeusement. Je loue votre connaissance encyclopédique du règlement ! »

Jackrum paraissait sur le point d'éclater. « Quoi ?

— Exact quasiment au mot près, sergent ! » Et une lueur apparut dans l'œil de Blouse. Margot se rappela le lieutenant alors qu'il regardait le capitaine de cavalerie capturé. C'était le même regard, celui qui disait : Maintenant j'ai l'avantage.

Les mentons de Jackrum bloblotaient.

« Vous aviez quelque chose à ajouter, sergent ?

— Euh… non… mon lieutenant, répondit Jackrum, dont la figure était une déclaration de guerre manifeste.

— Nous partirons au lever de la lune. Je suggère que nous prenions tous un peu de repos en attendant. Ensuite… la victoire puisse-t-elle nous sourire. » Il hocha la tête à l'adresse du groupe et se rendit là où Margot lui avait étendu sa couverture, à l'abri du vent derrière les buissons. Au bout d'un moment, quelques ronflements s'élevèrent, auxquels Margot refusa de croire. Jackrum, lui, n'y croyait sûrement pas. Il se mit debout et s'éloigna à grands pas de la lumière du feu. Margot se précipita à sa suite.

« T'as entendu ça ? gronda le sergent en regardant fixement les collines qui s'assombrissaient. Quel petit crétin ! Qu'est-ce qui lui donne le droit de vérifier dans l'manuel ?

— Ben, vous avez cité les références, chef, rappela Margot.

— Et alors ? Les officiers sont censés croire ce qu'on leur dit. Et ensuite il a souri ! T'as vu ? Il m'a pris en défaut et il m'a souri ! Croit avoir marqué un point contre moi parce qu'il m'a pris en défaut !

— Vous avez menti, chef.

— Non, Barette ! Aux officiers, c'est pas mentir ! C'est leur présenter le monde comme ils s'imaginent qu'il devrait être ! On va pas les laisser vérifier tout seuls. Ils se font des idées fausses. Je t'ai prévenu, il va causer notre perte à tous. Investir la putain de forteresse ? Ça tourne pas rond dans la tête de ce type !

— Chef ! fit Margot d'un ton pressant.

— Oui, quoi ?

— On nous envoie des signaux, chef ! »

Au sommet d'une colline au loin, scintillant comme une étoile dans les premières heures du soir, une lumière blanche clignotait.

Blouse rabaissa sa longue-vue. « Ils répètent "LO", dit-il. Et je crois que les longues pauses correspondent aux moments où ils pointent leur tube dans d'autres directions. Ils cherchent leurs espions. "Hello", voyez ? Deuxième classe Igor ?

— Mon lieutenant ?

— Tu sais comment fonctionne ce tube, non ?

— Oh oui, mon lieutenant. Il fuffit d'allumer un feu dans la boîte, enfuite on pointe et on clique.

— Vous allez pas lui répondre, dites, mon lieutenant ? demanda Jackrum avec horreur.

— Bien sûr que si, sergent, répondit Blouse d'un

ton brusque. Deuxième classe Carborundum, assemble le tube, je te prie. Manicol, apporte la lanterne, s'il te plaît. J'ai besoin de lire le manuel du code.

— Mais ça va trahir notre position ! protesta Jackrum.

— Non, sergent, car j'ai l'intention, même si le terme ne vous est pas familier, de commettre ce qu'on appelle un "mensonge". Igor, je suis sûr que tu as des ciseaux, mais j'aimerais autant que tu évites de répéter le mot.

— F'ai les fuftenfiles que vous venez de menfionner, mon lieutenant, répondit sèchement Igorina.

— Bien. » Blouse se retourna. « Il fait presque nuit noire maintenant. Idéal. Prenez ma couverture et découpez dedans... oh... un rond de dix centimètres, puis attachez la couverture sur le devant du tube.

— Fa va mafquer la mafeure partie de la lumière, mon lieutenant !

— Parfaitement. Mon plan repose là-dessus, dit fièrement Blouse.

— Mon lieutenant, ils vont voir la lumière, ils vont savoir qu'on est là, insista Jackrum comme s'il répétait des avertissements à un enfant.

— Je vous ai expliqué, sergent. Je vais mentir.

— Vous pouvez pas mentir quand...

— Merci de votre participation, sergent, ce sera tout pour l'instant, l'interrompit Blouse. Sommes-nous prêts, Igor ?

— Prefque, mon lieutenant, répondit Igorina qui attacha la couverture en travers de l'extrémité du tube. Fa va, mon lieutenant. Dès que vous me le dites, f'allume le feu. »

Blouse déplia le petit manuel. « Prêt, soldat ?

— Ouaip, répondit Jade.

— Quand je dis "longue", tu tiens la gâchette le temps de compter à deux et tu lâches. Quand je dis "brève", tu ne comptes que jusqu'à un et tu lâches tout pareil. Tu as saisi ?

— Ouaip, lieute. Pourrais tenir pour des tas, si vous voulez, dit Jade. Un, deux, beaucoup, des tas. Sais bien compter. Aussi loin vous voulez. Z'avez qu'à dire.

— Jusqu'à deux, ça suffira. Et toi, soldat Goum, je veux que tu prennes mon télescope et que tu surveilles les éclats longs et courts que lance la lumière là-bas, compris ? »

Margot vit la figure de Pignole et intervint aussitôt : « Je vais le faire, mon lieutenant ! »

Une petite main blanche se posa sur son bras. Dans l'éclairage chiche de la lanterne sourde, les yeux de Pignole flamboyaient de la lumière de la certitude. « La Duchesse guide maintenant nos pas, dit-elle avant d'empoigner la longue-vue du lieutenant. Ce que nous accomplissons, c'est son œuvre, mon lieutenant.

— Ah bon ? Oh. Eh bien... parfait.

— Elle bénira cet instrument de vision à distance pour que je puisse m'en servir.

— Vraiment ? dit Blouse nerveusement. Bravo. Bon... tout le monde est prêt ? Envoyez comme suit... longue... longue... brève... »

Le volet dans le tube cliqueta et ferrailla tandis que le message volait comme l'éclair à travers les airs. Quand le troll rabaissa le tube, il s'ensuivit une demi-minute d'obscurité. Puis : « Brève... longue... » commença Pignole.

Blouse se colla le manuel du code sous le nez et ses lèvres se mirent à remuer à mesure qu'il lisait les têtes d'épingle de lumière s'échappant des entrailles de la boîte.

« O... E... T... V, dit-il. Et M... S... G... P... R...
— C'est pas un message, ça ! fit Jackrum.
— Au contraire, ils veulent savoir où nous sommes parce qu'ils ont du mal à voir notre lumière, répliqua Blouse. Envoie comme suit... Brève...
— Je proteste, mon lieutenant ! »

Blouse rabaissa le manuel.

« Sergent, je vais dire à notre espion que nous sommes douze kilomètres plus loin qu'en réalité, vous comprenez ? Et je suis sûr qu'ils vont nous croire parce que j'ai artificiellement réduit l'intensité lumineuse de notre appareil, vous comprenez ? Et je vais leur dire que leurs espions sont tombés sur un groupe très important de recrues et de déserteurs en route vers les montagnes et qu'ils les suivent, vous comprenez ? Je nous rends invisibles, vous comprenez ? Vous comprenez, sergent Jackrum ? »

L'escouade retenait son souffle.

Jackrum se mit avec raideur au garde-à-vous. « Parfaitement compris, mon lieutenant ! répondit-il.
— Très bien ! »

Jackrum resta au garde-à-vous pendant que s'échangeaient les messages, comme un vilain élève au piquet près du bureau du maître.

Les messages fusaient dans le ciel, de sommet de colline en sommet de colline. Les lumières dansaient. Les tubes clic-clac ferraillaient. Pignole annonçait les longues et les brèves. Blouse griffonnait dans le livre.

« S... P... P... 2, dit-il à haute voix. Hah. C'est un ordre de rester où nous sommes.

— Encore des signaux, mon lieutenant, dit Pignole.

— T... Y... E... 3... traduisit Blouse en prenant toujours des notes. Ça, c'est "tenez-vous prêts à venir à la rescousse". N... V... A... S... N... Ça, c'est...

— Ce n'est pas un code, mon lieutenant ! le coupa Margot.

— Soldat, envoie tout de suite ce que je te dicte ! croassa Blouse. Longue... longue... »

Le message partit. Ils attendirent tandis que tombait la rosée, que les étoiles commençaient à poindre et clignotaient selon un code que nul ne cherchait jamais à déchiffrer.

Les clic-clac se turent.

« Maintenant on se sauve en vitesse », dit Blouse. Il lâcha une petite toux. « Je crois que l'expression consacrée est "on se bouge le derrière d'ici".

— Presque, mon lieutenant, dit Margot. Oui... presque. »

Il y avait une vieille, très vieille chanson borograve contenant davantage de Z et de V que ne pouvait en prononcer aucun habitant des plaines. Elle s'intitulait *Plogviehze !* Ça voulait dire « Le soleil se lève ! Faisons la guerre ! ». Il fallait qu'un pays ait une histoire singulière pour résumer tout ça en un seul mot.

Samuel Vimaire soupira. Les petits pays locaux se battaient à cause de la rivière, à cause de traités imbéciles, à cause de querelles royales, mais surtout parce qu'ils s'étaient toujours battus. Ils faisaient la guerre, à vrai dire, parce que le soleil se levait.

Cette guerre-ci avait fini par se faire des nœuds.

En aval, la vallée s'étrécissait en une gorge avant que la Kneck plonge en une chute de quatre cents mètres de haut. Quiconque tenterait de franchir les montagnes déchiquetées se retrouverait dans un monde de défilés, de crêtes en dents de scie, de glace permanente et de mort qui l'était encore davantage. Quiconque tenterait de franchir la Kneck pour pénétrer en Zlobénie aujourd'hui se ferait massacrer sur la berge. La seule façon de sortir de la vallée, c'était de remonter le long de la Kneck ; du coup, l'armée qui optait pour cette solution se plaçait dans l'ombre de la forteresse. Ça n'avait pas posé de problème tant que la forteresse était aux mains des Borograves. Aujourd'hui qu'elle était prise, les Borograves devaient passer à portée de leurs propres armes. Et quelles armes ! Vimaire avait vu des catapultes qui projetaient des boules de pierre à cinq kilomètres. À l'atterrissage, la boule explosait en échardes comme des aiguilles. Il y avait aussi la machine qui envoyait des disques en acier de deux mètres de diamètre fendre les airs. Ils étaient peu fiables une fois qu'ils avaient touché terre et rebondi, mais ça ne les rendait que plus terrifiants. On avait dit à Vimaire que le disque aiguisé pouvait sans doute poursuivre sa course sur plusieurs centaines de mètres, quel que soit le nombre d'hommes et de chevaux rencontrés en route. Et ce n'étaient là que les innovations les plus récentes. Il fallait y ajouter une foule d'armes conventionnelles, si on tenait pour conventionnels les arbalètes, catapultes et mangonneaux géants destinés à propulser des boules de feu éphébien qui s'accrochaient en brûlant.

Du poste élevé qu'il occupait dans sa tour livrée aux courants d'air, il voyait les feux de l'armée retranchée à travers toute la plaine. Elle n'avait pas moyen de battre en retraite, et l'Alliance, si on pouvait appeler ainsi la pétaudière irritée à laquelle elle se réduisait, n'osait pas remonter la vallée pour gagner le cœur du pays en gardant cette armée dans le dos, et d'ailleurs ne disposait pas d'assez d'hommes pour tenir la forteresse et encercler l'ennemi.

Et il allait commencer à neiger dans quelques semaines. Les cols seraient impraticables. Rien ne pourrait passer. Et il faudrait nourrir chaque jour des milliers d'hommes et de chevaux. Évidemment, les hommes pourraient en dernier recours manger les chevaux et régler d'un seul coup deux problèmes d'alimentation. Ensuite, on en viendrait au bon vieil inventaire de jambes qui, d'après ce qu'un Zlobène parmi les plus aimables avait appris à Vimaire, était une spécificité courante de la guerre hivernale locale. Comme il s'agissait du capitaine « Clochepatte » Splatzer, Vimaire le croyait.

Ensuite il pleuvrait, après quoi la pluie et la neige fondue conjuguées feraient sortir cette foutue rivière de son lit. Mais, avant ça, les chamailleries auraient détruit l'Alliance, qui serait retournée dans ses foyers. Tout ce qu'avaient à faire les Borograves, à vrai dire, c'était ne pas lâcher pied pour obtenir le match nul.

Vimaire jura tout bas. Le prince Heinrich avait hérité du trône dans un pays dont la principale exportation était une espèce de sabot de bois peint à la main, mais en l'espace de dix ans, avait-il juré, sa capitale de Rigor serait l'« Ankh-Morpork des montagnes » ! Pour une raison obscure, il pensait que ça ferait plaisir à Ankh-Morpork.

Il était avide, disait-il, d'apprendre les façons d'agir morporkiennes, une ambition innocente qui risquait parfaitement de conduire un dirigeant en herbe à... eh bien, découvrir les façons d'agir morporkiennes. Heinrich jouissait dans le pays d'une réputation de ruse, mais Ankh-Morpork avait rattrapé la ruse mille ans plus tôt, dépassé en trombe l'artifice, laissé sur place la roublardise pour arriver aujourd'hui, à force de détours, à la franchise.

Vimaire feuilleta les papiers sur son bureau et leva la tête en entendant dehors un cri perçant et discordant. Une buse, au terme d'une longue descente en vol plané, franchit la fenêtre ouverte et se posa sur un perchoir de fortune à l'autre bout de la pièce. Vimaire s'approcha nonchalamment tandis que la petite silhouette sur le dos du rapace relevait ses lunettes de vol.

« Comment ça va, Dingo ? demanda-t-il.

— Ils commencent à avwar des soupçons, monsieur Vimaire. Et, d'après le sergent Angua, ça devient risqueu maintenant qu'ils sont si praes.

— Dis-lui de revenir, alors.

— D'accord, monsieur le commissaire. Et il leur faut encore du cafeu.

— Ah, merde ! Ils n'en ont pas trouvé ?

— Non, monsieur, et ça s'arrange pwint coteu vampire.

— Ben, s'ils ont maintenant des soupçons, ils n'auront plus aucun doute si on leur lâche dessus une bouteille de café !

— D'après le sergent Angua, on devrait s'en tireu, monsieur le commissaire. Elle a pwint dit pourquoi. » Le gnome regarda Vimaire, l'air d'attendre. Sa buse fit de même. « Ils ont fait un bon bout de chemin, monsieur. C'est dur pour une bande de fiyes. Enfin... surtout de fiyes. »

Vimaire tendit distraitement la main pour caresser l'oiseau.

« Faites pwint ça, monsieur ! Elle va vos arracheu le pouce », brailla Dingo.

On frappa à la porte et Raymond entra avec un plateau de viande crue.

« J'ai vu Dingo passer en l'air, alors j'ai eu idée de faire un saut aux cuisines, monsieur le commissaire.

— Bravo, Raymond. Personne ne te demande pourquoi tu veux de la viande crue ?

— Si, monsieur. Je leur réponds que vous en mangez, monsieur. »

Vimaire marqua un temps avant de répondre. Raymond croyait bien faire, après tout.

« Bah, ça ne peut sans doute pas faire de mal à ma réputation, dit-il. À propos, qu'est-ce qui se passait dans la crypte ?

— Oh, ce ne sont pas ce que j'appellerais de vrais zombies, monsieur, répondit Raymond qui choisit un morceau de viande et le laissa pendre devant les yeux de Pignouf. Plutôt des morts ambulants.

— Euh... oui ?

— Je veux dire qu'ils ne réfléchissent pas beaucoup, poursuivit le zombie en prenant un autre bout de lapin cru. Ne saisissent pas les occasions qu'offre une vie d'outre-tombe, monsieur. Ce n'est qu'une bande de vieux souvenirs sur pattes. Ces choses-là, ça fait mauvaise réputation aux zombies, monsieur Vimaire. Et moi, ça me met en rogne ! » Pignouf tenta de happer du bec un autre morceau de peau de lapin sanglant que Raymond, un instant distrait, agitait négligemment.

« Euh... Raymond ? fit Dingo.

— Est-ce que c'est difficile, monsieur, de vivre avec son temps ? Tenez, moi, par exemple. Un jour, je me suis réveillé mort. Est-ce que j'ai...

— Raymond ! le prévint Vimaire alors que la tête de Pignouf oscillait d'avant en arrière.

— ... encaissé sans rien dire ? Non ! Et je n'ai pas...

— Raymond, attention ! Elle vient de vous arracher deux doigts !

— Quoi ? Oh. » Raymond leva une main pelée et la fixa. « Oh, dites, vous avez vu ça ? » Il regarda par terre avec dans les yeux un espoir vite dissipé. « La barbe. Y a moyen de la faire vomir ?

— Seulement en lui enfonçant vos doigts dans le gosier, Raymond. Navré. Dingo, faites de votre mieux, s'il vous plaît. Et vous, Raymond, redescendez voir s'ils ont du café, vous voulez bien ? »

« Oh là là, murmura Chouffe.

— C'est grand », fit Biroute.

Blouse ne dit rien.

« L'aviez encore jamais vue, mon lieutenant ? » demanda joyeusement Jackrum tandis qu'ils observaient la forteresse distante de près d'un kilomètre depuis leur cachette dans des buissons.

S'il existait un barème pour les châteaux de contes de fées, dont le sommet serait occupé par les édifices blancs hérissés de flèches, aux toits bleus pointus, la forteresse en aurait occupé le bas, noire et accrochée à son affleurement rocheux comme un nuage menaçant. Un méandre de la Kneck l'entourait ; le long de la péninsule où elle se dressait, la route d'accès était large, dépourvue de tout abri, itinéraire de promenade idéal pour les fatigués de la vie. Blouse comprit d'un coup d'œil.

« Euh… non, sergent, dit-il. J'ai vu des iconographies, évidemment, mais… elles ne lui rendent pas justice.

— Aucun des bouquins que vous lisez vous dit ce qu'il faut faire, mon lieutenant ? » demanda Jackrum. Ils étaient allongés dans les buissons.

« Peut-être que si, sergent. Dans *La science de la guerre*, So Du Li a dit : Vaincre sans combat est la plus grande victoire. L'ennemi veut nous voir attaquer là où il est le plus fort. Donc nous allons le décevoir. Une solution se présentera d'elle-même, sergent.

— Ben, à moi, elle s'est jamais présentée d'elle-même, et j'suis passé par là des dizaines de fois, répliqua Jackrum en continuant de sourire. Hah, même les rats devraient se déguiser en lavandières pour pénétrer là-dedans ! Même si on parvient au bout de cette route, on tombe sur des entrées étroites, des trous dans le plafond par où ils déversent de l'huile bouillante, des portes partout que même un troll arriverait pas à défoncer, deux ou trois labyrinthes, une centaine de petites occasions de se faire tirer dessus. Oh, on peut pas rêver mieux pour lancer un assaut.

— Je me demande comment l'Alliance y est entrée, dit Blouse.

— Par traîtrise sans doute, mon lieutenant. Le monde est plein de traîtres. Ou alors ils ont découvert une entrée secrète, mon lieutenant. Vous savez, mon lieutenant ? Vous êtes sûr qu'elle est là, cette entrée. À moins que vous ayez oublié ? Ces trucs-là, ça sort de l'esprit quand on est occupé, j'imagine.

— Nous ferons une reconnaissance, sergent », répliqua Blouse d'un ton glacial tandis qu'ils rampaient hors des buissons. Il brossa de la main des feuilles restées sur son uniforme. Thalacéphale ou, comme Blouse l'appelait, « le fidèle étalon », avait été relâché des kilomètres plus tôt. On ne se déplaçait pas discrètement à cheval et, comme l'avait fait remarquer Jackrum, la bête était trop maigre pour qu'on veuille la manger et trop vicieuse pour qu'on veuille la monter.

« D'accord, mon lieutenant, oui, autant faire ça, mon lieutenant, approuva Jackrum avec une obligeance teintée de joie mauvaise. Où voulez-vous qu'on fasse la reconnaissance, mon lieutenant ?

— Il y a forcément une entrée secrète, sergent. Personne ne bâtirait une place forte pareille avec une seule entrée. Entendu ?

— Ouim'lieutenant. Seulement, p't-être qu'ils l'ont gardée secrète. C'est juste pour aider, mon lieutenant. »

Ils se retournèrent en entendant une prière empressée. Pignole était tombée à genoux, les mains jointes. Le reste de l'escouade s'éloigna tout doucement. La piété est une chose merveilleuse.

« Qu'est-ce qu'il fait, sergent ? demanda Blouse.

— Il prie, mon lieutenant, répondit Jackrum.

— J'ai remarqué qu'il prie souvent. Est-ce que… euh… ça figure dans le règlement, sergent ? souffla le lieutenant.

— Toujours épineux, ce truc-là, mon lieutenant. Moi-même, j'ai souvent prié sur le champ de bataille. Souvent j'ai dit la prière du soldat, mon lieutenant, et ça m'est égal de l'avouer.

— Eu… je ne crois pas la connaître, celle-là.

— Oh, m'est avis que les phrases tarderont pas à vous venir, mon lieutenant, une fois que vous serez au contact de l'ennemi. Mais, la plupart du temps, c'est du genre "Oh dieu, faites que je tue ce salaud avant qu'il me tue". » Jackrum se fendit d'un grand sourire en voyant la mine de Blouse. « C'est ce que j'appelle la version autorisée, mon lieutenant.

— Oui, sergent, mais où serions-nous si nous passions tous notre temps à prier ?

— Au paradis, mon lieutenant, assis à la droite de Nuggan, répondit aussitôt Jackrum. C'est ce qu'on m'a dit quand j'étais un p'tit mioche, mon lieutenant. Évidemment, il risque d'y avoir du monde, alors autant éviter. »

À cet instant, Pignole s'arrêta de prier et se releva en s'époussetant les genoux. Elle adressa à l'escouade son sourire radieux et inquiétant. « La Duchesse va guider nos pas, dit-elle.

— Oh. Bien, fit Blouse d'une petite voix.

— Elle va nous montrer la voie.

— Génial. Euh… est-ce qu'elle a parlé de coordonnées de carte ? demanda le lieutenant.

— Elle nous donnera des yeux pour que nous puissions voir.

— Ah ? Bien. Oui, très bien. Je me sens drôlement mieux de le savoir. Pas vous, sergent ?

— Ouim'lieutenant, fit Jackrum. Et si ça nous permet de nous en tirer, on va pas se faire prier. »

Trois recrues partirent en éclaireurs pendant que le reste de l'escouade demeurait caché dans une dépression profonde parmi les buissons. Des patrouilles ennemies circulaient, mais il est facile d'éviter une demi-douzaine d'hommes qui ne s'écartent pas des sentiers et se moquent de faire du bruit. Les troupes étaient zlobènes et se conduisaient comme si le pays leur appartenait.

Pour une raison inconnue, Margot se retrouva avec Maladict et Pignole, autrement dit avec un vampire au bord du gouffre et une fille tellement au-delà du bord qu'elle en avait découvert un nouveau derrière l'horizon. Elle changeait d'un jour sur l'autre, c'était manifeste. Le jour où tout le monde s'était engagé, une vie plus tôt, c'était une petite abandonnée toute tremblante que les ombres faisaient tressaillir. Maintenant, il lui arrivait de paraître plus grande, comme investie d'une certitude éthérée, et les ombres fuyaient devant elle. Enfin, pas réellement, reconnaissait Margot. Mais Pignole marchait comme si elles devaient fuir.

Puis s'était produit le miracle de la dinde. C'était difficile à expliquer.

Les trois éclaireurs avaient longé les falaises. Ils avaient contourné deux postes de guet zlobènes, prévenus par l'odeur des feux de camp mais hélas pas par celle du café. Maladict avait plus ou moins l'air maître de la situation, à part sa tendance à marmonner tout seul des lettres et des chiffres, mais Margot y avait mis un terme en menaçant de lui flanquer un coup de bâton s'il s'avisait de recommencer.

Ils avaient atteint le bord d'une falaise qui offrait un autre point de vue sur la forteresse, et Margot leva une fois de plus la longue-vue pour étudier les murailles à pic et les amas de rochers, en quête d'un indice d'une autre entrée.

« Regarde la rivière en bas », dit Pignole.

Dans le rond de la lunette, le paysage défila, flou, vers le haut tandis qu'elle baissait la longue-vue ; quand elle l'immobilisa, elle ne vit que du blanc. Elle dut encore baisser l'instrument pour comprendre ce qu'elle observait.

« Ça alors, fit-elle.

— Mais c'est logique, dit Maladict. Et un sentier longe la rivière, tu vois ? Il y a deux autres femmes qui le suivent.

— Petites, les portes, tout de même, fit observer Margot. Ça ne doit pas être dur de fouiller les gens pour trouver des armes.

— Des soldats ne pourraient pas passer, reconnut le vampire.

— Nous, si, dit Margot. Et on est des soldats. Pas vrai ? »

Un silence suivit, puis Maladict reprit : « Les soldats ont besoin d'armes. Des épées et des arbalètes, ça se remarque.

« — Il y aura des armes à l'intérieur, l'informa Pignole. La Duchesse me l'a dit. Le château est rempli d'armes.

— Est-ce qu'elle t'a dit aussi comment convaincre l'ennemi de nous les donner ? railla Maladict.

— Ça va, ça va, intervint aussitôt Margot. On devrait mettre le galonnard au courant le plus vite possible, d'accord ? On rentre.

— Minute, c'est moi le caporal, rappela Maladict.

— Ah oui ? fit Margot. Alors ?

— On rentre ?

— Bonne idée. »

Elle aurait dû écouter le chant des oiseaux, s'aperçut-elle plus tard. Les appels criards au loin l'auraient prévenue si au moins elle était restée assez calme pour garder l'oreille aux aguets.

Ils n'avaient pas fait plus de trente mètres quand ils virent le soldat.

Quelqu'un, dans l'armée zlobène, était dangereusement malin. Il avait compris que, pour repérer les intrus, il ne fallait pas marcher bruyamment sur les sentiers battus, mais se glisser en silence entre les arbres.

Le soldat avait une arbalète ; par chance... enfin, sans doute par chance, il regardait de l'autre côté lorsque Margot déboucha au détour d'un buisson de houx. Elle se jeta derrière un arbre et agita follement la main à l'adresse de Maladict qui la suivait à distance et eut le bon sens de se mettre à couvert.

Margot dégaina son épée et la tint serrée des deux mains contre sa poitrine. Elle entendait l'homme. Il n'était pas tout près mais se dirigeait vers elle. Le petit poste de guet qu'ils avaient découvert devait être une halte habituelle sur la route de la patrouille. Après tout, songea-t-elle avec amertume, c'était exactement ce sur quoi risquaient de tomber des imbéciles mal entraînés ; une patrouille silencieuse pouvait même les y surprendre...

Elle ferma les yeux et s'efforça de respirer normalement. Ça y était *ça y était* ça y était ! C'était là qu'elle allait savoir.

Se rappeler *se rappeler* se rappeler... quand l'acier s'enfonce dans les chairs... tenir l'acier.

Elle avait le goût du métal dans la bouche.

L'homme allait passer près d'elle. Il serait sur ses gardes, mais pas suffisamment. Un coup de taille vaudrait mieux qu'un coup d'estoc. Oui, un grand coup à hauteur de la tête tuerait...

... le fils d'une mère, le frère d'une sœur, un jeune gars qui avait emboîté le pas au tambour pour un denier et son premier costume neuf. Si seulement elle avait suivi une formation, si seulement elle avait passé quelques semaines à pourfendre des adversaires en paille jusqu'à finir par croire que tous les adversaires étaient en paille...

Elle se figea. Au tournant du chemin, aussi immobile qu'un arbre, la tête baissée, se tenait Pignole. Dès que l'éclaireur arriverait à l'arbre de Margot, il la verrait.

Il fallait qu'elle agisse maintenant. C'était peut-être pour ça que les hommes le faisaient. Non pas pour sauver des duchesses ni des pays. On tuait l'ennemi pour l'empêcher de tuer les copains, lesquels pourraient à leur tour vous sauver la vie...

Elle entendait la progression prudente du soldat tout près de l'arbre. Elle leva le sabre, vit la lumière jeter des éclairs sur son fil...

Une dinde sauvage jaillit des broussailles de l'autre côté du sentier dans un envol d'ailes, de plumes et de bruit qui se répercuta en écho. Tantôt volant, tantôt courant, elle rebondit et disparut dans les bois. On entendit le claquement sourd d'une arbalète et un ultime gloussement.

« Oh, bien visé, Sylvain, lança une voix toute proche. Une grosse, on dirait !

— T'as vu ça ? fit une autre. Un pas de plus, et je trébuchais dessus ! »

Derrière son arbre, Margot se remit à respirer.

Une troisième voix, un peu plus loin, lança : « On s'en retourne, hein, caporal ? Avec tout ce bruit, le Tigre doit être à deux kilomètres !

— Ouais, et j'ai tellement la trouille, dit la voix la plus proche. Le Tigre est derrière chaque arbre, pas vrai ?

— D'accord, ça suffit pour aujourd'hui. Ma femme a de quoi cuisiner un bon repas... »

Petit à petit, les voix des soldats se perdirent parmi les arbres. Margot rabaissa son sabre. Elle vit Maladict jeter un coup d'œil hors de son buisson et la regarder fixement. Elle porta un doigt à ses lèvres. Il hocha la tête. Elle attendit que le chant des oiseaux se soit un peu calmé avant de sortir. Pignole avait l'air perdue dans ses pensées ; Margot la saisit tout doucement par la main. Sans bruit, en se faufilant d'arbre en arbre, ils reprirent le chemin de la dépression. Chose notable, Margot et Maladict restèrent bouche cousue. Mais leurs regards se croisèrent à deux ou trois reprises.

Les dindes restent évidemment tapies jusqu'à ce qu'un chasseur leur marche quasiment dessus. Celle-là devait se trouver là depuis un moment et n'avait perdu son sang-froid de volatile qu'à l'approche furtive de l'éclaireur. C'était une dinde exceptionnellement grosse, une dinde à laquelle aucun soldat affamé ne pouvait résister, mais... hein ?

Comme le cerveau, perfidement, ne s'arrête pas de travailler même quand on le voudrait, celui de Margot ajouta : Elle a dit que la duchesse pouvait déplacer de petits objets. Quelle taille fait une pensée dans une tête d'oiseau ?

Seules Jade et Igorina les attendaient dans la dépression. Les autres avaient découvert une meilleure base à moins de deux kilomètres, dirent-elles.

« On a trouvé l'entrée secrète, annonça tout bas Margot alors qu'ils se remettaient en route.

— On peut passer ? demanda Igorina.

— C'est l'entrée des lavandières, répondit Maladict. Tout près de la rivière. Mais il y a un sentier.

— Des lavandières ? fit Igorina. Mais c'est une guerre !

— Les vêtements se salissent quand même, j'imagine, dit Margot.

— Se salissent davantage, d'après moi, ajouta Maladict.

— Mais... nos compatriotes ? Laver le linge de l'ennemi ? s'étonna Igorina d'un air scandalisé.

— Si c'est ça ou mourir de faim, oui, répliqua Margot. J'ai vu une femme sortir avec un panier de pains. Il paraît que la forteresse est pleine de greniers à blé. Et puis tu as recousu un officier ennemi, non ?

— C'est différent, répondit Igorina. Notre devoir nous impofe de sauver notre proch... nos prochains. Il ne parle pas de ses... de leurs sous-vêtements.

— On pourrait s'introduire dans la place, poursuivit Margot, si on se déguisait en femmes. »

Un silence accueillit sa proposition. Puis : « Se déguiser ? fit Igorina.

— Tu sais ce que je veux dire !

— En lavandières ? Ces mains sont des mains de firurfienne !

— Ah oui ? D'où tu les tiens ? » répliqua Maladict. Igorina lui tira la langue.

« N'importe comment, pas question pour moi qu'on fasse la lessive, dit Margot.

— Il est question de quoi, alors ? » demanda Igorina.

Margot hésita. « Je veux sortir mon frère de là s'il y est prisonnier, répondit-elle. Et si on pouvait arrêter l'invasion, ce serait une bonne idée.

— Pas un boulot pour des lavettes, ça, dit Maladict. Je ne voudrais pas, tu sais, gâcher l'ambiance du moment, mais c'est une très mauvaise idée. Le lieute refusera un plan aussi insensé.

— Non, fit Margot. Mais c'est lui qui va le proposer. »

« Hmm, dit Blouse un peu plus tard. Des lavandières ? Est-ce courant, sergent Jackrum ?

— Oh oui, mon lieutenant. J'imagine que les femmes des villages alentour lavent le linge comme du temps où la forteresse était à nous, répondit Jackrum.

— Vous voulez dire qu'elles apportent aide et réconfort à l'ennemi ? Pourquoi ?

— Ça vaut mieux que crever de faim, mon lieutenant. Les réalités de la vie. Ça se limite d'ailleurs pas toujours à la lessive.

— Sergent, vous parlez devant de jeunes gens ! répliqua sèchement Blouse en rougissant.

— Faudra bien qu'ils apprennent tôt ou tard ce que sont le repassage et le raccommodage, mon lieutenant », dit Jackrum avec un grand sourire.

Blouse ouvrit la bouche.

Blouse la referma.

« Le thé est prêt, mon lieutenant », annonça Margot. Le thé était étonnamment utile. Il fournissait une excuse pour parler à tout le monde.

Ils se trouvaient dans ce qui restait d'une ferme à demi en ruine. Vu son allure, même les patrouilles ne s'embêtaient pas à venir jusqu'ici – aucune trace d'anciens feux ni d'une occupation même temporaire. Elle empestait la décrépitude et la moitié du toit manquait.

« Les femmes viennent et s'en repartent, Barette ? demanda le lieutenant.

— Oui, mon lieutenant, répondit Margot. Et j'ai eu une idée, mon lieutenant. Permission de vous la donner, mon lieutenant ? » Elle vit Jackrum hausser un sourcil. Elle poussait un peu, elle le reconnaissait, mais le temps pressait.

« Vas-y, Barette, dit Blouse. Sinon j'ai peur que tu explozes.

— Elles pourraient nous servir d'espionnes, mon lieutenant ! On pourrait même leur demander de nous ouvrir les portes !

— Bravo, deuxième classe ! fit Blouse. J'aime qu'un soldat réfléchisse.

— Ouais, c'est ça, grogna Jackrum. Plus ficelle, et il risque de s'faire des nœuds. Mon lieutenant, c'est des lavandières avant tout. Sans vouloir offenser le jeune Barette, qui reste un p'tit malin, n'importe quel garde se méfiera si la mère Denis essaye d'ouvrir les portes. Et ça se limite pas non plus à deux portes. Y en a six doubles, séparées de gentilles petites cours pour que les gardes reluquent la dame au cas où ç'en serait pas une, sans parler des ponts-levis, des plafonds hérissés de pointes qui s'abattent si elle correspond pas à la description. Essayez donc d'ouvrir tout ça les mains pleines de savon !

— Le sergent n'a pas tort, je le crains, Barette, dit Blouse d'un air triste.

— Ben, et si deux femmes arrivaient à mettre quelques gardes hors de combat, mon lieutenant, elles pourraient nous faire entrer par leur petite porte, insista Margot. On pourrait même peut-être faire prisonnier le commandant de la place, mon lieutenant ! Je parie qu'il y a des tas de femmes dans la forteresse, mon lieutenant ! Dans les cuisines et ainsi de suite. Elles pourraient... nous ouvrir les portes !

— Oh, allez, Barette... grogna Jackrum.

— Non, sergent. Attendez, dit Blouse. Ça paraît étonnant, Barette, mais dans ton enthousiasme juvénile tu m'as donné, sans t'en rendre compte, une idée très intéressante...

— Ah bon, mon lieutenant ? » fit Margot qui, dans son enthousiasme juvénile, s'était demandé si elle n'allait pas tatouer l'idée sur le front de Blouse. Pour un gars aussi futé, il était franchement bouché.

« Parfaitement, Barette. Parce qu'on n'a évidemment besoin que d'une "lavandière" pour nous faire entrer, non ? »

Les guillemets paraissaient prometteurs. « Ben, oui, mon lieutenant, répondit Margot.

— Et, si on pense, comme qui dirait, "hors des sentiers battus", la "femme" n'a pas besoin d'être une femme en réalité ! »

Blouse rayonnait. Margot s'arrangea pour que son front se plisse d'un étonnement sincère.

« Ah bon, mon lieutenant ? fit-elle. Je ne crois pas bien comprendre, mon lieutenant. Je suis perplexe, mon lieutenant.

— "Elle" pourrait être un homme, Barette ! expliqua Blouse en éclatant presque de joie. L'un de nous ! Travesti ! »

Margot poussa un soupir de soulagement. Le sergent Jackrum éclata de rire.

« Bon sang, mon lieutenant, se déguiser en lavandières, c'est pour sortir de quelque part ! Tradition militaire !

— Si un homme parvient à entrer, il pourra mettre hors de combat les gardes près de la porte, reconnaître la situation d'un point de vue militaire et introduire le reste des troupes ! expliqua Blouse. En opérant de nuit, messieurs, à tous les hommes que nous sommes, nous pourrions tenir les postes clés au matin !

— Mais c'est pas des hommes, mon lieutenant », dit Jackrum. Margot se retourna. Le sergent avait les yeux braqués sur elle, à travers elle. Oh, zut, enfin... merde... il sait...

« Je vous demande pardon ?

— C'est... mes p'tits gars, mon lieutenant, poursuivit Jackrum en adressant un clin d'œil à Margot. Des p'tits gars zélés, qui pètent le feu, mais pas du genre à couper des gorges et transpercer des cœurs. Ils ont signé pour faire les piquiers dans la cohue, mon lieutenant, dans une vraie armée. Vous êtes mes p'tits gars, je leur ai dit quand j'les ai fait signer, et j'vais prendre soin de vous. J'peux pas rester là et vous laisser les conduire à une mort certaine !

— C'est à moi de décider, sergent, dit Blouse. Nous sommes à "la charnière du destin". Qui, au moment critique, n'est pas prêt à sacrifier sa vie pour son pays ?

— Dans une vraie bagarre en règle, mon lieutenant, pas en se faisant tabasser le crâne par une bande de salopards parce qu'on se balade en douce dans leur fort. Vous savez que j'ai jamais été partisan des espions ni des uniformes qu'on camoufle, mon lieutenant, jamais.

— Sergent, nous n'avons pas le choix. Nous devons tirer parti des "flux de la fortune".

— Je connais ça, le flux, mon lieutenant. Ça laisse les p'tits poissons crever la gueule ouverte. » Le sergent se redressa, les poings serrés.

« L'intérêt que vous portez à vos hommes est tout à votre honneur, sergent, mais il nous incombe...

— Un dernier baroud d'honneur, mon lieutenant ? » fit Jackrum. Il cracha adroitement dans le feu de l'âtre délabré. « La barbe, mon lieutenant. C'est qu'une façon de mourir avec les honneurs !

— Sergent, votre insubordination commence à...

— C'est moi qui irai », dit tranquillement Margot.

Les deux hommes s'interrompirent, se retournèrent et la regardèrent avec étonnement.

« C'est moi qui irai, répéta-t-elle plus fort. Faut que quelqu'un s'y colle.

— Sois pas idiot, Barette ! fit sèchement Jackrum. Tu sais pas ce qu'y a là-dedans, tu sais pas quels gardes t'attendent de l'autre côté de la porte, tu sais pas...

— Alors je le saurai, sergent, pas vrai ? répliqua Margot en souriant éperdument. Peut-être que j'arriverai quelque part d'où envoyer des signaux que vous verrez, ou...

— Sur ce point, au moins, le sergent et moi sommes du même avis, Barette, dit Blouse. Franchement, deuxième classe, ça ne marcherait pas. Oh, tu es brave, certainement, mais comment peux-tu croire que tu aurais une chance de passer pour une femme ?

— Ben, mon lieutenant... Quoi ?

— Il sera fait mention de ton zèle, Barette, répondit Blouse en souriant. Mais, tu sais, un bon officier tient ses hommes à l'œil, et je dois dire que j'ai noté chez toi, chez vous tous, de petites... manies, parfaitement normales, pas de quoi s'inquiéter, comme peut-être explorer de temps en temps une narine en profondeur, une tendance à sourire béatement après avoir lâché un vent, un penchant naturel et juvénile à... hum... se gratter le... l'entrejambe en public... des choses comme ça. Ce sont de petits détails pareils qui vous trahissent et révèlent à l'observateur que vous êtes un homme en vêtements de femme, croyez-moi.

— Je suis sûr que je pourrai réussir, mon lieutenant », insista Margot d'une petite voix. Elle sentait le regard de Jackrum posé sur elle. *Min... putain, tu le sais, hein ! Depuis quand tu le sais ?*

Blouse secoua la tête. « Non, ils te perceraient à jour en un éclair. Vous êtes une fine équipe, les gars, mais un seul homme ici a une chance de s'en tirer. Manicol ?

— Ouim'lieutenant ? répondit Chouffe que la panique pétrifiait déjà.

— Tu peux me trouver une robe, tu crois ? »

Maladict fut le premier à rompre le silence. « Mon lieutenant, est-ce que vous voulez dire... c'est vous qui allez essayer d'entrer déguisé en femme ?

— Eh bien, je suis visiblement le seul à avoir un peu de pratique, répondit Blouse en se frottant les mains. À mon ancienne école, on passait le temps à se mettre en jupe. » Il parcourut autour de lui le cercle de visages dénués de toute expression. « Du théâtre, vous comprenez ? expliqua-t-il joyeusement. Pas de filles dans notre pensionnat, évidemment. Mais ce n'est pas ça qui nous arrêtait. Tenez, madame Mutine dans *La comédie des cocus*, on en parle encore, paraît-il, quant à ma Miam-miam... Le sergent Jackrum va bien ? »

Le sergent s'était plié en deux, la figure au niveau des genoux, mais il parvint à croasser : « Vieille blessure de guerre. Me relance d'un coup, quoi.

— Aide-le, je te prie, soldat Igor. Où en étais-je... ? Je vous vois tous l'air ahuri, mais il n'y a rien d'étrange là-dedans. Une bonne vieille tradition, les hommes qui se déguisent en filles. En première, les gars le faisaient sans arrêt pour blaguer. » Le lieutenant marqua un temps et ajouta d'un air songeur : « Surtout Tortillond, pour une raison inconnue... » Il secoua la tête comme pour se débarrasser d'une pensée et poursuivit : « Bref, j'ai de l'expérience en la matière, voyez ?

— Et... qu'est-ce que vous feriez si... enfin, une fois entré, mon lieutenant ? demanda Margot. Abuser les gardes ne suffira pas. Il y aura d'autres femmes à l'intérieur.

— Ça ne posera pas de problème, Barette, répondit Blouse. Je me conduirai comme une femme, et j'ai un truc de scène, tu vois, j'arrive à prendre une voix *haut perchée, comme ça.* » La voix de fausset aurait pu rayer du verre. « Tu vois ? fit-il. Non, s'il nous faut une femme, je suis votre homme.

— Étonnant, mon lieutenant, dit Maladict. Un moment, j'aurais juré qu'il y avait une femme parmi nous.

— Et je pourrai sûrement découvrir s'il existe d'autres entrées mal gardées, poursuivit Blouse. Qui sait ? j'arriverai même peut-être à me procurer une clé auprès d'un garde en usant d'artifices féminins ! N'importe comment, si la voie est libre, j'envoie un signal. Une serviette accrochée à une fenêtre, peut-être. Quelque chose de très inhabituel, en tout cas. »

Un autre silence suivit. Plusieurs soldats de l'escouade fixaient le plafond.

« Ou-ui, fit Margot. Je constate que vous avez pensé à tout, mon lieutenant. »

Blouse soupira. « Si seulement Tortillond était là, dit-il.

— Pourquoi ça, mon lieutenant ?

— Un gars d'une habileté extraordinaire pour mettre la main sur une robe, le jeune Tortillond. »

Margot croisa le regard de Maladict. Le vampire fit une grimace et haussa les épaules.

« Hum… dit Chouffe.

— Oui, Manicol ?

— J'ai un jupon dans mon paquetage, mon lieutenant.

— Bonté divine ! Pourquoi ? »

Chouffe rougit. Elle n'avait pas réfléchi à une réponse.

« Des bandafes, mon lieutenant, intervint Igorina sans sourciller.

— Oui ! Oui ! C'est ça ! fit Chouffe. Je… l'ai trouvé à l'auberge… à Plün…

— F'ai demandé aux gars de récupérer tous les tiffus fadéquats qu'ils trouveraient, mon lieutenant. Fufte au cas foù.

— Beaucoup de bon sens, ce soldat-là ! fit Blouse. Quelqu'un aurait autre chose ?

— Moi, fa me furprendrait pas, mon lieutenant », dit Igorina en faisant des yeux le tour des lieux.

Des regards s'échangèrent. Des paquetages se libérèrent. Chaque soldat sauf Margot et Maladict avait quelque chose qu'il tendit les yeux baissés. Un chemisier, un jupon et, dans la plupart des cas, un foulard de basin qu'une espèce de besoin résiduel inexplicable les obligeait à transporter.

« Vous avez manifestement dû vous dire que nous allions subir de gros dégâts, nota Blouse.

— Famais trop prudents, mon lieutenant », répliqua Igorina. Elle fit un grand sourire à Margot.

« Évidemment, j'ai les cheveux un peu courts en ce moment… » réfléchissait tout haut Blouse.

Margot songea à ses frisettes désormais perdues et que devait caresser Croume. Mais le désespoir lui raviva des souvenirs.

« Elles avaient l'air de vieilles femmes pour la plupart, dit-elle aussitôt. Elles portaient des fichus et des guimpes. Je suis sûr qu'Igori... sûr qu'Igor peut trouver quelque chose, mon lieutenant.

— Nous fautres, les Figor, on a des reffourfes, mon lieutenant », confirma Igorina. Elle sortit de sa veste un portefeuille de cuir noir. « Dix minutes avec une aiguille, mon lieutenant, f'est tout fe dont f'ai befoin.

— Oh, je joue les vieilles femmes à la perfection », dit Blouse. À une vitesse qui fit sauter l'Asperge en l'air, il tendit soudain des mains tordues comme des griffes, se déforma la figure pour se donner un air follement débile et cria à tue-tête : « Oh mon dieu ! Mes pauvres vieilles jambes ! Plus rien est comme avant ! Bon d'là ! »

Derrière lui, le sergent Jackrum s'enfouit la tête dans les mains.

« Incroyable, mon lieutenant, dit Maladict. Je n'ai jamais vu de transformation pareille !

— Peut-être un tout petit peu moins vieille, mon lieutenant ? suggéra Margot même si Blouse lui avait à la vérité fait penser à sa tata Hattie aux deux tiers d'un verre de sherry.

— Tu crois ? fit Blouse. Oh, ma foi, si tu es vraiment sûr.

— Eh, euh... si vous tombez effectivement sur un garde, euh... en général, les vieilles femmes n'essayent pas de... de...

— ... faire du plat... souffla Maladict dont les pensées avaient visiblement dévalé la même pente d'épouvante.

— ... leur faire du plat », termina Margot en rougissant. À la réflexion, elle ajouta : « Sauf si elles ont bu un verre de sherry, en tout cas.

— Et fe vous confeille d'aller vous rafer, mon lieutenant...

— Me rafer ? répéta Blouse.

— Vous raser, mon lieutenant, traduisit Margot. Je vais préparer le nécessaire, mon lieutenant.

— Ooh, oui. Bien entendu. On ne voit pas beaucoup de vieilles femmes barbues, hein ? À part ma tata Parthenope, si je me souviens bien. Et... euh... personne n'aurait deux ballons, des fois ?

— Euh... pourquoi, mon lieutenant ? s'étonna Biroute.

— Une forte poitrine fait toujours rire », dit Blouse. Il passa en revue la rangée de visages. « Pas une bonne idée, peut-être ? J'ai eu droit à un déluge d'applaudissements pour mon interprétation de la veuve Trembleur dans *Dommage qu'elle soit en rotin*. Non ?

— Je crois qu'Igor pourrait coudre quelque chose un peu plus... euh... réaliste, mon lieutenant, objecta Margot.

— Oh ? Ah, bah, si tu le penses vraiment... dit Blouse d'un air abattu. Je vais aller me mettre dans la peau du personnage. »

Il disparut dans la seule autre pièce du bâtiment. Au bout de quelques secondes, on l'entendit réciter : « Bon d'là, mes pauvres jambes ! » en recourant à divers tons façon crissements d'ongles.

L'escouade se regroupa.

« Qu'est-ce que c'est, tout ça ? demanda Biroute.

— Il parlait de théâtre, répondit Maladict.

— C'est quoi, ça ?

— Une abomination aux yeux de Nuggan, évidemment, dit le vampire. Ça prendrait trop de temps d'expliquer, mon pauvre petit. Des gens qui font semblant d'être quelqu'un d'autre pour raconter une histoire dans une salle immense où le monde est différent du nôtre. D'autres gens, assis, les regardent et mangent des chocolats. Très, très abominable.

— J'ai vu du guignol dans un village une fois, dit Chouffe. On a ensuite emmené le bonhomme de force, et c'est devenu une abomination.

— Je me souviens de ça », fit Margot. Il y avait un crocodile dans l'histoire, et, manifestement, il était mal venu de montrer un tel animal mangeant le gendarme, symbole de l'autorité, même si personne ne savait ce qu'était un crocodile avant l'arrivée du théâtre de marionnettes. Le moment où Guignol tapait sur sa femme relevait aussi de l'abomination parce qu'il s'était servi d'un bâton qui dépassait l'épaisseur d'un pouce réglementaire.

« Le lieutenant ne tiendra pas une minute, vous savez, dit-elle.

— Oui, mais il écoutera perfonne, hein ? ajouta Igorina. Fe vais faire de mon mieux avec mes fifeaux et mon aiguille pour le tranfformer en femme, mais...

— Igorina, quand c'est toi qui parles de ces choses-là, de drôles d'images me viennent en tête, dit Maladict.

— Pardon.

— Tu peux prier pour lui, Pignole ? demanda Margot. Je crois qu'on aura besoin d'un miracle, là. »

Pignole ferma docilement les yeux, joignit les mains un moment puis annonça timidement : « Malheureusement, elle dit que ça exige davantage qu'une dinde.

— Pigne ? fit Margot. Est-ce que, vraiment… » Elle s'interrompit alors devant la petite figure lumineuse qui l'observait.

« Oui, dit Pignole. Je parle vraiment à la Duchesse.

— Ouais, ben, je faisais ça aussi, lança sèchement Biroute. Je la priais, dans le temps. Son imbécile de tête se contentait de me regarder sans réagir. Elle n'a jamais rien empêché. Toutes ces histoires, toutes ces imbécillités… » La jeune fille se tut ; trop de mots lui embouteillaient la cervelle. « D'ailleurs, pourquoi elle te parlerait à toi ?

— Parce que j'écoute, répondit calmement Pignole.

— Et qu'est-ce qu'elle dit ?

— Des fois, elle pleure, c'est tout.

— Elle pleure, elle ?

— Parce que les gens veulent trop de choses et qu'elle ne peut rien leur donner. » Pignole gratifia l'escouade d'un de ses sourires qui éclaira les ruines. « Mais tout ira bien quand je serai où il faut.

— Ben, impeccable, alors… commença Margot dans le nuage de gêne profonde que Pignole générait en elle.

— Ouais, d'accord, enchaîna Biroute. Mais moi, je ne prie personne, d'accord ? Plus jamais. Je n'aime pas ça, Pigne. T'es bien brave, mais je n'aime pas ta façon de sourire… » Elle s'arrêta. « Oh non… »

Margot regarda Pignole. Son visage était étroit, tout en angles, et la duchesse du tableau rappelait, disons, un turbot suralimenté, mais le sourire, là… le sourire qu'elle affichait…

« Je ne supporte pas ça ! gronda Biroute. T'arrêtes tout de suite ! Je ne rigole pas ! Tu me flanques la trouille ! Chouque, tu la... tu le... tu l'empêches de sourire comme ça !

— Allons, tout le monde se calme... dit Margot.

— Foutredieux, vous allez la fermer, oui ! intervint Jackrum. On s'entend plus chiquer. Écoutez, vous êtes tous sur les nerfs. Ça arrive. Et Pignole nous fait une petite poussée de religion avant le combat. Ça arrive aussi. Ce qu'il faut, c'est garder tout ça pour l'ennemi. Modérez-vous. C'est ce qu'on appelle à l'armée un ordre, vu ?

— Barette ? » C'était Blouse.

« Tu ferais bien de te dépêcher, dit Maladict. Il faut sans doute lui lacer son corset... »

À la vérité, Blouse était assis sur ce qui restait d'une chaise.

« Ah, Barette. La barbe, s'il te plaît, dit-il.

— Oh, je croyais que votre main allait mieux, mon lieutenant...

— Euh... oui. » Blouse avait l'air embarrassé. « L'ennui, Barette, c'est que... je ne me suis jamais rasé tout seul, pour être franc. Un barbier s'en chargeait à l'école, puis j'ai évidemment partagé une ordonnance avec Jumilan à l'armée et, euh... les fois où j'ai essayé tout seul se sont terminées dans un bain de sang. Je n'y ai pas vraiment pensé jusqu'à ce que j'arrive à Plotz et... euh... du coup c'était gênant...

— J'en suis navré », dit Margot. C'était un drôle de monde.

« Plus tard, tu me donneras peut-être quelques tuyaux, reprit Blouse. Toi, tu es toujours impeccablement rasé, je n'ai pas pu m'empêcher de le remarquer. Ça ferait plaisir au général Froc. Il ne supporte pas les poils, à ce qu'il paraît.

— Si vous voulez, mon lieutenant », dit Margot. Pas moyen d'y échapper. Elle fit mine d'aiguiser le rasoir. Peut-être s'en sortirait-elle au prix de seulement quelques coupures...

« Crois-tu que je devrais avoir le nez rougi ? demanda Blouse.

— Peut-être bien, mon lieutenant », répondit Margot. *Le sergent est au courant pour moi, j'en suis sûre*, songea-t-elle. *Je le sais. Pourquoi est-ce qu'il ne dit rien ?*

« Peut-être bien, Barette ?

— Quoi ? Oh. Non... pourquoi un nez rouge, mon lieutenant ? demanda Margot en appliquant la mousse d'un geste vigoureux.

— Ça aurait l'air plus *pff* amusant, peut-être.

— Pas sûr que ce soit le but de la manœuvre, mon lieutenant. Maintenant, si vous vouliez bien... euh... vous pencher en arrière, mon lieutenant...

— Y a un truc que vous devriez savoir au sujet du jeune Barette, mon lieutenant. »

Margot glapit littéralement. De son pas silencieux, typique d'un sergent, Jackrum s'était glissé dans le local.

« *Pff* sergent ? fit Blouse.

— Barette sait pas faire la barbe, mon lieutenant. Donne-moi le rasoir, Barette.

— Sait pas faire la barbe ? s'étonna Blouse.

— Nonm'lieutenant. Barette nous a menti, pas vrai, Barette ?

— D'accord, sergent, pas besoin d'en rajouter, soupira Margot. Mon lieutenant, je suis...

— ... trop jeune, la coupa Jackrum. Pas vrai, Barette ? Quatorze ans seulement, hein ? »

Il regarda Margot par-dessus le crâne du lieutenant et cligna de l'œil.

« Euh... j'ai menti pour m'enrôler, mon lieutenant, oui, dit Margot.

— J'crois pas qu'on devrait entraîner un p'tit gars comme ça dans la forteresse, même s'il manque pas de cran, reprit Jackrum. Et j'crois pas qu'il soit le seul. Hein, Barette ? »

Oh, c'est donc à ça qu'on joue. Du chantage, songea Margot.

« Oui, sergent, répondit-elle d'un ton las.

— Pas question d'envoyer des jeunes à l'abattoir, mon lieutenant, pas vrai ? poursuivit Jackrum.

— Je vois ce que *pff* vous voulez dire, sergent, répondit le lieutenant tandis que Jackrum lui faisait doucement glisser le rasoir le long de la joue. Une affaire délicate.

— Vaut mieux en rester là, alors ?

— D'un autre côté, sergent, je sais que vous *pff* vous êtes vous-même enrôlé tout enfant », fit observer Blouse. La lame se figea.

« Ben, c'était différent en ce temps...

— Vous aviez cinq ans, semble-t-il, poursuivit le lieutenant. Vous savez, quand j'ai entendu dire que j'allais vous rencontrer, vous, une légende dans l'armée, j'ai évidemment jeté un coup d'œil à votre dossier pour me permettre peut-être de faire quelques blagues de circonstance en vous remettant votre feuille de démobilisation honorable. Vous savez, de petits rappels rigolos du temps passé ? Imaginez donc ma perplexité en découvrant que vous touchiez, semble-t-il, une solde depuis... enfin, difficile d'être sûr, mais peut-être la bagatelle de soixante ans. »

Margot avait bien affûté le rasoir. La lame reposait contre la joue du lieutenant. Elle se remémora le meurtre – bon, d'accord, l'élimination d'un prisonnier en fuite – dans le bois. *Ça serait pas le premier officier que je zigouille...*

« Sans doute une de ces erreurs d'écriture, mon lieutenant », dit Jackrum d'un ton glacial. Dans la pénombre de la salle dont la mousse colonisait désormais les murs, la masse du sergent en imposait.

Une chouette, perchée sur la cheminée, lança un cri strident. L'écho rebondit dans le conduit jusque dans la salle.

« À la vérité, non, sergent, dit un Blouse sans doute inconscient du rasoir. Votre contrat a été falsifié. En de nombreuses occasions. Une fois même par le général Froc. Il a baissé votre âge de dix ans et signé la correction. Et il n'a pas été le seul. Franchement, sergent, une seule conclusion s'impose.

— Et laquelle, mon lieutenant ? » Le rasoir s'immobilisa une nouvelle fois, toujours appuyé contre la gorge de Blouse. Le silence parut s'éterniser, comme étiré, effilé.

« Qu'il existait un autre homme du nom de Jackrum, répondit lentement Blouse, dont le dossier... s'est mélangé au vôtre et... toutes les tentatives de rectification par des officiers... euh... pas très à l'aise avec les chiffres n'ont fait qu'embrouiller davantage les choses. »

Le rasoir reprit ses déplacements avec une douceur soyeuse. « J'crois que vous avez mis le doigt en plein dessus, mon lieutenant, dit Jackrum.

— Je vais écrire une note explicative et l'ajouter au reste, poursuivit Blouse. Il me semble que le plus judicieux serait de vous demander votre âge là, maintenant. Quel âge avez-vous, sergent ?

— Quarante-trois, mon lieutenant », répondit aussi sec Jackrum.

Margot leva les yeux, dans l'attente du coup de tonnerre classique qui aurait dû accompagner une contre-vérité aussi énorme.

« Vous êtes sûr ? fit Blouse.

— Quarante-cinq, mon lieutenant. Les épreuves de la vie du soldat se voient sur sa figure, mon lieutenant.

— Tout de même…

— Ah, je m'souviens de deux autres anniversaires qui m'étaient sortis d'la tête, mon lieutenant. J'ai quarante-sept ans, mon lieutenant. » Toujours pas de grondement de désapprobation céleste, nota Margot.

« Euh… oui. Très bien. Après tout, vous devez le savoir, hein, sergent ? Je vais rectifier.

— Merci, mon lieutenant.

— Tout comme l'a fait le général Froc. Et le général de brigade Galoche. Et le colonel Cuissard, sergent.

— Ouim'lieutenant. Cette erreur d'écriture m'a suivi tous les jours de ma vie. Un vrai martyre. » Jackrum recula. « Et voilà, mon lieutenant. La figure douce comme des fesses de bébé. Tout devrait être que douceur, hein, mon lieutenant ? J'ai toujours aimé la douceur. »

Ils regardèrent le lieutenant Blouse descendre à travers les arbres jusqu'au sentier. Ils le regardèrent se joindre à la file irrégulière, disséminée, de femmes qui se dirigeaient vers la porte. Ils attendirent les cris et n'en entendirent aucun.

« E-est-ce qu'une femme doit se déhancher autant ? demanda Pignole en guettant d'un air inquiet à travers les buissons.

— Légalement, non, je pense, répondit Margot en passant la forteresse en revue avec la longue-vue du lieutenant. Bon, il faut guetter une espèce de signal qui nous dira qu'il va bien. »

Quelque part en altitude, une buse glapit.

« Non, ils l'ont sûrement capturé dès qu'il a franchi la porte, dit Maladict. Je te le parie. »

Ils laissèrent Jade de surveillance. Une fois sa peinture enlevée, une troll s'intégrait si bien dans un décor rocheux que nul ne risquait de la remarquer avant de buter dedans, et c'était alors trop tard.

Ils revinrent à travers bois, et ils avaient presque atteint la ferme en ruine quand ça se produisit.

« Tu tiens bien le coup, Mal, constata Margot. Les glands ont peut-être fait l'affaire, hein ? Tu n'as pas du tout parlé de café... »

Maladict s'arrêta et se retourna lentement. À la grande horreur de Margot, il avait à présent le visage luisant de transpiration. « Il a fallu que tu en reparles, hein ? lança-t-il d'une voix rauque. Oh, par pitié, non ! Je tenais parfaitement le choc ! Je m'en sortais si bien ! » Il tomba en avant, et une lueur rouge lui enflamma les yeux. « Va chercher... Igorina, marmonna-t-il, le souffle court. Je sais qu'elle est prête pour ça... »

... flapflapflap...

Pignole priait frénétiquement. Maladict voulut se remettre debout, retomba à genoux et leva au ciel des bras implorants.

« Partez d'ici tant que vous pouvez, marmonna-t-il alors que ses dents s'allongeaient nettement. Je... »

Une ombre s'étendit, on sentit un mouvement, et le vampire s'affaissa, assommé par un paquet d'une demi-livre de café en grains qui venait de tomber d'un ciel dégagé.

Margot arriva à la ferme en portant Maladict sur son épaule. Elle l'installa aussi confortablement qu'elle put sur de la vieille paille, et l'escouade se consulta.

« Vous croyez qu'on devrait lui retirer le paquet de la bouche ? demanda nerveusement Chouffe.

— J'ai essayé, mais il se défend, dit Margot.

— Il est inconscient, pourtant !

— Il ne le lâche pas quand même ! Il le suce. J'aurais juré qu'il était dans les pommes, mais il a tendu le bras, l'a attrapé et a mordu dedans ! Le paquet est tombé d'un ciel vide ! »

Biroute regarda fixement Pignole. « La duchesse fait le service des chambres ? lança-t-elle.

— Non ! Elle dit que ce n'est p-pas elle !

— On a bien des fois des pluies bizarres de poiffons, rappela Igorina en s'agenouillant près de Maladict. C'est possible, j'imagine, qu'une tornade soit passée par une plantation de café, puis une décharge de foudre dans les couches supérieures de l'éther a peut-être...

— À quel moment est-ce qu'elle a traversé une fabrique de sachets ? l'interrompit Biroute. Des sachets ornés d'un gars rigolard en turban disant : "Pur klatchien grillé ! Mieux qu'un coup de fouet !"

— Ben, fi tu veux aller par là, fa paraît pas trop tiré par les cheveux... » Igorina se releva et ajouta : « Je crois qu'il sera en forme quand il se réveillera. Mais peut-être un peu bavard.

— D'accord, les gars, on se repose, dit Jackrum en entrant. On va donner au galonnard deux heures pour tout foutre en l'air, après quoi on fera en vitesse le tour de la vallée et on descendra en douce rejoindre le reste de l'armée. De la bonne boustifaille et dormir sur des couvertures propres, hein ? Voilà ce qu'il nous faut !

— Rien ne prouve qu'il va tout foutre en l'air, sergent, fit observer Margot.

— Ah ouais, c'est ça, peut-être qu'il s'est déjà marié avec le commandant de la garnison, hein ? On a vu des trucs plus bizarres, même si je m'rappelle pas quand. Barette et Manicol, vous êtes de garde. Les autres, vous allez piquer un roupillon. »

Une patrouille zlobène passa au loin. Margot la surveilla jusqu'à ce qu'elle soit hors de vue. La journée s'annonçait agréable, chaude avec un peu de vent. Un temps idéal pour sécher. Un temps à être lavandière. Et peut-être que Blouse allait réussir. Peut-être que tous les gardes étaient aveugles.

« Margot ? souffla Chouffe.

— Oui, Chouffe... Dis, comment tu t'appelles dans le civil ?

— Babette. C'est Babette. Euh... la plupart des Dedans-dehors sont dans la forteresse, c'est ça ?

— On dirait.

— Alors c'est là que j'ai le plus de chances de retrouver mon fiancé, oui ? »

On a déjà parlé de ça, songea Margot. « Bien possible.

— Ça risque d'être difficile s'il y a beaucoup de prisonniers... poursuivit une Babette manifestement préoccupée.

— Ben, si on arrive jusqu'aux prisonniers et qu'on demande à droite à gauche, quelqu'un connaîtra forcément son nom. Comment il s'appelle ?

— Jeannot, souffla Babette.

— Juste Jeannot ? fit Margot.

— Euh... oui... »

Ah, songea Margot. Je crois savoir de quoi il retourne...

« Il est blond, il a les yeux bleus, je crois qu'il portait une boucle d'oreille en or et il avait... un machin de forme marrante... comment on appelle ça ? Ah, oui... une espèce d'anthrax au... au... derrière.

— D'accord. D'accord.

— Hum... maintenant que j'en parle, ça ne paraît pas très utile, j'imagine. »

Sauf si on est en position d'assister à une séance d'identification un peu particulière, songea Margot, et je n'ose pas imaginer la position en question.

« Pas vraiment, dit-elle.

— D'après lui, tout le monde le connaît dans le régiment, poursuivit Babette.

— C'est vrai ? Oh, tant mieux. On n'aura qu'à demander.

— Et, euh... on allait couper une pièce de cinq sous en deux, tu sais, ça se fait ; comme ça, si le soldat ne revient pas avant des années, le gars et la fille sont sûrs de se retrouver puisque les deux moitiés coïncident...

— Oh, ça, c'est utile, je trouve.

— Ben, oui, sauf que, ben, je lui ai donné les cinq sous, lui m'a dit qu'il allait demander au forgeron de casser la pièce en deux dans son étau, alors il est parti et, euh... je pense qu'il a été obligé de s'absenter... » La voix de Babette mourut.

Ben, je m'attendais un peu à ça, songea Margot.

« J'imagine que tu me prends pour une petite idiote, marmonna Babette au bout d'un moment.

— Pour une fille imprudente, peut-être, dit Margot en se tournant pour observer avec attention le paysage.

— C'était, tu sais, un coup de foudre...

— Ça me fait davantage l'effet d'éléments déchaînés », dit Margot.

Babette se fendit d'un grand sourire. « Oui, il y a de ça », reconnut-elle.

Margot lui rendit le même sourire. « Babette, c'est ridicule de parler d'idiotie et d'imprudence en un moment pareil, dit-elle. De quel côté chercher la sagesse ? Du côté d'un dieu qui déteste les puzzles et la couleur bleue ? Du côté d'un gouvernement fossile dirigé par un tableau ? D'une armée qui confond entêtement et courage ? Comparé à tout ça, toi, tu n'as seulement pas su choisir le bon moment !

— Mais je ne veux pas finir à la maison de redressement. Ils ont emmené une fille du village, elle donnait des coups de pied et elle hurlait...

— Alors défends-toi ! Tu as une épée maintenant, non ? Résiste ! » Elle vit la tête horrifiée que fit Babette et se souvint que ce n'était pas à Biroute qu'elle s'adressait. « Écoute, si on s'en sort vivantes, on ira parler au colonel. Il pourra peut-être nous aider. » Après tout, ton petit ami s'appelait peut-être vraiment Jeannot, se dit-elle, et il a peut-être vraiment dû s'absenter à l'improviste. L'espoir est un sentiment merveilleux. « Si on s'en sort, reprit-elle, il n'y aura ni maison de redressement ni raclées. Ni pour toi ni pour aucune d'entre nous. Pas si on se sert de notre tête. Pas si on est finaudes. »

Babette était presque en larmes, mais elle réussit à sourire encore. « Et en plus Pignole parle à la duchesse. Elle arrangera tout ! »

Margot fixa le paysage radieux, immobile, désert en dehors d'une buse qui décrivait de larges cercles dans le bleu prohibé. « Je n'en suis pas sûre, dit-elle. Mais quelqu'un, là-haut, nous aime bien. »

Le crépuscule était bref à cette période de l'année. Blouse n'avait donné aucun signe de vie.

« J'ai surveillé jusqu'à j'arrive plus à voir, dit Jade

alors que tout le monde était assis et regardait Chouffe préparer le rata. Et certaines femmes qui sortaient étaient celles j'ai vues entrer ce matin.

— T'es sûr ? demanda Jackrum.

— On est peut-être pas fins, chef, répliqua Jade d'un air offensé, mais trolls ont grande... euh... haque-huit-thé visuaile. D'autres femmes entraient ce soir aussi.

— Équipe de nuit, dit Biroute.

— Ah, bah, il aura essayé, fit Jackrum. Avec un peu de chance, il est dans une bonne cellule au chaud et ils lui ont déniché un pantalon long. Ramassez vos affaires, les gars. On va faire un détour en douce pour rejoindre nos lignes, et à minuit vous serez dans un lit douillet. »

Margot se rappela ce qu'elle avait dit des heures plus tôt à propos du combat. Il fallait commencer quelque part. « Je veux encore tenter d'entrer dans la forteresse, dit-elle.

— Ah oui, Barette, c'est vrai ? fit Jackrum en simulant l'intérêt.

— Mon frère est dedans.

— Alors il y est à l'abri.

— Il est peut-être blessé. Je vote pour la forteresse.

— Tu votes ? Parole, c'est nouveau, ça. Voter à l'armée ? Qui veut se faire tuer, les gars ? On vote à main levée. Ça suffit, Barette.

— Je vais tenter le coup, sergent !

— Non !

— Essayez de m'en empêcher ! »

Les mots étaient sortis avant qu'elle puisse les retenir. Et voilà, se dit-elle, mon coup de gueule s'est entendu tout autour du monde. Pas moyen de revenir en arrière après ça. J'ai franchi le bord de la falaise et ça descend à partir de maintenant.

Jackrum resta l'air interdit un bref instant puis demanda : « Quelqu'un d'autre vote pour la forteresse ? »

Margot regarda Chouffe qui rougit.

Mais : « Nous », répondit Biroute. À côté d'elle, l'Asperge gratta une allumette et la brandit pour qu'elle flambe. Pour l'Asperge, ça tenait lieu de discours.

« Pourquoi ça, je te prie ? demanda Jackrum.

— On n'a pas envie de rester assis dans un marécage sans rien faire, dit Biroute. Et on n'aime pas recevoir d'ordres.

— T'aurais dû y penser avant de t'engager dans l'armée, mon gars !

— On n'est pas des gars, chef.

— Vous l'êtes si je l'dis ! »

Ma foi, ce n'est pas comme si je ne m'y attendais pas, songea Margot. J'ai joué cette scène assez souvent dans ma tête. C'est parti… « D'accord, chef, dit-elle. Il est temps de s'expliquer, là, maintenant.

— Hou là là, fit Jackrum d'un air théâtral en pêchant dans sa poche son tabac entortillé dans du papier.

— Quoi ? »

Il s'assit sur les restes d'un mur. « J'ajoute un peu de piment à la conversation, c'est tout, dit-il. Continue, Barette. Vide ton sac. Je pensais bien qu'on en arriverait là.

— Vous savez que je suis une fille, sergent, lança Margot.

— Ouaip. J'te ferais pas confiance pour raser du fromage. »

L'escouade n'en perdait pas une miette. Jackrum ouvrit son grand couteau puis examina son tabac à chiquer comme s'il s'agissait de la chose la plus intéressante à cet instant.

« Alors... euh... qu'est-ce que vous allez y faire ? demanda une Margot déroutée.

— Chaispas. J'peux rien y faire, hein ? T'es née comme ça.

— Vous n'avez rien dit à Blouse !

— Nan. »

Margot avait envie de faire sauter son maudit tabac de la main du sergent. Maintenant qu'elle avait dépassé le stade de la surprise, elle trouvait choquant son manque de réaction. Comme lorsque la porte s'ouvre juste avant que votre bélier la percute ; vous vous retrouvez soudain à galoper à travers le bâtiment sans trop savoir comment vous arrêter.

« Ben, on est toutes des filles, sergent, lâcha Biroute. Qu'est-ce que vous en dites ? »

Jackrum entreprit de trancher un bout de tabac.

« Et après ? répliqua-t-il en ne s'intéressant toujours qu'à sa tâche en cours.

— Quoi ? fit Margot.

— Vous croyez que personne d'autre a jamais essayé ? Vous vous croyez les seules ? Vous croyez votre vieux sergent sourd, aveugle et idiot ? Vous pouvez vous berner entre vous et n'importe qui peut berner un galonnard, mais on berne pas Jackrum. J'étais pas sûr pour Maladict, et je l'suis toujours pas, parce qu'avec un vampire, allez savoir. J'suis pas sûr non plus pour toi, Carborundum, parce qu'avec un troll, on s'en fout. Sans vouloir t'offenser.

— Pas d'mal », gronda Jade. Elle croisa le regard de Margot et haussa les épaules.

« J'suis moins fort pour repérer les indices, vu que j'connais pas beaucoup de trolls, expliqua le sergent. En ce qui te concerne, Chouque, j'ai compris tout d'suite. Quelque chose dans les yeux, m'est avis. Comme si... t'étais à l'affût pour voir si tu t'en sortais bien. »

Oh, la barbe, songea Margot. « Euh... je n'aurais pas une paire de chaussettes à vous ?

— Ouaip. Toute propre, même.

— Je vous la rends tout de suite ! dit Margot en empoignant sa ceinture.

— Quand tu voudras, Barette, quand tu voudras, y a pas urgence, fit Jackrum en levant la main. Bien lavée, s'il te plaît.

— Pourquoi, chef ? lança Biroute. Pourquoi vous ne nous avez pas dénoncées ? Vous auriez pu nous dénoncer n'importe quand ! »

Jackrum fit passer sa chique d'une joue à l'autre et resta assis à mastiquer un moment, le regard dans le vide.

« Non, vous êtes pas les premières, dit-il. J'en ai vu pas mal. La plupart du temps seules, toujours apeurées... et elles tenaient pas longtemps, en général. Mais deux ou trois faisaient de beaux soldats, oui, de très beaux soldats. Alors je vous ai toutes regardées et je m'suis dit, ben, je m'suis dit, je m'demande ce qu'elles vont faire quand elles se rendront compte qu'elles sont pas seules. Vous avez entendu parler des lions ? » Tout le monde hocha la tête. « Ben, le lion est un gros froussard, la plupart du temps. Si on cherche des noises, faut se colleter avec la lionne. Ce sont des tueuses, et elles chassent ensemble. C'est pareil partout. Quand on veut en baver, on peut compter sur les dames. Même chez les insectes, vous savez ? Il existe une espèce dont la femelle arrache d'un coup de gueule la tête du mâle pendant qu'il remplit ses devoirs conjugaux, et ça, c'est ce que j'appelle en baver. D'un autre côté, à ce qu'on m'a dit, il continue quand même, alors c'est sans doute pas la même chose pour les insectes. »

Jackrum fit du regard le tour des mines interdites. « Je m'trompe ? fit-il. Ben, je m'suis p't-être dit qu'une bande de filles d'un coup, c'était... bizarre. Y a p't-être une raison. » Margot vit le sergent jeter un bref coup d'œil à Pignole. « N'importe comment, j'allais pas toutes vous humilier devant un petit crapaud comme Croume, puis y a eu cette histoire à Plotz, et après, ben, on a cavalé, comme qui dirait, on a été emportés dans un tourbillon et on trouvait pas l'temps de souffler. Vous vous êtes bien débrouillés, les gars. Très bien. Vous vous en êtes sortis comme des chefs.

— Je vais entrer dans la forteresse, dit Margot.

— Oh, t'inquiète pas pour le galonnard. Il est sans doute en train de savourer un bon bol de jésabel en ce moment. Il a fréquenté une école pour jeunes aristos, alors la prison lui rappellera le bon vieux temps.

— On ira quand même, chef. Pardon.

— Oh, demande pas pardon, Barette, tu t'en tirais bien jusque-là », dit Jackrum d'un ton amer.

Chouffe se leva. « J'y vais aussi, dit-elle. Je crois que mon... fiancé est là-bas.

— Il faut que j'y aille aussi, annonça Pignole. La Duchesse guide mes pas.

— Alors je vous suis, dit Igorina. On aura sûrement besoin de moi.

— Je crois pas je peux passer pour lavandière, gronda Jade. Je reste ici et veille sur Mal. Hah, s'il veut encore du sang quand il se réveille, il finira avec des dents émoussées ! »

Elles échangèrent en silence des regards gênés mais intraitables. Puis entendirent quelqu'un applaudir lentement.

« Oh, très beau, dit Jackrum. Des frères d'armes, hein ? Pardon... des sœurs. Oh là là, oh là là. Écoutez, Blouse était un imbécile. Sans doute la faute à tous ses bouquins. Il a lu toutes ces histoires sur la grandeur de mourir pour son pays, j'imagine. Moi, j'ai jamais trop aimé la lecture, mais je sais que le boulot, c'est de faire en sorte que de pauvres diables meurent pour le leur. »

Il fit repasser sa chique d'une joue à l'autre. « J'voulais vous protéger, les gars. En bas, dans la foule de bonshommes, je m'disais que j'pourrais vous tirer d'affaire, même si le prince avait envoyé des tas de copains vous courir après. Quand je vous regarde, les gars, je m'dis : pauvres petits, vous connaissez rien de la guerre. Qu'est-ce que vous allez faire ? Biroute, t'es un tireur d'élite, mais une fois que t'as tiré, qui te protège pendant que tu recharges ? Barette, t'as deux ou trois tours dans ton sac, mais les types dans le château en auront p't-être cinq ou six, eux. Tu cuisines bien, Chouffe ; dommage pour toi, ça va trop chauffer là-bas. Est-ce que la duchesse écarte les flèches, Pignole ?

— Oui. Elle le fera.

— J'espère que t'as raison, mon gars, dit Jackrum en posant sur la fille un regard appuyé. Personnellement, j'trouve la religion aussi utile à la bataille qu'un casque en chocolat. Il vous faudra davantage qu'une prière si le prince Heinrich vous capture, j'dois dire.

— On va essayer, chef, persista Margot. Il n'y a rien pour nous dans l'armée.

— Vous venez avec nous, sergent ? demanda Chouffe.

— Non, petit. Moi en lavandière ? M'étonnerait. J'pense pas avoir de jupe dans mon barda, déjà. Euh… juste une chose, les gars. Vous allez entrer comment ?

— Le matin. Quand on verra les femmes y retourner, répondit Margot.

— Tout est prévu, général ? Et vous serez déguisés en femmes ?

— Euh… on est des femmes, chef, rappela Margot.

— Oui, petit. Un détail technique. Mais t'as équipé le galonnard avec toutes vos petites babioles, non ? Vous allez faire quoi ? Dire aux gardes que vous avez ouvert le mauvais placard dans le noir ? »

Un autre silence gêné s'installa. Jackrum soupira. « C'est pas comme ça qu'on fait la guerre. J'ai quand même dit que je prendrais soin de vous. Vous êtes mes p'tits gars, j'ai dit. » Ses yeux brillèrent. « Et vous l'êtes toujours, même si c'est le monde à l'envers. Il me reste juste à espérer, mademoiselle Barette, que t'as retenu quelques astuces de ton vieux sergent, mais je doute pas que tu peux en trouver toute seule. Maintenant, vaudrait mieux que j'vous équipe, non ?

— On pourrait peut-être se glisser en douce et piquer des affaires dans les villages d'où viennent les servantes ? proposa Biroute.

— Voler une bande de pauvres femmes ? objecta Margot d'un ton découragé. Et puis il y aurait des soldats partout.

— Ben, comment est-ce qu'on peut trouver des vêtements de femme sur un champ de bataille ? » demanda l'Asperge.

Jackrum éclata de rire, se leva, se colla les pouces dans la ceinture et se fendit d'un grand sourire.

« Je vous l'ai dit, les gars, vous connaissez rien de rien à la guerre ! »

… et, entre autres choses qu'ils ignoraient, elle a des à-côtés.

Margot ne savait pas trop à quoi s'attendre. À des hommes et des chevaux, manifestement. Elle se les imaginait engagés dans des combats mortels, mais on ne pouvait pas combattre à longueur de journée. Il y aurait donc des tentes. Son imagination n'allait guère au-delà. Elle n'avait pas vu qu'une armée en campagne s'apparente à une grande ville mobile. Elle n'a qu'un employeur et elle produit des morts, mais, comme toutes les villes, elle attire des… habitants. Le plus déroutant, c'était les pleurs de bébés au loin dans les alignements de tentes. Elle ne s'était pas attendue à ça. Ni à la boue. Ni à la foule. Partout on voyait des feux et on sentait la cuisine. C'était un siège, après tout. L'armée s'était installée.

Descendre dans la plaine de nuit avait été facile. Seules Margot et Chouffe suivaient à la queue leu leu le sergent qui avait déclaré que, quatre éléments, ce serait trop et que, de toute façon, ça se remarquerait. Il y avait des patrouilles, mais les rondes répétées avaient émoussé leur acuité. D'ailleurs, les alliés ne s'attendaient pas à ce qu'on cherche à pénétrer dans la vallée, surtout par petits groupes. Et, dans le noir, les hommes font du bruit, beaucoup plus qu'une femme. Ils avaient détecté une sentinelle borograve dans l'obscurité en l'entendant s'efforcer de déloger à coups de succions un reste de dîner d'entre ses dents. Mais une autre les avait repérés alors qu'ils se trouvaient à un jet de pierre des tentes. C'était un jeune soldat, donc encore zélé.

« Halte ! Qui va là ? Ami ou ennemi ? » La lueur d'un feu de camp se réfléchit sur une arbalète.

« Voyez ? souffla Jackrum. C'est là que l'uniforme est votre copain. Ça vous fait pas plaisir de l'avoir gardé ? »

Il s'avança d'un pas assuré et cracha un jet de tabac entre les pieds de la jeune sentinelle. « Je m'appelle Jackrum, se présenta-t-il. Le sergent Jackrum. Quant au reste de ta question... à toi de voir.

— Le sergent Jackrum ? fit le jeune soldat dont la bouche resta béante.

— Oui, petit.

— Quoi ? Celui qui a tué seize hommes à la bataille de Zop ?

— Ils étaient que dix, mais c'est bien de l'avoir retenu, mon gars.

— Le Jackrum qui a porté le général Froc pendant vingt kilomètres en territoire ennemi ?

— C'est ça. »

Margot vit dans les ténèbres les dents de la sentinelle qui souriait. « Mon p'pa m'a dit qu'il s'est battu avec vous à Bavureberg !

— Ah, une rude bataille, celle-là ! commenta Jackrum.

— Non, il parlait du bistro après la bataille. Il vous a piqué votre verre, vous lui avez envoyé une baffe dans les gencives, il vous a balancé un coup de pied dans les croquignoles, vous lui avez envoyé votre poing dans le bide, il vous a mis l'œil au beurre noir, puis vous lui avez tapé dessus avec une table et, quand il est revenu à lui, ses copains lui ont payé des bières le reste de la soirée pour avoir réussi à flanquer pas loin de trois coups de poing au sergent Jackrum. Il raconte l'histoire tous les ans, quand c'est l'anniversaire de la bataille et qu'il se soû… qu'il se souvient. »

Jackrum réfléchit un instant puis planta son doigt dans le torse du jeune homme. « Jo Hubukurk, c'est ça ? » fit-il.

Le sourire s'élargit au point que la moitié supérieure de la tête du soldat menaçait de basculer. « Il va être aux anges et se pavaner toute la journée quand je vais lui dire que vous vous souvenez de lui, sergent ! Il répète que là où vous pissez, l'herbe repousse plus !

— Ben, la modestie m'empêche de répondre, hein ? » répliqua Jackrum.

Le jeune homme fronça alors les sourcils. « Marrant, tout de même, il vous croyait mort, sergent.

— Je lui parie dix sous que je l'suis pas, tu lui diras. Et ton nom, petit ?

— Lart, sergent. Lart Hubukurk.

— Content de t'être engagé, hein ?

— Oui, chef, répondit Lart avec loyauté.

— On fait juste une balade, petit. Dis à ton p'pa que j'ai demandé de ses nouvelles.

— Sans faute, sergent ! » Le jeune soldat se mit au garde-à-vous comme s'il formait une garde d'honneur à lui seul. « C'est un grand moment pour moi, sergent !

— Est-ce que tout le monde vous connaît, chef ? chuchota Margot tandis qu'ils s'éloignaient.

— Dame, y a d'ça. Dans notre camp, en tout cas. J'oserai même affirmer que la plupart des ennemis qui me croisent connaissent plus grand-chose après.

— Je ne pensais pas que ça ressemblerait à ça ! souffla Chouffe.

— À quoi ? demanda Jackrum.

— Il y a des femmes et des enfants ! Des boutiques ! Je sens qu'on cuit du pain ! C'est comme une... une ville.

— Ouais, mais ce qu'on cherche se trouve pas dans la rue principale. Suivez-moi, les gars. »

Le sergent Jackrum, l'air soudain furtif, plongea vivement entre deux grosses piles de caisses puis déboucha près d'une forge dont les braises luisaient dans la semi-obscurité.

Ici, les tentes étaient ouvertes à tous vents. Armuriers et selliers travaillaient à la lumière des lanternes, et les ombres tremblotaient sur la boue. Margot et Chouffe durent s'écarter pour laisser passer un train de mules dont chacune portait deux barils sur le dos ; les bêtes firent un détour pour Jackrum.

Il les a peut-être déjà rencontrées aussi, songea Margot, il connaît peut-être vraiment tout le monde.

Le sergent marchait comme si le monde lui appartenait. Il adressait un hochement de tête aux autres sergents, saluait paresseusement les rares officiers qui traînaient dans le coin et ignorait tous les autres.

« Vous êtes déjà venu ici, chef ? demanda Chouffe.
— Non, petit.
— Mais vous savez où vous allez ?
— Exact. J'suis jamais venu ici, mais j'connais les champs de bataille, surtout quand tout le monde a l'occasion de se retrancher. » Jackrum flaira l'atmosphère. « Ah, d'accord. On y est. Vous deux, attendez là. »

Il disparut entre deux tas de bois d'œuvre. Les deux jeunes filles entendirent marmonner un peu plus loin puis, au bout d'un instant, il réapparut, une petite bouteille à la main.

Margot eut un grand sourire. « C'est du rhum, sergent ?
— Bravo, mon petit bistrotier. C'est vrai que ce serait chouette si c'était du rhum, parole. Ou du whisky, du gin ou de la fine. Mais ça porte aucun de ces jolis noms-là. C'est du vrai barbelé. Du pur vitriol.
— Du vitriol ? répéta Chouffe.
— Une goutte et t'es morte », traduisit Margot.

La figure de Jackrum s'épanouit comme celle du maître devant un élève zélé. « C'est ça, Chouffe. C'est du tord-boyaux. Dès l'instant où des gars sont rassemblés, y en a toujours un qui trouve un truc à faire fermenter dans une botte en caoutchouc, à distiller dans une vieille bouilloire et à fourguer aux copains. Celui-là, l'est à base de rat, vu l'odeur. Ça fermente bien, le rat. Une goutte, ça te dit ? »

Chouffe refusa avec horreur la bouteille offerte. Le sergent éclata de rire. « Bravo. Tiens-t'en à la bière, dit-il.

— Les officiers n'empêchent pas ça ? demanda Margot.

— Les officiers ? Qu'est-ce qu'ils y connaissent ? répliqua Jackrum. Et je l'ai acheté à un sergent, en plus. Personne nous regarde ? »

Margot fouilla l'obscurité des yeux. « Non, chef. »

Jackrum se versa un peu du liquide dans une main potelée et s'en aspergea la figure. « Hou-youille, souffla-t-il. Ça pique vachement. Et maintenant pour tuer les vers à dent. Faut faire le boulot à fond. » Il but une brève gorgée à la bouteille, la recracha et renfonça le bouchon. « Saloperie, fit-il. D'accord, on y va.

— Où on va, sergent ? demanda Chouffe. Vous pouvez nous le dire maintenant, non ?

— Un p'tit coin bien tranquille où on va trouver ce qu'il nous faut, répondit Jackrum. Ça doit être quelque part dans les parages.

— Vous ne sentez pas qu'un peu l'alcool, chef, fit observer Chouffe. Ils vont vous laisser entrer s'ils pensent que vous êtes soûl ?

— Oui, mon petit Chouffe, ils me laisseront entrer, répondit Jackrum en se remettant en route. Pour la bonne raison que mes poches ferraillent et que je sens la gnôle. Tout le monde aime bien le riche poivrot. Ah... dans ce petit vallon, ici, c'est là qu'on va trouver notre... Ouais, j'avais raison. On y est. Bien planqué, avec tact, comme qui dirait. Vous voyez des vêtements mis à sécher, les gars ? »

Quelques fils à linge étaient tendus entre la bonne demi-douzaine de tentes en grosse toile bise plantées dans cette dépression à l'écart qui était un peu plus qu'une ravine creusée par les pluies hivernales. Si on avait étendu du linge dessus, on l'avait rentré à cause de la rosée abondante.

« Dommage, fit Jackrum. D'accord, on va donc employer la manière forte. Rappelez-vous : ayez l'air naturel et écoutez ce que j'dis.

— Je t-tremble, chef, marmonna Chouffe.

— Bien, bien, très naturel, la rassura Jackrum. C'est le bon coin, j'pense. Bien tranquille, personne nous regarde, un chouette petit sentier là-bas qui remonte en haut du vallon… » Il s'arrêta devant une très grande tente et donna de petits coups de sa badine sur l'écriteau affiché à l'extérieur.

« *Femmes de tes reins*, lut Margot.

— Ouais, ben, on a pas embauché ces femmes pour leur orthographe », dit Jackrum qui poussa le rabat de la tente close.

Ils pénétrèrent dans un local réduit et mal aéré, une espèce d'antichambre de toile. Une dame informe et à l'allure de corbeau, dans une robe d'alépine noire, se leva de son fauteuil et gratifia le trio du regard le plus calculateur qu'avait jamais croisé Margot. L'inspection s'acheva sur une estimation du prix de ses souliers.

Le sergent se décoiffa de son couvre-chef et, d'une voix joviale et sonore qui pissait l'eau-de-vie et chiait le poudingue, lança : « Bonsoir, marquise ! Sergent Dupont, oui, c'est mon nom ! Et mes braves petits gars et moi, on a eu la chance d'acquérir une part du butin de guerre, si vous me suivez, et, y a rien eu à faire, ils ont réclamé à corps et à cris, parfaitement, de se rendre à l'autel de besoin le plus proche pour devenir des hommes ! »

Les petits yeux en boutons de bottine transpercèrent une fois encore Margot. Chouffe, dont les oreilles luisaient comme des fanaux, fixait intensément le sol.

« Va y avoir du boulot, on dirait, fit sèchement la femme.

— Vous avez bien raison, marquise ! confirma un Jackrum au sourire épanoui. Deux de vos jolies fleurs pour chacun devraient faire l'affaire, m'est avis. » On entendit un tintement quand Jackrum déposa en titubant légèrement plusieurs pièces d'or sur la petite table bancale.

Quelque chose dans la lueur qu'elles jetèrent dégela considérablement l'atmosphère. La figure de la femme se fendit d'un sourire aussi visqueux qu'un ragoût de limace.

« Ben, on est toujours honorées de distraire les Dedans-dehors, sergent, dit-elle. Si ces... messieurs veulent bien pénétrer dans le... euh... saint des saints. »

Margot entendit un petit bruit dans son dos et se retourna. Elle n'avait pas repéré l'homme assis sur une chaise juste à côté de l'entrée. Il s'agissait forcément d'un homme car les trolls n'étaient pas roses ; auprès de lui, Sourcil, à Plün, ressemblait à une demi-portion. Il portait du cuir – le grincement qu'elle avait entendu – et il avait les yeux à peine ouverts. Quand il se rendit compte qu'elle le regardait, il lui fit un clin d'œil. Qui n'avait rien d'amical.

Il arrive parfois qu'un plan prenne soudain mauvaise tournure. Quand on se trouve au beau milieu de son exécution, ce n'est pas le moment de s'en apercevoir.

« Euh... chef », lança-t-elle. Le sergent pivota, vit sa grimace frénétique et parut remarquer le garde pour la première fois.

« Oh là là, j'oublie toutes mes bonnes manières », dit-il en revenant d'un pas mal assuré tout en farfouillant dans sa poche.

Il en sortit une pièce d'or qu'il fourra dans la main de l'homme étonné. Puis il fit demi-tour et se tapota l'aile du nez d'un air à la fois entendu et idiot.

« Un conseil, les gars, dit-il. Toujours donner un pourboire au garde. Il empêche la racaille d'entrer, très important. Un homme très important. »

Il revint en chancelant vers la dame en noir et rota bruyamment. « Et maintenant, marquise, peut-on faire la connaissance des visions charmantes que vous nous cachez sous le boisseau ? » demanda-t-il.

Lesdites visions, se dit Margot quelques secondes plus tard, étaient fonction du quand, du comment et de la quantité de boisson précédemment ingurgitée. Elle avait entendu parler de ces lieux-là. Servir derrière un comptoir de bistro enrichit fortement une éducation. Un certain nombre de dames au pays « ne valaient pas grand-chose » selon les propres termes de sa mère, et à douze ans Margot avait reçu une gifle pour avoir demandé combien elles valaient, exactement. Elles étaient des abominations aux yeux de Nuggan, mais les hommes trouvent toujours une petite place dans leur religion pour un petit péché de temps en temps.

Un mot qualifiait, quand on voulait ne pas être méchant, les quatre dames assises dans la salle voisine, et c'était « fatiguées ». Quand on voulait être méchant, il suffisait de choisir dans la longue liste d'adjectifs qui venaient spontanément à l'esprit.

Elles levèrent des yeux indifférents.

« Je vous présente Confiance, Prudence, Grâce et Réconfort, annonça la taulière. L'équipe de nuit n'est pas encore arrivée, hélas.

— J'suis sûr que ces beautés vont faire l'éducation de mes fougueux jeunes gars, dit le sergent. Mais... me permettez-vous de vous demander votre nom, marquise ?

— Je suis madame Létouffe, sergent.

— Et vous avez un p'tit nom, si je peux m'permettre ?

— Dolorès, répondit madame Létouffe, pour mes... amis particuliers.

— Bon, alors, Dolorès, dit Jackrum (et de sa poche s'échappa un autre tintement de pièces), j'vais pas y aller par quatre chemins, j'vais être franc parce que j'vois que vous êtes une femme du monde. Ces fleurs fragiles sont toutes très bien à leur manière, parce que je sais que la mode ces temps-ci est aux dames avec moins de viande sur les os qu'un crayon de boucher, mais un gentilhomme comme moi, qui a parcouru le monde et pas mal bourlingué, ben, il apprend la valeur de... la maturité. » Il soupira. « Sans parler de l'espérance ni de la patience. » Les pièces tintèrent encore. « Peut-être que vous et moi, on pourrait se retirer dans un boudoir approprié, marquise, et discuter de notre affaire en buvant un petit cordial ou deux, non ? »

Madame Létouffe regarda le sergent puis les « p'tits gars », jeta un coup d'œil dans l'antichambre, et regarda une fois encore Jackrum, la tête de côté, un sourire mince et calculateur sur les lèvres.

« Ou-ui, dit-elle. Vous êtes bel homme, sergent Dupont. On va vous débarrasser de ce qui vous pèse… dans les poches, d'accord ? »

Elle donna le bras au sergent qui lança un clin d'œil coquin à Margot et Chouffe. « On est fin prêts, alors, les gars ! gloussa-t-il. Bon, au cas où vous verriez pas le temps passer, quand ce sera l'heure de partir, je donnerai un coup de sifflet et vous aurez intérêt de finir ce que vous serez en train de faire, haha, et de me rejoindre en vitesse. Le devoir avant tout ! Rappelez-vous la belle tradition des Dedans-dehors ! » En riant bêtement et en manquant trébucher, il sortit du local au bras de la propriétaire.

Chouffe se glissa aussitôt près de Margot et murmura : « Le sergent va bien, Chouquette ?

— Il a un peu trop bu, c'est tout, répondit Margot d'une voix forte alors que les quatre filles se levaient.

— Mais il… » Chouffe écopa d'un coup de coude dans les côtes avant qu'elle puisse en dire davantage. Une des filles posa délicatement son tricot, prit le bras de Margot, afficha en un éclair une expression d'intérêt soigneusement étudiée et dit : « T'es un jeune homme bien monté, j'ai l'impression… comment tu t'appelles, chéri ? Moi, c'est Gracie.

— Olivier », répondit Margot. Et c'est quoi, cette belle tradition des Dedans-dehors, merde ?

« T'as déjà vu une femme toute nue, Olivier ? » Les filles gloussèrent.

Un instant prise au dépourvu, Margot plissa le front. « Oui, répondit-elle. Évidemment.

— Hou là, on dirait qu'on est tombées sur un vrai Don Jou-an, les filles, dit Gracie en reculant. Va p't-être falloir appeler des renforts ! Pourquoi Prudence, toi et moi on irait pas dans un petit coin que je connais pendant que ton ami sera l'invité de Confiance et de Réconfort ? Réconfort est très douée avec les jeunes hommes, pas vrai, Réconfort ? »

Le sergent Jackrum s'était trompé dans sa description des filles. Il manquait à trois d'entre elles plusieurs repas pour afficher le poids de forme, mais quand Réconfort se leva de son imposant fauteuil, Margot s'aperçut qu'il s'agissait en réalité d'un siège relativement petit et que c'était Réconfort qui lui donnait sa masse. Pour une femme forte, elle avait un petit visage à l'air renfrogné et aux yeux porcins. Une tête de mort tatouée lui ornait un bras.

« Il est jeune, dit Gracie. Ça lui passera. Amène-toi, don Jou-an… »

D'une certaine façon, Margot se sentait soulagée. Les filles ne lui plaisaient pas. Oh, la profession pouvait mener n'importe qui à sa perte, mais elle avait connu dans son village certaines des femmes à la vertu malmenée, et elles avaient un quelque chose qu'elle ne retrouvait pas chez celles-ci.

« Pourquoi vous travaillez ici ? » demanda-t-elle alors qu'elles entraient dans un local plus réduit aux parois de toile. Un lit branlant occupait la majeure partie de l'espace.

« Tu sais, tu m'as l'air un peu trop jeune pour être un client comme ça, dit Gracie.

— Un client comment ? demanda Margot.

— Oh, un bondieusard. "Qu'est-ce qu'une fille comme vous fait dans un lieu pareil ?" tout ça. Tu nous plains, hein ? En tout cas, si un client nous fait des misères, on a Gaspard à l'entrée, et une fois qu'il en a fini avec le gars, on met le colonel au courant et le salopard est envoyé au gnouf.

— Ouais, renchérit Prudence. D'après ce qu'on raconte, on est les filles les plus en sécurité dans un rayon de quarante kilomètres. La vieille Létouffe nous traite pas trop mal. On nous refile de l'argent, elle nous nourrit et elle nous bat pas, ce qu'est pas toujours le cas des maris, et on peut pas travailler en indépendantes, hein ? »

Jackrum supportait Blouse parce qu'il fallait avoir un officier, se dit Margot. Quand vous n'avez pas d'officier, il s'en trouve un autre pour vous prendre en charge. Et une femme seule regrette l'absence d'un homme, alors qu'un homme seul est son propre maître. Un pantalon. Voilà le secret. Un pantalon et une paire de chaussettes. Jamais je n'avais imaginé que c'était comme ça. On passe un pantalon et le monde change. On marche autrement. On se conduit autrement. Je vois ces filles et je me dis : idiotes ! Dénichez-vous un pantalon !

« Est-ce que vous pourriez vous déshabiller, s'il vous plaît ? dit-elle. Vaudrait mieux se dépêcher, je crois.

— Un Dedans-dehors, celui-là, répliqua Gracie en faisant glisser sa robe de ses épaules. Garde tes fromages à l'œil, Pru !

— Euh... pourquoi est-ce que ça veut dire qu'on est des Dedans-dehors ? » demanda Margot. Elle fit semblant de déboutonner sa veste en regrettant de ne pas croire en quelqu'un qu'elle pourrait prier afin que vienne le coup de sifflet.

« C'est parce que vous, les gars, vous perdez jamais de vue les bons coups », répondit Gracie.

Peut-être y avait-il quelqu'un à l'écoute, en fin de compte. Le coup de sifflet fusa.

Margot saisit les robes et sortit à toutes jambes sans s'occuper des cris dans son dos. Elle entra en collision avec Chouffe, trébucha sur la forme gémissante de Gaspard, vit le sergent Jackrum qui tenait ouvert le rabat de la tente et fonça dans la nuit.

« Par ici ! souffla le sergent en l'attrapant par le col pour la faire pivoter avant qu'elle aille trop loin. Toi aussi, Chouffe ! Remue-toi ! »

Il gravit au pas de course la pente de la ravine comme un ballon d'enfant poussé par le vent, en laissant les deux jeunes filles le suivre tant bien que mal. Il transportait toute une brassée de vêtements qui s'accrochaient et dansaient derrière lui. Elles tombèrent plus haut sur des broussailles leur montant aux genoux, traîtresses dans le noir. Elles les traversèrent en titubant et en trébuchant puis atteignirent une végétation plus dense où le sergent les attrapa toutes les deux pour les pousser dans les fourrés. Les cris et les hurlements étaient désormais plus faibles.

« Maintenant, on évite de faire du bruit, voyez, chuchota-t-il. Y a des patrouilles dans le coin.

— Ils vont finir par nous trouver, souffla Margot tandis que Chouffe ahanait.

— Non. Primo, ils vont tous courir vers les cris, parce que c'est natur... Tiens, ça y est... » Margot entendit d'autres appels au loin. « Et c'est une bande de couillons, en plus. Ils sont censés garder le périmètre et ils se précipitent vers le chahut dans le camp. Sans compter qu'ils foncent droit vers les lumières des lampes, et ça bousille leur vision nocturne ! Si j'étais leur sergent, je les mettrais aux mites, moi ! Venez ! » Jackrum se releva et hissa Chouffe sur ses pieds. « Ça va, petit ?

— C'é-était horrible, chef ! Il y en a une qui a mis la main... à... à mes chaussettes !

— Un truc qu'arrive pas souvent, je parie, dit Jackrum. Mais vous avez fait du bon boulot. Maintenant, on va marcher bien tranquillement et on parle plus jusqu'à ce que je vous y autorise, d'accord ? »

Ils continuèrent de cheminer dix minutes durant en longeant le camp. Ils entendirent plusieurs patrouilles et en virent deux autres sur les crêtes alors que la lune se levait, mais, tout puissants qu'avaient été les cris, s'aperçut Margot, ils ne constituaient qu'une petite partie de la vaste mosaïque de sons qui montaient du cantonnement. Les patrouilles ne les avaient sans doute pas entendus d'une si grande distance, ou alors ils avaient à leur tête des gars qui ne tenaient pas à se faire mettre aux mites.

Dans le noir, elle entendit Jackrum inspirer profondément. « D'accord, c'est assez loin. Bon boulot, les gars. Vous êtes des vrais Dedans-dehors, maintenant !

— Le garde était hors de combat, dit Margot. Vous lui avez tapé dessus ?

— T'vois, je suis gros, répondit Jackrum. On se figure que les gros savent pas se battre. On trouve les gros rigolos. On se trompe. J'lui ai balancé une manchette dans le gosier.

— Chef ! dit Chouffe avec horreur.

— Quoi ? Quoi ? Il s'amenait vers moi avec son gourdin !

— Pourquoi il faisait ça, chef ? demanda Margot.

— Ooh, t'es un p'tit futé, toi, répondit Jackrum. D'accord, j'vous accorde que je venais de régler son compte à la marquise, mais faut être juste, je sais quand on m'offre un putain de verre rempli de gouttes pour dormir.

— Vous avez tapé sur une femme, sergent ? dit Margot.

— Ouais, et, quand elle se réveillera dans son corset, elle se dira p't-être que ce serait pas forcément une bonne idée, la prochaine fois qu'un gros type bourré se pointera, d'essayer de le délester de son magot, grogna Jackrum. Je serais dans un fossé sans caleçon et avec un putain de mal de crâne si elle avait réussi son coup, et si vous deux étiez assez bêtes pour vous plaindre auprès d'un officier, elle jurerait sa vessie pour une lanterne que j'avais pas un sou sur moi quand je suis arrivé, mais que j'étais soûl comme une grive. Et le colonel s'en ficherait ; pour lui, un sergent assez bête pour se faire rouler comme ça n'aurait que ce qu'il mérite. Je le sais, voyez. J'prends soin de mes gars. » Un tintement se fit entendre dans le noir. « Et quelques piastres en plus, ça fait pas de mal.

— Chef, vous n'avez pas fauché la caisse, tout de même ? dit Margot.

— Ben si. Et j'ai aussi dans les bras une bonne partie de sa garde-robe.

— Tant mieux ! fit Chouffe avec ferveur. Ce n'était pas un endroit sympathique !

— C'était surtout mon argent, de toute manière, dit Jackrum. Les affaires se sont ralenties ces derniers temps, d'après ce que j'sens.

— Mais c'est de l'argent immoral ! s'indigna Margot qui se sentit franchement ridicule de dire une chose pareille.

— Non, dit Jackrum. Avant, c'était de l'argent immoral ; maintenant, c'est l'produit d'un vol ordinaire. La vie devient beaucoup plus simple quand on apprend à penser juste. »

Margot était contente qu'il n'y ait pas de miroir. Le mieux qu'on pouvait dire sur les nouvelles tenues de l'escouade, c'est qu'elles leur évitaient de se promener dans le plus simple appareil. Mais c'était la guerre. On croisait rarement des gens en vêtements neufs. Pourtant, les filles se sentaient empotées. Ce qui n'avait aucun sens. Mais elles se regardaient les unes les autres dans la lumière frisquette de l'aube et gloussaient d'un air gêné. Hou là, se dit Margot, regardez-nous : déguisées en femmes !

Curieusement, c'était Igorina qui faisait la plus vraie. Elle avait disparu dans l'autre pièce délabrée, chargée de son barda. Dix minutes durant, le groupe avait entendu des grognements et des « ouille » à intervalles réguliers, puis elle était revenue, le crâne planté de cheveux blonds lui cascadant sur les épaules. Son visage avait des traits normaux, sans les protubérances ni les bosses qu'on lui connaissait. Quant aux points de suture de son front, ils se réduisirent et disparurent sous les yeux ébahis de Margot.

« Ça ne te fait pas mal ? s'étonna celle-ci.

— Ça pique un peu quelques minutes, répondit Igorina. Faut juste avoir le coup. Et la pommade spéciale, évidemment.

— Mais pourquoi est-ce que tu as maintenant une cicatrice arrondie sur la joue ? demanda Biroute. Et ces points de suture-là ne s'en vont pas. »

Igorina baissa le regard avec une modestie affectée. Elle avait même modifié une des robes en une large jupe froncée et ressemblait à une pétulante jeune serveuse de cave à bières. Il suffisait de la regarder pour lui passer mentalement commande d'un gros bretzel.

« Faut avoir quelque chose à montrer, dit-elle. On ne fait pas honneur au clan, sinon. Et, en réalité, je trouve les points de suture très seyants...

— Bon, d'accord, concéda Biroute. Mais chuinte un peu, tu veux. Je sais que c'est parfaitement ridicule, mais tu as maintenant l'air, oh, je ne sais pas... bizarre, j'imagine.

— D'accord, en rang », ordonna Jackrum. Il recula pour embrasser les recrues d'un regard dédaigneux et théâtral. « Ben, j'ai encore jamais vu dans toute ma vie une bande de pouff... de lavandières pareilles, dit-il. Je vous souhaite toute la chance dont vous allez vachement avoir besoin. Quelqu'un surveillera la porte en attendant que vous sortiez, c'est tout ce que j'peux promettre. Deuxième classe Barette, t'es caporal suppléant sans solde sur ce coup-là. J'espère que t'as retenu une ou deux petites leçons durant notre balade. Dedans-dehors, c'est la marche à suivre. Pas de fameux baroud d'honneur, je vous prie. Au moindre doute, un coup de pied dans les croquignoles et foutez l'camp. Remarquez, si vous leur flanquez la frousse autant qu'à moi, vous devriez pas avoir de problème.

— Vous êtes sûr de ne pas vouloir venir avec nous, chef ? demanda Biroute qui se retenait encore de rire.

— Oui, mon gars. Vous me ferez pas mettre une jupe. Chacun doit se tenir à sa place, pas vrai ? Là où s'trouve la ligne à ne pas franchir. Ben, c'est là que je suis, moi. Je baigne pas mal dans le péché, d'une façon ou d'une autre, mais Jackrum arbore toujours ses couleurs. J'suis un vieux soldat. Je me battrai en soldat, dans les rangs, sur le champ de bataille. Et puis, si j'entrais en jupon là-dedans et en minaudant, je finirais pas d'en entendre parler.

— D'après la Duchesse, il y a une autre v-voie pour le sergent Jackrum, intervint Pignole.

— Et je m'demande si c'est pas toi qui me flanques le plus la trouille, deuxième classe Goum. » Le sergent remonta d'une saccade son ceinturon équatorial. « Mais t'as raison. Quand vous serez à l'intérieur, je redescendrai en vitesse sans faire de bruit et je me glisserai dans nos lignes. Si j'arrive pas à provoquer une attaque de diversion, je m'appelle pas le sergent Jackrum. Et comme je m'appelle justement le sergent Jackrum, la preuve est faite. Hah, y a un tas de gaziers dans cette armée qui me doivent une faveur... (il renifla un petit coup) ou qu'oseront pas me la refuser en face. Et sûrement des tas de jeunes soldats qui voudront aussi raconter à leurs petits-enfants qu'ils se sont battus aux côtés de Jackrum. Ben, j'vais leur donner leur chance de se conduire en vrais soldats.

— Chef, ce sera du suicide de lancer l'assaut sur l'entrée principale ! » fit observer Margot.

Jackrum se donna une claque sur le ventre. « Tu vois tout ça ? demanda-t-il. C'est comme avoir son armure personnelle. Un jour, un gus m'a plongé sa lame là-dedans jusqu'à la garde et a été vachement surpris quand je lui ai flanqué un coup de boule. N'importe comment, vous allez faire un tel bazar, les gars, que les gardes sauront pas où donner de la tête, pas vrai ? Vous comptez sur moi, et moi j'compte sur vous. Ça, c'est l'armée. Vous me lancez un signal, n'importe lequel. C'est tout ce dont j'ai besoin.

— D'après la Duchesse, votre voie vous entraîne plus loin, dit Pignole.

— Ah ouais, fit Jackrum d'un ton jovial. Et c'est où, alors ? Dans un coin avec un bon bistro, j'espère !

— D'après la Duchesse, hum, ça devrait vous mener à Scritz », répondit à voix basse Pignole tandis que le reste de l'escouade rigolait, moins en réaction au commentaire du sergent que pour relâcher un peu la tension. Mais Margot l'entendit.

Jackrum était vraiment, vraiment fort, songea-t-elle. L'expression fugitive de terreur disparut en un instant. « Scritz ? Y a rien là-bas, fit-il. Un patelin sans intérêt.

— Il y avait une épée », dit Pignole.

Cette fois, Jackrum était prêt. Il n'eut pas l'ombre d'une réaction, il garda la mine impassible qu'il savait si bien afficher. Ce qui était étrange, se dit Margot, parce qu'il aurait dû exprimer quelque chose, ne serait-ce que de la perplexité.

« Manié des tas d'épées dans ma vie, dit-il avec dédain. Oui, deuxième classe Licou ?

— Il y a une chose que vous ne nous avez pas dite, sergent, répondit Licou en baissant la main. Pourquoi est-ce que le régiment s'appelle les Dedans-dehors.

— Les premiers dans la bataille, les derniers hors de la mêlée, répondit machinalement Jackrum.

— Alors pourquoi on les surnomme les Fromagers ?

— Oui, renchérit Chouffe. Pourquoi, chef ? Vu la façon dont parlaient les filles, on avait l'impression que c'était un truc qu'on devait savoir. »

Jackrum lâcha un petit bruit sec exaspéré. « Oh, Biroute, pourquoi t'as attendu d'avoir ôté ton froc pour me demander ça, merde ? Je vais maintenant me sentir gêné de te répondre ! » Et Margot songea : C'est un leurre, pas vrai ? Tu veux nous le dire. Tu veux qu'on parle de n'importe quoi sauf de Scritz…

« Ah, fit Biroute. C'est sexuel alors, hein ?

— Pas vraiment, non…

— Ben, dites-moi, alors. J'aimerais savoir avant de mourir. Si ça peut vous rassurer, je donnerai des coups de coude à tout le monde en faisant *gnah gnah gnah*. »

Jackrum soupira. « Y a une chanson, dit-il. Elle commence comme ça : *C'était par un lundi matin du joli mois de mai…*

— Alors c'est vraiment sexuel, dit Margot tout net. C'est une chanson traditionnelle, ça commence par "c'était par", ça se passe au mois de mai, CQFD, c'est sexuel. Est-ce qu'il y a une laitière dans le coup ? Je parie que oui.

— C'est possible, concéda Jackrum.

— Qui va au marché ? Pour vendre ses produits ?

— Fort probable.

— D'ac-cord. Ça nous donne le fromage. Et elle rencontre, voyons voir, un berger, des orfèvres, un joyeux moine, voire un étudiant en droit, j'imagine ? Non, comme ça nous concerne, c'est un soldat, pas vrai ? Et comme c'est un Dedans-dehors… oh là là, je sens venir un double sens d'un grand humour. Juste une question : lequel de ses vêtements est tombé par terre ou s'est détaché ?

— Sa jarretière, répondit Jackrum. T'as déjà entendu cette chanson, Barette ?

— Non, mais je connais bien le mécanisme des chansons traditionnelles. On a eu des chanteurs traditionnels dans la salle de bistro du bas chez n... là où je travaillais. On a fini par faire venir un gars avec un furet. Mais on retient des bribes... Oh, non...

— Et ses parents ont fait barrage à leur amour ? demanda Biroute en souriant.

— Ont fait digue, j'imagine, dit Igorina au milieu des ricanements.

— Non, il a volé le fromage, hein ? soupira Margot. Pendant que la pauvre fille, allongée, attendait qu'on lui rattache sa jarretière, hum, il s'est sauvé avec son putain de fromage, c'est ça ?

— Euh... pas putain. Pas quand on est en jupe, Chouque, prévint Biroute.

— Alors pas de Chouque non plus, répliqua Margot. Remplir le chapeau de pain, les bottes de soupe ! Et voler le fromage, hein, sergent ?

— Tout juste. On a beaucoup de sens pratique dans notre régiment. Une armée se bat pas le ventre creux, les gars. Avec le mien, évidemment, elle pourrait faire la parade du drapeau !

— C'était sa faute à elle. Elle aurait dû rattacher toute seule sa jarretière, fit observer l'Asperge.

— Ouais. Voulait sans doute qu'on lui vole son fromage, avança Biroute.

— Bien dit, fit Jackrum. Alors filez... les fromagers ! »

La brume était encore dense tandis qu'elles descendaient à travers bois vers le sentier le long de la rivière. La jupe de Margot s'accrochait sans arrêt dans les ronces. C'était sûrement pareil avant son incorporation, mais elle ne l'avait jamais autant remarqué. Aujourd'hui, ça la gênait beaucoup. Elle leva les mains et rajusta machinalement les chaussettes qu'elle avait séparées afin de se rembourrer ailleurs. Elle était trop maigrichonne, c'était ça l'ennui. Avant, les frisettes permettaient de signaler une fille. Sans elles, elle ne devait compter que sur un foulard et une paire de chaussettes en rabe.

« D'accord, souffla-t-elle alors que le terrain redevenait plat. Rappelez-vous, on ne jure pas. On glousse, on ne ricane pas. On ne rote pas. On n'a pas d'armes non plus. Ils ne peuvent pas être aussi bêtes, là-dedans. Quelqu'un a une arme ? »

Les têtes firent non.

« Tu as apporté une arme, Bir... Magda ?

— Non, Margot.

— Aucun article quelconque qui pourrait faire office d'arme ? insista Margot.

— Non, Margot, répondit Biroute d'un air de sainte nitouche.

— Rien qui aurait peut-être un bord tranchant ?

— Oh, ça, tu veux dire ?

— Oui, Magda.

— Ben, une femme peut trimballer un couteau, non ?

— C'est un sabre, Magda. Tu essayes de le cacher, mais c'est un sabre.

— Mais je m'en sers seulement comme couteau, Margot.

— Il fait un mètre de long, Magda.
— Ce n'est pas la taille qui compte, Margot.
— Qui croirait ça. Laisse-le derrière un arbre, s'il te plaît. C'est un ordre.
— Oh, d'accord. »

Au bout d'un moment, Chouffe, qui paraissait plongée dans ses pensées, lança : « Je ne comprends pas pourquoi elle n'a pas rattaché elle-même sa jarretière...

— Chouffe, merde... commença Biroute.

— Mince, la corrigea Margot, et tu t'adresses à Babette, souviens-toi.

— Mince, de quoi tu parles, Babette ? demanda Biroute en roulant des yeux.

— Ben, de la chanson, évidemment. Et on n'est pas obligée de s'allonger pour attacher une jarretière, de toute façon. C'est encore plus difficile. Tout ça est idiot. »

Tout le monde garda un instant le silence. Chacune comprenait sans doute aisément pourquoi Chouffe posait des questions.

« Tu as raison, finit par dire Margot. C'est une chanson idiote.

— Une chanson très idiote », confirma Biroute.

Toutes en convinrent. C'était une chanson idiote.

Elles débouchèrent sur le sentier au bord de la rivière. Devant elles, un petit groupe de femmes abordait d'un pas vif un tournant de la piste. Machinalement, l'escouade leva les yeux. La forteresse était le prolongement de la falaise à pic ; on avait du mal à voir où finissait la roche brute et où commençait la construction ancienne. On ne distinguait aucune fenêtre. D'en bas, ce n'était qu'une muraille s'étendant jusqu'au ciel. On n'entre pas, disait-elle. On ne sort pas. Peu de portes percent cette muraille et, quand elles se ferment, c'est définitivement.

À proximité de la rivière profonde et indolente, il faisait un froid qui glaçait jusqu'aux os, et un froid encore plus grand plus haut, là vers où les jeunes filles levaient les yeux. Au détour du chemin, elles découvrirent la petite saillie rocheuse où se trouvait la porte de derrière, et les femmes devant elles discutaient avec un garde.

« Ça ne va pas marcher, dit Chouffe tout bas. Elles lui montrent des papiers. L'une d'entre vous a apporté les siens ? Non ? »

Le garde avait relevé la tête et observait les filles en affichant l'expression neutre officielle de celui qui ne recherche pas la sensation ni l'aventure dans la vie.

« Continuez de marcher, murmura Margot. Si ça tourne vraiment mal, pleurez un bon coup.

— C'est dégoûtant », dit Biroute.

Leurs jambes traîtresses les rapprochaient sans cesse. Margot gardait les yeux baissés, comme il sied à une femme célibataire. D'autres gardes devaient les surveiller, elle le savait. Ils en avaient sûrement marre, ils ne s'attendaient sans doute pas à des ennuis, mais, en haut de ces murs, des yeux suivaient chacun de ses gestes.

Elles se retrouvèrent devant le garde. Immédiatement de l'autre côté de l'étroite porte en pierre, il y en avait un second à paresser dans l'ombre.

« Papiers, exigea le garde.

— Oh, monsieur, je n'en ai pas », répondit Margot. Elle avait mis au point son discours durant la descente à travers bois. La guerre, les craintes d'invasion, l'exode, rien à manger… pas besoin d'inventer des explications, suffisait d'assembler des faits réels. « J'ai dû partir…

— Ah, d'accord, l'interrompit le garde. Pas de papiers ? Aucun problème ! Entrez donc voir mon collègue, hein ? C'est gentil de vous joindre à nous ! » Il s'écarta et agita la main vers l'entrée obscure.

Perplexe, Margot pénétra dans l'enceinte, suivie des autres. Dans leur dos, la porte se referma. Elles se retrouvèrent dans un long passage aux parois percées de fentes donnant sur des salles de chaque côté. La lumière de lampes s'échappait des fentes. Elle voyait des ombres au-delà. Des archers cachés là pourraient changer quiconque pris au piège en bifteck haché.

Au bout du couloir, une autre porte s'ouvrit. Elle menait dans une petite salle où était assis à un bureau un jeune home vêtu d'un uniforme que Margot ne reconnut pas, même s'il arborait un insigne de capitaine. Debout sur un côté stationnait un autre homme beaucoup plus gros, affublé du même uniforme, voire de deux cousus ensemble. Il avait une épée. On pouvait dire une chose à son sujet : quand il tenait une épée, il la tenait bien, et c'était lui qui la tenait. L'œil était attiré vers elle. Même Jade aurait été impressionnée.

« Bonjour, mesdames, dit le capitaine. Pas de papiers, hein ? Ôtez vos foulards, s'il vous plaît. »

Et voilà, songea Margot alors que le cœur lui manquait. Et on se croyait futées. Pas d'autre solution qu'obéir.

« Ah. Vous allez m'expliquer qu'on vous a tondues en punition pour avoir fraternisé avec l'ennemi, hein ? dit l'homme en levant à peine les yeux. Sauf vous, ajouta-t-il à l'adresse d'Igorina. Pas tentée de fraterniser avec l'ennemi ? Quelque chose à reprocher aux braves soldats zlobènes ?

— Euh... non », répondit Igorina.

Le capitaine les gratifia alors d'un petit sourire joyeux. « Messieurs, on ne va pas tourner autour du pot, hein ? Vous ne marchez pas comme des femmes. Nous avons l'œil, vous savez. Votre façon de marcher vous a trahis, et aussi votre façon de vous tenir. Vous... (il désigna Biroute du doigt) il vous reste un peu de savon à barbe derrière une oreille. Et vous, monsieur, soit vous êtes contrefait, soit vous avez recouru au vieux truc de la paire de chaussettes qu'on se colle sous le gilet. »

Cramoisie de gêne et d'humiliation, Margot baissa la tête.

« Entrer ou sortir en lavandières, reprit le capitaine en secouant la tête. Tout le monde en dehors de ce pays stupide connaît ce coup-là, les gars, mais la plupart des types font davantage d'efforts que vous. Eh bien, pour vous la guerre est finie. Ce château recèle de grands, grands cachots, et je peux même vous dire que vous serez mieux ici que dehors... Ouais, qu'est-ce que vous voulez, vous ? »

Chouffe avait levé la main. « Je peux vous faire voir quelque chose ? » demanda-t-elle. Margot ne se retourna pas mais observa la figure du capitaine tandis que du tissu bruissait à côté d'elle. Elle n'arrivait pas à le croire. Chouffe soulevait sa jupe...

« Oh », fit le capitaine en se renfonçant dans son fauteuil. Il devint tout rouge.

Biroute éclata, mais en sanglots. Les larmes jaillirent accompagnées d'un long gémissement lugubre tandis que la jeune fille se jetait à terre.

« On a tellement ma-arché ! On restait allongées dans des fossés pour se cacher des soldats ! On n'a rien à manger ! On veut travailler ! Vous nous avez traitées de gars ! Pourquoi vous êtes te-ellement cruel ? »

Margot s'agenouilla et la redressa à demi en lui tapotant le dos alors que les épaules de Biroute se soulevaient sous la violence des sanglots.

« Ç'a été très dur pour nous toutes, dit-elle au capitaine empourpré.

— *Si tu arrives à le mettre hors de combat, je peux étrangler l'autre avec ma ceinture de tablier*, lui chuchota Biroute à l'oreille entre les hurlements.

— Vous avez vu tout ce que vous vouliez ? lança au capitaine écarlate une Margot dont chacune des paroles tintait comme un glaçon.

— Oui ! Non ! Si ! Je vous en prie ! fit-il en jetant au garde le regard du supplicié qui sait qu'il sera la risée de tout le fort dans l'heure à venir. Une fois, ça... Enfin, j'ai vu... Écoutez, je suis entièrement satisfait. Soldat, allez chercher une femme de la blanchisserie. Je suis tellement navré, mesdames, je... j'ai un travail à faire...

— Il vous plaît ? demanda Margot d'un ton toujours aussi glacial.

— Oui ! répondit aussitôt le capitaine. Je veux dire, non ! Non, oui ! Il faut rester vigilants... ah... »

Le gros soldat était revenu suivi d'une femme. Margot écarquilla les yeux.

« Voici... euh... de nouvelles volontaires, dit le capitaine en agitant vaguement la main en direction de l'escouade. Je suis sûr que madame Enide trouvera à les employer... euh...

— Certainement, capitaine », confirma la femme en exécutant modestement une révérence. Margot avait toujours les yeux écarquillés.

« Filez... mesdames, ordonna le capitaine. Et si vous travaillez dur, madame Enide vous donnera sûrement un laissez-passer qui nous évitera de telles méprises... euh... »

Chouffe posa les deux mains sur son bureau, se pencha vers lui et fit : « Bouh ! » Le fauteuil du capitaine percuta le mur.

« Je ne suis peut-être pas futée, dit-elle à Margot. Mais je ne suis pas stupide. »

Seulement Margot continuait de fixer le lieutenant Blouse. Il avait étonnamment bien réussi sa révérence.

Les soldats les escortèrent le long d'un tunnel débouchant sur une saillie en surplomb de ce qui était une caverne ou une salle ; à ce niveau du château, on ne voyait pas bien la différence. Plutôt qu'une blanchisserie, c'était un au-delà chaud et moite pour celles qui méritaient un châtiment avec récurage en sus. Des nuages de vapeur couraient au plafond, se condensaient et gouttaient sur un sol déjà inondé. Et le processus se répétait indéfiniment, baquet après baquet. Des femmes se déplaçaient comme des fantômes à travers les rideaux de brume qui dérivaient et roulaient dans le local.

« Allez, mesdames, dit le garde avant de lâcher une claque sur la croupe de Blouse. On se voit ce soir, alors, Daphné ?

— Oh oui ! roucoula Blouse.

— Cinq heures, alors, fit le soldat, qui s'en repartit tranquillement dans le couloir.

— Daphné ? répéta Margot une fois l'homme éloigné.

— Mon nom de guerre, répondit Blouse. Je n'ai toujours pas trouvé comment sortir des niveaux inférieurs, mais tous les gardes ont des clés et j'aurai la sienne dans ma main à cinq heures et demie. Pardon ?

— Je crois que Biroute... excusez, Magda... elle s'est mordu la langue, répondit Margot.

— Elle ? Oh, oui. Bravo, tu restes dans ton rôle, euh...

— Margot, le renseigna Margot.

— Un prénom bien choisi, commenta Blouse en descendant le premier quelques marches. Un bon prénom commun de servante.

— Oui, c'est ce que je me suis dit, répliqua Margot avec un grand sérieux.

— Euh... le sergent Jackrum n'est pas avec vous, alors ? reprit le lieutenant avec un brin de nervosité.

— Non, mon lieutenant. Il a dit qu'il allait lancer une charge contre l'entrée principale, mon lieutenant, si on lui envoyait un signal. J'espère qu'il ne va pas la lancer sans ça.

— Crénom, cet homme est fou. Mais superbe effort des gars. Félicitations. Vous passez vraiment pour des femmes aux yeux d'un observateur pas très regardant.

— Venant de vous, Daphné, c'est un beau compliment, dit Margot en songeant : Bon sang, je suis drôlement forte pour garder mon sérieux.

— Mais ce n'était pas la peine de me suivre, reprit Blouse. Je regrette de n'avoir pas eu l'occasion de vous envoyer un signal, mais madame Enide m'a permis de rester la nuit, vous voyez. Les gardes opèrent moins de contrôles la nuit, alors je me suis employé à chercher des moyens d'accéder aux niveaux supérieurs de la forteresse. Des portes partout, ou alors des tas de gardes, hélas. En tout cas, le soldat Hauptfidel s'est entiché de moi...

— Bravo, mon lieutenant ! laissa tomber Margot.

— Pardon, je veux bien comprendre, mon lieutenant, dit Biroute. Vous avez un rendez-vous avec un garde ?

— Oui, je vais lui proposer d'aller dans un coin sombre et, une fois que j'aurai ce que je veux, je lui briserai le cou, répondit Blouse.

— Ce n'est pas aller un peu trop loin pour un premier rendez-vous ? fit observer Biroute.

— Mon lieutenant, vous n'avez pas eu de problème pour entrer ? » demanda Margot. La question la démangeait. Elle trouvait ça tellement injuste.

« Non, aucun. J'ai souri, j'ai tortillé des hanches, ils m'ont fait signe de passer. Et vous ?

— Oh, on a eu un peu chaud, répondit Margot. On a eu la péto... la trouille pendant un moment.

— Qu'est-ce que je vous avais dit ? fit Blouse d'un air triomphant. Il faut un talent de comédien ! Mais vous avez du cran, les gars, vous avez tenté le coup. Venez voir madame Enide. Une dame très loyale. La courageuse gent féminine de Borogravie est de notre côté ! »

Effectivement, un portrait de la duchesse ornait l'alcôve qui tenait lieu de bureau à la patronne blanchisseuse. Madame Enide n'était pas une femme extrêmement grosse, mais elle avait les avant-bras comme ceux de Jade, un tablier tout trempé et la bouche la plus mobile qu'avait jamais vue Margot. Ses lèvres et sa langue étiraient chaque mot qui prenait alors forme dans l'espace ; dans une caverne peuplée de sifflements de vapeur, d'échos, de dégoulinements d'eau et des chocs sourds des vêtements mouillés sur la pierre, les blanchisseuses suivaient le mouvement des lèvres dès lors que les oreilles étaient débordées. Quand elle écoutait, sa bouche s'agitait aussi sans cesse, comme si elle cherchait à déloger un bout de noix d'une dent. Elle avait les manches retroussées au-dessus des coudes.

Elle écouta, impassible, tandis que Blouse présentait l'escouade. « Je vois, dit-elle. D'accord. Vous me laissez vos gars ici, lieutenant. Vous devriez retourner à la salle de repassage. »

Une fois la silhouette dansante et vacillante de Blouse repartie dans la vapeur, madame Enide toisa puis déshabilla carrément du regard les membres de l'escouade.

« Des gars, grogna-t-elle. Hah ! Il y connaît rien, hein ? Pour une femme, porter des vêtements d'homme est une abomination aux yeux de Nuggan !
— Mais on est habillées en femmes, madame Enide », fit doucement observer Margot.

Les lèvres de madame Enide s'agitèrent d'un air féroce. Puis elle croisa les bras. On aurait dit une barricade dressée contre tout ce qui était impie.

« C'est pas normal, fit-elle. J'ai un fils et un mari prisonniers ici, et je m'échine pour l'ennemi, comme ça je les perds pas de vue. Les Zlobènes vont nous envahir, v'savez. C'est étonnant ce qu'on entend ici, à la blanchisserie. Alors à quoi ça va avancer vos hommes de les sauver puisqu'on finira tous sous le sabot peint à la main des Zlobènes, hein ?

— La Zlobénie ne va pas nous envahir, dit Pignole avec assurance. La Duchesse y veillera. N'ayez crainte. »

Pignole eut droit au regard habituel de ceux qui l'entendaient pour la première fois.

« Z'avez prié, hein ? demanda madame Enide d'une voix douce.

— Non, seulement écouté, répondit Pignole.

— Nuggan vous parle, c'est ça ?

— Non. Nuggan est mort, madame Enide. »

Margot saisit le bras comme une allumette de Pignole. « Excusez-nous un instant, madame Enide », dit-elle avant de pousser la fille derrière une immense essoreuse hydraulique à rouleaux. La machine haletait et cliquetait en fond sonore à leur conversation.

« Pignole, ça devient... » La langue maternelle de Margot n'avait pas l'équivalent de « stressant » mais, si la jeune fille en avait connu un, elle l'aurait placé avec plaisir dans la discussion. « ... bizarre. Tu inquiètes les gens. Tu ne peux pas t'amuser à raconter qu'un dieu est mort.

— Parti, alors. Affaibli... je crois, dit Pignole dont le front se plissa. Plus avec nous...

— On a toujours les abominations. »

Pignole s'efforça de se concentrer. « Non, elles ne sont pas réelles. Elles sont comme... des échos. Des voix mortes dans une caverne ancienne, qui rebondissent d'une paroi à l'autre, dont les discours changent, ne veulent plus rien dire... comme des drapeaux utilisés autrefois en guise de signaux mais qui se bornent maintenant à claquer au vent... » Les yeux de Pignole se perdirent dans le vide et sa voix se modifia, devint plus adulte, plus assurée. « ... et ce ne sont les voix d'aucuns dieux. Il n'y a plus de dieu ici à présent.

— Ce sont les voix de qui, alors ?

— De ta peur... Elles viennent de celle en toi qui déteste l'Autre, qui ne changera jamais. Elles viennent de la somme de toute ta mesquinerie, ta bêtise et ton étroitesse d'esprit. Tu as peur du lendemain, et tu as fait de ta peur ton dieu. La Duchesse sait tout ça. »

L'essoreuse hydraulique continuait de grincer. Autour de Margot, les lessiveuses sifflaient, l'eau bouillonnait dans les conduits. L'atmosphère était chargée des odeurs de savon et de linge mouillé.

« Je ne crois pas non plus dans la duchesse, dit Margot. Dans les bois, c'était une supercherie. N'importe qui se retournerait. Ça ne veut pas dire que je crois en elle.

— Pas grave, Margot. Elle croit en toi, elle.

— Ah oui ? » Margot fit des yeux le tour de la caverne fumante et dégoulinante. « Elle est là, alors ? Elle nous fait la grâce de sa présence ? »

Le concept de sarcasme était inconnu de Pignole. Elle hocha la tête. « Oui. »

Oui.

Margot regarda derrière elle.

« Tu viens de dire oui ? demanda-t-elle.

— Oui », répondit Pignole.

Oui.

Margot se détendit. « Oh, c'est un écho. On est dans une caverne, après tout. Euh... »

... *ce qui n'explique pas pourquoi ma voix à moi ne me revient pas en résonance...*

« Pigne... enfin, Alice ? dit-elle d'un air songeur.

— Oui, Margot ?

— Je crois que ce serait une très bonne idée de ne pas trop parler de ça aux autres. Les gens se fichent de croire en... tu sais, des dieux et tout, mais ça les rend très nerveux quand on leur dit qu'ils se manifestent. Euh... elle ne va pas se manifester, dis ?

— Celle en qui tu ne crois pas ? répliqua Pignole en faisant brièvement preuve d'esprit.

— Je... ne dis pas qu'elle n'existe pas, répondit Margot d'une petite voix. Je ne crois pas en elle, c'est tout.

— Elle est très faible. Je l'entends crier dans la nuit. »

Margot chercha d'autres indices sur la figure pincée, dans l'espoir que Pignole se moquait plus ou moins d'elle. Mais elle n'y trouva qu'une innocence perplexe.

« Pourquoi est-ce qu'elle pleure ? demanda-t-elle.

— Les prières. Elles lui font mal. »

Margot pivota quand quelque chose lui toucha l'épaule. C'était Biroute.

« Madame Enide dit qu'on doit se mettre au travail, annonça-t-elle. D'après elle, les gardes passent vérifier... »

C'était du travail de femme, donc monotone, mauvais pour le dos et collectif. Ça faisait un bout de temps que Margot n'avait pas plongé les mains dans un baquet, et les baquets de la forteresse étaient de longues auges en bois où vingt femmes pouvaient travailler en même temps. Les bras de chaque côté de la jeune fille comprimaient, frappaient, tordaient des vêtements puis les flanquaient dans l'auge de rinçage derrière elles.

Elle se mit de la partie et prêta l'oreille au bourdonnement des conversations qui l'entouraient.

C'étaient des commérages, mais des bribes d'informations surnageaient comme des bulles dans le baquet. Deux gardes avaient « pris des libertés » – c'est-à-dire davantage que celles déjà prises – et reçu le fouet pour ça. L'affaire suscitait beaucoup de commentaires le long de l'auge. Un grand seigneur d'Ankh-Morpork commandait la place, semblait-il, et avait donné l'ordre de les punir. C'était une espèce de mage, prétendait la femme en face de Margot. On racontait qu'il voyait ce qui se passait partout et vivait de viande crue. On racontait qu'il avait des yeux cachés. Évidemment, tout le monde savait qu'Ankh-Morpork était un nid d'abominations. Margot, tout en frottant énergiquement une chemise sur une planche à laver, réfléchissait à tout ça. Ainsi qu'à une buse des plaines rôdant à ces hauteurs, et à une bête si vive, si furtive que ce n'était qu'une ombre vague...

Elle passa un moment aux lessiveuses de cuivre, à maintenir sous la surface les vêtements qui mijotaient, et s'aperçut que dans cette blanchisserie où il n'y avait aucune arme, elle se servait d'une lourde tige de cuivre d'un mètre de long.

Le travail lui plaisait bien, même si elle l'effectuait comme dans un état second. Ses muscles réfléchissaient tout seuls, ce qui lui laissait le cerveau disponible. Nul ne savait avec certitude que la duchesse était morte. Ça n'avait pas grande importance. Mais

Margot était sûre d'une chose : la duchesse était une femme. Une simple femme, pas une déesse. Oh, les gens la priaient dans l'espoir que leurs appels seraient transmis dans un emballage cadeau à Nuggan, mais ça ne lui donnait pas le droit de tourner les têtes de malheureuses comme Pignole, qui avait bien assez de soucis comme ça. Les dieux peuvent accomplir des miracles, les duchesses posent pour des tableaux.

Du coin de l'œil, Margot vit une file de femmes prendre de grands paniers sur une estrade au fond du local et sortir par une autre porte. Elle décolla Igorina de l'auge de lavage et lui demanda de se joindre à elles. « Et note bien tout ! ajouta-t-elle.

— Oui, cabot, dit Igorina.

— Parce que je sais une chose, poursuivit Margot en agitant la main vers les piles de linge humide, c'est que tout ça aura besoin de sentir le vent... »

Elle retourna au travail en participant de temps en temps au papotage pour faire bonne figure. Ce n'était pas difficile. Les lavandières évitaient certains sujets, surtout ceux comme les « maris » et les « fils ». Mais Margot récolta quelques indices ici et là. Certains se trouvaient dans la forteresse. D'autres étaient sans doute morts. D'autres quelque part dehors. Certaines femmes plus âgées portaient la médaille de la Maternité, décernée à celles dont les fils étaient morts pour la Borogravie. La saleté de médaille se corrodait dans l'atmosphère humide, et Margot se demanda si ces objets étaient arrivés dans une lettre de la duchesse, avec signature imprimée au bas et le nom du fils tassé pour pouvoir loger dans l'espace en blanc :

Nous vous honorons et félicitons, *Mme L. Lap-chio* de *rue du Puits, Munz*, à l'occasion de la mort de votre fils *Otto Piotr Han Lapchio* le *25 juin* à ▉▉▉▉▉

Le dernier espace était toujours censuré au cas où l'information apporterait aide et réconfort à l'ennemi.

Margot découvrit avec étonnement que les médailles de pacotille et les mots creux apportaient, eux, à leur façon, aide et réconfort aux mères. Les femmes de Munz qui les avaient reçues les arboraient avec une espèce de fierté sauvage et indignée.

Elle n'était pas sûre d'accorder une grande confiance à madame Enide. Elle avait un mari et un fils plus haut dans les cellules, et elle avait eu l'occasion de sonder Blouse. Qu'est-ce qui risque le plus de se produire ? devait-elle se demander. Qu'il libère tous les prisonniers et assure leur sécurité ? Ou qu'il s'ensuive une pagaïe indescriptible qui risque de nous causer du tort à tous ? Et Margot ne pouvait pas lui en vouloir si elle se rendait à l'évidence...

Elle prit conscience qu'on lui parlait. « Hmm ? fit-elle.

— Regarde-moi ça, tu veux ? dit Chouffe en agitant un caleçon long mouillé. Elles mélangent la couleur avec le blanc !

— Ah ? Et après ? Ce sont des caleçons ennemis.

— Oui, mais ce n'est pas une raison pour cochonner le travail ! Regarde, elles ont mis un rouge avec et tous les autres deviennent roses !

— Et alors ? Moi, j'aimais bien le rose quand j'avais sept ans[1].

— Mais le rose pâle ? Pour un homme ? »

Margot contempla un moment le baquet voisin et tapota l'épaule de Chouffe.

« Oui, il est très pâle, hein ? Tu ferais mieux de trouver deux autres vêtements rouges, dit-elle.

— Mais ce sera encore pire...

— C'est un ordre, soldat, lui chuchota Margot à l'oreille. Et ajoute un peu d'amidon.

— Combien ?

— Tout ce que tu pourras dénicher. »

Igorina revint. Igorina avait de bons yeux. Margot se demanda s'ils avaient un jour appartenu à quelqu'un d'autre. Elle battit d'une paupière à l'adresse de son caporal suppléant et dressa un pouce. C'était, au grand soulagement de Margot, un des siens.

※

Dans l'immense salle de repassage, une seule personne travaillait devant les longues planches quand Margot s'y précipita, profitant de l'absence momentanée de madame Enide. C'était « Daphné ». Toutes les autres femmes l'entouraient comme pour assister à une démonstration. Ce qui était le cas.

« ... le col, v'voyez, dit le lieutenant Blouse en brandissant le gros fer fumant rempli de charbon de

---

[1]. C'est un fait établi. Malgré tous les efforts de la société, les fillettes de sept ans sont attirées par la couleur rose comme par un aimant.

bois. Ensuite les manchettes et enfin les manches. Faites une moitié du devant à la fois. Il faut les suspendre aussitôt, seulement, et c'est un truc utile, ne les repassez pas complètement sèches. C'est vraiment une question d'entraînement, mais... »

Margot le fixait d'un regard admiratif et fasciné. Elle détestait le repassage. « Daphné, je pourrais te dire un mot ? » demanda-t-elle pendant une pause.

Blouse leva le nez. « Oh, B... Margot, fit-il. Hum, oui, bien sûr.

— Je n'en reviens pas de ce que Daphné connaît sur les plis, s'extasia une jeune femme avec crainte et respect à la fois. Et aussi sur les pattemouilles !

— C'est moi qui n'en reviens pas », dit Margot.

Blouse tendit le fer à la fille. « Tiens, Dympha, dit-il d'un air magnanime. Souviens-toi : toujours repasser l'envers d'abord, et seulement l'envers pour les tissus sombres. Une erreur classique. J'arrive, Margot. »

Margot poireauta un moment à l'extérieur, et une des filles s'amena en portant une grosse pile de repassage sentant le frais. Elle aperçut Margot et se pencha tout près d'elle en la croisant. « On sait toutes que c'est un homme, dit-elle. Mais il s'amuse tellement et il repasse comme un champion !

— Mon lieutenant, comment est-ce que vous savez repasser ? demanda Margot une fois qu'ils furent revenus dans la blanchisserie.

— Fallait que je fasse moi-même la lessive au QG, répondit Blouse. Pas les moyens d'avoir une bonniche, et l'ordonnance, un nugganiste pur et dur, prétendait que c'était un travail de fille. Alors je me suis dit, bah, ça doit être facile, sinon on ne le confierait pas aux femmes. Elles ne sont vraiment pas douées ici.

Tu sais qu'elles lavent le blanc et la couleur ensemble ?

— Mon lieutenant, vous avez dit, vous le savez, que vous alliez voler une clé de la porte à un garde et lui briser le cou ?

— Exact.

— Est-ce que vous savez briser un cou, mon lieutenant ?

— J'ai lu un livre sur les arts martiaux, Barette, dit Blouse un peu durement.

— Mais vous ne l'avez jamais vraiment fait, mon lieutenant ?

— Eh bien, non ! J'étais au QG, et on n'a pas le droit de s'exercer sur ses collègues, Barette.

— Vous voyez, celui à qui vous voulez tordre le cou aura alors une arme, et vous, mon lieutenant, non.

— J'ai testé le principe de base sur une couverture roulée, dit Blouse d'un ton de reproche. J'ai trouvé que ça fonctionnait parfaitement.

— Est-ce que la couverture s'est débattue, a émis des gargouillis bruyants et vous a donné des coups de pied dans les chaussettes, mon lieutenant ?

— Les chaussettes ? fit un Blouse déconcerté.

— Je crois que votre autre idée serait meilleure, mon lieutenant, s'empressa de répliquer Margot.

— Oui... mon... euh... autre idée... C'est laquelle, au juste ?

— Celle où on s'échappe de la blanchisserie par le secteur où sèche le linge, mon lieutenant, après avoir mis sans bruit trois gardes hors de combat. Il y a une espèce de salle mobile au bout du couloir là-bas, mon lieutenant, qu'un treuil fait monter jusqu'au toit. Deux gardes accompagnent les femmes là-haut, et il y en a encore un sur le toit. En agissant ensemble, on élimine chaque garde sans méfiance, ce qui a plus de chances de réussir que vous seul contre un homme armé, avec tout le respect que je vous dois, mon lieutenant, du coup on est très bien placés pour aller n'importe où dans la forteresse par les toits, mon lieutenant. Bravo, mon lieutenant ! »

Un silence suivit.

« Est-ce que… euh… je suis entré dans tous ces détails ? demanda Blouse.

— Oh non, mon lieutenant. Ce n'est pas à vous de faire ça, mon lieutenant. C'est aux sergents et aux caporaux de se charger des menus détails. Les officiers sont là pour dresser le tableau d'ensemble dans ses grandes largeurs.

— Oh, absolument. Et, euh… elles sont grandes comment, ses largeurs ? demanda encore Blouse en clignant des yeux.

— Oh, très grandes, mon lieutenant. C'est un très grand tableau, mon lieutenant.

— Ah. » Blouse se redressa et afficha ce qu'il estimait l'expression d'un chef aux visions panoramiques.

« Certaines des dames d'ici travaillaient dans les niveaux supérieurs de la forteresse quand elle était à nous, mon lieutenant, poursuivit aussitôt Margot. J'ai anticipé vos ordres, mon lieutenant, et demandé à l'escouade de papoter avec elles à propos de l'agencement des lieux, mon lieutenant. Je connaissais l'idée maîtresse de votre stratégie, mon lieutenant, alors je crois avoir trouvé une voie d'accès aux cachots. »

Elle marqua un temps. C'était du bon baratin, elle le savait. Digne aussi de Jackrum. Elle l'avait truffé d'autant de « mon lieutenant » qu'elle l'avait osé. Et elle se sentait très fière du « j'ai anticipé vos ordres ».

Elle n'avait pas entendu Jackrum le sortir, mais c'était une excuse, en prenant certaines précautions, pour faire à peu près n'importe quoi. « Idée maîtresse » n'était pas mal non plus.

« Les cachots, répéta Blouse d'un air songeur en perdant un instant de vue le tableau d'ensemble. En fait, je crois avoir dit…

— Ouim'lieutenant. Parce que, mon lieutenant, si on arrive à sortir beaucoup de gars des cachots, mon lieutenant, vous serez à la tête d'une troupe à l'intérieur de la citadelle ennemie, mon lieutenant ! »

Blouse grandit encore de quelques centimètres puis s'affaissa de nouveau. « Évidemment, il y a ici quelques officiers supérieurs. Tous supérieurs à moi…

— Ouim'lieutenant ! confirma une Margot en bonne voie pour obtenir le diplôme de l'école Jackrum de manipulation des galonnards. On devrait peut-être faire sortir en premier les soldats du rang, mon lieutenant, non ? On ne tient pas à exposer les officiers au tir de l'ennemi. »

C'était une proposition éhontée et ridicule, mais la lueur de la bataille éclairait à présent les yeux de Blouse. Margot décida de l'attiser, au cas où.

« Votre commandement nous a été un grand exemple, mon lieutenant, dit-elle.

— Ah bon ?

— Oh oui, mon lieutenant.

— Aucun officier ne pouvait avoir de meilleurs hommes sous ses ordres, Barette.

— Sans doute que si, mon lieutenant.

— Et quel soldat oserait espérer une occasion pareille, hein ? Nos noms entreront dans les livres d'histoire ! Enfin, le mien, évidemment, et je veillerai à ce qu'on vous mentionne aussi, les gars, comptez-y ! Et, qui sait ? je gagnerai peut-être la plus haute récompense que peut obtenir un officier courageux !

— Et c'est, mon lieutenant ? demanda respectueusement Margot.

— Avoir son nom donné à un aliment ou à un article vestimentaire, répondit un Blouse à la figure radieuse. Le général Froc a eu droit aux deux, bien entendu. Le pantalon Froc et le bœuf à la Froc. Évidemment, je n'aspire pas à tant. » Il baissa timidement les yeux. « Mais je dois dire, Barette, que j'ai mis au point plusieurs recettes, au cas où !

— Alors on mangera un jour des plats à la Blouse, mon lieutenant ? » demanda Margot. Elle observait les paniers à linge qui se remplissaient.

« Possible, possible, c'est ce que j'ose espérer. Euh… mon préféré, c'est un gâteau comme un anneau de pâte, tu vois, garni de crème et imbibé de rhum…

— C'est un baba au rhum, mon lieutenant », fit distraitement observer Margot. Biroute et les autres suivaient aussi des yeux le remplissage des paniers.

« Ç'a déjà été fait ?

— En ai peur, mon lieutenant.

— Et… euh… une soupe avec des oignons ?

— Ça s'appelle une soupe à l'oignon, mon lieutenant. Je regrette, dit Margot en s'efforçant de rester concentrée.

— Euh… euh… ben, j'ai remarqué que certains plats portent le nom de gens alors qu'ils n'ont en réalité apporté que de petits changements à une recette classique…

— Il faut y aller à présent, mon lieutenant ! C'est maintenant ou jamais, mon lieutenant !

— Quoi ? Oh. C'est ça. Oui. Il faut y aller ! »

Ce fut une manœuvre militaire inédite dans les annales. Les membres de l'escouade, arrivant de plusieurs directions au signal de Margot, atteignirent les paniers juste avant les femmes qui s'étaient proposées pour les monter, empoignèrent les anses et se mirent en chemin. Elle comprit à cet instant seulement que personne d'autre ne tenait sans doute à cette corvée, et que les femmes étaient ravies de laisser des nouvelles se fatiguer bêtement. Les paniers étaient volumineux et le linge mouillé lourd. Pignole et Igorina avaient du mal à en soulever un à elles deux.

Deux soldats attendaient près de la porte. Ils paraissaient s'ennuyer ferme et ils leur prêtèrent peu d'attention. Ça faisait une bonne trotte pour se rendre au « monte-charge ».

Margot n'avait pas su l'imaginer quand on le lui avait décrit. Il fallait le voir. Ce n'était en réalité qu'une grande boîte ouverte en gros madriers, attachée à une corde épaisse, qui montait et descendait le long d'une espèce de cheminée dans le roc. Quand ils furent à bord, un des soldats tira sur une corde beaucoup plus fine qui disparaissait dans les ténèbres au-dessus. L'autre alluma deux bougies dont l'unique rôle était manifestement d'assombrir davantage l'obscurité.

« Pas le moment de s'évanouir, les filles ! » dit-il. Son collègue gloussa.

Ils sont deux et nous sept, se dit Margot. La tige de cuivre lui cognait contre la jambe à chaque mouvement, et elle savait avec certitude que Biroute boitait parce qu'elle s'était attaché un agitateur sous la robe. Ça, c'était pour les vraies lavandières ; il s'agissait d'un long bâton pourvu à son extrémité de ce qui ressemblait à un tabouret de traite à trois pieds, ce qu'on faisait de mieux pour agiter les vêtements dans un grand chaudron d'eau bouillante. On pouvait sûrement fracasser un crâne avec ça.

Les parois de pierre défilèrent tandis que la plateforme s'élevait.

« Ça donne le frisson ! roucoula "Daphné". Et ça monte jusqu'en haut de votre grand château, dites ?

— Oh non, mademoiselle. Faut d'abord traverser la roche, mademoiselle. Des tas de constructions anciennes et tout avant d'arriver aussi haut.

— Oh, je croyais qu'on était déjà dans le château. » Blouse lança à Margot un regard inquiet.

« Non, mademoiselle. Il n'y a que la blanchisserie en bas, à cause de l'eau. Hah, ça fait une sacrée grimpette, même pour arriver aux caves inférieures. Heureusement pour vous qu'il y a ce monte-charge, hein ?

— Merveilleux, sergent, minauda Blouse qui laissa Daphné revenir à la charge. Comment ça marche ?

— Je suis caporal, mademoiselle, rectifia le tireur de corde, qui salua en portant la main à son front. C'est des prisonniers qui le font monter et descendre en marchant dans un moulin de discipline, mademoiselle.

— Oh, c'est horrible !

— Oh non, mademoiselle, c'est assez humain. Euh… si vous êtes libre après le travail, euh… je pourrais vous emmener là-haut voir le mécanisme…

— Ce serait formidable, sergent ! »

Margot se voila les yeux de la main. Daphné déshonorait la féminité.

Le monte-charge s'élevait en grondant, sans précipitation. Il croisait surtout de la roche à nu, mais aussi, régulièrement, de vieilles grilles ou des pans cimentés qui signalaient des tunnels condamnés depuis longtemps...

Une secousse, et la plate-forme s'immobilisa. Un soldat jura tout bas, mais le caporal rassura ses passagères : « N'ayez pas peur, mesdames. Ça arrive souvent.

— Pourquoi on devrait avoir peur ? répliqua Margot.

— Ben, parce qu'on est suspendus par une corde dans le puits, à une hauteur de trente mètres, et que le mécanisme de levage a sauté une dent d'engrenage.

— Une fois de plus, renchérit l'autre soldat. Y a rien qui marche comme il faut ici.

— C'est une bonne raison, je trouve, dit Igorina.

— La réparation va prendre combien de temps ? demanda Biroute.

— Hah ! La dernière fois que c'est arrivé, on est restés coincés une heure ! »

Trop long, se dit Margot. Trop de choses pouvaient se passer. Elle leva les yeux à travers les poutrelles du plafond de la cabine. Le carré de lumière du jour était loin.

« On ne peut pas attendre, dit-elle.

— Oh là là, qui va nous sauver ? chevrota Daphné.

— Va falloir trouver comment passer le temps, hein ? » fit un garde.

Margot soupira. C'était une de ces phrases types comme « Hé, regardez-moi ce qu'on a là », et qui signifiaient que la situation ne pouvait qu'empirer.

« On sait ce que c'est, mesdames, poursuivit le garde. Vos hommes au loin, tout ça. C'est pas drôle pour nous non plus. Je me rappelle pas quand j'ai embrassé ma femme pour la dernière fois.

— Moi, c'est pareil, je m'rappelle pas quand j'ai embrassé sa femme pour la dernière fois », ajouta le caporal.

Biroute sauta en l'air, saisit une poutrelle et se hissa d'une traction au sommet de la cabine. Le monte-charge vibra et, quelque part, un fragment de roche se délogea et chuta dans le conduit avec fracas.

« Hé, vous pouvez pas faire ça ! dit le caporal.

— Où est-ce que c'est dit ? répliqua Biroute. Margot, il y a ici un de ces tunnels condamnés, seulement la plupart des pierres sont tombées. On pourrait y entrer facilement.

— Vous pouvez pas sortir ! On va avoir des ennuis ! » s'écria le caporal.

Margot lui dégaina son épée du fourreau. L'espace était trop peuplé pour qu'elle serve à grand-chose à part menacer, mais c'était elle, Margot, qui la tenait, et non le garde. Ce qui faisait une grande différence.

« Des ennuis, vous en avez déjà, dit-elle. S'il vous plaît, ne me forcez pas à les aggraver. On sort d'ici. D'accord, Daphné ?

— Hum… oui, évidemment », répondit Blouse.

L'autre garde posa la main sur sa propre épée. « Bon, les filles, ça suff… »

Il ne put terminer sa phrase. Chouffe rabaissa son bâton de cuivre.

« J'espère que je ne l'ai pas cogné trop fort, fit-elle.

— Qu'est-ce que ça peut faire ? Allez, je vais vous donner un coup de main à monter, dit Biroute.

— Igorina, est-ce que tu pourrais lui jeter un coup d'œil et… insista Chouffe avec nervosité.

— C'est un homme et il gémit, la coupa Biroute d'en haut. Moi, ça me suffit. Venez. »

Le garde rescapé regarda les autres se faire hisser jusqu'aux poutrelles.

« Euh, excusez-moi, dit-il à Margot qui aidait Blouse à monter.

— Oui ? Quoi ?

— Ça vous ferait rien de me flanquer un gnon sur le crâne, demanda-t-il d'un air malheureux. C'est que je donne pas l'air de m'être battu contre une bande de femmes.

— Pourquoi vous ne vous êtes pas battu ? répliqua Margot en plissant les yeux. On n'est qu'une bande de femmes.

— J'suis pas fou ! répondit le garde.

— Tenez, laissez-moi faire, dit Igorina en brandissant son bâton. Les coups sur la tête sont potentiellement dommageables et il ne faut pas les donner à la légère. Tournez-vous, monsieur. Ôtez votre casque, s'il vous plaît. Une inconscience de vingt minutes, ça vous irait ?

— Oui, merci beauc... »

Le garde se plia en deux.

« J'espère vraiment ne pas avoir fait mal à l'autre, gémit Chouffe au-dessus.

— Il jure, dit Margot en le débarrassant de son épée. C'est donc qu'il va bien. »

Elle passa les bougies à Chouffe, qui la hissa ensuite sur le toit tremblant du monte-charge. Une fois sur le sol ferme de l'entrée du tunnel, elle trouva un éclat de pierre qu'elle cala en force dans l'espace entre la paroi du puits et la carcasse de bois qui s'agita. Le monte-charge n'allait pas circuler de sitôt.

Biroute et l'Asperge exploraient déjà le tunnel. À la lumière des bougies, il paraissait étayé d'une bonne maçonnerie, au-delà du vague murage maladroit.

« Sûrement des caves, dit Biroute. À mon avis, ils ont dû creuser la cage du monte-charge il y a peu et ils ont muré tout ce qu'ils traversaient. Question boulot, ils auraient pu se décarcasser davantage, je dois dire.

— Les caves ne sont pas loin des cachots, fit observer Margot. Tiens, éteins donc une bougie, ça nous fera de la lumière deux fois plus longtemps, et ensuite…

— Barette, je peux te dire un mot, s'il te plaît ? dit Blouse. Par ici ?

— Ouim'lieutenant. »

Une fois un peu à l'écart du reste de la troupe, Blouse baissa la voix :

« Je ne veux pas décourager les initiatives, Barette, mais qu'est-ce que tu fais ?

— Euh… j'anticipe vos ordres, mon lieutenant.

— Tu les anticipes ?

— Ouim'lieutenant.

— Ah. D'accord. Ce n'est qu'un petit bout du tableau, c'est ça ?

— Exactement, mon lieutenant.

— Alors mes ordres, Barette, sont de poursuivre avec diligence mais circonspection notre opération de libération des prisonniers.

— Bravo, mon lieutenant. On va traverser ce… cette…

— Crypte », fit Igorina en se retournant.

La bougie s'éteignit.

De quelque part plus loin, dans les ténèbres d'un noir d'encre et d'une épaisseur veloutée, parvint un raclement de pierre sur de la pierre.

« Je me demande pourquoi on a condamné ce passage, dit la voix de Blouse.

— Je crois que, moi, j'ai cessé de me demander pourquoi on l'a condamné aussi précipitamment, fit observer Biroute.

— Moi, je me demande qui a essayé de le rouvrir », dit Margot.

Il se produisit un fracas comme celui d'une lourde dalle chutant d'un tombeau ouvragé. Il pouvait s'agir d'une dizaine d'autres choses, mais c'était, allez savoir pourquoi, l'image qui venait spontanément à l'esprit. L'air stagnant s'agita un peu.

« Je ne veux inquiéter personne, dit Chouffe, mais j'entends comme des pas et des traînements. »

Margot se souvint de l'homme qui allumait les bougies. Il avait laissé tomber sa poignée d'allumettes dans la bobèche en cuivre du bougeoir, non ? En déplaçant lentement la main, elle les chercha à tâtons.

« Si tu ne veux inquiéter personne, fit la voix de Biroute depuis les ténèbres sèches et épaisses, pourquoi tu nous dis ça, merde ? »

Les doigts de Margot découvrirent un petit bâtonnet de bois. Elle le porta à ses narines et flaira l'odeur de soufre.

« J'ai une allumette, dit-elle. Je vais essayer de rallumer la bougie. Tout le monde cherche une sortie. Prêts ? »

Elle se glissa jusqu'à la paroi invisible. Puis elle gratta l'allumette sur la pierre, et une lumière jaune envahit la crypte.

Quelqu'un gémit. Margot écarquilla les yeux, la bougie oubliée. L'allumette s'éteignit.

« D'ac-cord, chuchota la voix de Biroute. Des morts ambulants. Et alors ?

— Celui près du passage voûté, c'était feu le général Pulovert ! dit Blouse. J'ai son livre sur *L'art de la défense* !

— Vaut mieux éviter de lui demander une dédicace, mon lieutenant », conseilla Margot tandis que l'escouade se resserrait.

Le gémissement reprit. Il paraissait venir de là où Margot se rappelait avoir vu Pignole. Elle l'entendit prier. Elle n'arrivait pas à distinguer ce qu'elle disait en dehors d'un chuchotement ardent et impatient.

« Nos bâtons à lessive réussiront peut-être à les ralentir un peu, non ? chevrota Chouffe.

— Sont déjà morts, qu'est-ce que tu veux leur faire de plus ? » répliqua Igorina.

Non, murmura une voix, et une lumière emplit la crypte.

Elle était à peine plus brillante qu'un ver luisant, mais un unique photon peut donner de grands résultats dans une obscurité chtonienne. Elle s'éleva au-dessus d'une Pignole agenouillée, jusqu'à atteindre la taille d'une femme parce qu'il s'agissait effectivement d'une femme. Du moins, de l'ombre d'une femme. Non, s'aperçut Margot, c'était la lumière d'une femme, un réseau animé de lignes et de rehauts où allait et venait, comme des images dans un feu, une silhouette de femme.

« Soldats de Borogravie... garde-à-vous ! » ordonna Pignole. Et, par-dessous sa petite voix flûtée, on entendait un chuchotement qui emplissait la longue salle et l'emplissait encore.

Soldats de Borogravie... garde-à-vous !

Soldats...
Soldats, garde-à-vous !
Soldats de Borogravie...

Les silhouettes titubantes s'immobilisèrent. Elles hésitèrent. Elles reculèrent en traînant les pieds. Avec force cliquetis et chamailleries muettes, elles formèrent deux rangs. Pignole se remit debout.

« Suivez-moi », dit-elle.
Suivez-moi...
... moi...

« Mon lieutenant ? dit Margot à Blouse.

— Je crois qu'il faut y aller, non ? » dit le lieutenant, qui paraissait ne plus prêter attention aux activités de Pignole maintenant qu'il se trouvait en présence de la puissance militaire des siècles passés. « Oh, mon dieu... voilà le général de brigade Galoche ! Et Sa Seigneurie le major général Kanapay ! Le général Annorac ! J'ai lu tout ce qu'il a écrit ! Je n'ai jamais imaginé que je le verrais en chair et en os !

— Surtout en os, mon lieutenant, fit remarquer Margot en l'entraînant.

— Tous les grands commandants des cinq derniers siècles ont été enterrés ici, Barette !

— Je suis très contente pour vous, mon lieutenant. Si on pouvait seulement avancer un peu plus vite...

— Mon vœu le plus cher, c'est de passer le reste de l'éternité ici, tu sais.

— Génial, mon lieutenant, mais pas aujourd'hui. Est-ce qu'on peut rattraper les autres, mon lieutenant ? »

Sur leur passage, des mains en lambeaux se levèrent les unes après les autres pour exécuter des saluts saccadés. Des yeux écarquillés luisaient dans des figures décharnées. La lumière étrange miroitait sur des galons poussiéreux, sur du tissu délavé et taché. On entendait aussi un grondement, plus cassant que le chuchotement, profond et guttural. Il rappelait des grincements de portes lointaines, mais des voix isolées s'élevaient et s'éteignaient alors que la troupe passait devant les silhouettes défuntes…

Mort à la Zlobénie… les avoir… n'oubliez pas… faites-leur en baver… vengeance… n'oubliez pas… ils ne sont pas humains… vengez-nous… œil pour œil…

Plus loin à l'avant, Pignole avait atteint de hautes portes en bois. Elles s'ouvrirent dès qu'elle les toucha. La lumière se déplaçait avec elle, et l'escouade lui collait au train. La suivre de trop loin signifiait rester dans le noir.

« Je ne pourrais pas demander au major général… voulut dire Blouse en tirant sur la main de Margot.

— Non ! Vous ne pouvez pas ! Ne traînez pas ! Venez ! » ordonna Margot.

Ils arrivèrent aux portes que Biroute et Igorina claquèrent dans leur dos. Margot s'appuya contre le mur.

« Je crois que c'était le moment le plus… le plus incroyable de ma vie, avoua Blouse tandis que le grondement diminuait.

— De la mienne, oui », fit Margot qui respirait avec peine.

La lumière brillait toujours autour de Pignole, qui se retourna face à l'escouade avec une expression de plaisir béat. « Vous devez parler au haut commandement », dit-elle.

Vous devez parler au haut commandement, chuchotèrent les murs.

« Soyez gentils avec cette enfant. »
Soyez gentils avec cette enfant...
    ... cette enfant...

Margot attrapa Pignole avant qu'elle s'écroule par terre.

« Qu'est-ce qui lui arrive ? demanda Biroute.

— Je crois que la duchesse parle vraiment à travers elle. » Pignole était inconsciente, on ne lui voyait que le blanc des yeux. Margot l'étendit doucement.

« Oh, allez ! La duchesse, c'est juste un tableau ! Elle est morte ! »

Dans certains cas, on renonce. Pour Margot, ce cas s'était présenté lors de la traversée de la crypte. Si tu ne crois pas ou que tu refuses de croire, ou si tu espères tout bonnement qu'il n'y a rien valant la peine d'être cru, pourquoi te retourner ? Et, si tu ne crois pas, à qui te fies-tu pour te conduire hors de l'emprise des morts ?

« Morte ? fit-elle. Et après ? Et les vieux soldats là-bas qui n'ont pas disparu ? Et la lumière ? Et tu as entendu la voix de Pignole.

— Ouais, mais... ben, ces trucs-là n'arrivent pas aux gens qu'on connaît, dit Biroute. Ça arrive à... ben, des dévots bizarres. Je veux dire, il y a quelques jours, elle apprenait à péter bruyamment !

— Elle ? souffla Blouse à Margot. Elle ? Pourquoi... ? »

Une fois encore, une zone du cerveau de Margot dépassa la panique soudaine.

« Pardon, Daphné ? fit-elle.

— Oh... oui... bien sûr... on n'est jamais trop... oui... » murmura le lieutenant.

Igorina s'agenouilla près de la jeune fille et lui appliqua la main sur le front. « Elle est en feu, annonça-t-elle.

— Elle priait tout le temps à la maison grise, dit l'Asperge en s'agenouillant à son tour.

— Ouais, ben, il y avait matière à prier quand on n'était pas solide, grogna Biroute. Et, tous les putain de jours, il fallait prier la duchesse pour remercier Nuggan de nous accorder une pâtée qu'on ne donnerait pas à un cochon ! Et cette saleté de portrait partout, ce regard de merlan frit... je le déteste ! De quoi devenir dingue. C'est ce qui est arrivé à Pigne, non ? Et maintenant tu voudrais me faire croire que la grosse vieille est vivante et qu'elle manipule notre collègue comme... une marionnette ou je ne sais quoi ? Je n'y crois pas. Et si c'est vrai, ça ne devrait pas l'être !

— Elle est brûlante, Magda, dit doucement l'Asperge.

— T'sais pourquoi on s'est engagées ? lança Biroute dont la figure était toute rouge. Pour s'en aller ! Tout valait mieux que ce qu'on vivait ! J'ai l'Asperge, l'Asperge m'a, et on reste avec vous parce qu'on n'a rien d'autre. Tout le monde dit que les Zlobènes sont terribles, hein ? Mais ils ne nous ont jamais rien fait à nous, ils ne nous ont jamais fait de mal. S'ils veulent venir chez nous pendre quelques salauds, je peux leur fournir une liste ! Partout où ça tourne mal, partout où les petites brutes mesquines inventent de nouvelles atrocités, de nouvelles façons de nous réprimer, cette saleté de trogne assiste au spectacle ! Et tu dis qu'elle est ici ?

— Nous sommes ici, nous, répondit Margot. Et tu es ici, toi. Et on va faire ce pour quoi on est venus et filer, compris ? Tu as embrassé le tableau, tu as pris le denier !

— Je n'ai pas embrassé sa binette, putain non ! Et un denier, c'est bien le moins qu'ils me doivent !

— Alors va-t'en ! s'écria Margot. Déserte ! On ne t'en empêchera pas, parce que j'en ai marre de tes... tes conneries ! Mais décide-toi maintenant, maintenant, compris ? Quand on tombera sur l'ennemi, je n'ai pas envie de me dire que tu es là pour me poignarder dans le dos ! »

Les mots avaient jailli avant qu'elle puisse les retenir, et aucun pouvoir au monde ne pouvait les rattraper.

Biroute blêmit, et un peu de vie s'échappa de son visage comme de l'eau d'un entonnoir. « Qu'est-ce que t'as dit ? »

Les mots « Tu as parfaitement entendu ! » se mirent en ordre pour fuser d'entre les lèvres de Margot, mais la jeune fille hésita. Il ne faut pas t'y prendre comme ça, se dit-elle. Tu ne vas pas laisser une paire de chaussettes parler à ta place.

« Des idioties, répondit-elle. Excuse-moi. Je ne le pensais pas. »

Biroute se calma un peu. « Ben... alors, d'accord, dit-elle de mauvaise grâce. Tant que tu sais qu'on fait tout ça pour l'escouade, d'accord ? Pas pour l'armée ni pour la putain de duchesse.

— Voilà des propos qui sentent la trahison, soldat Licou », dit Blouse.

Tout le monde sauf Margot avait oublié le lieutenant ; l'homme était facilement oubliable.

« Mais, poursuivit-il, je comprends que nous sommes tous un peu... (il baissa le nez sur sa robe) troublés et... euh... déroutés par le cours des événements... »

Biroute s'efforça de ne pas croiser les yeux de Margot. « Pardon, mon lieutenant, marmonna-t-elle en lançant des regards noirs.

— Je ne tolérerai plus de tels propos, que ce soit bien clair.

— Oui, mon lieutenant.

— Bien, fit aussitôt Margot. Alors on...

— Mais je ferme les yeux pour cette fois », poursuivit Blouse.

Margot vit Biroute prête à mordre. Elle redressait lentement la tête. « Vous fermez les yeux ? fit-elle. Vous ?

— Mollo, souffla Margot juste assez fort pour que Biroute l'entende.

— Je vais vous dire un truc à notre sujet, mon lieutenant, dit Biroute en se fendant d'un sourire horrible.

— On est ici, deuxième classe, qui que l'on soit, cracha Margot. Maintenant cherchons les cellules !

— Hum... fit Igorina, on n'est pas loin, je pense. Je vois une pancarte. Hum. C'est au bout de ce passage. Hum... juste derrière trois hommes un peu intrigués et armés de... hum... d'arbalètes à l'air très efficaces. Hum. Ce que tu viens de dire est important, je crois, et il fallait que ce soit dit. Mais, hum... pas en ce moment, peut-être ? Et pas si fort ? »

Seuls deux gardes les observaient à présent et levaient prudemment leurs arbalètes. L'autre filait à toutes jambes dans le couloir en hurlant.

Toute l'escouade, comme un seul homme, ou une seule femme, partagea la même pensée. Ils ont des arbalètes. Nous, non. Ils ont des renforts derrière eux.

Nous, non. Tout ce qu'on a, ce sont des ténèbres peuplées de morts qui n'ont pas trouvé le repos. Il ne nous reste plus qu'à faire nos prières.

Blouse tenta quand même sa chance. Il prit la voix de Daphné et roucoula : « Oh, messieurs... on dirait qu'on s'est perdues en cherchant les toilettes des dames... »

On ne les jeta pas au cachot, et pourtant on les fit passer devant un grand nombre de cellules. Beaucoup de couloirs de pierre lugubres se succédèrent, beaucoup de lourdes portes munies de barres et de beaucoup, beaucoup de verrous, et beaucoup d'hommes en armes dont la tâche ne devait présenter d'intérêt que si tous les verrous disparaissaient. On les conduisit dans une cuisine. Elle était immense, et manifestement pas prévue pour qu'on y hache des fines herbes ou qu'on y farcisse des champignons. Dans une salle pareille, triste, crasseuse et encroûtée de suie, des cuisiniers avaient sans doute préparé les repas de centaines d'hommes affamés. De temps en temps, la porte s'ouvrait et de vagues silhouettes les regardaient fixement. Personne n'avait rien dit, à aucun moment.

« Ils nous attendaient », marmonna Chouffe. Les soldats de l'escouade étaient assis par terre, adossés à un vieux billot immense, sauf Igorina qui s'occupait d'une Pignole toujours inconsciente.

« Ils n'ont pas encore pu hisser le monte-charge jusqu'ici, dit Margot. J'ai bien coincé la pierre.

— Alors les lavandières ont peut-être vendu la mèche, fit Biroute. L'allure de madame Enide ne m'a pas plu.

— Quelle importance maintenant, hein ? C'est la seule porte ? demanda Margot.

— Il y a une réserve au fond, répondit Biroute. Pas de sortie à part une grille par terre.

— On pourrait s'enfuir par là ?

— Seulement en se faisant couper en dés. »

Tout le monde fixa d'un œil morne la porte au loin. Elle s'était ouverte à nouveau, et une conversation étouffée se tenait entre les silhouettes au-delà. Biroute avait voulu s'approcher de l'entrée ouverte et l'avait soudain trouvée occupée par des hommes armés d'épées.

Margot se tourna vers Blouse, affaissé contre le mur, le regard perdu en l'air.

« Je ferais mieux d'aller lui dire », annonça-t-elle. Biroute haussa les épaules.

Blouse baissa les yeux sur elle et sourit faiblement quand Margot s'approcha. « Ah, Barette, fit-il. On y est presque arrivés, hein ?

— Pardon de ne pas avoir été à la hauteur, mon lieutenant, dit Margot. Permission de m'asseoir, mon lieutenant ?

— Ce carrelage est glacial, mais fais comme chez toi. Et c'est moi qui n'ai pas été à la hauteur, je le crains.

— Oh si, mon lieutenant... protesta Margot.

— Vous étiez mon premier commandement. Enfin, en dehors du caporal Drèbe, qui avait soixante-dix ans et un seul bras, le pauvre. » Il se pinça l'arête du nez. « Tout ce que j'avais à faire, c'était vous conduire dans la vallée. Rien d'autre. Mais non, j'ai bêtement rêvé d'un monde où chacun porterait un jour une blouse. Ou en mangerait une, peut-être. J'aurais dû écouter le sergent Jackrum ! Oh, oserai-je encore regarder un jour ma tendre Emmeline en face ?

— Je ne sais pas, mon lieutenant.

— Dans mon idée, c'est davantage un cri de désespoir rhétorique qu'une véritable question, Barette.

— Pardon, mon lieutenant. »

Margot prit une inspiration profonde, prête à plonger dans les profondeurs glacées de la vérité. « Mon lieutenant, il faut que vous sachiez...

— Et, j'en ai peur, une fois qu'ils auront compris que nous ne sommes pas des femmes, ils vont nous jeter dans de grands cachots, poursuivit le lieutenant. Très grands et très sales, m'a-t-on dit. Et très peuplés.

— Mon lieutenant, on est des femmes.

— Oui, bravo, Barette, mais c'est inutile de poursuivre cette comédie.

— Vous ne comprenez pas, mon lieutenant. On est vraiment des femmes. Toutes. »

Blouse eut un sourire nerveux. « Je crois que tu... t'embrouilles un peu, Barette. Je crois bien me rappeler que la même chose est arrivée à Tortillond...

— Mon lieutenant...

— ... même s'il faut reconnaître qu'il était très doué pour choisir les rideaux...

— Non, mon lieutenant. J'étais... je suis une fille, je me suis coupé les cheveux, j'ai fait semblant d'être un garçon et pris le denier de la duchesse, mon lieutenant. Vous pouvez me croire sur parole, mon lieutenant, parce que je ne tiens pas vraiment à devoir vous faire un dessin. On vous a joué un tour, mon lieutenant. Enfin, pas vraiment un tour, mais on avait toutes des raisons pour partir, mon lieutenant, du moins pour ne pas rester où on était. On a menti. »

Blouse la fixait avec de grands yeux. « Tu es sûr ?
— Oui, mon lieutenant. Je suis du genre féminin. Je le constate tous les jours, mon lieutenant.
— Et le deuxième classe Licou ?
— Oui, mon lieutenant.
— Et aussi l'Asperge ?
— Oh oui, mon lieutenant. Les deux, mon lieutenant. Pas la peine de vérifier, mon lieutenant.
— Et Chouffe ?
— Attend un bébé, mon lieutenant. »

Blouse parut soudain terrifié. « Oh, non. Ici ?
— Pas avant plusieurs mois, mon lieutenant, je crois.
— Et le pauvre petit deuxième classe Goum ?
— Une fille, mon lieutenant. Et Igor est en réalité une Igorina. Quant à Carborundum, où qu'elle soit, elle s'appelle en fait Jade. On n'est pas sûres pour le caporal Maladict. Mais le reste d'entre nous, on a bel et bien des couvertures roses, mon lieutenant.
— Mais vous n'agissiez pas comme des femmes !
— Non, mon lieutenant. On agissait comme des gars. Pardon, mon lieutenant. On voulait juste retrouver nos hommes, ou se sauver, ou prouver quelque chose, n'importe. Pardon que ce soit tombé sur vous, mon lieutenant.
— C'est sûr, tout ça, dis ? »

Qu'est-ce que tu espères m'entendre répondre ? songea Margot. « Hou là, maintenant que j'y pense, oui, on est en réalité des hommes, après tout » ? Elle opta pour : « Oui, mon lieutenant.

— Du coup... tu ne t'appelles pas Olivier, alors ? » Margot avait l'impression que le lieutenant avait beaucoup de mal avec tout ça ; il n'arrêtait pas de poser la même question élémentaire de différentes manières, dans l'espoir d'obtenir une autre réponse que celle qu'il refusait d'entendre.

« Non, mon lieutenant. Je m'appelle Margot, mon lieutenant...

— Oh ? Tu sais qu'il y a une chanson sur... ?

— Oui, mon lieutenant, le coupa-t-elle d'un ton sans réplique. Croyez-moi, je préférerais que vous évitiez même de la fredonner. »

Blouse fixa le mur du fond, les yeux légèrement dans le vague. Oh là là, songea Margot. « Vous avez pris un risque terrible, dit-il d'un air distant. La place des femmes n'est pas sur un champ de bataille.

— Cette guerre ne se cantonne pas aux champs de bataille. De ce temps-ci, un pantalon est le meilleur ami d'une jeune fille, mon lieutenant. »

Blouse retomba à nouveau dans le silence. Soudain, Margot se sentit navrée pour lui. Il était un peu bête, de cette façon particulière qu'ont les individus très intelligents d'être bêtes, mais il n'était pas méchant. Il avait bien traité l'escouade, il s'y était attaché. Il ne méritait pas ça.

« Désolée de vous avoir mis dans ce pétrin, mon lieutenant », dit-elle.

Blouse releva la tête. « Désolée ? » fit-il. Au grand étonnement de la jeune fille, il avait l'air plus joyeux que de toute la journée. « Bon sang, tu n'as pas à être désolée. Est-ce que tu t'y connais en histoire, Margot ?

— On ne pourrait pas s'en tenir à Barette, mon lieutenant ? Je suis toujours un soldat. Non, je ne connais pas grand-chose en histoire, mon lieutenant. Du moins, pas grand-chose de sûr.

— Alors tu n'as jamais entendu parler des guerrières amazones de Samothrip ? L'unité de combat la plus redoutable pendant des siècles. Que des femmes ! Absolument sans pitié à la bataille ! Mortelles à l'arc, mais, afin de le bander au maximum, elles devaient se couper un… hum… euh… dites, vous ne vous êtes pas, mesdames, coupé un… hum… euh… ?

— Non, on ne s'est pas coupé de hum euh, mon lieutenant. Seulement les cheveux. »

Blouse parut étonnamment soulagé. « Bon, et ensuite il y a les gardes du corps féminins du roi Samuel des terres d'Howonda. Toutes de plus de deux mètres, si j'ai bien compris, et meurtrières à la lance. Dans tout le Klatch, bien entendu, circulent des tas d'histoires de femmes guerrières qui combattent aux côtés de leurs hommes. Terribles et intrépides, je crois. Les hommes préfèrent déserter qu'affronter des femmes, Barette. Ils perdraient leurs moyens. »

Une fois de plus, Margot se sentit vaguement déstabilisée, comme si elle avait voulu sauter une haie finalement absente. Elle se réfugia dans : « À votre avis, qu'est-ce qui va se passer maintenant, mon lieutenant ?

— Aucune idée, Barette. Hum… qu'est-ce qui ne va pas chez la jeune Goum ? Une espèce de folie religieuse ?

— Possible, mon lieutenant, répondit Margot avec réserve. La duchesse lui parle.

— Oh là là, fit Blouse. Elle… »

La porte s'ouvrit. Une douzaine de soldats entrèrent à la queue leu leu et se déployèrent de part et d'autre.

Ils portaient des tas d'uniformes différents – surtout zlobènes, mais Margot en reconnaissait maintenant plusieurs qui étaient morporcins, si c'était bien ainsi qu'on disait. Tous avaient des armes qu'ils tenaient comme s'ils comptaient s'en servir.

Quand ils furent tous alignés, alors qu'ils reluquaient l'escouade d'un air mauvais, un groupe plus réduit entra. Là encore se côtoyaient toutes sortes d'uniformes, mais beaucoup plus coûteux. Ils habillaient des officiers – des officiers supérieurs, à en juger par leur mine dédaigneuse. Le plus grand d'entre eux, que grandissait encore son haut casque de cavalerie à plumet, observa les femmes d'un air arrogant. Il avait les yeux bleu pâle, et son visage laissait entendre qu'il ne tenait pas vraiment à voir quoi que ce soit dans cette salle tant qu'on ne l'avait pas préalablement nettoyée de fond en comble.

« Qui est l'officier ici ? » demanda-t-il. Sa voix rappelait celle d'un homme de loi.

Blouse se leva et salua. « Lieutenant Blouse. Dixième d'infanterie.

— Je vois. » L'homme se retourna vers les autres officiers. « Je crois que nous pouvons nous dispenser de la garde à présent, non ? Il faut régler cette affaire discrètement. Et, par tous les dieux, ne pourrait-on pas trouver à cet homme un pantalon ? »

Des murmures s'ensuivirent. L'homme adressa un signe de tête au sergent de la garde. Les soldats sortirent, toujours à la queue leu leu, et la porte se referma derrière eux.

« Je suis le seigneur Rouille, se présenta l'homme. Je commande ici le détachement d'Ankh-Morpork. Du moins... (il renifla) le détachement militaire. Vous a-t-on bien traités ? On ne vous a pas malmenés ? Je vois qu'une... jeune dame gît par terre.

— Elle est en pâmoison, monseigneur », dit Margot. Les yeux bleus tombèrent sur elle.

« Vous devez être... ? fit l'officier.

— Caporal Barette, monseigneur », répondit Margot. Les officiers réprimèrent mal des sourires.

« Ah, celle qui recherche son frère, je crois ? dit le seigneur Rouille.

— Comment est-ce que vous connaissez mon nom ? demanda Margot.

— Nous sommes une... mm... armée efficace, répondit Rouille qui s'offrit un petit sourire bien à lui. Votre frère se prénomme Paul ?

— Oui !

— Nous finirons par le localiser. Et, si j'ai bien compris, une autre dame recherchait son jeune ami ? »

Chouffe fit une courbette nerveuse. « Moi, monseigneur.

— Lui aussi, nous le localiserons si vous nous donnez son nom. Maintenant, je vous prie, écoutez-moi bien. Vous, mademoiselle Barette, et les autres, on va vous emmener, ce soir, sans qu'il vous soit fait aucun mal, et on va vous reconduire sous escorte dans votre pays, aussi loin que nos patrouilles le pourront, donc assez loin, à mon avis. C'est compris ? Vous aurez ce que vous êtes venues chercher. Bien, non ? Et vous ne reviendrez pas. On a capturé vos camarades troll et vampire. La même offre leur est faite. »

Margot observait les officiers. Ils paraissaient nerveux...

... sauf un à l'arrière.

Elle avait cru tous les soldats partis et, bien que l'homme soit vêtu comme un garde – entendez comme un garde mal vêtu –, il se conduisait différemment de ses collègues. Adossé contre le mur près de la porte, il fumait une moitié de cigare avec un grand sourire. Il avait l'air d'un badaud jouissant d'un spectacle.

« Très généreusement, poursuivait Rouille, cette offre s'applique aussi à vous, lieutenant... Blouse, c'est ça ? Mais, dans votre cas, vous serez en liberté conditionnelle dans une maison en Zlobénie, très agréable, semble-t-il, avec promenades dans la campagne excellentes pour la santé et j'en passe. Cette offre n'est pas consentie à vos officiers supérieurs qui sont ici, je dois ajouter. »

Alors pourquoi nous la consentir à nous ? songea Margot. Est-ce que vous avez peur ? D'une bande de filles ? Ça n'a pas de sens...

Derrière les officiers, l'homme au cigare fit un clin d'œil à Margot. Son uniforme était très démodé : un vieux casque, un plastron, une cotte de mailles un peu rouillée, de grosses chaussures. Il le portait comme un ouvrier sa salopette. À la différence des galons et de l'éclat étalés devant elle, les vêtements de l'inconnu n'affirmaient qu'une chose : leur propriétaire ne comptait pas recevoir de blessures. Margot ne lui vit aucun insigne en dehors d'un petit écu accroché au plastron.

« Si vous voulez m'excuser un instant, dit Blouse, je vais consulter mes hommes.

— Vos hommes ? fit Rouille. C'est une bande de femmes, mon vieux !

— Mais présentement, monseigneur, répliqua Blouse avec froideur, je ne les échangerais pas contre six hommes que vous pourriez m'offrir. Si ces messieurs veulent bien attendre dehors… »

Derrière le groupe, l'homme mal habillé éclata d'un rire silencieux. Les autres membres de la délégation ne partageaient cependant pas son sens de l'humour.

« Vous ne pouvez pas envisager de refuser cette offre ! dit le seigneur Rouille.

— Quand même, monseigneur, fit Blouse. Ça nous prendra quelques minutes. Je pense que les dames aimeraient un peu d'intimité. L'une d'elles attend un enfant.

— Quoi, ici ? » Comme un seul homme, le groupe recula.

« Pas encore, je crois. Mais si vous voulez bien sortir… »

Une fois que les officiers eurent battu en retraite dans la sécurité masculine du couloir, le lieutenant se tourna vers son escouade.

« Alors, soldats ? Pour vous, c'est une offre très alléchante, je dois dire.

— Pas pour nous », fit observer Biroute. L'Asperge approuva du chef.

« Ni pour moi, ajouta Chouffe.

— Pourquoi donc ? s'étonna Blouse. Tu aurais ton mari.

— Ça risque d'être un peu difficile, marmonna Chouffe. Et puis, et l'invasion ?

— On ne va pas me renvoyer chez moi comme un paquet, dit Igorina. De toute façon, ce type a une structure osseuse répugnante.

— Bon, le soldat Goum ne peut pas répondre pour l'instant, soupira Blouse. Ne reste plus que toi, Margot.

— Pourquoi est-ce qu'ils font ça ? dit Margot. Pourquoi est-ce qu'ils veulent nous écarter ? Pourquoi est-ce qu'ils ne nous gardent pas tout bonnement sous les verrous ? Ce château est sûrement farci de cellules.

— Ah, ils sont peut-être sensibles à la faiblesse de votre sexe, répondit Blouse qui se consuma aussitôt sous les regards enflammés des jeunes filles. Je n'ai pas dit que, moi, je l'étais, ajouta-t-il dans la foulée.

— Ils pourraient simplement nous tuer, fit observer Biroute. C'est vrai, ils pourraient. Pourquoi pas ? Qui ça gênerait ? Je ne crois pas qu'ils nous considèrent comme des prisonniers de guerre.

— Mais ils ne nous ont pas tuées, dit Margot. Et ils ne nous menacent même pas. Ils font très attention. Je crois qu'ils ont peur de nous.

— Ah ouais, c'est ça, fit Biroute. Ils s'imaginent peut-être qu'on va leur courir après et leur donner un gros bécot mouillé.

— Bien, nous sommes donc d'accord pour ne pas accepter, résuma Blouse. Putain, oui... oh, excusez-moi...

— On connaît toutes ces mots-là, mon lieutenant, dit Margot. Je propose qu'on vérifie à quel point on leur fait peur, mon lieutenant. »

Les officiers attendaient avec une impatience non dissimulée, mais Rouille réussit à se fendre d'un sourire bref quand il revint dans la cuisine.

« Alors, lieutenant ? lança-t-il.

— Nous avons porté une grande attention à votre offre, dit Blouse, et notre réponse est : vous pouvez vous la mettre... » Il se pencha vers Margot qui lui chuchota aussitôt quelque chose. « Qui ? Oh, oui, d'accord. Dans le slibard, monseigneur. Vous la mettre, voilà, dans le slibard. Ainsi dénommé d'après le colonel Henri Slibard, je crois. Un vêtement de laine pratique qui tient du caleçon court et moulant, monseigneur, lequel, si je me souviens bien, doit son nom à l'adjudant-chef Calcif. C'est là, monseigneur, que vous pouvez vous la mettre. »

Rouille accueillit cette réponse avec calme, et Margot se demanda si c'était parce qu'il n'avait pas compris. Mais l'homme débraillé, une fois de plus adossé contre le mur, avait compris, lui, puisqu'un grand sourire lui fendait la figure.

« Je vois, dit Rouille. Et c'est votre réponse à tous ? Alors vous ne nous laissez pas le choix. Bien le bonsoir. »

Sa tentative pour sortir à grands pas fut gênée par les autres officiers, qui avaient moins le sens de l'instant dramatique. La porte claqua derrière eux, mais pas avant que le dernier homme à partir se retourne fugitivement et fasse un geste de la main. Un geste à passer inaperçu pour qui ne prêtait pas attention, mais Margot, elle, prêtait attention.

« Ça s'est bien passé, on dirait, fit Blouse en se détournant.

— J'espère que ça ne va pas nous attirer des ennuis, dit Chouffe.

— Par comparaison avec quoi ? répliqua Biroute.

— Le dernier à partir a dressé son pouce en l'air et a fait un clin d'œil, dit Margot. Vous l'avez remarqué, cet homme ? Il ne portait même pas d'uniforme d'officier.

— Voulait sans doute un rendez-vous, suggéra Biroute

— À Ankh-Morpork, ça veut dire "vachement bien", expliqua Blouse. En Klatch, je pense que ça veut dire "j'espère que ton bourricot va exploser". J'ai repéré cet homme. M'a eu l'air d'un sergent de la garde.

— N'avait pas de galons, dit Margot. Pourquoi est-ce qu'il nous dirait "vachement bien" ?

— Ou qu'il détesterait autant notre bourricot ? ajouta Chouffe. Comment va Pignole ?

— Elle dort, dit Igorina. Je crois.

— Comment, tu crois ?

— Ben, je ne pense pas qu'elle soit morte.

— Tu ne le penses pas ? dit Margot.

— Voilà. C'est comme ça. J'aimerais la réchauffer davantage.

— Je croyais qu'elle était brûlante, d'après toi.

— Elle l'était. Maintenant elle est glacée. »

Le lieutenant Blouse gagna la porte d'un pas décidé, saisit la poignée et, à la surprise générale, l'ouvrit d'une traction. Quatre épées se pointèrent sur lui.

« On a un soldat malade ici ! lança-t-il sèchement aux gardes étonnés. Il nous faut des couvertures et du bois de chauffage ! Allez nous chercher ça tout de suite ! » Il claqua la porte. « Ça peut marcher, dit-il.

— Cette porte n'a pas de verrou, fit observer Biroute. Un détail utile, Margot. »

Margot soupira. « Pour l'instant, je veux seulement quelque chose à me mettre sous la dent. On est dans une cuisine, après tout. Doit y avoir à manger.

— C'est vrai qu'on est dans une cuisine, dit Biroute. Il doit y avoir des fendoirs ! »

Il est toujours contrariant de découvrir que l'ennemi est aussi intelligent que soi. Il y avait un puits, mais un réseau de barres en travers de l'ouverture ne permettait que le passage d'un seau, rien de plus gros. Et quelqu'un dépourvu du sens de la narration d'une aventure avait débarrassé les lieux de tout objet coupant et, pour une raison inconnue, de tout ce qui se mangeait.

« À moins qu'on ait envie d'un dîner de bougies, dit Chouffe qui en sortit une poignée d'un placard grinçant. C'est du suif, en fin de compte. Je parie que le vieil Escalotte nous mijoterait un jésabel à la bougie. »

Margot examina la cheminée dans laquelle, d'après l'odeur, on n'avait pas allumé de feu depuis une éternité. Le conduit était grand et large, mais une lourde grille tissée de toiles d'araignée pleines de suie le barrait à moins de deux mètres. La grille paraissait vieille et rouillée, et on pouvait sûrement la déloger en vingt minutes de travail au pied-de-biche, mais essayez donc de trouver un pied-de-biche quand vous en avez besoin.

Deux ou trois sacs de vieille farine sèche, à l'état de poussière, traînaient dans la réserve. Ils sentaient mauvais. Restait aussi un bidule muni d'un entonnoir, d'une manivelle et de vis mystérieuses[1]. Ainsi que

---

1. Toute cuisine de longue date en contient un, et nul ne se rappelle pourquoi. C'est le plus souvent pour une tâche que plus personne ne pratique, et, même au temps où on la pratiquait, c'était sans grand enthousiasme, comme arroser du céleri de son jus, râper des noix ou, la pire de toutes, farcir des loirs comestibles.

deux rouleaux à pâtisserie, un panier à salade, des louches… et des fourchettes. Des tas de fourchettes à griller le pain. Margot se sentit déçue. C'était ridicule d'espérer que même un imbécile emprisonnant des gens dans une cellule improvisée y laisserait tous les ingrédients nécessaires pour réussir une évasion, mais elle avait pourtant l'impression qu'une règle universelle avait été transgressée. L'escouade n'avait rien de mieux qu'un gourdin, en réalité. Les fourchettes à griller le pain pourraient piquer, le panier à salade envelopper un coup de poing, et les rouleaux à pâtisserie étaient au moins une arme traditionnelle de femme, mais tout ce qu'on pouvait faire avec le bidule muni d'un entonnoir, d'une manivelle et de vis mystérieuses, c'était déconcerter le monde.

La porte s'ouvrit. Des hommes en armes apparurent en protection de deux femmes qui portaient des couvertures et du bois de chauffage. Les yeux baissés, elles entrèrent à pas pressés, déposèrent leurs fardeaux et repartirent presque en courant. Margot s'approcha à grandes enjambées du garde qui paraissait être le chef, et l'homme recula. Un immense trousseau de clés lui tintait à la ceinture.

« La prochaine fois, vous frappez, vu ? » lança-t-elle.

Il sourit nerveusement. « Ouais, d'accord, dit-il. On nous a interdit de vous parler…

— Ah oui ? »

Le geôlier jeta un coup d'œil à la ronde. « Mais on trouve que vous vous débrouillez rudement bien pour des filles, confia-t-il d'un air de conspirateur.

— Donc vous ne nous tirerez pas dessus quand on va s'évader ? » demanda gentiment Margot.

Le sourire s'effaça. « Vous risquez pas à ça, prévint le geôlier.

— Vous en avez un gros trousseau de clés, chef, dit Biroute, et la main de l'homme vola à sa ceinture.

— Bougez pas, ordonna-t-il. Ça va déjà assez mal comme ça. Bougez pas ! »

Il ferma la porte à la volée. Un instant plus tard, l'escouade entendit qu'on poussait quelque chose de lourd contre le battant.

« Eh bien, nous avons maintenant un feu, au moins, dit Blouse.

— Euh... » C'était l'Asperge. Elle ouvrait si rarement la bouche que tout le monde se retourna vers elle, et elle s'arrêta aussitôt, gênée.

« Oui, l'Asperge ? fit Margot.

— Euh... je sais comment ouvrir la porte, marmonna l'Asperge. Pour qu'elle reste ouverte, je veux dire. »

Venant de n'importe qui d'autre, la proposition aurait fait rire. Mais l'Asperge ne parlait qu'après avoir longuement cogité.

« Euh... bien, fit Blouse. Bravo.

— J'y ai réfléchi, dit l'Asperge.

— Bien.

— Ça marchera.

— Exactement ce qu'il nous faut, alors ! » dit Blouse du ton de qui s'efforce de rester gai contre vents et marées.

L'Asperge leva les yeux vers les grosses poutres couvertes de suie qui couraient à travers la salle. « Oui, confirma-t-elle.

— Mais il y aura toujours des gardes dehors, lui rappela Margot.

— Non. Il n'y en aura pas.

— Ah non ?

— Ils seront partis. » L'Asperge se tut, comme s'il n'y avait plus rien à ajouter.

Biroute s'approcha et lui prit le bras. « On va bavarder un peu, tu veux ? » dit-elle avant de conduire la fille à l'autre bout de la salle. Une conversation s'engagea à voix basse. L'Asperge la passa presque entièrement à fixer le sol, puis Biroute revint.

« Il va nous falloir les sacs de farine de la réserve et la corde du puits, dit-elle. Et un de ces... Comment on appelle ces grands trucs ronds, comme des cloches, pour couvrir les plats ? Avec un bouton ?

— Des couvre-plats ? proposa Chouffe.

— Et une bougie, poursuivit Biroute. Des tas de tonneaux, aussi. Et beaucoup d'eau.

— Et à quoi va servir tout ça ? demanda Blouse.

— À faire un grand boum, répondit Biroute. Tilda s'y connaît beaucoup en feu, croyez-moi.

— Quand tu prétends qu'elle s'y connaît beaucoup... intervint Margot d'un air hésitant.

— Je veux dire que toutes les maisons où elle a travaillé ont fini en cendres. »

On fit rouler les tonneaux vides jusqu'au milieu de la salle puis on les remplit avec l'eau de la pompe. Sous la direction par monosyllabes de l'Asperge et à l'aide de la corde du puits, on hissa aussi haut que possible trois sacs d'où coulait de la poussière de farine et qui tournoyèrent doucement au-dessus de l'espace entre les tonneaux et la porte.

« Ah, dit Margot en reculant. Je crois comprendre. Une minoterie de l'autre côté du village a explosé il y a deux ans.

— Oui, confirma Biroute. C'était Tilda.

— Quoi ?

— On la battait. Voire pire. Et Tilda a une particularité : elle observe, elle réfléchit, et quelque part dans sa tête tout se met en place. Ensuite ça explose.

— Mais deux personnes sont mortes !

— L'homme et sa femme. Oui. Mais j'ai entendu dire que d'autres filles envoyées dans cette même minoterie n'étaient pas revenues du tout. Est-ce que je dois ajouter que Tilda était enceinte quand on l'a ramenée à la maison grise après l'incendie ? Elle a accouché, puis ils ont emporté son bébé et on ne sait pas ce qu'il est devenu. Ensuite on l'a encore battue parce qu'elle était une abomination aux yeux de Nuggan. Tu te sens mieux, maintenant ? demanda Biroute en attachant la corde à un pied de table. On est seules, Margot. Rien qu'elle et moi. Pas de patrimoine, pas de doux foyer où retourner, pas de famille connue. La maison grise nous brise toutes, d'une façon ou d'une autre. Pignole parle à la duchesse, moi, je… m'emporte d'un rien, et Tilda me fait peur quand elle met la main sur une boîte d'allumettes. Mais tu devrais alors voir sa figure. Elle s'éclaire. Évidemment… (Biroute se fendit de son sourire inquiétant), il n'y a pas que ça qui s'éclaire. Vaudrait mieux emmener tout le monde dans la réserve pendant qu'on allume la bougie.

— Ce n'est pas à Tilda de s'en charger ?

— Elle va s'en charger. Mais faudra l'éloigner de force, sinon elle va rester pour regarder. »

Tout ça avait débuté comme un jeu. Elle ne l'avait pas vu comme tel, mais c'était un jeu qui s'appelait « Margot protège la duchesse ». Et à présent... ça n'avait plus d'importance. Elle avait dressé toutes sortes de plans, mais le stade des plans était désormais dépassé. Elles s'étaient vachement bien débrouillées pour des filles...

On avait placé un ultime tonneau d'eau, après discussion, devant la porte de la réserve. Margot s'adressa, par-dessus le haut du tonneau, à Blouse et à l'escouade.

« D'accord, tout le monde, on... euh... va y aller, dit-elle. Tu es sûre de ton coup, Biroute ?

— Ouaip.

— Et on ne risque rien ? »

Biroute soupira. « La poussière de farine va exploser. C'est simple. Le souffle venant de ce côté va percuter les tonneaux remplis d'eau, qui dureront juste le temps d'un rebond. Le pire qui puisse nous arriver, c'est d'être mouillées. C'est ce que pense Tilda. Tu veux discuter ? Et, de l'autre côté, il n'y a que la porte.

— Comment est-ce qu'elle trouve tout ça ?

— Elle ne cherche pas. Elle voit la marche à suivre, c'est tout. » Biroute montra à Margot le bout d'une corde. « Ça, ça passe par-dessus la poutre et ça redescend jusqu'au couvre-plat. Vous pouvez la tenir, mon lieutenant ? Mais ne tirez pas dessus avant qu'on vous le dise. Très important. Viens, Margot. »

Dans l'espace entre les tonneaux et la porte, l'Asperge allumait une bougie. Elle opérait lentement, comme s'il s'agissait d'un sacrement ou d'une cérémonie ancienne dont chaque étape était chargée d'un sens à la fois profond et alambiqué. Elle gratta une allumette et la tint avec précaution jusqu'à ce que la flamme grandisse. Elle la promena d'avant en arrière à la base de la bougie qu'elle planta fermement sur le carrelage afin que la cire chaude la maintienne en position. Puis elle approcha l'allumette de la mèche et resta agenouillée à observer la flamme.

« D'accord, fit Biroute. Je vais la relever et, toi, tu vas baisser tout doucement le couvre-plat au-dessus de la bougie, compris ? Viens, Tilda. »

Elle remit prudemment la fille debout sans cesser de lui parler à voix basse, puis hocha la tête vers Margot, qui fit descendre la cloche avec une prudence qui confinait à la vénération.

L'Asperge marchait comme une somnambule. Biroute s'arrêta près du pied de la lourde table de cuisine auquel elle avait attaché l'autre bout de la corde qui retenait les sacs de farine.

« Jusqu'ici ça va, dit-elle. Maintenant, une fois que j'aurai défait le nœud, on attrape chacune un bras et on court, Margot, compris ? On court. Prête ? Tu la tiens ? » Elle dénoua la corde. « Fonce ! »

Les sacs de farine tombèrent, suivis d'un sillage de poussière blanche, pour éclater devant la porte. De la farine s'éleva comme un brouillard. Les jeunes filles se précipitèrent vers la réserve et s'écroulèrent en tas une fois passé le tonneau, tandis que Biroute braillait : « Allez-y, mon lieutenant ! » Blouse tira sur la corde qui soulevait le couvre-plat et permit à la flamme d'atteindre...

Whouumph n'est pas le mot. Mais l'épreuve fut *whouumph*. Elle eut le don de submerger tous les sens.

Elle secoua le monde comme une feuille de papier, le peignit en blanc puis, étonnamment, l'emplit d'une odeur de pain grillé. Puis elle disparut en un clin d'œil pour ne laisser que des cris au loin et un grondement de maçonnerie qui s'effondre.

Margot se déplia et leva les yeux sur la figure de Blouse. « Je crois qu'il faut ramasser nos affaires et fuir, mon lieutenant. Hurler, ça peut aussi nous aider.

— Je crois que j'arriverai à hurler, marmonna Chouffe. Je ne trouve vraiment pas cette expérience enrichissante. »

Blouse serra sa louche. « J'espère que ça ne sera pas notre dernier baroud d'honneur, dit-il.

— En fait, mon lieutenant, répliqua Margot, ce sera le premier, je crois. Permission de pousser des cris à glacer le sang, mon lieutenant ?

— Permission accordée, Barette. »

Le sol était inondé d'eau et d'éclats de tonneau. La moitié de la cheminée s'était écroulée dans l'âtre et la suie flambait avec ardeur. Margot se demanda si, en bas dans la vallée, ça passerait pour un signal.

La porte s'était évaporée. Ainsi qu'une grande partie du mur qui l'entourait. Au-delà...

L'atmosphère n'était que poussière et fumée. Des hommes gémissants gisaient par terre ou erraient sans but à pas comptés parmi les décombres. À l'arrivée de l'escouade, non seulement ils furent incapables de combattre, mais aussi de comprendre. Et d'entendre. Les filles baissèrent leurs armes. Margot repéra le sergent qui, assis, se tapait l'oreille du plat de la main.

« Donnez-moi les clés ! » ordonna-t-elle.

Il s'efforça d'accommoder sa vision. « Quoi ?
— Les clés !
— Pour moi, une brune, s'il vous plaît.
— Ça va ?
— Quoi ? »

Margot baissa le bras et décrocha d'un geste vif le trousseau de la ceinture de l'homme soumis en réprimant son envie instinctive de s'excuser. Elle le lança à Blouse. « Vous voulez nous faire les honneurs, mon lieutenant ? Je crois qu'on ne va pas tarder à recevoir de la visite en masse. » Elle se tourna vers l'escouade. « Vous autres, récupérez leurs armes !

— Certains de ces hommes sont grièvement touchés, Margot, dit Igorina en s'agenouillant. Il y en a un, ici, avec des multiples.

— Multiples quoi ? demanda Margot en surveillant les marches.

— Juste... des multiples. Multiples tout. Mais je sais que je peux lui sauver le bras parce que je viens de le retrouver là-bas. À mon avis, il devait tenir son épée, et...

— Fais ce que tu peux, d'accord ? la coupa Margot.

— Hé, ce sont des ennemis, rappela Biroute en ramassant une épée.

— F'est une affaire d'Igor, dit Igorina en se déchargeant de son barda. Fe regrette, tu ne peux pas comprendre.

— Je commence à ne pas comprendre, oui. » Biroute se joignit à Margot pour surveiller l'escalier. Autour d'elles, des hommes gémissaient et de la pierre grinçait. « Je me demande quels dégâts on a causés. Il y a beaucoup de poussière plus loin...

— Il va bientôt y avoir foule dans le secteur », dit Margot d'une voix plus calme que les sentiments qui l'agitaient. Parce que, cette fois, c'est la bonne, se disait-elle. Cette fois, il n'y aura pas de dinde pour nous sauver. C'est là que je vais savoir si je suis la chair ou le métal...

Elle entendait Blouse déverrouiller des portes et les cris de ceux retenus de l'autre côté. « Lieutenant Blouse, dixième d'infanterie ! lançait-il. Ce sont les secours, si on veut aller par là. Excusez le désordre. »

C'était sans doute sa Daphné intérieure qui avait ajouté cette dernière phrase, songea Margot. Puis le couloir se peupla de prisonniers libérés, et quelqu'un dit : « Qu'est-ce que ces femmes font là ? Bons dieux, donne-moi cette épée, ma fille ! »

Et, pour l'heure, elle n'avait pas envie de discuter.

Les hommes prirent le relais. Sans doute une histoire de chaussettes.

L'escouade se retira dans la cuisine où Igorina œuvrait. Elle travaillait vite, le geste efficace et, dans l'ensemble, sans grande perte de sang. Son paquetage volumineux était ouvert près d'elle. Les bocaux qu'il contenait étaient bleus, verts et rouges, certains fumaient ou laissaient échapper des lumières étranges quand elle les ouvrait. L'œil peinait à suivre les mouvements de ses doigts. C'était fascinant de la voir opérer. Du moins quand on ne venait pas de manger.

« Soldats, voici le commandant Erick von Moldvitz ! Il a demandé à vous voir. »

Elles se retournèrent en entendant la voix de Blouse. Un nouveau venu l'accompagnait. Le commandant était jeune mais autrement plus charpenté que le lieutenant. Une balafre lui barrait la figure.

« Repos, les gars, dit-il. Blouse m'a raconté le travail formidable que vous avez accompli. Bravo ! Déguisés en femmes, hein ? Vous avez eu la chance de ne pas être découverts !

— Ouim'commandant », fit Margot. Des cris et des échos de combat leur parvenaient de dehors.

« Vous n'avez pas apporté vos uniformes ? demanda le commandant.

— La situation aurait été délicate s'ils les avaient trouvés sur nous, répondit Margot en regardant fixement Blouse.

— Elle l'aurait été de toute façon, hein, s'ils vous avaient fouillés ? répliqua le commandant en faisant un clin d'œil.

— Ouim'commandant, reconnut docilement Margot. Le lieutenant Blouse vous a tout raconté sur nous, c'est ça, mon commandant ? »

Juste derrière l'officier, Blouse faisait un geste universel : les deux mains tenues paumes en l'air et vers l'extérieur, qu'il agitait furieusement, tous les doigts tendus.

« Hah, oui. Vous avez volé des vêtements dans un BMC, hein ? Des jeunes gens comme vous n'auraient pas dû mettre les pieds dans un mauvais lieu pareil, hein ? Ces maisons sont une abomination quand elles sont bien tenues ! dit le commandant en agitant l'index d'un air théâtral. Bref, tout se passe à merveille pour nous. Presque pas de gardes aussi loin dans la forteresse, voyez. Elle a été construite en partant du principe que l'ennemi se trouverait à l'extérieur. Dites, qu'est-ce que ce gars fait à l'homme sur le billard ?

— Fe le rafistole, mon commandant, répondit Igorina. Fe lui recouds le bras qu'il avait perdu.

— C'est un ennemi, non ?

— Code des Figor, mon commandant, répliqua Igorina d'un ton de reproche. On donne la main là où on en a befoin, mon commandant. »

Le commandant renifla. « Ah, bah, on ne peut pas discuter avec vous autres, hein ? Mais quand vous aurez terminé, on a plein de types là-bas qu'auraient bien besoin de votre aide.

— Fertainement, mon commandant, dit Igorina.

— Des nouvelles de mon frère, mon commandant ? demanda Margot. Paul Barette ?

— Oui, Blouse m'en a parlé, Barette, mais il y a des hommes enfermés partout et, pour l'instant, c'est un peu compliqué, hein ? répondit le commandant avec rudesse. Quant à vous tous, on va vous faire enfiler un pantalon dès que possible et vous pourrez venir vous amuser aussi, hein ?

— Nous amuser, fit Biroute d'une voix caverneuse.

— Par "nous amuser", vous voulez dire… ?

— On est déjà arrivés au quatrième étage, expliqua von Moldvitz. On ne reprendra peut-être pas toute la forteresse, mais on tient les cours extérieures et certaines des tours. Au matin, on contrôlera qui entre et sort. On est de retour à la guerre ! Ils ne nous envahiront pas maintenant. La plupart de leurs grosses légumes sont dans le donjon.

— De retour à la guerre, murmura Margot.

— Et on va gagner ! assura le commandant.
— Oh, mince », fit Chouffe.

Quelque chose allait céder, Margot le savait. Biroute avait son air annonçant une explosion imminente, et même Chouffe donnait des signes d'impatience. Ce n'était qu'une question de temps avant que l'Asperge retrouve sa boîte d'allumettes que Margot avait cachée dans un placard.

Igorina rangea son barda et gratifia le commandant d'un grand sourire. « On peut y aller, mon commandant, dit-elle.

— Enlevez au moins la perruque, hein ?
— Fe font mes feveux à moi, mon commandant.
— Ça fait un peu… efféminé, alors ? Il serait préférable que…
— Fe suis en réalité une femme, mon commandant, dit Igorina en chuintant soudain beaucoup moins. Croyez-moi, je fais partie des Igor. On s'y connaît dans ce domaine. Et fe suis imbattable en couture.
— Une femme ? » fit le commandant.

Margot soupira. « On est toutes des femmes, mon commandant. Vraiment des femmes. Pas des hommes déguisés en femmes. Et, pour l'instant, je ne veux pas mettre de pantalon, parce que je serais alors une femme déguisée en homme déguisé en femme déguisée en homme, de quoi m'embrouiller tellement que je ne saurais plus comment jurer. Et j'ai en ce moment une grosse envie de jurer, mon commandant, une très grosse envie. »

Le commandant se tourna avec raideur vers Blouse. « Vous étiez au courant, lieutenant ? aboya-t-il.

— Ben… oui, mon commandant. À la fin. Mais tout de même, mon commandant, je voudrais… »

Cette cellule-là était une ancienne salle de garde. Elle était humide et contenait deux couchettes grinçantes.

« Tout compte fait, dit Biroute, je crois que je préférais quand c'était l'ennemi qui nous enfermait.

— Il y a une grille au plafond, nota Chouffe.

— Pas assez grande pour qu'on y passe, regretta Margot.

— Non, mais on peut se pendre avant qu'ils s'en chargent.

— On m'a dit que c'est une mort très douloureuse.

— Qui ça, on ? » répliqua Biroute.

Des échos de bataille filtraient de temps en temps par la fenêtre étroite. Surtout des hurlements ; souvent des cris. On s'amusait.

Igorina, assise, se contemplait les mains. « Qu'est-ce qui ne va pas dans ces mains ? dit-elle. Je n'ai pas fait du bon boulot sur le bras du blessé ? Mais non, ils ont la trouille que je leur touche leur pioupiou.

— Tu aurais peut-être dû leur promettre de n'opérer que les officiers », railla Biroute.

Personne ne rit, et personne n'aurait sans doute pris la peine de se sauver si la porte s'était ouverte. Il est noble et honorable de s'évader d'une prison ennemie, mais quand on s'évade d'une prison de son propre camp, c'est pour aller où ?

Sur une des couchettes, Pignole dormait comme un ours en hibernation. Il fallait l'observer un bon moment pour la voir respirer.

« Qu'est-ce qu'ils peuvent nous faire ? demanda Chouffe d'une voix nerveuse. Tu sais... nous faire vraiment ?

— On portait des vêtements d'homme, rappela Margot.

— Mais ça ne vaut qu'une raclée.

— Oh, ils trouveront autre chose, tu peux me croire, dit Biroute. Et puis qui sait qu'on est là ?

— Mais on les a sortis de prison ! On est du même camp ! »

Margot soupira. « Justement, Chouffe. Personne n'a envie de savoir qu'une bande de filles se sont déguisées en soldats, se sont infiltrées dans un grand fort et ont fait sortir la moitié d'une armée. Tout le monde sait que les femmes sont incapables d'un truc pareil. Aucun camp ne veut de nous ici, tu comprends ?

— Sur un champ de bataille pareil, qui se souciera de quelques cadavres de plus ? dit Biroute.

— Ne dis pas ça ! Le lieutenant Blouse a parlé en notre faveur, fit observer Chouffe.

— Quoi, Daphné ? rétorqua Biroute. Hah ! Un cadavre de plus. Ils l'ont sûrement enfermé quelque part, tout comme nous. »

Au loin s'élevèrent des vivats qui durèrent un certain temps.

« On dirait qu'ils ont pris le bâtiment, annonça Margot.

— Hourra pour nous », fit Biroute qui cracha.

Au bout d'un moment, un petit panneau s'ouvrit dans la porte et, sans un mot, un homme leur passa un grand bidon de jésabel et un plateau de pain de cheval. Le jésabel n'était pas mauvais, du moins pas mauvais par rapport à du mauvais jésabel. Une discussion s'ensuivit afin de déterminer si se faire nourrir signifiait qu'on échapperait à l'exécution, jusqu'à ce que quelqu'un rappelle la tradition du dernier repas pour donner du cœur au ventre. De l'avis d'Igorina, experte en la matière, le ragoût, en plus du cœur, donnait aussi du poumon et du foie. Mais au moins il était chaud.

Deux heures plus tard, on leur passa un bidon de boldo avec quelques chopes. Cette fois, le garde cligna de l'œil.

Encore une heure plus tard, on déverrouilla la porte. Un jeune homme en uniforme de commandant entra.

Ah, bah, autant continuer sur notre lancée, se dit Margot. Elle bondit sur ses pieds.

« 'scouaddd... fff...ixe ! »

Avec une certaine diligence, l'escouade réussit au moins à se tenir droit et en rang. Le commandant remercia Margot d'un salut en tapotant la visière de sa casquette avec une badine. Une badine pas plus grosse que le pouce.

« Repos... caporal, c'est ça ? dit-il.

— Ouim'commandant. » Ça paraissait de bon augure.

« Je suis le commandant Socqueton, du bureau du prévôt, se présenta-t-il. Et j'aimerais que vous me racontiez. Que vous me racontiez tout. Je prendrai des notes, si vous n'y voyez pas d'inconvénient.

— Qu'est-ce que ça veut dire, tout ça ? fit Biroute.

— Ah, vous devez être... le deuxième classe Licou, dit Socqueton. J'ai déjà longuement parlé au lieutenant Blouse. » Il se tourna, hocha la tête à l'adresse du garde qui rôdait dans l'entrée et ferma la porte. Il ferma aussi le panneau.

« Vous allez passer en jugement, dit-il en s'asseyant sur la couchette libre. Les politicards veulent vous faire juger par tout un tribunal nugganiste, mais ça risque d'être délicat ici, et personne n'a envie que ça dure plus longtemps que nécessaire. Et puis il s'est passé un… événement inhabituel. Quelqu'un a envoyé un communiqué au général Froc pour demander de vos nouvelles en citant vos noms. Du moins, ajouta-t-il, vos surnoms.

— C'était le seigneur Rouille, mon commandant ?

— Non, un certain Guillaume des Mots. Je ne sais pas si vous avez déjà vu son journal. On se demande comment il a eu vent de votre capture.

— Ben, ce n'est pas nous qui lui avons dit ! fit Margot.

— Ça rend cette affaire un brin… délicate, reprit Socqueton. Mais, de votre point de vue, nettement plus encourageante. Il y a des officiers de l'armée qui, disons, réfléchissent à l'avenir de la Borogravie. Entendez qu'ils aimeraient qu'elle en ait un. Mon travail consiste à exposer votre affaire au tribunal.

— C'est une cour martiale ? demanda Margot.

— Non, ils ne sont pas si bêtes. Qualifier le tribunal de cour martiale serait reconnaître qu'ils vous considèrent comme des soldats.

— Vous l'avez fait, vous, rappela Chouffe.

— *De facto* n'est pas *de jure*, expliqua Socqueton. Maintenant, comme je disais… racontez-moi votre histoire, mademoiselle Barette.

— Caporal. Merci !

— Excusez mon erreur. Maintenant… allez-y… » Socqueton ouvrit son sac, sortit une paire de lunettes demi-lune qu'il chaussa, puis un crayon et quelque chose de blanc et carré. « Quand vous voulez, ajouta-t-il.

— Mon commandant, est-ce que vous allez vraiment écrire sur un goûter à la confiture ? demanda Margot.

— Quoi ? » Le commandant baissa les yeux et se mit à rire. « Oh. Non. Excusez-moi. Il ne faut surtout pas que je saute des repas. Le sucre dans le sang, vous savez…

— Seulement, ça dégouline, mon commandant. Ne vous gênez pas pour nous. On a déjà mangé. »

Il fallut une heure, avec maintes interruptions et corrections, et deux autres casse-croûte. Le commandant épuisa un grand nombre de calepins, devant parfois s'arrêter et regarder fixement le plafond.

« … et ensuite on nous a jetées ici, dit Margot en se renversant en arrière.

— Poussées, plus exactement, intervint Igorina. À coups de coude.

— Mmm, fit Socqueton. Vous dites que le caporal Croume, nom sous lequel vous le connaissiez, était… soudain très malade à l'idée d'aller à la bataille ?

— Ouim'commandant.

— Et, dans la taverne de Plün, vous avez vraiment donné au prince Heinrich un coup de genou dans la rixe ?

— Dans la rixe ou pas loin, mon commandant. Et je ne savais pas que c'était lui à ce moment-là, mon commandant.

— Je constate que vous n'avez pas mentionné l'assaut au sommet de la colline où, aux dires du lieutenant Blouse, votre action rapide a permis de mettre la main sur le manuel d'encodage de l'ennemi…

— Pas vraiment la peine d'en parler, mon commandant. On n'en a pas fait grand-chose.

— Oh, je ne sais pas. À cause de vous et de cet homme charmant du journal, l'Alliance a dépêché deux régiments pour sillonner les montagnes et retrouver un chef guérillero qu'on appelle "le Tigre". Le prince Heinrich a insisté, et c'est lui qui commande, en réalité. C'est, peut-on dire, un mauvais perdant. Très mauvais, selon la rumeur.

— Le gars du journal a cru toute cette histoire ? demanda Margot avec stupéfaction.

— Aucune idée, mais il l'a bel et bien écrit. Vous disiez que le seigneur Rouille vous a offert de rentrer tranquillement chez vous ?

— Ouim'commandant.

— Et tout le monde a répondu qu'il pouvait…

— Se mettre son offre dans le slibard, mon commandant.

— Ah, oui. Je n'arrivais pas à me relire. S… L… I… » Socqueton écrivit soigneusement le mot en majuscules avant de reprendre : « Je ne vous dis rien, je ne suis pas ici, mais certaines personnes… haut placées dans notre camp se demandent si vous ne pourriez pas vous en aller tranquillement… ? »

La question resta suspendue dans le vide comme un cadavre sous une poutre.

« Cette réponse-là aussi est à ranger dans la rubrique "slibard", alors, c'est ça ? dit Socqueton.

— Certaines d'entre nous n'ont nulle part où aller, fit observer Biroute.

— Ou personne avec qui y aller, ajouta Chouffe.

— On n'a rien fait de mal, dit Margot.

— Rubrique "slibard", donc. » Le commandant replia ses petites lunettes et soupira. « Ils ne veulent même pas me dire de quoi ils comptent vous accuser.

— D'être de mauvaises filles, dit Biroute. Qui serait dupe, mon commandant ? L'ennemi voulait se débarrasser tranquillement de nous, et le général veut la même chose. C'est ça l'ennui avec les gars gentils et les gars méchants. Ce sont tous des gars !

— Est-ce qu'on aurait eu des médailles si on avait été des hommes ? demanda Chouffe.

— Ouaip. Certainement. Et Blouse aurait reçu une promotion sur-le-champ, j'imagine. Mais nous sommes pour l'instant en guerre, et ce n'est peut-être pas le bon moment...

— ... de remercier une bande de femmes abominables ? » suggéra Margot.

Socqueton sourit. « J'allais dire "de se déconcentrer". C'est la branche politique qui pousse dans ce sens, évidemment. Ils veulent empêcher la nouvelle de se répandre. Et le haut commandement veut vite en finir avec cette histoire pour la même raison.

— Quand est-ce que ça va démarrer ? demanda Margot.

— Dans à peu près une demi-heure.

— C'est ridicule, fit Biroute. Ils sont en pleine guerre et ils vont prendre le temps d'ouvrir un procès pour quelques femmes qui n'ont rien fait de mal ?

— Le général a insisté, dit Socqueton. Il veut se débarrasser de cette histoire.

— Et quelle autorité a ce tribunal ? lança Margot d'un ton glacial.

— Des milliers d'hommes en armes, répondit Socqueton. Pardon. L'ennui, quand on demande à un général s'il a le soutien d'une armée, c'est qu'il lui suffit de pointer le doigt par la fenêtre. Mais je compte prouver que c'est du ressort d'une cour martiale. Vous avez toutes embrassé la duchesse ? Vous avez pris le denier ? Moi, je dis que c'est une affaire militaire.

— Et c'est une bonne chose, ça ?

— Eh bien, ça veut dire qu'il y a des procédures. La dernière abomination aux yeux de Nuggan visait les puzzles. Ils mettent le monde en pièces, soi-disant. Ça fait enfin réfléchir les gens. L'armée est peut-être folle, mais sa folie est logique, au moins. Elle est fiable. Euh... votre amie endormie... vous allez la laisser ici ?

— Non, répondit l'escouade comme une seule femme.

— Elle a besoin de mes soins constants, ajouta Igorina.

— Si on la laisse ici, elle risque d'avoir une attaque subite de disparition sans trace, dit Biroute.

— On reste ensemble, conclut Margot. On n'abandonne pas un homme de troupe. »

Le local choisi pour accueillir le tribunal était une salle de bal. On avait regagné plus de la moitié de la forteresse, apprit Margot, mais la distribution des secteurs était fantasque. L'Alliance tenait toujours les bâtiments centraux et l'arsenal, mais elle était entièrement cernée par les forces borograves. Le gros lot pour lequel on se battait actuellement, c'était l'ensemble des portes principales qu'on n'avait pas conçues pour résister à un assaut lancé de l'intérieur. Ce qui se passait pour l'instant de ce côté-là ressemblait à une mêlée, à une bagarre de bistro sur le coup de minuit, mais à très grande échelle. Et, comme on avait posté diverses machines de guerre au sommet des tours qu'occupait désormais l'un ou l'autre camp, la forteresse se canardait elle-même dans la plus pure tradition du peloton d'exécution en rond.

Le plancher de la salle sentait l'encaustique et la craie. On avait rassemblé les tables afin de former un vague demi-cercle. Margot dénombra au moins une trentaine d'officiers. Puis elle vit les autres tables derrière le demi-cercle, ainsi que les cartes, les gens qui entraient et sortaient en trombe, et elle comprit que le local était davantage que le tribunal qui devait les juger. C'était le QG des opérations.

On fit entrer au pas l'escouade qui se mit au garde-à-vous. Igorina, par intimidation, avait forcé deux gardes à transporter Pignole sur un brancard. Le cercle de points de suture qu'elle avait sous l'œil en imposait plus que les galons d'un colonel. Aucun soldat ne tenait à se faire mal voir des Igor.

Elles attendirent. Un gradé leur jetait de temps en temps un coup d'œil avant de reprendre une discussion ou l'étude d'une carte. Puis Margot vit un groupe d'officiers tenir conciliabule, des têtes se tournèrent encore une fois et le groupe dériva vers le demi-cercle de sièges. Il se dégageait de ces officiers une nette impression de corvée à laquelle ils ne pouvaient hélas pas couper.

Le général Froc ne regarda pas directement l'escouade avant d'avoir pris place au centre de ses collègues et impeccablement rangé ses papiers. Et son regard ne fit même que passer rapidement sur les femmes, comme s'il craignait de s'arrêter. Margot n'avait jamais rencontré le général avant cet instant. C'était un bel homme et il avait encore tous ses cheveux d'un blanc pur. Une balafre du haut en bas de la joue lui avait manqué un œil de peu et se détachait nettement sur les rides.

« Les événements tournent en notre faveur, dit-il à la cantonade. Nous venons d'apprendre qu'une colonne mobile conduite par ce qui reste de la dixième cerne la forteresse et s'attaque de l'extérieur aux portes principales. Quelqu'un a dû voir ce qui se passait. L'armée est en marche ! »

Quelques acclamations raffinées accueillirent la nouvelle, mais aucune de l'escouade. Le général jeta un autre coup d'œil aux recrues.

« Elles sont toutes là, Socqueton ? » demanda-t-il.

Le commandant, qui avait une petite table pour lui seul, se mit debout et salua. « Non, mon général, répondit-il. Nous attendons... »

Les portes s'ouvrirent à nouveau. On amena Jade enchaînée entre deux trolls beaucoup plus imposants. Maladict et Blouse les suivaient en traînant les pieds. Manifestement, dans la précipitation et la confusion, personne n'avait trouvé de pantalon pour Blouse, et Maladict avait l'air un peu dans les vapes. Ses chaînes n'arrêtaient pas de tinter.

« J'élève une objection contre les chaînes », dit Socqueton.

Le général consulta à voix basse quelques-uns des officiers. « Oui, évitons les formalités excessives. » Il hocha la tête à l'adresse des gardes. « Ôtez-lui les chaînes. Vous, les trolls, vous pouvez partir. Je veux seulement que les gardes restent à la porte. Maintenant, poursuivons. Cette affaire ne devrait pas prendre trop longtemps. Bon, vous autres... (il se carra dans son fauteuil) c'est franchement très simple. À l'exception du lieutenant Blouse, vous allez accepter qu'on vous reconduise chez vous et qu'on vous place sous l'autorité d'un homme responsable, compris ? Et on ne parlera plus de cette histoire. Vous avez fait preuve d'un courage considérable, aucun doute là-dessus, mais il était hors de propos. Cependant, nous ne sommes pas ingrats. Nous croyons savoir qu'aucune de vous n'est mariée, aussi allons-nous vous attribuer des dots convenables, oui, et coquettes... »

Margot salua. « Permission de parler, mon général ? »

Froc la fixa puis se tourna d'un air entendu vers Socqueton.

« Vous aurez l'occasion de parler plus tard, caporal, dit le commandant.

— Mais qu'est-ce qu'on a fait de mal, mon commandant ? demanda Margot. Il faudrait nous le dire. »

Froc lança un regard vers l'autre bout de la rangée de fauteuils. « Capitaine ? » fit-il.

Un petit officier se mit debout. Margot le reconnut et, sur son visage, la marée de la découverte inonda les plages vaseuses de la haine.

« Capitaine Croume, bureau politique, mon général... » Il s'interrompit en entendant les murmures désapprobateurs de l'escouade. Le calme revenu, il s'éclaircit la gorge et reprit : « Vingt-sept abominations ont été commises selon la loi nugganiste, mon général. Je les soupçonne d'en avoir commis beaucoup plus. Selon le règlement militaire, mon général, nous savons déjà qu'elles se sont fait passer pour des hommes afin de s'engager. J'étais là, mon général, et j'ai tout vu.

— Capitaine Croume, puis-je vous féliciter de votre promotion rapide ? dit le lieutenant Blouse.

— Oui, c'est vrai, capitaine, renchérit Socqueton. Vous n'étiez, semble-t-il, qu'un humble caporal il y a encore quelques jours, non ? »

Du plâtre voltigea une fois de plus des hauteurs alors qu'un objet lourd heurtait le mur à l'extérieur. Froc l'épousseta de sa paperasse.

« Pas un de chez nous, j'espère, dit-il en déclenchant des rires. Poursuivez, capitaine. »

Croume se tourna vers le général. « Comme vous le savez, mon général, il est parfois nécessaire, chez nous au bureau politique, de s'attribuer un grade inférieur afin d'obtenir des renseignements. Comme prévu par le règlement, mon général », ajouta-t-il.

Le regard que lui jeta le général Froc remua une petite tasse d'espoir dans la poitrine de Margot. Personne ne pouvait aimer un Croume, pas même une mère. Puis le général revint à Socqueton.

« Est-ce pertinent, commandant ? demanda-t-il avec irritation. Nous savons qu'elles se sont déguisées en…

— … femmes, mon général, dit Socqueton d'une voix suave. C'est tout ce que nous savons, mon général. En dehors des assertions du capitaine Croume, et je me propose d'aborder plus tard leur insanité, je n'ai pas encore entendu la preuve qu'elles se sont vêtues autrement.

— Mais nous avons la preuve de nos propres yeux, mon vieux !

— Oui, mon général. Elles portent des robes, mon général !

— Et elles sont pratiquement chauves !

— Oui, mon général », reconnut Socqueton. Il saisit un livre épais débordant de marque-pages. « Le livre de Nuggan, mon général : "C'est une béatitude aux yeux de Nuggan qu'une femme porte les cheveux courts afin de ne pas attiser les propensions amoureuses des hommes."

— Je ne vois pas souvent de femmes chauves ! répliqua sèchement Froc.

— Oui, mon général. C'est une de ces consignes qu'on trouve un peu difficiles à respecter, comme celle de ne pas éternuer. J'en profite d'ailleurs pour le préciser, mon général, je compte montrer que des abominations sont couramment commises par nous tous. Nous avons pris l'habitude de les ignorer, en réalité, ce qui donne lieu à un débat intéressant. Quoi qu'il en soit, les cheveux courts sont nugganitiquement convenables. Bref, mon général, ou pour faire court comme leurs cheveux, ces dames n'ont trempé que dans un peu de lessive, un accident de cuisine et la libération de votre personne de sa cellule.

— Je les ai vues ! gronda Croume. Elles ressemblaient à des hommes et agissaient comme eux !

— Pourquoi faisiez-vous partie de l'équipe de recruteurs, capitaine ? demanda le commandant Socqueton. Je n'aurais pas cru qu'une de ces équipes soit un foyer d'activité séditieuse, je me trompe ?

— Est-ce une question bien à propos, commandant ? lança le général.

— Je l'ignore, mon général, répondit Socqueton. C'est pourquoi je la pose. Nous ne souhaitons pas, je pense, entendre dire que ces dames n'ont pas eu le droit de présenter leur défense, si ?

— Qui le dirait ? On peut compter sur mes officiers pour rester discrets.

— Ces dames elles-mêmes, mon général, non ?

— Alors nous devons exiger qu'elles ne parlent à personne !

— Oh, dites donc ! fit Blouse.

— Et comment allez-vous les contraindre, mon général ? demanda Socqueton. Ces femmes qui, nous sommes tous d'accord là-dessus, vous ont arraché aux griffes de l'ennemi ? »

Des grommellements s'ensuivirent parmi les officiers.

« Commandant Socqueton, avez-vous déjeuné ? demanda le général.

— Non, mon général.

— Selon le colonel Vester, vous devenez un peu... fantasque quand vous sautez des repas...

— Non, mon général. Je deviens irritable, mon général. Mais je crois que la situation actuelle exige un peu d'irritabilité. J'ai posé une question au capitaine Croume, mon général.

— Très bien, capitaine, vous allez peut-être nous dire pourquoi vous apparteniez à cette équipe de recrutement, d'accord ? demanda le général d'un ton las.

— Je... j'examinais le cas d'un soldat, mon général. Un sous-officier. Notre attention avait été attirée par des irrégularités dans son dossier, mon général, et là où il y a irrégularité, on trouve souvent de la sédition. J'hésite à en parler, mon général, parce que ce sergent vous a personnellement rendu service...

— Hrumph ! lâcha bruyamment le général. Cette question n'est pas à l'ordre du jour ici, je crois.

— C'est que, d'après les dossiers, plusieurs officiers ont aidé... poursuivit Croume.

— Hrumph ! Ce n'est pas du ressort de cette cour, capitaine ! Nous sommes d'accord, messieurs ?

— Oui, mon général, seulement le commandant m'a posé une question et je... voulut se défendre un Croume ahuri.

— Capitaine, je vous suggère d'apprendre ce qu'un hrumph veut dire ! rugit Froc.

— Alors qu'est-ce que vous cherchiez quand vous avez farfouillé dans nos affaires ? lança Margot tandis que Croume se ratatinait.

— Mmmmmon ccccafé ! couina Maladict. Ttttu aaaas vvvvvolé mmmmmon cccccafé !

— Et vous avez pris la fuite quand on vous a dit que vous alliez au combat, sale quéquette de roquet ! lança Biroute. D'après Margot, vous avez pissé dans votre culotte ! »

Le général Froc abattit son poing sur la table, mais Margot nota que deux ou trois officiers s'efforçaient de dissimuler un sourire. « Ces incidents ne font pas l'objet de notre enquête ! dit-il.

— Cependant, mon général, il me semble que deux ou trois faits méritent qu'on s'y intéresse plus tard, intervint un colonel plus loin à la table. Les biens personnels des engagés ne peuvent subir de fouille qu'en leur présence, mon général. Ça peut paraître un détail sans importance, mais des hommes se sont mutinés pour cette raison par le passé. Est-ce que vous croyiez que... ces hommes étaient des femmes quand vous avez commis cette indélicatesse, capitaine ? »

Oh, dis oui, s'il te plaît, dis oui, songea Margot alors que Croume hésitait. *Car lorsque nous raconterons comment les cavaliers nous ont retrouvées si vite, on comprendra que c'est toi qui les as envoyés à la poursuite d'un groupe de filles borograves. Ça va faire du bruit dans Plün ! Et si tu ne savais pas, alors pourquoi est-ce que tu farfouillais ?*

Croume préféra la poêle à la braise. Des cailloux crépitèrent dehors dans la cour, et il dut élever la voix pour se faire entendre.

« Je les... euh... soupçonnais plus ou moins, mon général, parce qu'elles étaient si enthousiastes...

— Mon général, je proteste ! le coupa Socqueton. L'enthousiasme n'est pas un défaut militaire !

— Avec modération, certainement, dit Froc. Et vous avez trouvé une confirmation de vos soupçons, n'est-ce pas ?

— J'ai effectivement trouvé un jupon, mon général, répondit Croume en avançant prudemment à tâtons.

— Alors pourquoi n'avez-vous pas... dit Froc avant que Croume l'interrompe.

— J'ai servi quelque temps avec le capitaine Tortillond, mon général.

— Et ? fit Froc, mais l'officier à sa gauche se pencha vers lui et chuchota quelques mots. Oh, Tortillond. Ha, oui. Évidemment. Excellent officier, Tortillond. Passionné de... euh...

— Théâtre amateur, le renseigna un colonel d'une voix n'engageant à rien.

— Voilà ! Voilà ! Excellent pour le moral, ces choses-là. Hrumph !

— Sauf votre respect, général, je crois pouvoir proposer un moyen de s'en sortir, dit un autre homme avec le grade de général.

— Ah oui, Bob ? Oh, eh bien… je vous en prie. Qu'il soit noté dans le procès-verbal que je laisse la parole au général Kzupi.

— Excusez-moi, mon général, je ne pensais pas qu'on tenait procès-verbal de cette assemblée, dit Socqueton.

— Oui, oui, bien entendu, merci infiniment de me rafraîchir la mémoire. En tout cas, si nous devions en tenir un, c'est ce qu'on y noterait. Bob ?

— Mesdames, dit le général Kzupi en lançant à l'escouade un sourire affecté, et vous aussi, bien entendu, lieutenant Blouse, ainsi que vous… euh… (il posa un regard narquois sur Maladict qui le fixa à son tour sans hésiter) monsieur ? » Mais le général Kzupi n'était pas homme à se laisser démonter par un vampire qui le reluquait, même un vampire incapable de rester immobile. « Tout d'abord, puis-je vous transmettre en notre nom à tous, je pense, nos remerciements pour le travail extraordinaire que vous avez accompli ? Un effort magnifique. Mais, malheureusement, le monde dans lequel nous vivons obéit à certaines… règles, vous comprenez ? Pour être franc, le problème qui se pose n'est pas que vous soyez des femmes. Pas en tant que telles, j'entends. Mais vous persistez à maintenir que vous en êtes. Vous voyez ? Nous ne pouvons pas l'admettre.

— Vous voulez dire… si on remettait nos uniformes et qu'on se baladait d'un air fanfaron en rotant et en ricanant "ha, ha, on vous a bien eus", ça irait ? demanda Margot.

— Je pourrais peut-être vous aider ? » lança encore une autre voix. Froc regarda le long de la table.

« Ah, général de brigade Rambour. Oui ?

— Tout ça, c'est des putain de conneries, général...

— Hrumph ! fit Froc.

— Quoi donc ? s'étonna Rambour.

— Il y a des dames, général. C'est d'ailleurs, haha, le problème.

— Putain oui ! commenta Biroute.

— Compris, général. Mais c'est un homme qui conduisait le groupe, non ?

— Le lieutenant Blouse m'a assuré qu'il est un homme, mon général, dit Socqueton. Comme c'est un officier et un homme d'honneur, je le crois sur parole.

— Bon, alors le problème est résolu. Ces jeunes dames l'ont aidé. L'ont fait entrer en douce et ainsi de suite. L'ont assisté, quoi. Les belles traditions de la femme borograve, tout ça. Aucunement des soldats. Remettez à ce gars une grosse médaille, nommez-le capitaine et on oublie toute cette histoire.

— Excusez-moi un instant, mon général, dit Socqueton. Je vais m'entretenir avec celles que nous qualifierions d'inculpées si on voulait bien m'éclairer sur la nature exacte des accusations. »

Il s'approcha de l'escouade et baissa la voix. « Je pense que c'est la meilleure offre que vous obtiendrez, confia-t-il. Je pourrai sans doute aussi obtenir de l'argent. Qu'est-ce que vous en dites ?

— C'est parfaitement ridicule ! protesta Blouse. Elles ont fait preuve d'un courage et d'une détermination formidables. Rien n'aurait été possible sans elles.

— Oui, Blouse, et rien ne vous empêche de le dire. Rambour a trouvé une idée assez astucieuse. Tout le monde obtient ce qu'il veut, mais vous devez juste éviter de rappeler que vous agissiez en tant que soldats. De braves femmes borograves venant en aide à un vaillant héros, là, ça marche. Dites-vous que les temps changent et que vous les faites changer plus vite. Alors ? »

Celles de l'escouade échangèrent des regards.

« Euh... moi, ça me conviendrait, hasarda Chouffe. Si ça convient aux autres.

— Tu aurais donc ton bébé sans mari ? dit Margot.

— Il est sûrement mort, quel qu'il soit, soupira Chouffe.

— Le général a le bras long, dit Socqueton. Il pourrait peut-être...

— Non, moi, je ne marche pas dans cette combine, l'interrompit Biroute. C'est un petit mensonge écœurant. Qu'ils aillent se faire voir.

— L'Asperge ? » demanda Margot.

L'Asperge gratta une allumette et la contempla. Elle dénichait des allumettes partout.

Un autre fracas retentit loin au-dessus.

« Maladict ? demanda Margot.

— Oon ccontinue ssur nnotre llancée. Mmoi, jje ddis nnon.

— Et vous, lieutenant ? demanda Socqueton.

— C'est déshonorant, répondit Blouse.

— Mais votre refus risque de vous poser des problèmes. Côté carrière.

— J'ai dans l'idée qu'elle n'a pas d'avenir, quoi qu'il arrive. Non, je ne vivrai pas dans le mensonge.

Je sais maintenant que je ne suis pas un héros. Je suis juste quelqu'un qui voulait en être un.

— Merci, mon lieutenant, dit Margot. Euh… Jade ?

— Un des trolls m'a arrêtée, m'a donné un coup son gourdin, et moi, j'ai jeté une table sur lui, répondit Jade en baissant le nez.

— C'est du mauvais traitement de priso… » voulut protester Blouse. Mais Socqueton l'interrompit. « Non, lieutenant, je connais un peu les trolls. Ils sont très… physiques. Alors… il s'agit d'un gars plutôt séduisant, n'est-ce pas, deuxième classe ?

— Il me plaît bien, dit Jade en rougissant. Alors je veux pas on me renvoie chez moi. Rien pour moi là-bas, toute façon.

— Deuxième classe Igor… ina ? fit Blouse.

— Je crois qu'on devrait céder, répondit Igorina.

— Pourquoi ? s'étonna Margot.

— Parce que Pignole est en train de mourir. » Elle leva la main. « Non, s'il vous plaît, ne vous massez pas autour d'elle. Laissez-lui au moins un peu d'air. Elle n'a pas mangé. Je n'arrive pas à lui faire avaler une goutte d'eau. » Elle leva cette fois des yeux bordés de rouge. « Je ne sais pas quoi faire !

— La duchesse lui a parlé, rappela Margot. Vous avez toutes entendu. Et vous savez ce qu'on a vu dans la crypte.

— Et j'ai dit que je ne crois à rien de tout ça ! se rebiffa Biroute. C'est son… esprit. Ils l'ont rendue folle. Et on était tellement fatiguées, on aurait vu n'importe quoi. Et le coup de vouloir s'adresser au haut commandement ? Ben, il est là, et je ne vois pas de miracle. Vous en voyez, vous ?

— Je ne crois pas qu'elle aurait voulu qu'on abandonne », dit Margot.

Non.

« Vous avez entendu ça ? reprit-elle, bien que pas tout à fait sûre que le mot lui soit arrivé dans le cerveau par l'entremise des oreilles.

— Non ! répliqua Biroute. Je ne l'ai pas entendu !

— Je ne pense pas qu'on puisse accepter ce compromis, mon commandant, dit Margot.

— Alors moi non plus, fit aussitôt Chouffe. Je ne... ce n'était pas... je suis venue uniquement parce... mais... écoutez, je reste avec vous. Hum... qu'est-ce qu'ils peuvent nous faire, mon commandant ?

— Vous jeter en cellule pour un bon bout de temps, sans doute, répondit le commandant. Ils sont gentils avec vous...

— Gentils ? fit Margot.

— Enfin, ils s'estiment gentils, dit Socqueton. Ils pourraient être pires. Et une guerre est en cours. Ils ne veulent pas paraître méchants, mais Froc n'est pas devenu général à force de gentillesse. Je dois vous prévenir. Vous refusez toujours ? »

Blouse se tourna vers ses soldats. « Je crois que oui, mon commandant.

— Bien », fit Socqueton en clignant de l'œil.

Bien.

Socqueton revint à sa table et remua ses papiers. « Les prétendues inculpées, mon général, ont le regret de refuser l'offre.

— Oui, je me disais qu'elles risquaient de prendre cette décision, dit Froc. Dans ce cas, qu'elles réintègrent leurs cellules. On s'occupera d'elles plus tard. »

Une pluie de plâtre s'abattit quand quelque chose

heurta une nouvelle fois le mur extérieur. « La plaisanterie a assez duré !

— On ne nous jettera pas en cellule ! s'écria Biroute.

— Alors c'est une mutinerie ! dit Froc. Et nous savons comment résoudre ce problème !

— Excusez-moi, mon général, mais faut-il donc en déduire que le tribunal est d'accord pour considérer ces dames comme des soldats ? » demanda Socqueton.

Le général Froc lui jeta un regard noir. « N'essayez pas de m'embrouiller avec des idioties de procédure, commandant !

— Ce ne sont pas des idioties, mon général, c'est la base même... »

Baissez-vous.

Les mots n'étaient qu'un vague écho sous le crâne de Margot mais on les aurait également dits branchés sur son système nerveux central. Et pas seulement au sien. L'escouade se baissa, Igorina se jetant même sur sa patiente.

La moitié du plafond s'écroula. Le lustre s'abattit puis explosa en un kaléidoscope de prismes volant en éclats. Des miroirs éclatèrent. Puis le silence se fit, du moins un silence relatif, que troublaient seulement les chocs sourds des derniers morceaux de plâtre et le tintement d'un tesson attardé.

Maintenant...

Des pas s'approchèrent des grandes portes au bout de la salle où les gardes commençaient à se remettre péniblement debout. Les battants s'ouvrirent.

Jackrum s'y encadra, flamboyant comme le coucher de soleil. La lumière se réfléchissait sur l'insigne de son shako, astiqué au point de risquer d'aveugler les imprudents de son éclat redoutable. Il avait la figure rouge, mais sa veste l'était encore davantage ; quant à son écharpe de sergent, elle était le rouge incarné, le rouge par essence, le rouge des étoiles mourantes et des soldats à l'agonie. Du sang gouttait des sabres d'abordage fourrés dans sa ceinture. Les gardes, encore tremblants, voulurent baisser leurs piques afin de lui barrer la route.

« Essayez pas ça avec moi, les gars, je vous en prie, dit Jackrum. Parole, j'suis pas un homme violent, mais est-ce que vous croyez qu'un fichu assortiment de couverts va arrêter le sergent Jackrum ? »

Les soldats regardèrent Jackrum qui fumait d'une rage à peine contenue, puis les généraux ahuris, et prirent aussitôt, en désespoir de cause, une décision de leur propre initiative.

« Bravo, les gars, dit Jackrum. Avec votre permission, général Froc ? »

Il n'attendit pas la réponse mais s'avança d'un pas énergique et mesuré digne d'un terrain de manœuvre. Il s'arrêta pour exécuter un garde-à-vous à lui écraser les bottes devant les généraux en chef qui époussetaient encore de la poussière de plâtre de leurs uniformes, puis salua avec la précision d'un sémaphore.

« Je sollicite d'annoncer, mon général, qu'on tient à présent les portes principales, mon général ! Ai pris la liberté de rameuter une troupe de Dedans-dehors, de Côte-à-côte et d'Avant-arrière, mon général, juste au cas où, ai vu un gros nuage de flammes et de fumée, et suis arrivé aux portes en même temps que vos gars. Z'ont pas eu l'occasion de chômer, mon général ! »

Tout le monde applaudit, et le général Kzupi se pencha vers Froc. « À la lumière de cet événement heureux, mon général, nous pourrions peut-être accélérer le mouvement et fermer ce... »

Froc lui imposa le silence d'un geste. « Jackrum, vieille canaille, dit-il en se renversant dans son fauteuil. On m'avait dit que vous étiez mort. Comment allez-vous, par tous les diables ?

— Suis en pleine forme, mon général ! aboya Jackrum. Loin d'être mort, ce que beaucoup regrettent !

— Ravi de l'entendre, mon vieux. On a toujours plaisir à revoir votre trogne vermeille, mais nous sommes ici pour...

— J'vous ai porté sur vingt kilomètres, mon général ! rugit Jackrum dont la figure ruisselait de sueur. Vous ai retiré une flèche de la jambe, mon général. Découpé en rondelles le démon de capitaine qui vous avait donné un coup de hache dans la tête, mon général, et j'suis content de voir que la balafre se porte bien. J'ai tué le pauvre jeunot de sentinelle juste pour lui voler son bidon d'eau et vous le donner, mon général. Je l'ai regardé mourir en face, mon général, pour vous. Jamais rien demandé en retour, mon général. Pas vrai, mon général ? »

Froc se frotta le menton et sourit. « Ma foi, je crois me rappeler une histoire de petits détails à tripatouiller, de dates à modifier... murmura-t-il.

— Épargnez-moi ce boniment de merde, mon général, avec tout le respect que j'vous dois. C'était pas pour moi, c'était pour l'armée. Pour la duchesse, mon général. Et, ouais, je vois d'autres messieurs autour de cette table qui m'ont rendu le même petit service.

Pour la duchesse, mon général. Qu'on me laisse une épée, et j'suis prêt à me dresser et m'battre contre n'importe qui de votre armée, mon général, même un jeune tout feu tout flamme ! »

D'un seul geste, il sortit un sabre de sa ceinture et l'abattit sur la paperasse entre les mains de Froc. La lame mordit dans le bois de la table et y resta plantée.

Froc ne broncha pas. Mais il leva les yeux et dit d'une voix calme : « Tout héros que vous êtes, sergent, je crains que vous ayez dépassé les bornes.

— Est-ce que j'ai dépassé les vingt kilomètres, mon général ? » répliqua Jackrum.

Pendant un instant on n'entendit d'autre bruit que celui du sabre qui finissait de vibrer.

Froc lâcha un long soupir. « Très bien, dit-il. Que demandez-vous, sergent ?

— J'vois que vous avez mes p'tits gars devant vous, mon général ! J'ai entendu dire qu'ils avaient des ennuis, mon général !

— Ces *filles*, Jackrum, vont être détenues en lieu sûr. Elles n'ont pas leur place ici. Et c'est un ordre, sergent.

— J'leur ai dit quand elles ont signé, mon général, j'leur ai dit : si on vous emmène de force, faudra m'emmener aussi, mon général ! »

Froc hocha la tête. « Belle loyauté de votre part, sergent, et bien de vous. Cependant...

— Et j'ai des renseignements vitaux pour les débats que vous menez ici, mon général ! Il y a une chose que j'dois vous dire, mon général !

— Eh bien, je vous en prie, faites, mon vieux ! Vous n'êtes pas obligé de prendre...

— Pour ça, faut que certains de ces messieurs quittent la salle, mon général », dit Jackrum d'un ton désespéré. Toujours au garde-à-vous, il continuait de saluer.

« Là, vous en demandez trop, Jackrum. Il s'agit de loyaux officiers de madame la duchesse !

— J'en doute pas, mon général ! Parole, j'suis pas homme à commérer, mon général, mais soit je lâche le morceau devant ceux que je choisis, mon général, soit devant l'monde entier. Y a des moyens pour ça, mon général, de méchants moyens ultramodernes. À vous de décider, mon général ! »

Froc finit par rougir. Il se leva brusquement. « Est-ce que vous me dites sérieusement que vous...

— C'est mon fameux baroud d'honneur, mon général ! dit Jackrum en se fendant d'un autre salut. Réussir ou mourir, mon général ! »

Tous les regards se tournèrent vers Froc. Il se détendit. « Oh, très bien. Vous écouter ne porte pas à conséquence, sergent. Dieu sait que vous l'avez mérité. Mais faites vite.

— Merci, mon général.

— Mais resservez-moi un coup pareil et vous aurez droit aux pires mites que vous pouvez imaginer.

— Pas de souci de ce côté-là, mon général. J'ai jamais apprécié les mites. Je vais avec votre permission désigner certaines personnes... »

Ce qui rassemblait à peu près la moitié des officiers. Ils se levèrent avec plus ou moins de protestations, mais ils se levèrent tout de même, sous le regard de saphir menaçant de Froc, et sortirent à la queue leu leu dans le couloir.

« Mon général, je proteste ! lança un colonel congédié. On nous flanque dehors comme de méchants garnements, alors que ces... femelles sont...

— Oui, oui, Rodney, et si notre ami le sergent ne nous donne pas une putain de bonne explication, je le remettrai personnellement entre vos mains pour que vous vous chargiez des détails de la punition. Mais si quelqu'un a le droit de lancer sa dernière charge, c'est bien lui. Partez sans faire d'histoires, vous serez gentil, et poursuivez la guerre jusqu'à notre arrivée. En avez-vous terminé avec cette curieuse charade, sergent ? ajouta-t-il au moment où sortait le dernier officier.

— Une dernière précaution, mon général », répondit Jackrum qui s'approcha d'un pas sonore des hommes en faction à l'entrée. Ils se tenaient déjà au garde-à-vous, mais ils réussirent à prendre encore davantage garde. « Vous les gars, vous vous postez de l'autre côté de cette porte, ordonna le sergent. Personne doit s'en approcher, voyez. Et j'sais que vous allez pas écouter en douce, les gars, à cause de ce qui vous arriverait si je l'apprenais. Allez, filez, hop, hop, hop ! »

Il referma les battants derrière eux et l'ambiance changea. Margot ne sut pas définir comment, mais c'était comme si le déclic des portes avait dit « Ceci est notre secret » et que toutes les personnes présentes en faisaient partie.

Jackrum ôta son shako et le déposa délicatement sur la table devant le général. Puis il se débarrassa de sa veste et la tendit à Margot en disant : « Tiens-moi ça, Barette. C'est la propriété de madame la duchesse. » Il se retroussa les manches. Il desserra ses immenses bretelles rouges. Puis, sous les yeux d'une Margot horrifiée mais non surprise, il sortit son canif noirci et le tortillon de papier qui enveloppait son tabac à chiquer infect.

« Oh, dites donc… » voulut protester le commandant avant qu'un collègue le fasse taire d'un coup de coude. Jamais un homme se coupant un morceau de tabac noir n'avait fait l'objet d'une attention aussi intense et horrifiée.

« Tout se passe bien dehors, dit-il. Dommage que vous y soyez pas tous, hein ? Enfin, la vérité, c'est important aussi, pas vrai ? Et c'est ce que cherche ce tribunal, pas de doute. Ça doit être important, la vérité, sinon vous seriez pas là, j'ai pas raison ? Bien sûr que si. »

Jackrum termina son découpage, s'enfourna le tabac dans la bouche et se le cala confortablement dans une joue tandis que les échos de la bataille filtraient du dehors. Puis il se retourna et marcha vers le commandant qui venait de parler. L'homme eut un léger mouvement de recul dans son fauteuil.

« Qu'est-ce que vous avez à dire sur la vérité, commandant Derbi ? demanda Jackrum sur le ton de la conversation. Rien ? Bon, alors, qu'est-ce que je vais dire, moi ? Qu'est-ce que je vais dire sur ce capitaine qui a fait demi-tour pour fuir en sanglotant et a plaqué ses propres hommes quand on est tombés sur une colonne de Zlobènes ? Est-ce que je vais dire que le vieux Jackrum lui a fait un croche-patte, l'a tabassé un peu et lui a flanqué la peur de… Jackrum, puis que ce capitaine est retourné au combat, a remporté une fameuse victoire ce jour-là, une victoire sur deux ennemis, dont un dans sa propre tête. Qu'ensuite il est revenu voir Jackrum, ivre de combat, et qu'il lui en a raconté davantage qu'il aurait dû...

— Espèce de salaud, lança tout bas le commandant.

— Est-ce que je vais dire la vérité aujourd'hui... Jeannette ? » fit Jackrum.

Les bruits de la bataille devinrent soudain beaucoup plus sonores. Ils envahirent la salle comme l'eau se précipite pour combler un trou au fond de l'océan, mais tous les bruits du monde n'auraient pas pu combler le brusque et formidable silence.

Jackrum s'avança à grands pas vers un autre homme. « Fait plaisir de vous voir ici, colonel Cordelière ! lança-t-il joyeusement. 'videmment, vous étiez que le lieutenant Cordelière quand je servais sous vos ordres. Vous étiez un p'tit gars qu'avait du cran quand vous nous avez menés contre un détachement de Kopelies. Puis vous avez reçu un méchant coup d'épée dans la rixe ou juste au-dessus, alors j'vous ai sorti d'affaire avec du rhum et de l'eau froide, et j'ai découvert que vous aviez p't-être du cran mais que vous étiez pas un p'tit gars. Oh, vous arrêtiez pas de jacasser dans votre délire enfiévré... Oui, parfaitement. C'est la vérité... Olga. »

Il fit le tour de la table et se mit à déambuler dans le dos des officiers ; ceux derrière lesquels il passait regardaient fixement devant eux, impassibles, n'osant pas se retourner, n'osant pas faire le moindre mouvement susceptible d'attirer l'attention.

« Vous pourriez dire que je sais des trucs sur vous tous, reprit-il. Pas mal de trucs sur certains d'entre vous, suffisamment sur la plupart. Sur quelques-uns, ben, j'pourrais écrire un livre. » Il marqua une pause juste derrière Froc qui se raidit.

« Jackrum, je… » tenta de dire le général.

Le sergent lui posa les mains sur les épaules. « Vingt kilomètres, mon général. Deux nuits, parce qu'on restait cachés le jour tellement y avait de patrouilles. Salement entaillé, vous étiez, mais j'vous ai mieux soigné qu'aucun charcuteur, j'parie. » Il se pencha jusqu'à mettre sa bouche au niveau de l'oreille du général et poursuivit en aparté : « Qu'est-ce qu'il reste chez vous que j'connais pas ? Alors… est-ce que vous recherchez vraiment la vérité… Mildred ? »

La salle était un musée de cire. Jackrum cracha par terre.

« Vous ne pouvez rien prouver, sergent, finit par dire Froc avec le calme d'un champ de glace.

— Ben, pas vraiment pour l'instant. Mais on arrête pas de m'répéter qu'on vit dans un monde moderne, mon général. J'ai pas exactement besoin de preuves. J'connais un gars prêt à raconter mon histoire, une histoire qui pourrait être à Ankh-Morpork dans deux heures.

— Si vous sortez vivant de cette salle », lança une voix.

Jackrum se fendit de son sourire le plus mauvais et fondit comme une avalanche sur la source de la menace. « Ah ! Je m'disais bien qu'on en viendrait là, Chloé, mais je remarque que vous avez jamais dépassé le grade de commandant, et c'est pas étonnant vu que vous voulez bluffer sans putain de cartes en main. Tout de même bien essayé. Mais, et d'une, je pourrais vous plumer avant que les gardes reviennent, parole, et de deux, vous savez pas ce que j'ai écrit et qui d'autre est au courant. Je vous ai toutes formées à un moment ou à un autre, les filles, et votre ruse, votre cran, votre bon sens... ben, c'est en grande partie à moi que vous les devez. Pas vrai ? Alors qu'aucune de vous s'imagine pouvoir jouer à la plus fine, parce que, question ruse, vous avez devant vous monsieur Renard.

— Sergent, sergent, sergent, fit Froc d'un ton las, mais qu'est-ce que vous voulez ? »

Jackrum termina son tour de table et se retrouva devant, une fois de plus comme un homme face à ses juges.

« Ben, ça alors, dit-il doucement en passant en revue la rangée de visages. Vous saviez pas, c'est ça... vous saviez pas. Est-ce qu'il y en a un ou une parmi vous qui savait ? Chacune se croyait seule. Toute seule. Pauvres petites. Et regardez-vous. Plus du tiers du haut commandement du pays. Vous vous êtes débrouillées seules, mesdames. Vous auriez pu réaliser de grandes choses si vous aviez agi ens... »

Il s'arrêta et fit un pas vers Froc, qui baissa le nez sur ses papiers transpercés. « Combien vous en avez repéré, Mildred ?

— C'est "mon général", sergent. Je suis toujours général. Donc "mon général". Et la réponse, c'est : une ou deux. Une ou deux.

— Et vous les avez promues, pas vrai, quand elles valaient autant que des hommes ?

— Sûrement pas, sergent. Pour qui me prenez-vous ? Je les ai promues seulement quand elles les surpassaient. »

Jackrum ouvrit grand les bras comme un monsieur Loyal annonçant un nouveau numéro. « Et les p'tits gars que j'ai amenés, alors, mon général ? Une bande de jeunes aussi formidables que d'autres. » Il jeta un coup d'œil injecté de sang autour de la table. « Et je m'y connais pour ce qui est de juger les jeunes recrues, vous le savez toutes. Elles feraient honneur à votre armée, mon général ! »

Froc regarda ses collègues de chaque côté. Sa question non formulée recueillit des réponses muettes.

« Oui, bon, dit-il. Tout nous paraît clair à la lumière de faits nouveaux. Quand de jeunes gars imberbes se déguisent en filles, tout le monde perd ses repères, c'est sûr. Et c'est ce que nous avons là, sergent. Une simple perte de repères. Des erreurs sur les identités. Beaucoup de bruit pour rien, à vrai dire. Ce sont manifestement des garçons ; ils peuvent être démobilisés avec les honneurs tout de suite et rentrer dans leurs foyers. »

Jackrum gloussa et tendit la main, paume en l'air, en gigotant des doigts, comme pour marchander. Une fois encore, les esprits communièrent.

« Très bien. Les recrues peuvent, si elles le souhaitent, continuer dans l'armée, consentit Froc. Discrètement, bien entendu.

— Non, mon général ! »

Margot regarda Jackrum puis s'aperçut que les mots venaient en réalité de sortir de sa propre bouche.

Froc haussa les sourcils. « Comment vous appelez-vous, déjà ? demanda-t-elle.

— Caporal Barette, mon général ! » répondit Margot en saluant.

Elle observa le visage de Froc qui affichait peu à peu une expression de bienveillance condescendante. Si elle me donne du « ma chère », je me mets à jurer comme un charretier, se dit-elle.

« Eh bien, ma chère...

— Pas votre chère, mon général ou ma générale », la coupa Margot. Dans le théâtre de son cerveau, l'auberge de la Duchesse fut réduite en cendres, son ancienne vie s'écailla, noire comme du charbon de bois, tandis qu'elle-même volait tel un projectile, trop vite, trop haut, incapable de s'arrêter. « Je suis un soldat, mon général, j'ai signé. J'ai embrassé la duchesse. Je ne crois pas que les généraux appellent leurs soldats "ma chère", je me trompe ? »

Froc toussa. Le sourire demeura mais eut la décence de s'atténuer un peu. « Et les soldats ne parlent pas ainsi aux généraux, jeune dame, alors passons là-dessus, d'accord ?

— Ici, dans cette salle, je ne sais pas qui passe et qui reste, mon général, dit Margot. Mais il me semble que si vous êtes toujours un général, alors moi je suis toujours un caporal, mon général. Je ne peux pas parler au nom des autres, mais si je résiste, mon général, c'est parce que j'ai embrassé la duchesse, qu'elle savait ce que j'étais et qu'elle... ne s'est pas détournée, si vous me comprenez.

— Bien dit, Barette », commenta Jackrum.

Margot continua sur sa lancée. « Mon général, il y a un jour ou deux, j'aurais sauvé mon frère et je serais rentrée chez moi comme après un travail accompli. Je cherchais juste la sécurité. Mais je comprends aujourd'hui qu'il n'y a pas de sécurité quand règne autant de... bêtise. Alors je crois que je dois rester et apporter ma contribution. Euh... pour essayer de limiter la bêtise, j'entends. Et je veux être moi, pas Olivier. J'ai embrassé la duchesse. Comme nous toutes. Vous ne pouvez pas nous dire qu'on ne l'a pas embrassée ni que ça ne compte pas, parce que c'est entre elle et nous...

— Vous avez toutes embrassé la duchesse », dit une voix. Une voix qui avait un... écho.

Vous avez toutes embrassé la duchesse...

« D'après vous, ça ne signifiait rien ? Ce n'était qu'un baiser ? »

D'après vous, ça ne signifiait rien...

... qu'un baiser...

Les mots chuchotés butèrent contre les murs comme un ressac et revinrent plus sonores, en harmonies.

D'après vous baiser ne signifiait rien signifiait qu'un baiser signifiait d'après vous baiser...

Pignole était debout. L'escouade resta pétrifiée tandis que la jeune fille passait devant elles d'une démarche incertaine. Son regard se posa sur Margot.

« Que c'est bon d'avoir de nouveau une enveloppe charnelle, dit-elle. Et de respirer. Respirer est merveilleux... »

Que c'est bon...

Respirer merveilleux c'est bon respirer encore une enveloppe charnelle...

La figure de Pignole avait quelque chose... Les mêmes traits étaient là, identiques, le nez toujours aussi pointu et rouge, les pommettes aussi creuses... mais on devinait des changements subtils. Elle leva la main et en fit jouer les doigts.

« Ah, dit-elle. Bon... » Il n'y avait pas d'écho cette fois, mais la voix était plus forte et plus profonde. Il ne serait venu à l'idée de personne de qualifier la voix de Pignole de séduisante, mais celle-ci l'était. Elle se tourna vers Jackrum, qui se laissa tomber sur ses genoux épais et ôta prestement son shako.

« Sergent Jackrum, je sais que vous savez qui je suis. Vous avez pataugé dans des mers de sang pour moi. Nous aurions peut-être pu faire un meilleur sort à votre vie, mais vos péchés étaient au moins des péchés de soldat, et pas les pires, en l'occurrence. Vous êtes ici même promu adjudant et je n'ai jamais connu de meilleur élément pour ce poste que vous. Vous suez la sournoiserie, la ruse et la truanderie de circonstance, sergent Jackrum. Vous devriez bien vous débrouiller. »

Jackrum, les yeux baissés, porta un doigt à son front. « ... pas digne, madame la duchesse, marmonna-t-il.

— Bien sûr que non. » La duchesse se retourna. « Maintenant, où est mon armée... Ah. »

On n'entendait désormais plus aucun écho dans la voix, et on ne reconnaissait plus les yeux de chien battu de Pignole. Elle se planta droit devant Froc qui, bouche bée, la regardait, les yeux écarquillés.

« Général Froc, vous devez me rendre un dernier service. »

Les yeux du général lancèrent des éclairs. « Qui êtes-vous, merde ?

— Vous avez besoin de le demander ? Comme d'habitude, Jackrum a l'esprit plus vif que vous. Vous me connaissez. Je suis la duchesse Annagovie.

— Mais vous êtes... dit un des autres officiers avant que Froc lève à nouveau la main.

— La voix... je la connais, murmura-t-elle d'un air lointain.

— Oui. Vous vous rappelez le bal. Je m'en souviens aussi. Il y a quarante ans. Vous étiez le plus jeune capitaine qu'on avait jamais connu. Nous avons dansé, avec raideur en ce qui me concerne. Je vous ai demandé depuis quand vous étiez capitaine, et vous m'avez répondu…

— Trois jours, souffla une Froc aux yeux clos.

— Nous avons mangé des chaussons à l'eau-de-vie et bu un cocktail qui, je crois, s'appelait…

— Larmes d'ange, dit Froc. J'ai conservé le menu, madame la duchesse. Et le carnet de bal.

— Oui. C'est vrai. Et, au moment où le vieux général Loquedus vous remmenait, il vous a dit : "Voilà une rencontre que vous pourrez raconter à vos petits-enfants, mon garçon." Mais vous avez… tellement consacré de temps à votre tâche que vous n'avez jamais eu d'enfants… mon garçon… »

… mon garçon… mon garçon…

« Je vois des héros ! dit la duchesse en contemplant la brochette d'officiers. Vous avez… renoncé à beaucoup de choses. Mais je demande davantage. Bien davantage. Y en a-t-il parmi vous qui ne mourront pas à la bataille en mémoire de moi ? » La tête de Pignole pivota et passa la brochette en revue. « Non, je vois qu'il n'y en a pas. Et maintenant je vous demande de faire ce qui passe pour le plus facile aux yeux des ignorants. Retenez-vous de mourir à la bataille. Vengeance n'est pas réparation. La vengeance, c'est une roue qui tourne à l'envers. Les morts ne sont pas vos maîtres.

— Qu'est-ce que vous attendez de moi, madame ? réussit à dire Froc.

— Rappelez vos autres officiers. Demandez toutes les trêves nécessaires pour l'instant. Cette enveloppe charnelle, cette pauvre enfant, vous conduira. Je suis faible, mais je peux influer sur de petits détails. Sur des pensées, peut-être. Je lui laisserai... quelque chose, une lueur dans l'œil, des accents dans la voix. Suivez-la. Lancez l'invasion.

— Certainement ! Mais comment...

— Envahissez la Borogravie ! Au nom de la raison, vous devez rentrer chez vous. L'hiver arrive, on ne donne pas à manger aux bêtes confiantes, les vieux meurent de froid, les femmes se lamentent, le pays se décompose. Combattez Nuggan parce qu'il n'est maintenant plus rien, que l'écho pernicieux de toutes vos ignorances, vos mesquineries et vos bêtises malfaisantes. Trouvez-vous un dieu davantage digne de foi. Et... laissez-moi... tranquille ! Toutes ces prières, toutes ces supplications... qu'on m'adresse ! Trop de mains jointes qui pourraient plus utilement répondre à vos prières par l'effort et la fermeté ! Et moi, qu'est-ce que j'étais ? Rien qu'une femme plutôt stupide de mon vivant. Mais vous étiez convaincus que je veillais sur vous, que je vous écoutais... alors j'ai dû m'y résoudre, j'ai dû écouter, sachant que je n'avais aucune aide à vous apporter... J'aimerais que les gens se soucient davantage de l'objet de leur croyance. Allez. Envahissez le seul pays que vous n'avez jamais conquis. Et ces femmes vont vous aider. Soyez fiers d'elles. Et, de crainte que vous songiez à déformer mes propos, de crainte que vous doutiez... laissez-moi, avant de partir, vous rendre ce cadeau. Souvenez-vous. Un baiser. »

... un baiser...

... un baiser un baiser vous rendre baiser...

... souvenez-vous...

Comme un seul homme, comme une seule femme, tout le monde dans la salle porta une main hésitante à sa joue gauche. Et Pignole s'écroula, tout doucement, s'affaissa comme un soupir.

Froc fut le premier à reprendre la parole. « C'est... Je crois qu'il faut... »

Son bredouillis mourut sur un silence.

Jackrum se remit debout, épousseta son shako, s'en coiffa et salua. « Permission de parler, mon général ? demanda-t-il.

— Oh, bon sang, Jackrum ! dit Froc d'un air affolé. Vous croyez que c'est le moment ? Oui, oui...

— Quels sont vos ordres, mon général ?

— Mes ordres ? » Froc battit des paupières et regarda autour de lui. « Mes ordres, mes ordres... oui. Ma foi, c'est moi qui commande, je peux demander une... oui, je peux demander une trêve, sergent...

— C'est adjudant, mon général, rectifia Jackrum. Vous avez raison, mon général, j'vais faire le nécessaire pour envoyer un messager à l'Alliance.

— J'imagine qu'un... drapeau blanc serait...

— Comme si c'était fait, mon général. Je m'occupe de tout, dit Jackrum qui respirait l'efficacité.

— Oui, évidemment... Euh... avant que... avant que nous allions plus loin... mesdames et messieurs, je... euh... certaines des choses qui ont été dites ici... la question des femmes qui s'engagent comme... femmes... à l'évidence... » Elle porta une fois encore la main à sa joue avec une espèce d'émerveillement. « Elles sont les bienvenues. Je... les salue. Mais pour celles d'entre nous qui les ont précédées, ce n'est peut-être pas... pas encore le moment. Vous comprenez ?

— Quoi ? fit Margot.

— Bouche cousue, mon général ! dit Jackrum. Laissez-moi m'occuper de tout ça, mon général.

Escouade du capitaine Blouse, garde-à-vous ! On va vous trouver des uniformes ! Vous pouvez pas toujours vous balader en lavandières, oh là là !

— On est des soldats ? demanda Margot.

— 'videmment, tiens, sinon j'te crierais pas dessus, espèce de sale petite bonne femme ! Le monde est cul par-dessus tête ! C'est un brin plus important que toi en ce moment, hein ? T'as obtenu ce que tu cherches, pas vrai ? Maintenant, tu passes un uniforme, tu te déniches un shako et tu t'essuies la figure au moins. C'est toi qui vas porter la trêve officielle à l'ennemi.

— Moi, chef ?

— Exact ! Dès que les officiers auront écrit la lettre officielle. Biroute, l'Asperge... voyez si vous trouvez une tenue pour Barette. Barette, fais pas la tête, sois un peu plus crâne. Les autres, magnez-vous et attendez !

— Sergent Jac... euh... adjudant Jackrum ? dit Blouse.

— Ouimon'ptaine ?

— Je ne suis pas capitaine, vous savez.

— Ah bon ? fit Jackrum en souriant. Ben, laissez faire Jackrum, mon capitaine. On verra bien ce qu'aujourd'hui nous réserve, hein ? Un détail, mon capitaine. Je perdrais ma robe, si j'étais vous ! »

Jackrum s'en alla d'un pas énergique, sa poitrine écarlate gonflée comme celle d'un rouge-gorge et deux fois plus menaçante. Il cria sur des plantons, harcela des gardes, salua des officiers et, malgré tout, forgea une lame vibrante de détermination à partir de l'acier brûlant de la panique. Il était un adjudant dans une pleine salle de galonnards désorientés et se sentait plus heureux qu'un terrier dans un tonneau de rats.

Arrêter une bataille est plus difficile que la déclencher. Pour la déclencher, il suffit de crier « À l'attaque », mais quand on veut l'arrêter, tout le monde est occupé.

Margot sentait la nouvelle se répandre. *Ce sont des filles !* Les plantons qui entraient et sortaient à nouveau précipitamment n'arrêtaient pas de les fixer comme des espèces d'insectes curieux. Je me demande combien de femmes Jackrum a ratées, songea Margot. Je me demande...

Des éléments d'uniforme arrivèrent. Jade trouva un pantalon adéquat en repérant un commis de la taille de Margot, en soulevant le gars et en le lui retirant. On dénicha une veste. L'Asperge vola même un shako du bon tour de tête et en astiqua l'insigne avec sa manche jusqu'à ce qu'il rutile. Margot allait boucler sa ceinture quand elle avisa une silhouette à l'autre bout de la salle. Elle l'avait complètement oublié, celui-là.

Elle serra bien fort la ceinture et passa le cuir dans la boucle tout en marchant, puis elle fendit à grands pas la cohue. Croume la vit arriver, mais trop tard. Aucune échappatoire à moins de fuir à toutes jambes, et les capitaines ne fuient pas devant les caporaux. Il resta sur place, tel un lapin hypnotisé par la renarde qui approche, et il leva les mains.

« Doucement, Barette, je suis capitaine et j'avais un boulot à faire... voulut-il expliquer.

— Et combien de temps vous croyez maintenant

conserver ce grade, mon capitaine ? siffla Margot. Quand je vais raconter notre petite bagarre au général ? Et comment vous avez lancé le prince sur nous ? Et comment vous brutalisiez Pignole ? Et je ne parle pas de mes cheveux, espèce de sale petit simulacre gluant d'homme ! Comme homme, Chouffe vaut mieux que toi, et elle est enceinte.

— Oh, on savait que des femmes s'engageaient, dit Croume. On savait pas jusqu'où s'étendait le mal, c'est tout...

— Vous avez pris mes cheveux parce que vous pensiez que j'y tenais, cracha Margot. Ben, vous pouvez les garder ! D'autres me pousseront, et personne ne va m'arrêter, compris ? Oh, encore une chose. Voilà jusqu'où s'étend le mal ! »

C'était un coup plutôt qu'une gifle, et si violent que le capitaine roula par terre. Mais il s'agissait de Croume, aussi se remit-il debout sur des jambes flageolantes pour pointer un doigt qui réclamait vengeance.

« Elle a frappé un supérieur ! » brailla-t-il.

Quelques têtes pivotèrent. Elles regardèrent Croume. Elles regardèrent Margot. Puis elles revinrent à leurs occupations en souriant.

« Je prendrais une fois de plus la fuite, si j'étais vous », conseilla Margot. Elle tourna les talons en sentant la chaleur de la fureur impuissante de Croume.

Au moment où elle allait rejoindre Jade et Maladict, on lui toucha le bras. Elle pivota d'un bloc.

« Quoi ? Oh, pardon, commandant Socqueton », fit-elle. Elle n'aurait pas supporté d'avoir encore affaire à Croume, pas sans commettre un meurtre. Ce qui lui attirerait sûrement des ennuis, même maintenant.

« Je voudrais vous remercier de cette journée très agréable, lui déclara le commandant. J'ai fait de mon mieux, mais je pense que nous étions tous... surclassés.

— Merci, mon commandant, dit Margot.

— C'était un plaisir, caporal Barette. Je vais suivre votre carrière avec intérêt et envie. Félicitations. Et comme le protocole m'a l'air ici de battre de l'aile, je vais vous serrer la main. »

Ils échangèrent une poignée de main. « Et maintenant, j'ai des obligations, dit le commandant Socqueton alors que Jade arrivait avec un tissu blanc au bout d'une perche. Oh, à propos... je m'appelle Christine. Et, vous savez, je ne crois vraiment pas que je pourrais m'habituer à porter encore une robe... »

On désigna Jade et Maladict pour faire traverser le château à Margot, une troll parce que les trolls imposent le respect, et un vampire parce que les vampires l'exigent. Des gémissements et des acclamations les accompagnèrent tandis qu'ils s'ouvraient un chemin à coups de coude dans les couloirs, car la nouvelle s'était déjà propagée. C'était aussi pour ça qu'on avait pris Jade. Les trolls savent dégager la voie.

« D'accord, dit Jackrum qui fermait la marche. Au pied de ces marches y a une porte et, de l'autre côté de cette porte, c'est le territoire ennemi. Sors le drapeau blanc en premier. Un tuyau important pour votre sécurité.

— Vous ne pouvez pas venir avec nous, chef ?

— Hah, moi ? J'peux dire qu'y en a quelques-uns là-bas qui me tireraient dessus au jugé, drapeau blanc ou pas. Vous inquiétez pas. Ils sont au courant.

— Au courant de quoi, chef ? »

Jackrum se pencha plus près. « Ils vont pas tirer sur une fille, Barette !

— Vous leur avez dit ?

— Mettons que les nouvelles vont vite, répondit Jackrum. Profitez de cet avantage. Et j'vais te retrouver ton frère pendant ce temps-là, parole. Oh, autre chose… regarde-moi, Barette. » Margot se retourna dans le couloir surpeuplé, en pleine bousculade. Les yeux de Jackrum pétillèrent. « J'sais que je peux te faire confiance, Barette. J'te ferais confiance comme à moi-même. Bonne chance. Et profites-en, petit. Les baisers, ça dure pas ! »

Impossible d'être plus clair, songea Margot tandis que les hommes en armes près de la porte leur faisaient signe d'avancer.

« Collez-vous contre les murs, d'accord, mesdames ? Et traîne pas avec ton chiffon ! »

La lourde porte s'ouvrit. Une demi-douzaine de flèches rebondirent et filèrent dans le couloir en faisant des soleils. Une autre transperça le drapeau. Margot l'agita frénétiquement. Elle entendit des cris au loin puis des acclamations.

« D'accord, vas-y ! » dit un garde en la poussant en avant.

Elle sortit dans la brusque lumière du jour et, histoire d'être sûre, agita le drapeau au-dessus d'elle encore plusieurs fois. Des hommes occupaient la cour et bordaient les remparts tout autour. Il y avait aussi des cadavres.

Un capitaine dont la veste laissait filtrer du sang s'approcha à travers les victimes et tendit la main. « Vous pouvez me donner ça, soldat, dit-il.

— Non, mon capitaine. Je dois le remettre à votre commandant en chef et attendre sa réponse, mon capitaine.

— Alors vous me le donnez, soldat, et je vous rapporte la réponse. Vous vous êtes rendus, après tout.

— Non. C'est une trêve. Ce n'est pas la même chose. Je dois lui remettre ça personnellement et vous n'êtes pas assez important. » Une idée lui vint. « J'exige de le porter au commissaire Vimaire ! »

Le capitaine la fixa puis l'examina de plus près. « Vous ne seriez pas une des...

— Si, dit Margot.

— Alors vous les avez enchaînés avant de jeter la clé ?

— Oui, répondit Margot en voyant sa vie commencer à lui défiler devant les yeux.

— Ils ont dû sautiller pendant des kilomètres avec des chaînes et tout nus ?

— Oui !

— Et vous n'êtes que des... femmes ?

— Oui ! » fit Margot en laissant passer le « que des femmes » pour l'instant.

Le capitaine se pencha plus près et parla en s'efforçant de ne pas remuer les lèvres. « Acré hon uhéro. Hraho. L'était temps que hes halohards arrogants heçoient une honne lehon ! » Il se redressa. « Le commissaire divisionnaire Vimaire, alors. Suivez-moi, mademoiselle. »

Margot sentit des centaines d'yeux l'accompagner tandis qu'on conduisait le groupe dans le cœur de la forteresse. Deux ou trois sifflements admiratifs fusèrent parce que davantage de soldats stationnaient là, dont quelques trolls. Jade se baissa, saisit un caillou et le projeta vers l'un d'eux, qu'elle toucha entre les deux yeux.

« Que personne ne bouge ! cria Maladict en agitant frénétiquement les mains quand une centaine d'hommes levèrent leurs armes. Ça équivaut chez les trolls à envoyer un baiser ! »

Effectivement, le troll atteint adressait un signe de main à Jade en chancelant un peu.

« On ne pourrait pas laisser tomber les mamours, s'il te plaît ? lança Margot à Jade. Les crétins risquent de se faire des idées fausses.

— Ils ont arrêté de siffler en tout cas », fit observer Maladict.

Davantage de monde les observait tandis qu'elles gravissaient des volées successives de marches en pierre. Personne ne pouvait prendre ce donjon, Margot le voyait. Chaque volée de marches s'exposait à la vue d'une autre plus haut, chaque visiteur était repéré avant même d'avoir aperçu un visage.

Une silhouette sortit de l'ombre lorsque le groupe atteignit le niveau suivant : une jeune femme vêtue d'une armure démodée en cuir et mailles ainsi que d'un plastron. Elle avait de longs cheveux très blonds ; pour la première fois depuis des semaines, Margot ressentit un pincement de jalousie.

« Merci, capitaine, je prends maintenant la relève, dit la nouvelle venue avant d'adresser un signe de tête à Margot. Bonsoir, caporal Barette... Si vous voulez bien me suivre, je vous prie ?

— C'est une femme ! Et elle est sergent ! souffla Maladict.

— Oui, je sais, dit Margot.

— Mais elle a donné un ordre au capitaine !

— Elle est peut-être dans la politique…

— Et c'est clairement une femme !

— Je ne suis pas aveugle, Mal.

— Et moi, je ne suis pas sourde, dit la femme qui se retourna en souriant. Je m'appelle Angua. Si vous voulez bien attendre ici, je vais vous faire apporter du café. Une petite discussion est en cours pour l'instant à l'intérieur. »

Ils se trouvaient dans une espèce d'antichambre, guère plus qu'une portion de couloir élargie meublée de quelques bancs. Une grande double porte se dressait à l'autre bout, derrière laquelle des voix haussaient le ton. Angua s'en repartit.

« C'est tout ? fit Maladict. Qu'est-ce qui nous empêche d'enlever la place ?

— Tous les soldats avec des arbalètes qu'on a croisés en montant, non ? » répondit Margot. *Pourquoi nous ?* songeait-elle en fixant le mur d'un œil vide.

« Oh, oui. Ceux-là. Oui. Euh… Margot ?

— Oui ?

— Je m'appelle en réalité Maladicta. » Elle se laissa aller en arrière sur le banc. « Là ! Je l'ai dit à quelqu'un !

— Chouette, ça, commenta Jade.

— Oh, très bien », fit Margot. *Je sortirais bien maintenant servir aux latrines leur pâtée du soir*, songea-t-elle. *Je ne trouverai peut-être pas de meilleur moment, non ?*

« Je m'en suis bien tirée, je trouve, poursuivit Maladicta. Bon, je sais ce qu'on pense. On pense : les vampires ont la belle vie quel que soit leur sexe, pas vrai ? Mais c'est partout pareil. Les robes en velours, les chemises de nuit avec armature, se donner sans arrêt des airs de dingue, sans parler de cette histoire de bain dans du sang de vierge. Tu es prise beaucoup plus au sérieux si on te croit du sexe masculin.

— Exact », dit Margot. *L'un dans l'autre, la journée a été longue. Un bain me ferait du bien.*

« Je m'en suis bien tirée, je trouve, jusqu'à cette histoire de café. Un collier de grains grillés, ça devrait marcher. Je me préparerai mieux la prochaine fois.

— Ouais, fit Margot. Bonne idée. Avec du vrai savon.

— Du savon ? Comment est-ce que du savon pourrait faire de l'effet ?

— Quoi ? Oh… pardon.

— Est-ce que tu as entendu un seul mot de ce que j'ai dit ?

— Ah, ça. Oui. Merci de m'avoir mise au courant.

— C'est tout ?

— Oui. Tu es toi. C'est bien. Moi, je suis moi, qui que je sois. Biroute est Biroute. On est tous… des gens. Écoute, il y a une semaine, le grand moment de ma journée, c'était de lire les nouveaux graffitis dans les latrines des hommes. Je pense que tu es d'accord pour reconnaître qu'il s'est passé beaucoup de choses depuis. Je ne crois pas qu'on puisse encore me surprendre. Le collier de grains de café me paraît une bonne idée, au fait. »

Elle tambourina impatiemment des pieds par terre. « Pour l'instant, j'espère seulement qu'ils vont se dépêcher là-dedans. »

Elles tendirent l'oreille, assises sur le banc, puis Margot prit conscience d'une petite colonne de fumée qui s'échappait de derrière un autre banc, de l'autre côté de l'antichambre. Elle s'en approcha et jeta un coup d'œil derrière. Un homme était allongé, la tête sur un bras, et fumait un cigare. Il hocha la tête à la vue de la figure de Margot.

« Il y en a encore pour un bout de temps, dit-il.

— Vous n'êtes pas le sergent que j'ai vu dans l'ancienne cuisine ? Celui qui faisait des grimaces derrière le seigneur Rouille d'Ankh-Morpork ?

— Je ne faisais pas de grimaces, mademoiselle. C'est toujours l'impression que je donne quand le seigneur Rouille parle. Et j'ai été autrefois sergent, c'est vrai, mais, regardez, pas de galons.

— Fait des grimaces une fois trop ? » dit Jade.

L'homme éclata de rire. Il ne s'était pas rasé aujourd'hui. « Un truc de ce genre, oui. Venez dans mon bureau, il y fait plus chaud. Je suis sorti parce que tout le monde se plaint de la fumée. Ne vous inquiétez pas de ceux qui sont là-dedans, ils peuvent attendre. Mon bureau est tout près dans le couloir. »

Elles le suivirent. La porte n'était effectivement qu'à quelques pas. L'homme l'ouvrit d'une poussée, traversa le petit local de l'autre côté et s'assit dans un fauteuil. La table devant lui disparaissait sous les papiers.

« Je crois qu'on peut se procurer ici suffisamment de vivres pour vous faire passer l'hiver, dit-il en prenant une feuille apparemment au hasard. On est un peu à court de céréales, mais on a un excédent de chou cabus, se conserve merveilleusement bien, plein de vitamines et de minéraux... bien qu'on soit parfois obligé de laisser les fenêtres ouvertes, si vous me suivez. N'écarquillez pas les yeux. Je sais parfaitement que le pays est à un mois de la famine.

— Mais je n'ai même pas montré ma lettre à qui que ce soit ! protesta Margot. Vous ne savez pas ce que nous...

— Pas besoin, la coupa l'homme. Il est question de vivres et de bouches à nourrir. Bon sang, on n'est pas obligés de vous combattre. Votre pays va de toute façon s'effondrer. Vos champs sont envahis de mauvaises herbes, la plupart de vos paysans sont des vieillards, le plus gros de la bouffe part à l'armée. Et les armées ne font pas grand-chose pour l'agriculture à part légèrement augmenter la fertilité des champs de bataille. L'honneur, la fierté, la gloire... rien de tout ça n'a d'importance. Cette guerre cesse ou la Borogravie meurt. Vous comprenez ? »

Margot se rappela les champs balayés par les bourrasques, les vieux qui récupéraient ce qu'ils pouvaient...

« On n'est que des messagers, dit-elle. Je ne peux pas négocier...

— Vous savez que votre dieu est mort ? reprit l'homme. N'en reste qu'une voix, d'après certains de nos prêtres. Les trois dernières abominations visaient les cailloux, les oreilles et les accordéonistes. D'accord, je peux le comprendre pour ce qui est de la dernière, mais... les cailloux ? Hah ! On peut vous conseiller si vous en cherchez un nouveau, à propos. Om a la cote en ce moment. Très peu d'abominations, pas de tenues particulières et des hymnes qu'on peut chanter dans son bain. Vous ne pourrez pas avoir Offler le dieu crocodile à ces hauteurs avec vos hivers, et l'Église hétérodoxe de la patate est sans doute trop simpliste pour... »

Margot se mit à rire. « Écoutez, monsieur, je ne suis qu'une... Comment vous vous appelez, s'il vous plaît ?

— Sam Vimaire. Envoyé extraordinaire, comme une espèce d'ambassadeur mais sans les petits chocolats dans du papier doré.

— Vimaire le Boucher ? dit Maladicta.

— Ah, oui. Je l'ai entendue, celle-là, répliqua Vimaire en souriant. Vos concitoyens ne maîtrisent pas vraiment l'art subtil de la propagande. Et je vous le dis parce... Avez-vous des fois entendu parler d'Om ? »

Elles firent non de la tête.

« Non ? Eh bien, dans *L'Ancien livre d'Om* on trouve l'histoire d'une ville scandaleuse qu'Om a décidé de détruire avec le feu du ciel, cette histoire remontant à l'époque où il châtiait, avant qu'il devienne bigot. Mais l'évêque Lacorne s'est élevé contre cette idée, alors Om a dit qu'il épargnerait la ville si l'évêque arrivait à trouver un seul homme charitable. Eh bien, l'évêque a eu beau frapper à toutes les portes, il est revenu les mains vides. On a découvert, une fois la ville réduite à une plaine vitrifiée, qu'il y vivait sans doute des tas de gens charitables, et qu'étant charitables ils n'étaient pas du genre à le reconnaître. La mort par modestie, terrible, ça. Et vous, mesdames, vous êtes les seules Borograves que je connaisse bien, en dehors des militaires qui, franchement, ne sont pas bavards. Vous n'avez pas l'air aussi folles que la politique étrangère de votre pays. Vous êtes son seul geste de bonne volonté international. Une bande de gamins qui se montrent plus malins que des cavaliers d'élite ? Un coup de pied dans l'entrejambe du prince ? Nos concitoyens ont aimé ça. Et aujourd'hui on découvre que vous êtes des filles ? Ça, ils vont adorer. Monsieur des Mots va s'amuser quand il l'apprendra.

— Mais on n'a aucun pouvoir ! On ne peut pas négocier une...

— Qu'est-ce que veut la Borogravie ? Pas le pays. La population, j'entends. »

Margot ouvrit la bouche pour répondre, puis la referma et réfléchit à la réponse.

« Qu'on nous laisse tranquilles. Que tout le monde nous laisse tranquilles. Pendant un moment, en tout cas. On peut changer des choses.

— Vous accepterez les vivres ?

— Nous sommes un pays fier.

— De quoi êtes-vous fiers ? »

Elle reçut la réponse comme un coup, et Margot comprit comment les guerres se déclenchaient. On isolait le choc dont on était parcouru et on le laissait venir à ébullition.

... Il est peut-être corrompu, arriéré, imbécile, mais c'est le nôtre...

Vimaire observait son visage. « Vu de cette table, dit-il, la seule chose dont votre pays doit être fier pour l'instant, c'est de vous, les femmes. »

Margot resta silencieuse. Elle s'efforçait encore de venir à bout de sa colère. Savoir qu'il avait raison ne faisait que l'envenimer.

Nous avons notre fierté. Et c'est de ça que nous sommes fiers. Nous sommes fiers de notre fierté...

« Très bien, alors, est-ce que vous achèterez des vivres ? reprit Vimaire en observant toujours attentivement la jeune fille. À crédit ? J'imagine qu'il reste quelqu'un dans votre pays qui s'y connaît dans ces affaires internationales n'exigeant pas d'armes tranchantes ?

— Les gens accepteraient ça, oui, répondit Margot d'une voix rauque.

— Bien. Je vais renvoyer un clac ce soir.

— Et pourquoi tant de magnanimité, monsieur Ankh-Morpork ?

— Parce que je viens d'une ville merveilleusement généreuse, caporal... Hah, non, je ne peux pas dire ça et garder mon sérieux. Vous voulez savoir la vérité ? La plupart des habitants d'Ankh-Morpork n'avaient jamais entendu parler de votre pays jusqu'à la destruction des clic-clac. Il existe des douzaines de petits pays par ici, qui se vendent entre eux des sabots peints à la main ou de la bière de navet. Puis ils vous ont connus en tant que putain de crétins détraqués qui se battent contre tout le monde. Maintenant ils vous connaissent en tant que... ben, peuple qui agit comme ils agiraient eux-mêmes. Et demain ils vont rigoler. On trouve aussi d'autres gens, des gens qui passent du temps tous les jours à réfléchir à l'avenir, qui croient que ça vaut un peu la peine d'être ami avec un tel pays.

— Pourquoi ? demanda Maladicta d'un ton méfiant.

— Parce qu'Ankh-Morpork est l'amie de tous les peuples épris partout de liberté ! répondit Vimaire. Bons dieux, ça doit tenir à ma façon de le dire. *Ze chzy Brogocia proztfik !* » Il vit leurs mines interdites. « Pardon, je suis parti de chez moi depuis trop longtemps. Et, franchement, je préférerais être là-bas.

— Mais pourquoi est-ce que vous prétendez être une crêpe à la cerise ? demanda Margot.

— Je n'ai pas dit que j'étais un citoyen de Borogravie ?

— Non. *Brogocia*, c'est la crêpe à la cerise, *Borogvia*, c'est le pays.

— Ben, j'ai fait un effort, au moins. Écoutez, on préférerait que le prince Heinrich ne dirige pas deux pays. Ça ferait un assez grand État, beaucoup plus grand que les autres de la région. Du coup, il grandirait encore. Le prince veut ressembler à Ankh-Morpork, vous voyez. Mais tout ce qu'il cherche en réalité, c'est le pouvoir et l'influence. Il ne veut pas les gagner, il ne veut pas les acquérir petit à petit ni apprendre à s'en servir en risquant des échecs. Il les veut, et c'est tout.

— C'est de la politique ! intervint Maladicta.

— Non. C'est dire la vérité. Faites la paix avec lui, par tous les moyens. Laissez la route et les tours tranquilles. Vous aurez les vivres, de toute façon, quel que soit le prix. L'article de monsieur des Mots y veillera.

— C'est vous qui avez envoyé le café, dit Margot.

— Oh, oui. Le caporal Dingo Swires, mon œil dans le ciel. C'est un gnome.

— Et vous avez lâché sur nous un loup-garou ?

— Ben, lâché est un grand mot. Angua vous a suivis, juste par sécurité. C'est une louve-garou, oui.

— La femme qu'on a croisée ? Elle n'en avait pas l'air !

— Ben, c'est d'habitude comme ça. Jusqu'au moment où ils en ont l'air, si vous me comprenez. Et elle vous suivait parce que je cherchais tout ce qui pouvait empêcher des milliers de gens de mourir. Et ce n'est pas de la politique, ça non plus. » Vimaire se leva. « Et maintenant, mesdames, je dois aller remettre votre document aux chefs de l'Alliance.

— Vous êtes sorti fumer au bon moment, non ? dit Margot lentement et prudemment. Vous saviez qu'on venait, et vous vous êtes arrangé pour nous voir en premier.

— Évidemment. Peux pas laisser ça à une bande de… oh, oui… de galonnards.

— Où est mon frère, monsieur Vimaire ? demanda Margot avec raideur.

— Vous avez l'air persuadée que je le sais… dit Vimaire sans la regarder en face.

— J'en suis sûre.

— Pourquoi ?

— Parce que personne d'autre ne le sait ! »

Vimaire écrasa son cigare. « Angua avait raison à votre sujet, dit-il. Oui, je… euh… j'ai fait le nécessaire pour qu'on le mette en "détention protectrice", comme j'aime appeler ça. Il va bien. Angua va vous conduire maintenant auprès de lui, si vous voulez. Votre frère, une vengeance possible, du chantage, allez savoir quoi encore… je me suis dit qu'il serait davantage en sécurité si je savais exactement qui détenait les clés. »

La fin du voyage, songea Margot. Mais ça ne l'était pas, ça ne l'était plus. Elle eut la nette impression que l'homme en face d'elle lisait dans ses pensées.

« Il ne s'agissait que de ça, pas vrai ? demanda-t-il.

— Non, monsieur. Seulement au début, répondit Margot.

— Eh bien, voici la suite. La journée sera bien remplie. Dans l'immédiat, je vais porter cette offre de trêve dans la salle au bout du couloir et la remettre aux personnes très importantes... (sa voix sonna faux en prononçant ces mots) qui discutent du sort de la Borogravie. Vous aurez une trêve, les vivres et sans doute d'autres aides.

— Comment vous savez ça ? Ils n'en ont pas discuté !

— Pas encore. Mais, je vous l'ai dit... j'ai été sergent. Angua ! »

La porte s'ouvrit. Angua entra. Comme l'avait rappelé Vimaire, on ne savait pas qui était un loup-garou jusqu'à ce qu'on le découvre...

« Maintenant vaudrait mieux que j'aille me raser avant de passer voir les personnalités, dit Vimaire. Les gens font grand cas du rasage. »

Margot se sentait embarrassée en descendant les marches en compagnie du sergent Angua. Comment lançait-on une conversation ? « Alors, comme ça, vous êtes une louve-garou ? » serait un peu bête. Elle était contente d'avoir laissé Jade et Maladicta dans la salle d'attente.

« Oui, fit Angua.

— Mais je n'ai rien dit ! s'exclama Margot.

— Non, mais j'ai l'habitude de ces situations-là. J'ai appris à reconnaître la façon de ne rien dire des gens. Ne vous inquiétez pas.

— Vous nous avez suivis.

— Oui.

— Vous avez donc forcément su qu'on n'était pas des hommes.

— Oh oui, dit Angua. Mon odorat est bien meilleur que ma vue, et j'ai des yeux perçants. Les humains sont des êtres qui sentent mauvais. Croyez-moi ou pas, je n'aurais rien dit à Vimaire si je ne vous avais pas entendues discuter entre vous. N'importe qui aurait pu vous entendre, pas besoin d'être loup-garou pour ça. Tout le monde a des secrets qu'il ne veut pas ébruiter. Les loups-garous sont un peu comme les vampires de ce point de vue-là. On est tolérés... si on fait attention.

— Je peux comprendre ça », dit Margot. Nous, c'est pareil, songea-t-elle.

Angua s'arrêta devant une lourde porte cloutée. « Il est là-dedans, annonça-t-elle en sortant une clé qu'elle actionna dans la serrure. Je vais retourner bavarder avec les autres. Venez me retrouver quand vous serez prête... »

Margot entra, le cœur battant, et Paul était là. Ainsi qu'une buse sur un perchoir près de la fenêtre ouverte. Et, sur le mur où Paul travaillait avec tant de concentration que la langue lui pointait à la commissure des lèvres et qu'il n'avait même pas remarqué l'ouverture de la porte, une autre buse s'étalait, volant au cœur d'un lever de soleil.

À cet instant, Margot se sentit en mesure de tout pardonner à Ankh-Morpork.

Quelqu'un avait procuré à Paul une boîte de craies de couleur.

La longue journée se prolongea encore. Margot détenait une espèce de pouvoir. Tout comme ses compagnes. On leur donnait de l'espace, on les observait. Les combats avaient cessé, elles en étaient responsables et nul ne savait exactement pourquoi.

Elles passèrent par des moments moins éprouvants. Elles détenaient peut-être du pouvoir, mais c'était le général Froc qui donnait les ordres. Et si le général Froc donnait les ordres, on était en droit de supposer que c'était le sergent Jackrum qui les anticipait.

Voilà sans doute pourquoi Chouffe demanda à Margot et Biroute de l'accompagner ; on les introduisit dans une salle où deux gardes encadraient un jeune homme à la mine penaude, du nom de Jeannot, qui avait les cheveux blonds, les yeux bleus, une boucle d'oreille en or et le pantalon aux genoux au cas où Chouffe voudrait vérifier son autre particularité.

Il avait aussi un œil au beurre noir.

« C'est lui ? demanda le commandant Socqueton qui mangeait une pomme, adossée au mur. Le général m'a demandé de vous dire qu'il y aura une dot de cinq cents couronnes, avec les compliments de l'armée. »

La figure de Jeannot s'égaya un peu en entendant ça. Chouffe posa sur lui un long regard circonspect.

« Non, finit-elle par annoncer en se détournant de lui. Ce n'est pas lui. »

Jeannot ouvrit la bouche et Margot lança sèchement : « Personne ne vous a demandé de parler, deuxième classe ! » Et, comme le voulait cette journée-là, il se tut.

« C'est l'unique candidat, je le crains, dit Socqueton. Nous avons des quantités de boucles d'oreille, de têtes blondes, d'yeux bleus et de Jeannot – et, chose étonnante, pas mal d'anthrax. Mais c'est le seul qui les réunit tous. Vous êtes sûre ?

— Sûre et certaine, répondit Chouffe sans quitter du regard le jeune homme. Mon Jeannot à moi a dû se faire tuer. »

Socqueton s'approcha et baissa la voix. « Dans ce cas, euh... le général a dit, officieusement, qu'un certificat de mariage, une alliance et une pension de veuve sont envisageables, souffla-t-elle.

— Elle peut faire ça ? chuchota Margot.

— Pour l'une d'entre vous ? Aujourd'hui ? Vous n'en reviendriez pas de ce qu'on peut faire, répondit Socqueton. Ne la jugez pas trop mal. Elle agit avec les meilleures intentions. Elle a beaucoup de sens pratique.

— Non, dit Chouffe. Je... c'est... enfin, non. Merci, mais non.

— Tu es sûre ? demanda Margot.

— Sûre et certaine », répliqua Chouffe d'un air provocant. N'étant pas d'un naturel à provoquer, elle n'affichait pas tout à fait l'air de circonstance ni celui qu'elle croyait se donner, et elle rappelait une malheureuse souffrant d'hémorroïdes, mais l'effort était manifeste.

Socqueton recula. « Eh bien, si vous êtes sûre, deuxième classe. D'accord, donc. Remmenez cet homme, sergent.

— Un instant », dit Chouffe. Elle s'approcha d'un Jeannot ahuri, se planta devant lui, tendit la main et dit : « Avant qu'ils te remmènent, je veux que tu me rendes mes cinq sous, salopard ! »

Margot avança la main vers Socqueton qui la serra et sourit. Une autre victoire avait été remportée, en quelque sorte. Si le glissement de terrain est suffisamment puissant, même les cailloux carrés finissent par rouler.

Margot revint vers la cellule un peu plus grande qu'on avait mise comme baraquement à la disposition des femmes, du moins des femmes officielles. Des hommes, même adultes, s'étaient bousculés pour y disposer des coussins et y apporter du bois pour le feu. Tout ça paraissait très étrange. Margot avait l'impression qu'on les traitait en personnes à la fois dangereuses et fragiles, comme on traite, disons, une jarre immense et merveilleuse remplie de poison. Elle passa l'angle pour pénétrer dans la grande cour et aperçut monsieur des Mots en compagnie de monsieur Chriek.

Impossible de leur échapper. Ils cherchaient quelqu'un, pas de doute.

L'homme lui jeta un regard de reproche et d'espoir mêlés. « Euh... comme ça, vous êtes des femmes, alors ? dit-il.

— Euh... oui », répondit Margot.

Des Mots sortit son calepin.

« C'est une histoire tout à fait incroyable. Vous

vous êtes vraiment frayé un chemin jusqu'ici et vous êtes entrées déguisées en lavandières ?

— Ben, on était réellement des femmes et on a fait un peu de lessive, répliqua Margot. J'imagine que c'était malin de se déguiser comme ça, à vrai dire. On est entrées en ne se déguisant pas, comme qui dirait.

— Le général Froc et le capitaine Blouse se disent très fiers de vous, poursuivit des Mots.

— Il a reçu une promotion, alors ?

— Oui, et Froc a dit que vous vous êtes drôlement bien débrouillées pour des femmes.

— Oui, j'imagine, fit Margot. Oui. Très bien pour des femmes.

— Le général a encore dit… (des Mots consulta son calepin) que vous faites honneur aux femmes de votre pays. Je me demande si vous souhaitez commenter. »

Il avait l'air innocent, alors peut-être ne comprenait-il pas quelle contestation virulente venait de s'élever sous le crâne de Margot. *Honneur aux femmes de votre pays. Nous sommes fiers de vous.* D'une certaine manière, de telles paroles vous emprisonnaient, vous remettaient à votre place, vous tapotaient la tête et vous congédiaient avec un bonbon. D'un autre côté, il fallait bien commencer quelque part…

« Très gentil de sa part, dit Margot. Mais on veut seulement terminer le boulot et rentrer chez nous. C'est ce que veulent les soldats. » Elle réfléchit un instant et ajouta : « Et du thé chaud bien sucré. » À son grand étonnement, des Mots en prit note.

« Une dernière question mademoiselle : croyez-vous que le monde serait différent si davantage de femmes étaient soldats ? » demanda le journaliste. Il souriait encore, remarqua-t-elle, il devait donc s'agir d'une question pour rire.

« Oh, je pense que vous devriez vous adresser pour ça au général Froc, répondit Margot. Et j'aimerais voir sa tête si vous le faites...

— Oui, mais qu'est-ce que vous croyez, vous, mademoiselle ?

— Caporal, je vous prie.

— Pardon, caporal... et ? »

Le crayon restait en suspens. Un crayon autour duquel tournait le monde. Il écrivait des informations qui s'envolaient ensuite ailleurs. La plume n'était peut-être pas plus puissante que l'épée, mais la presse typographique était plus lourde que l'engin de siège. Une poignée de mots peuvent tout changer...

« Ben, fit Margot, je... »

Il y eut un brusque remue-ménage du côté de la porte à l'autre bout de la cour, et des officiers de cavalerie arrivèrent. On devait les attendre vu que les officiers zlobènes convergèrent vers eux sans traîner.

« Ah, je vois que le prince est de retour, dit des Mots. La trêve ne va sans doute pas lui plaire. Ils ont envoyé des officiers d'ordonnance à sa rencontre.

— Il peut s'y opposer ? »

Des Mots haussa les épaules. « Il a laissé ici des officiers supérieurs. Ce serait scandaleux s'il s'y opposait. »

La haute silhouette avait mis pied à terre et fonçait à grandes enjambées vers Margot, ou plutôt, comprit-elle, vers la grande porte près d'elle. Des employés et des officiers dans tous leurs états lui emboîtèrent le pas à la queue leu leu et furent balayés d'un geste. Mais quand on lui agita sous le nez un rectangle blanc, il s'en saisit et s'arrêta si brusquement que plusieurs autres officiers lui rentrèrent dedans.

« Hum, fit des Mots. L'édition avec le dessin, j'imagine. Hum. »

Le journal fut jeté par terre.

« Oui, ça devait être ça. »

Heinrich s'approcha. Margot voyait la tête qu'il faisait. Il fulminait. À côté d'elle, des Mots tourna une page vierge de son calepin et s'éclaircit la gorge.

« Vous allez lui parler ? s'étonna Margot. Dans l'état où il est ? Il va vous démolir !

— Il le faut », répondit des Mots. Et, au moment où le prince et sa suite atteignaient la porte, il fit un pas en avant et lança d'une voix qui se cassa un peu : « Votre Altesse ? Je me demandais si vous m'autorisiez à vous dire un mot. »

Heinrich se retourna pour le foudroyer sur place et aperçut Margot. L'espace d'un instant, leurs regards se croisèrent.

Les adjudants-majors connaissaient leur maître. Alors que la main du prince volait vers son épée, ils se rapprochèrent en masse, l'entourèrent complètement, et des chuchotements frénétiques s'engagèrent, ponctués d'exclamations plus sonores de la part de Heinrich sur le thème de « Quoi ? » suivi de « Des clous ! » en toccata.

Le groupe se sépara. Le prince, lentement et soigneusement, épousseta sa veste impeccable, jeta un regard bref à Otto et des Mots puis, à la grande horreur de Margot, s'avança nonchalamment vers elle...

... une main gantée de blanc tendue devant lui.

Oh non, songea-t-elle. Mais il est plus malin que le croit Vimaire, il sait se maîtriser. Et me voilà soudain la mascotte de tout le monde.

« Pour le bien de nos deux grands pays, dit Heinrich, il est conseillé que nous nous serrions la main publiquement. » Il sourit encore, du moins il permit à ses commissures de se relever.

Parce qu'elle ne voyait aucune échappatoire, Margot prit la grande main et la serra docilement.

« Oh, très bien, dit Otto en empoignant son appareil iconographique. Je ne peux en prendre qu'une, évidemment, parce que je dvas hélas me servir du flash. Un instant... »

Margot eut l'occasion d'apprendre qu'une forme artistique qui s'accomplit en une fraction de seconde nécessite néanmoins un long temps de préparation, pendant lequel un sourire se fige en une grimace insensée ou, dans les pires cas, un rictus de mort. Otto grommelait tout seul tandis qu'il réglait son matériel. Heinrich et Margot se serraient toujours la main et fixaient l'appareil iconographique.

« Donc, marmonna le prince, le jeune soldat n'est pas *un* jeune soldat. Une chance pour vous ! »

Margot garda son sourire figé. « Vous menacez souvent des femmes apeurées ? demanda-t-elle.

— Oh, là, ce n'était rien ! Vous n'êtes qu'une paysanne, après tout ! Qu'est-ce que vous connaissez de la vie ? Et vous avez fait preuve de cran !

— Tvut le monde dit vistiti ! ordonna Otto. Un, deux, trvas... Oh, mer... »

Le temps pour les images résiduelles de se dissiper, et Otto était à nouveau debout.

« J'espère trvuver un jvur un filtre qui marche, grommela-t-il. Merci, tvut le monde.

— C'était pour la paix et la bonne volonté entre les nations », dit Margot en souriant aimablement au prince et en lui lâchant la main. Elle fit un pas en arrière. « Et ça, Votre Altesse, c'est pour moi… »

Elle ne donna pas vraiment un coup de pied. La vie requiert de savoir jusqu'où on peut aller, et on risque d'aller trop loin en cherchant jusqu'où on peut aller. Mais une secousse de la jambe fut suffisante pour voir l'imbécile se replier dans une pose de protection ridicule, accroupi, les genoux en dedans.

Margot s'éloigna en chantant intérieurement. Elle ne se trouvait pas dans un château de conte de fées et cette histoire ne se terminerait pas non plus comme dans les contes de fées, mais on pouvait à l'occasion menacer de donner au prince charmant un coup de pied dans les œufs au jambon.

À présent, il restait encore un petit détail.

Le soleil se couchait lorsque Margot retrouva Jackrum, et une lueur rouge sang filtrait par les hautes fenêtres de la plus grande cuisine de la forteresse. Assis, seul, à une longue table près du feu, en grande tenue, il mangeait une tranche de pain consistant sur laquelle il avait tartiné de la graisse de porc. Une chope de bière voisinait l'autre main. Il leva les yeux quand elle approcha et désigna d'un hochement de tête affable une chaise. Autour d'eux, des femmes couraient de-ci de-là.

« De la graisse de porc salée, poivrée, et une chope de bière, dit-il. Rien de tel. Ta grande cuisine, tu peux te la garder. T'en veux une tartine ? » Il agita la main en direction d'une des filles de cuisine aux petits soins pour lui.

« Pas maintenant, chef.

— T'es sûre ? Y a un vieux dicton qui dit : les baisers ne durent pas, mais la cuisine si. J'espère que t'auras aucune raison de méditer là-dessus. »

Margot s'assit. « Jusqu'à présent, les baisers durent, dit-elle.

— Chouffe s'en sort ? » demanda Jackrum. Il termina sa bière, claqua des doigts à l'adresse de la servante et désigna la chope vide.

« À sa grande satisfaction, chef.

— Très bien. On peut pas rêver mieux. Et maintenant, Barette ?

— Chaispas, chef. Je vais partir avec Pign… avec Alice et l'armée et je verrai bien ce qui se passe.

— Bonne chance. Veille sur tout le monde, Barette, parce que moi j'viens pas.

— Chef ? fit une Margot atterrée.

— Ben, on dirait qu'il va nous manquer une guerre à présent, hein ? En tout cas, c'est fini. Le bout de la route. J'ai fait ma part. J'peux pas continuer. J'ai déballé mon sac au général, et j'peux dire qu'il sera content de me voir partir. Et puis, mine de rien, l'âge est là. J'ai tué cinq pauvres diables quand on a donné l'assaut aujourd'hui, et je me suis demandé ensuite pourquoi. Pas bon, ça. L'est temps de me retirer avant que je m'émousse.

— Vous êtes sûr, chef ?

— Ouais. J'ai l'impression que cette histoire de "mon pays d'abord, qu'il ait raison ou tort", a fait son temps. Le moment est venu de me reposer un peu et de découvrir pour quoi on s'est battus. T'es sûre de pas vouloir de graisse de porc ? Y a des morceaux croquants. Dans la graisse, c'est ce que j'appelle la classe. »

Margot refusa d'un geste de la main le morceau de pain tartiné de graisse qu'on lui proposait et garda le silence tandis que Jackrum l'engloutissait.

« C'est marrant, en fait, finit-elle par dire.

— Quoi donc, Barette ?

— De découvrir qu'on ne compte pas. On se croit le héros, et on est en réalité un comparse dans l'histoire de quelqu'un d'autre. C'est Pign… Alice que tout le monde se rappellera. Notre rôle consistait à l'amener ici. »

Jackrum ne répondit pas mais, Margot l'aurait parié, sortit de sa poche son sachet froissé de tabac à chiquer. Elle glissa la main dans sa propre poche et en tira un petit paquet. Les poches, songea-t-elle. Il faut s'accrocher aux poches. Un soldat a besoin de poches.

« Essayez ça, chef, dit-elle. Allez, ouvrez-le. »

C'était une petite bourse de cuir souple fermée par un cordon. Jackrum la leva en l'air si bien qu'elle tournoya sur elle-même.

« Ben ça, Barette, parole, j'suis pas homme à jurer…

— Non, j'ai remarqué, le coupa Margot. Mais ce vieux papier crasseux me portait sur les nerfs. Pourquoi vous ne vous êtes jamais offert une vraie blague ? Un des selliers d'ici m'a cousu celle-là en une demi-heure.

— Ben, c'est la vie, non ? Tu te dis tous les jours "bons dieux, il serait temps que je m'trouve une nouvelle blague à tabac", mais t'as tellement à faire que tu finis par garder la vieille. Merci, Barette.

— Oh, je me suis demandé "Qu'est-ce que je vais offrir à celui qui a tout ?" et je ne pouvais pas me permettre davantage. Mais vous n'avez pas tout, chef. Mon adjudant ? Non, hein ? »

Margot le sentit qui se figeait.

« T'arrêtes tout de suite, Barette, lâcha-t-il en baissant la voix.

— J'ai pensé que vous aimeriez montrer à quelqu'un votre médaillon, chef, dit-elle joyeusement. Celui que vous portez autour du cou. Et ne me regardez pas avec cet air mauvais. Oh, ouais, je peux m'en aller et je ne serai jamais certaine, vraiment certaine, et peut-être vous ne le montrerez à personne d'autre, jamais, et vous ne raconterez jamais votre histoire, et un jour nous serons morts tous les deux et… Ben, quel gaspillage, hein ? »

Jackrum lui jeta un regard noir.

« Parole, vous n'êtes pas un homme malhonnête, poursuivit Margot. Bravo, chef. Vous l'avez répété tous les jours à tout le monde. »

Autour d'eux, au-delà du dôme, la cuisine bourdonnait de l'activité des femmes. Les femmes donnent toujours l'impression de s'occuper les mains : elles tiennent des bébés, des casseroles, des assiettes, de la laine, une brosse, une aiguille. Même quand elles discutent, elles s'activent.

« Personne te croirait, dit enfin Jackrum.

— À qui aurais-je envie de le raconter ? répliqua Margot. Et vous avez raison. Personne ne me croirait. Mais vous, je vous croirais. »

Jackrum fixa sa nouvelle chope de bière comme s'il voulait lire l'avenir dans la mousse. Il parut prendre une décision, sortit la chaîne d'or de son gilet repoussant, détacha le médaillon et en fit jouer délicatement le déclic.

« Tiens, voilà, dit-il en le lui tendant. Grand bien te fasse. »

De chaque côté du médaillon était peint un portrait miniature : une fille brune et un jeune homme blond en uniforme de Dedans-dehors.

« Un bon portrait de vous, commenta Margot.

— À d'autres, répliqua Jackrum.

— Non, franchement. Je regarde le portrait, je vous regarde... je reconnais votre figure dans celle de la jeune fille. Qui est plus pâle, évidemment. Moins... pleine. Et qui était le garçon ?

— Guillaume, il s'appelait.

— Votre petit ami ?

— Oui.

— Et vous l'avez suivi à l'armée...

— Oh, ouais. Toujours la même histoire. J'étais une grande costaude et... ben, tu vois le portrait. Le peintre a fait de son mieux, mais, même jeune, j'ai jamais été qu'un vieux tableau. Là d'où je viens, ce qu'un homme cherchait dans une future épouse, c'était une femme capable de soulever un cochon sous chaque bras. Et, deux jours plus tard, je soulevais effectivement un cochon sous chaque bras pour aider mon père, quand j'ai perdu un de mes sabots dans la merde ; mon vieux s'est mis à me gueuler dessus, alors je m'suis dit : fait chier, tout ça, Guitou m'a jamais crié dessus, lui. J'ai fait main basse sur des vêtements d'homme, cherche pas à savoir comment, je m'suis aussitôt coupé les cheveux, j'ai embrassé la duchesse et, au bout de trois mois en tant qu'homme de troupe – ouais, moi aussi, ça m'a fait sourire –, j'étais brigadier.

— C'est quoi, ça ?

— Comme un caporal, répondit Jackrum. Brigadier. J'étais bien partie. L'armée, c'est de la gnognote quand on s'est occupé d'une ferme à cochons et de trois feignants de frères.

— Ça remonte à quand, chef ?

— Peux pas dire vraiment. Je l'jure, je sais pas mon âge et c'est la vérité, dit Jackrum. J'ai menti sur mon âge si souvent que j'ai fini par me croire. » Elle entreprit de transférer avec beaucoup de précautions le tabac à chiquer dans la nouvelle blague.

« Et votre petit copain ? demanda doucement Margot.

— Oh, on a eu de bons moments, de bons moments, répondit Jackrum en cessant un instant de regarder dans le vide. Il est jamais monté en grade à cause de son bégaiement, mais moi j'avais une bonne voix pour crier, et les officiers aiment bien ça. Guitou, lui, s'en est toujours fichu, même quand j'suis passée sergent. Ensuite il s'est fait tuer à Sepple, juste à côté de moi.

— Navrée.

— T'as pas à être navrée, c'est pas toi qui l'as tué, fit observer Jackrum d'un ton égal. Mais j'ai enjambé son cadavre et embroché le connard de responsable. C'était pas sa faute. Ni la mienne. On était des soldats. Puis, quelques mois plus tard, j'ai eu une petite surprise qu'a aussi reçu le nom de Guillaume, comme son père. Heureusement que j'ai eu un peu de permission, hein ? Ma mémé l'a élevé pour moi, lui a fait suivre un apprentissage d'armurier à Scritz. Bon métier, ça. On tue pas un bon armurier. À ce qu'on m'a dit, c'est le portrait craché de son père. J'ai rencontré un jour un capitaine qui lui avait acheté une vachement bonne épée. Il me l'a montrée, sans connaître l'histoire, 'videmment. Une vachement bonne épée. Elle avait des volutes sur la garde et tout, très chic. Il est maintenant marié et père de trois gamins, il paraît. L'a une voiture à deux chevaux, des serviteurs, une grande maison… Ouais, je vois que ça t'intéresse…

— Pignole… enfin, Pignole et la duchesse ont dit…

— Ouais, ouais, elles ont parlé de Scritz et d'une épée. Là, j'ai su que j'étais pas la seule à veiller sur vous autres. J'ai su que vous alliez vous en tirer. La vieille avait besoin de vous.

— Alors il faut y aller, chef.

— Il faut ? Qui a dit ça ? J'ai servi la vieille toute ma vie, elle a plus de droit sur moi, maintenant. J'suis mon propre maître, comme toujours.

— Ah oui, chef ?

— Tu pleures, Barette ?

— Ben… c'est un peu triste, chef.

— Oh, j'peux bien l'avouer, j'ai aussi un peu chialé de temps en temps, dit Jackrum en continuant de fourrer le tabac dans la nouvelle blague. Mais, l'un dans l'autre, j'ai bien vécu. J'ai vu la débandade de la cavalerie à la bataille de Slomp. J'ai fait partie de la "ligne rouge" qui a repoussé la "brigade de choc" à Pousse-Mouton, j'ai repris le drapeau impérial à quatre vrais salopards à Raladan, je suis allée dans des tas de pays étrangers et j'ai rencontré des gens très intéressants, que j'ai surtout tués ensuite avant qu'ils me réduisent en bouillie. J'ai perdu un amant, j'ai toujours un fils... y a plus d'une femme qu'a connu pire, crois-moi.

— Et... vous avez repéré d'autres filles...

— Hah ! C'est devenu une espèce de passe-temps. La plupart étaient de pauvres petites effrayées qui fuyaient dieu sait quoi. Elles étaient vite démasquées. Et y en avait plein comme Chouffe à courir après leur petit copain. Mais aussi quelques-unes qui avaient ce que j'appelle l'étincelle. Un peu de feu, peut-être. Je leur ai donné un coup de pouce, on pourrait dire. Un sergent manque pas d'influence parfois. Un mot par-ci, un hochement de tête par-là, un tripatouillage de paperasse de temps en temps, un chuchotis dans le noir...

— ... une paire de chaussettes.

— Ouais, des trucs comme ça, dit Jackrum avec un grand sourire. Toujours une grande inquiétude pour elles, cette histoire de latrines. Le moindre de vos soucis, je leur disais. En temps de paix, personne fait gaffe ; à la bataille, tout le monde pisse de la même manière, et en vitesse, en plus. Oh, je les ai aidées. J'étais leur machin, là, leur éminence grasse, et il a fallu en graisser, des pattes, pour les pousser jusqu'au sommet. Les P'tits à Jackrum, j'les appelais.

— Et elles n'ont jamais rien soupçonné ?

— Quoi, soupçonné Jacques Jackrum, le rigolo qui pète le rhum ? dit-il en se fendant encore de son sourire mauvais. Jacques Jackrum qui fait cesser une bagarre de bistro rien qu'en rotant ? Dame non ! J'veux bien admettre que certaines ont p't-être soupçonné quelque chose, j'veux bien admettre qu'elles ont compris qu'il se passait des trucs quelque part, mais j'étais que le gros sergent qui connaissait tout et tout le monde, et qui buvait aussi tout ce qui se présentait. »

Margot se tamponna les yeux. « Qu'est-ce que vous allez faire maintenant, alors, si vous n'allez pas à Scritz ?

— Oh, j'ai un peu d'sous de côté. Plus qu'un peu, à vrai dire. Pillages, rapines, mises à sac... appelle ça comme tu veux, ça finit par chiffrer. J'ai pas tout pissé contre un mur comme les autres gars, pas vrai ? J'espère me rappeler la plupart des putain de cachettes où j'ai enterré tout ça. J'ai toujours pensé que j'pourrais ouvrir une auberge, ou p't-être un bordel... oh, un truc distingué, pas la peine de me regarder comme ça, rien à voir avec l'autre tente puante. Non, je parle d'un lupanar avec un chef cuisinier, des lustres et du velours rouge partout, très huppé. J'aurais une dame de la haute pour la diriger ; moi, je serais l'videur et je m'occuperais du bar. Tiens, un tuyau, mon gars, pour ta carrière future, un tuyau qu'a servi aux autres P'tits à Jackrum : ce serait une bonne idée que tu fasses de temps en temps un tour dans une de ces maisons mal famées, sinon les hommes vont s'poser des questions sur toi. Moi, j'emportais toujours un livre à lire et j'conseillais à la jeune dame de dormir un peu, vu que c'est pompant, leur boulot. »

Margot ne releva pas. « Vous n'avez pas envie de retourner voir vos petits-enfants ?

— Je souhaite pas que mon fils me récolte sur les bras, petit, répliqua Jackrum d'un ton catégorique. J'oserais pas. Mon gars est respecté dans son village ! Qu'est-ce que j'ai à offrir ? Il tient pas à ce qu'une grosse vieille cogne à sa porte de derrière, crache du jus d'chique dans tous les coins et lui apprenne qu'elle est sa mère ! »

Margot contempla un instant le feu et sentit l'idée naître sous son crâne. « Et un adjudant distingué, aux galons reluisants, bardé de médailles, qui se présenterait à la porte de devant dans une superbe voiture et lui apprendrait qu'il est son père ? »

Jackrum écarquilla les yeux.

« Les aléas de la guerre, tout ça, reprit Margot dont le cerveau s'emballait soudain. Amour de jeunesse. L'appel du devoir. Les familles séparées. Recherches désespérées. Les décennies qui passent. Les tendres souvenirs. Puis… oh, une conversation surprise dans un bistro, ouais, ça marcherait. L'espoir renaît. Une nouvelle recherche. Des pattes qu'on graisse. Les souvenirs de vieilles femmes. Et enfin une adresse…

— Qu'est-ce que tu racontes, Barette ?

— Vous êtes une menteuse, mon adjudant, dit Margot. La meilleure que je connaisse. Un dernier mensonge pour tout rattraper. Pourquoi pas ? Vous pourriez lui montrer le médaillon. Vous pourriez lui parler de la fille que vous avez laissée… »

Jackrum détourna le regard mais répliqua : « Pour ce qui est de gamberger, tu te poses là, Barette. Et où est-ce que j'trouverais une superbe voiture, de toute façon ?

— Oh, chef ! Aujourd'hui ? Il y a des… hommes haut placés qui vous donneront tout ce que vous leur demanderez, tout de suite. Vous le savez. Surtout si ça leur garantit que vous partirez. Vous n'essayez jamais de leur taper grand-chose. À votre place, chef, je me ferais rembourser quelques faveurs tant que c'est possible. C'est les Dedans-dehors, chef. Sautez sur l'occasion quand elle se présente, parce que les baisers, ça ne dure pas. »

Jackrum prit une inspiration longue et profonde. « Je vais y réfléchir, Barette. Maintenant, fiche-moi l'camp, d'accord ? »

Margot se leva. « Ça réfléchit dur, hein, chef ? Comme vous avez dit, ceux auxquels il reste quelqu'un sont aujourd'hui gagnants. Quatre petits-enfants ? Moi, je serais une gamine drôlement fière si j'avais un grand-père capable de cracher du jus de chique assez loin pour coller une mouche sur le mur d'en face.

— J'te préviens, Barette.

— C'était juste une idée, chef.

— Ouais... bon, ronchonna Jackrum.

— Merci pour nous avoir menées à bon port, chef. » Jackrum ne se retourna pas.

« J'y vais, alors, chef.

— Barette ! » lança Jackrum au moment où Margot arrivait à la porte. La jeune fille revint sur ses pas.

« Oui, mon adjudant ?

— Je... j'attendais davantage de leur part, en réalité. Je croyais qu'elles s'y prendraient mieux que des hommes. L'ennui, c'est qu'elles s'y prenaient mieux que des hommes pour ressembler à des hommes. On dit que l'armée forme des hommes, hein ? Donc... quoi que tu fasses ensuite, fais-le en restant toi-même. Que ce soit bien ou mal, fais-le en restant toi-même. Trop de mensonges et t'as plus de vérité vers laquelle te retourner.

— D'accord, chef.

— C'est un ordre, Barette. Oh... Barette ?

— Oui, chef ?

— Merci, Barette. »

Margot marqua un temps une fois arrivée à la porte. Jackrum avait orienté sa chaise vers le feu et s'était à nouveau mise à l'aise.

Autour de l'adjudant, la cuisine s'activait.

Six mois s'écoulèrent. Le monde n'était pas parfait mais il continuait de tourner.

Margot avait gardé les articles de journaux. Ils n'étaient pas précis, pas dans les détails, parce que leur auteur racontait… des histoires, non ce qui se passait réellement. À la jeune fille qui s'était personnellement trouvée sur place et avait assisté aux événements, ils rappelaient des tableaux. Mais le rédacteur était fidèle en ce qui concernait la marche sur le château, Pignole en tête sur un cheval blanc et portant le drapeau. Il était aussi fidèle quant aux habitants sortant de leurs maisons pour se joindre à la marche, si bien que ce n'était pas une armée qui s'était présentée devant les portes mais une sorte de foule disciplinée poussant des cris et des vivats. Et il était exact que les gardes lui avaient jeté un seul coup d'œil avant de changer sérieusement d'avis sur leurs perspectives d'avenir, et que les portes s'étaient ouvertes avant même que les sabots du cheval aient résonné sur le pont-levis. Il n'y avait pas eu de combat, aucun. Le rideau était tombé. Le pays avait respiré.

Margot ne croyait pas que le portrait de la duchesse, seul sur son chevalet dans l'immense salle du trône déserte, avait souri lorsque Pignole s'en était approchée. Margot était présente et n'avait rien constaté de tel, mais des tas de gens avaient juré le contraire, et on pouvait finir par se demander où était réellement la vérité, ou s'il en existait plusieurs sortes.

Bref, ça avait marché. Ensuite…

… elles étaient rentrées chez elles. Comme beaucoup de soldats en vertu de la trêve précaire. Les premiers flocons tombaient déjà et, si les gens voulaient une guerre, l'hiver leur en fournissait une. Il arriva avec des lances de glace et des flèches de famine, il obstrua les cols de neige, rendit le monde aussi étranger que la lune…

C'est alors que s'étaient ouvertes les anciennes mines de nains d'où avait émergé une noria de poneys. On avait toujours prétendu qu'il existait des tunnels de nains partout, et pas seulement des tunnels : des canaux secrets sous les montagnes, des bassins, des échelles d'écluses capables de faire monter une péniche d'un kilomètre cinq cents dans des ténèbres grouillantes d'activité, loin en dessous des bourrasques qui balayaient les sommets des montagnes.

Ils apportaient pour tout dire des choux, des patates, des racines, des pommes et des barils de graisse, rien que des vivres qui se conservaient. Et l'hiver avait perdu la bataille, la fonte des neiges avait dévalé les combes en grondant, et la Kneck avait griffonné ses trémoussements désordonnés sur la plaine limoneuse de la vallée.

Elles étaient rentrées au pays, et Margot doutait parfois qu'elles en étaient vraiment parties. Avons-nous été des soldats ? se demandait-elle. On les avait acclamées sur la route de PrinceMarmadukePiotreAlbertHansJosephBernhardtWilhelmsberg, on les avait beaucoup mieux traitées que l'exigeait leur rang et on leur avait même dessiné un uniforme spécial. Mais l'image de Gencive Abbens lui venait sans cesse à l'esprit...

Nous n'étions pas des soldats, conclut-elle, mais des filles en uniforme. Nous étions des porte-bonheur. Des mascottes. Pas réelles, nous symbolisions quelque chose. Nous nous sommes bien débrouillées, pour des femmes. Et nous n'étions que de passage.

On ne ramènerait désormais plus Biroute et l'Asperge à la maison de redressement, et elles s'en étaient allées de leur côté. Pignole avait rejoint la maisonnée du général où elle avait sa chambre personnelle, vivait au calme, se rendait utile et n'était jamais battue. Elle avait écrit une lettre à Margot de sa toute petite écriture anguleuse. Elle paraissait heureuse ; un monde sans raclée, c'était le paradis. Jade et son galant étaient partis au hasard vers un destin plus intéressant, conformément à la sage habitude des trolls. Chouffe... suivait son propre programme. Maladicta avait disparu. Et Igorina s'était établie dans la capitale, où elle s'occupait des problèmes des femmes, du moins de leurs problèmes qui n'étaient pas les hommes. Et les officiers supérieurs leur avaient décerné des médailles avant de les regarder partir avec de petits sourires figés. Les baisers ne durent pas.

On ne pouvait pas dire à présent que tout était rose, plutôt que rien n'était plus noir. Les vieilles femmes continuaient de ronchonner, mais on n'en tenait pas compte. Personne ne savait dans quelle direction aller, personne n'avait de carte, personne ne savait vraiment qui conduisait le pays. Des discussions et des débats se tenaient à tous les coins de rue. C'était effrayant et grisant. Chaque jour était une exploration. Margot avait porté un vieux pantalon de Paul pour nettoyer le sol de la grande salle de bistro sans susciter davantage qu'un grognement de la part des témoins. Oh, et un incendie avait réduit en cendres la maison de redressement pour filles, et, le même jour, deux minces silhouettes masquées avaient dévalisé une banque. Margot avait souri en apprenant la nouvelle. Chouffe avait emménagé à la Duchesse. Son bébé s'appelait Jeanjean. Paul en était fou. Et aujourd'hui…

Un client avait encore laissé un dessin dans les toilettes des hommes. Comme Margot n'arrivait pas à l'effacer, elle se contenta de rectifier l'anatomie représentée. Puis, avec deux seaux, elle nettoya les lieux à grande eau – du moins, elle les nettoya selon les normes des urinoirs de bistro – et pointa la liste des corvées comme tous les matins. Quand elle revint dans la salle du bas, un groupe d'hommes à la mine inquiète s'entretenait avec son père. Ils parurent vaguement effrayés quand elle entra d'un pas énergique.

« Qu'est-ce qui se passe ? » demanda-t-elle.

Son père désigna d'un signe de tête Gencive Abbens, et tout le monde recula un peu. Les postillons ajoutés à la mauvaise haleine faisaient qu'on évitait les conversations trop intimes avec le bonhomme.
« Les bouffeurs de rutabagas remettent cha ! dit-il. Ils vont nous jenvahir parche que, d'après le prinche, maintenant on lui appartient !

— Ça lui revient puisqu'il est le cousin éloigné de la duchesse, fit observer le père de Margot.

— Mais j'ai entendu dire que la question n'était toujours pas réglée, répliqua Margot. N'importe comment, il y a toujours la trêve !

— J'ai l'imprechion que ch'est lui qui la règle, la quechtion », dit Gencive.

Le reste de la journée passa comme l'éclair. Des groupes de gens discutaient avec animation dans les rues et une foule entourait les portes de l'hôtel de ville. De temps en temps, un secrétaire sortait clouer un nouveau communiqué sur les battants ; la foule se refermait dessus telle une main avant de se rouvrir telle une fleur. Margot se fraya un chemin à coups de coude jusqu'au premier rang en ignorant les marmonnements autour d'elle et passa les feuilles de papier en revue.

Toujours la même histoire. Ils recrutaient encore. Toujours le même discours. Le même croassement de soldats morts depuis longtemps invitant les vivants à venir les rejoindre. Le général Froc était peut-être une femme, mais aussi, comme aurait dit Blouse, un peu vieille. Elle ployait sous le poids des ans, voire celui de ses épaulettes.

Les baisers ne durent pas. Oh, la duchesse avait pris vie devant elles et mis le monde pour un temps sens dessus dessous, elles avaient peut-être toutes décidé de devenir meilleures et une bulle d'air respirable était sortie d'un oubli certain.

Pourtant… était-ce vraiment arrivé ? Même Margot se le demandait parfois, et elle avait participé aux événements. S'était-il seulement agi d'une voix dans leurs têtes, d'une espèce d'hallucination ? Les soldats placés dans des situations désespérées n'étaient-ils pas connus pour avoir des visions de dieux et d'anges ? Et, quelque part au cours de l'hiver interminable, le miracle s'était estompé, et tout le monde avait dit « oui, mais il faut être pratique ».

Tout ce qu'on nous a donné, c'est une chance, songeait Margot. Pas de miracle, pas de sauvetage, pas de magie. Rien qu'une chance.

Elle revint à l'auberge, l'esprit en effervescence. Lorsqu'elle y pénétra, un paquet l'attendait. Un paquet long, assez lourd.

« C'est arrivé de Scritz en charrette », la renseigna Chouffe avec excitation. Elle travaillait à la cuisine. C'était désormais devenu sa cuisine. « Je me demande ce que c'est », ajouta-t-elle d'un ton qui en disait long.

Margot souleva le couvercle de la caisse de bois brut et la découvrit remplie de paille sur laquelle reposait une enveloppe. Elle l'ouvrit.

Elle contenait une iconographie. Laquelle, réalisée manifestement à grands frais, exposait un groupe familial au maintien raide devant un décor de rideaux et de palmier en pot pour donner un peu de cachet à l'ensemble. Sur la gauche on voyait un homme entre deux âges à l'air fier ; sur la droite une femme d'à peu près le même âge, l'air un peu hébétée mais tout de même ravie parce que son époux était heureux ; et ici et là, souriant et louchant à des degrés divers devant l'objectif, affichant des expressions allant de l'intérêt au souvenir soudain qu'ils auraient dû passer aux toilettes avant de prendre la pose, des enfants s'étageant des grands échalas aux petits mignons suffisants.

Et, sur une chaise au beau milieu, centre d'intérêt de tous, trônait un adjudant Jackrum rayonnant comme le soleil.

Margot écarquilla les yeux puis retourna l'iconographie. Au dos, elle lut, écrit en grosses lettres noires : *Le baroud d'honneur de l'adjudant Jackrum !* et, en dessous, *Pas besoin de ces trucs-là.*

Elle sourit puis écarta la paille. Au milieu de la caisse, enveloppés dans un linge, elle découvrit deux sabres d'abordage.

« C'est le vieux Jackrum ? demanda Chouffe en prenant l'iconographie.

— Oui. Il a retrouvé son fils », répondit Margot en déroulant une lame. Chouffe frémit en la voyant.

« Saletés d'outils, dit-elle.

— Des outils tout de même », répliqua Margot. Elle déposa les deux sabres sur la table et allait débarrasser la caisse quand elle aperçut un petit objet dans la paille au fond. Un objet rectangulaire enveloppé dans du cuir fin.

C'était un carnet à la reliure bon marché et aux pages jaunies sentant le moisi.

« C'est quoi, ça ? demanda Chouffe.

— Je crois... oui, c'est son carnet d'adresses », répondit Margot en le feuilletant.

Et voilà, songea-t-elle. Tout est là. Les généraux, les commandants, les capitaines, oh, bon sang. Il doit y en avoir... des centaines. Peut-être mille ! Les noms, les vrais noms, les promotions, les dates... tout...

Elle sortit un rectangle blanc en carton qui s'y trouvait inséré tel un marque-page. Il affichait un blason plutôt chargé ainsi que la légende :

Guillaume des Mots

RÉDACTEUR EN CHEF, LE DISQUE-MONDE

« *La vérité vous rendra livre.* »

Rue de la Lueur, Ankh-Morpork
Clacourrier : GDM@Disque-Monde.AM

Quelqu'un avait biffé le *v* de « livre » et inscrit au crayon un *b* au-dessus.

Ce fut une envie aussi soudaine qu'étrange...

De combien de manières peut-on combattre une guerre ? se demanda Margot. On a maintenant les clic-clac. Je connais un homme qui écrit ce qui se passe. Le monde tourne. De petits pays courageux en quête d'autodétermination... pouvaient se révéler utiles pour de grands pays aux nombreux projets.

L'heure était venue de faire main basse sur le fromage.

La mine de Margot, alors qu'elle fixait le mur, aurait fait peur à un certain nombre de personnages importants. Qui se seraient encore davantage inquiétés en la voyant passer plusieurs des heures suivantes en écritures, parce qu'elle avait compris que le général Froc n'avait pas accédé à son poste en étant bête et qu'elle pouvait tirer avantage de son exemple. Elle recopia tout le carnet et l'enferma dans un vieux pot de confitures qu'elle cacha dans le toit de l'écurie. Elle rédigea quelques lettres. Puis elle sortit son uniforme de l'armoire et l'inspecta d'un œil critique.

Les uniformes qu'on leur avait taillés avaient un quelque chose de spécial qu'on ne pouvait qualifier que de... féminin. Mieux coupés, ils comptaient davantage de ganses et proposaient une jupe longue avec faux cul à la place du pantalon. Les shakos s'ornaient aussi d'un plumet. Sa propre tunique arborait des galons de sergent. C'était une blague. Un sergent de femmes. Le monde avait été mis sens dessus dessous, après tout.

Elles avaient servi de mascottes, de porte-bonheur... Et peut-être le monde n'avait-il besoin que d'une blague durant la marche vers PrinceMarmadukePiotreAlbertHansJosephBernhardtWilhelmsberg. Mais, quand le monde est à l'envers, on doit aussi pouvoir renverser une blague. Merci, Gencive, même si tu ignorais ce que tu m'apprenais. Quand ils rient de toi, ils baissent leur garde. Quand ils baissent leur garde, tu peux flanquer un coup de pied dans leurs précieuses ridicules.

Elle s'examina dans le miroir. Ses cheveux étaient à présent juste assez longs pour la gêner mais pas suffisamment pour la rendre séduisante, aussi leur donna-t-elle un coup de brosse et en resta-t-elle là. Elle endossa l'uniforme, mais avec la jupe par-dessus le pantalon, et s'efforça de repousser l'impression tenace qu'elle se déguisait en femme.

Là. Elle paraissait parfaitement inoffensive. Elle le paraissait un peu moins une fois armée des deux sabres et d'une des arbalètes de cavalerie qui lui pendaient dans le dos, surtout quand on savait que les cibles de fléchettes de l'auberge étaient criblées en leur centre de trous profonds dus à l'entraînement de la jeune femme.

Elle suivit à pas de loup le couloir jusqu'à la fenêtre qui surplombait la cour de l'auberge. Paul, en haut d'une échelle, repeignait l'enseigne. Son père maintenait l'échelle d'aplomb et lançait des instructions à sa façon habituelle, à savoir une seconde ou deux après qu'on avait déjà commencé à opérer. Et Chouffe, même si Margot était la seule de la Duchesse à l'appeler encore ainsi et qu'elle savait pourquoi, les observait en tenant Jeanjean. Un tableau charmant. L'espace d'un instant, elle regretta de ne pas avoir de médaillon.

La Duchesse était plus petite qu'elle l'avait cru. Mais s'il fallait la protéger en se dressant dans l'entrée, l'épée à la main, c'était trop tard. Avant de s'occuper des petites choses, on devait s'occuper des grandes, et peut-être le monde n'était-il pas assez grand.

Le mot qu'elle laissa sur sa table de toilette disait :

Chouffe, j'espère que Jeanjean et toi serez heureux ici. Paul, occupe-toi d'elle. Papa, je n'ai jamais touché de salaire, mais j'ai besoin d'un cheval. J'essayerai de le faire ramener. Je vous aime tous. Si je ne reviens pas, brûlez cette lettre et regardez dans le toit de l'écurie.

Elle se laissa tomber depuis la fenêtre, sella un cheval dans l'écurie et sortit par le portail de derrière. Elle ne se mit en selle qu'une fois hors de portée d'oreille, puis descendit vers la rivière.

Le printemps s'épandait sur le pays. La sève montait. Dans les forêts, une tonne de bois de construction poussait à chaque minute qui passait. Partout les oiseaux chantaient.

Il y avait un garde sur le bac. Il lui jeta un regard nerveux quand elle mena le cheval à bord, puis il sourit. « B'jour, mademoiselle ! » dit-il d'un ton joyeux.

Ah, bah... autant commencer maintenant. Margot s'approcha d'un pas décidé de l'homme déconcerté. « Vous voulez faire le malin ? lui demanda-t-elle en pleine face.

— Non, mademoiselle...

— Sergent, mon petit monsieur ! On recommence, d'accord ? J'ai demandé si vous vouliez faire le malin.

— Non, sergent ! »

Margot se pencha jusqu'à ce que son nez frôle celui du garde. « Pourquoi donc ? »

Le sourire s'effaça. Ce n'était pas un soldat à monter rapidement en grade. « Huh ? parvint-il à dire.

— Si vous n'essayez pas d'être malin, mon vieux, c'est que vous êtes content d'être un imbécile ! brailla Margot. Et j'en ai jusque-là des imbéciles, vu ?

— Ouais, mais...

— Mais quoi, soldat ?

— Ouais, mais... ben... mais... rien, sergent, répondit le soldat.

— Très bien. » Margot adressa un signe de tête aux passeurs. « L'heure de partir ? suggéra-t-elle en y mettant un accent de commandement.

— Deux personnes arrivent par la route, sergent », fit observer l'un d'eux à l'esprit plus vif.

Ils attendirent. Il s'agissait en réalité de trois personnes. Dont Maladicta en grande tenue.

Margot se tut jusqu'à ce que le bac soit au milieu du cours d'eau. La vampire lui lança un sourire dont seuls les vampires sont capables. Un sourire penaud de brebis galeuse, si les brebis avaient eu des dents différentes.

« Je me suis dit que j'allais essayer encore, dit-elle.

— On va retrouver Blouse, fit Margot.

— Il est maintenant commandant. Et il biche comme un pou parce qu'on a donné son nom à une espèce de gant sans doigts, il paraît. Pourquoi on aurait besoin de lui ?

— Il connaît les clic-clac. Il connaît d'autres moyens de mener une guerre. Et moi, je connais... des gens.

— Ah. Tu veux parler de gens façon "Parole, je ne suis pas homme à mentir, mais je connais des gens" ?

— Ce sont ceux-là auxquels je pense, oui. » La rivière clapotait contre le flanc du bac.

« Bien, fit Maladicta.

— Mais je ne sais pas où ça va mener, dit Margot.

— Ah. Encore mieux. »

Margot se dit à cet instant qu'elle connaissait suffisamment la vérité pour continuer. L'ennemi, ce n'étaient pas les hommes, ni les femmes, ni les vieux ni même les morts. Mais les foutus imbéciles de tous poils. Et personne n'avait le droit d'être un imbécile.

Elle regarda les deux autres passagers qui s'étaient faufilés à bord. Deux jeunes paysans en haillons mal taillés, qui se tenaient à distance d'elle et fixaient obstinément le pont. Mais un seul regard suffisait. Le monde s'était retourné et l'histoire se répétait. Pour une raison inconnue, elle s'en sentit soudain ravie.

« Vous allez vous engager, les gars ? » demanda-t-elle avec entrain.

Des « oui » marmonnés lui répondirent.

« Bien. Alors tenez-vous droits. Voyons de quoi vous avez l'air. On relève le menton. Ah. Bravo. Dommage que vous n'ayez pas travaillé la démarche en pantalon, et je remarque que vous n'avez pas apporté de paire de chaussettes en rabe. »

Ils écarquillèrent les yeux, bouche bée.

« Comment vous vous appelez ? demanda Margot. Vos vrais noms, s'il vous plaît ?

— Euh... Rosemarie, commença l'une.

— Moi, c'est Marie, termina l'autre. J'ai entendu dire que des filles s'engageaient, mais tout le monde rigolait, alors j'ai pensé que je ferais mieux de me déguiser...

— Oh, vous pouvez vous engager en tant qu'hommes si vous voulez, la coupa Margot. On a besoin de quelques hommes de valeur. »

Les filles échangèrent un regard.

« On y gagne de meilleurs jurons, expliqua Margot. Et le pantalon est pratique. Mais c'est vous qui faites votre choix.

— Notre choix ? s'étonna Rosemarie.

— Certainement. » Margot posa une main sur l'épaule de chacune des filles, lança un clin d'œil à Maladicta et ajouta : « Vous êtes mes petits gars – ou non, le cas échéant – et moi, je vais prendre soin de… vous. »

Et la journée qui s'annonçait était un gros poisson.

AINSI PREND FIN
« LE RÉGIMENT MONSTRUEUX »,
VINGT-NEUVIÈME LIVRE DES
ANNALES DU DISQUE-MONDE.

Seul dans le désert

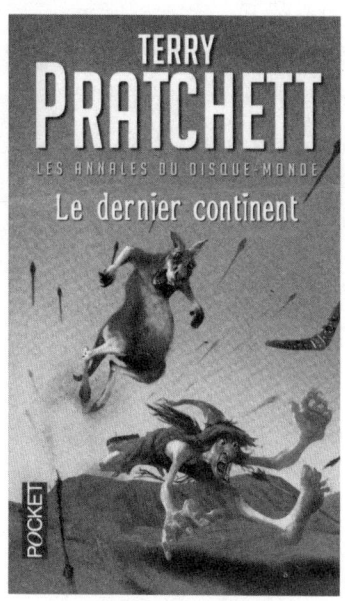

(Pocket n° 5946)

Rincevent a trouvé le moyen de se perdre au milieu d'un désert, sur le dernier continent du Disque-Monde… Il fait chaud, pas une goutte de pluie à l'horizon et la nature est hostile. Et puis, que lui veut ce kangourou qui parle ? Rincevent, pro de la fuite en toutes circonstances, est bien coincé. Et il ne sait pas encore que l'Université de l'Invisible le recherche d'urgence : le bibliothécaire est atteint d'une maladie étrange et ne peux plus assurer la garde des ouvrages de magie…

Il y a toujours un Pocket à découvrir

À la recherche du petit frère perdu

TERRY PRATCHETT
Les ch'tits hommes libres

(Pocket n° 7061)

Tiphaine Patraque, 9 ans, apprentie magicienne, part à la recherche de son petit frère, enlevé par la Reine des fées. Armée d'une poêle à frire et d'un livre de magie emprunté à Mémé, elle demande de l'aide aux Nac Mac Feegle, des petits êtres hargneux à la peau bleue, virés du royaume des fées pour débauche et alcoolisme aigu.

Il y a toujours un Pocket à découvrir

Retrouvez
tous les livres Pocket sur

actusf

www.actusf.com

Composé par Nord Compo
à Villeneuve-d'Ascq (Nord)

Imprimé en France par

MAURY-IMPRIMEUR
à Malesherbes (Loiret)
en janvier 2012

POCKET – 12, avenue d'Italie – 75627 Paris Cedex 13

N° d'impression : 170549
Dépôt légal : février 2012
S22577/01